In Basel ist die Göttin los

Michèle Sandrin ist 1954 in Genf geboren. Sie ist in der Stadt Basel aufgewachsen. Nach der Matura wurde sie Lehrerin, später studierte sie Psychologie. Sie arbeitet in der Krisenintervention der Schulen Basel-Stadt. Sie hat zwei erwachsene Töchter. Nachdem sie jahrelang leidenschaftlich viele Kriminalromane gelesen hat, treten nun ihre zwei Ermittler, Matteo Santoro und seine Assistentin Zina Goldberg, in die Fussstapfen ihrer literarischen Vorbilder.

Dieses Buch ist ein Roman. Handlungen und Personen sind frei erfunden. Ähnlichkeiten mit lebenden oder toten Personen sind nicht gewollt und rein zufällig.
Im Anhang findet sich ein Glossar.

MICHÈLE SANDRIN

In Basel ist die Göttin los

KRIMINALROMAN

emons:

Bibliografische Information der Deutschen Nationalbibliothek
Die Deutsche Nationalbibliothek verzeichnet diese Publikation in der Deutschen Nationalbibliografie; detaillierte bibliografische Daten sind im Internet über http://dnb.d-nb.de abrufbar.

MIX
Papier aus verantwortungsvollen Quellen
FSC® C083411
FSC www.fsc.org

Umschlagmotiv: © Spaces Images/LOOK-foto
Umschlaggestaltung: Tobias Doetsch
Gestaltung Innenteil: César Satz & Grafik GmbH, Köln
Druck und Bindung: CPI – Clausen & Bosse, Leck
Printed in Germany 2014
ISBN 978-3-95451-297-3
Originalausgabe

Für die Töchter

Dass die Krähen des Unglücks über unseren Köpfen kreisen.
dagegen können wir nichts tun.
Dass sie sich in unseren Haaren einnisten,
dagegen können wir uns wehren.
Chinesisches Sprichwort

EINS

«Und dieses Blut! Auf dem Teppich, im Teppich eigentlich, aufgesogen.»

«Hm, hm», kommentierte sein Gegenüber mitfühlend.

«Diese Federn, überall! Grosse, kleine, graue, weisse, im ganzen Raum verteilt. Teppich, Möbel, Lampen, Bücher, voll davon. Die kleinsten Federn schweben im Raum, sobald wir uns bewegen, kitzeln in der Nase. Als ob übermütige Kinder eine Kissenschlacht veranstaltet hätten.»

«Die Szene hat Sie an ein Kinderspiel erinnert», stellte der Zuhörer fest.

Matteo schwieg erschöpft. Er starrte auf den Teppich, und sein Blick verfing sich im Muster. Die farbigen Ranken, Blätter und Rauten hoben sich leuchtend vom Rot des fein geknüpften Perserteppichs ab, bildeten ein Labyrinth aus engen, roten, verwinkelten Gassen und kleinen, abgeschlossenen Gärtchen, roten Gärtchen. Gibt es noch einen Ausweg aus diesem Dickicht, oder werde ich auf ewig ziellos darin herumirren, fragte er sich. Er hatte den Überblick verloren.

«Herr Santoro, wo sind Sie?»

Matteo fragte sich nicht zum ersten Mal, was ihn in diesem Raum immer wieder dazu brachte, Trübsal zu blasen. War es die gewollt geschmackvolle Einrichtung? Sein Gegenüber, das betont entspannt dasass? Dabei war der Kerl doch immerdar so aufmunternd verständnisvoll. Am liebsten hätte er jetzt noch stundenlang auf den blöden Teppich geglotzt, hätte sich, ameisengleich, im Labyrinth verirrt und verheddert – hätte sich so, echt toll, mies gefühlt.

«Ist es für Sie schwierig weiterzuerzählen?»

Blödmann, dachte Matteo und beschloss loszulegen, um diesem mitfühlenden Interesse zu entgehen. Nicht, dass der Kerl noch auf die Idee kam, die richtigen Fragen zu stellen.

«Und mittendrin liegt dieser Mann», fuhr er forsch fort und stockte schon wieder, den Blick starr vor sich gerichtet, ins Nichts.

«Es scheint sehr schwer für Sie, weiterzufahren, wenn es um diesen toten Mann geht.»

Mitfühlend, unterstützend, auffordernd.

«Ich habe verdammt noch mal die Schnauze voll. Genug. Diese beschissenen Alpträume! Kaum ist einer abgeschlossen, schon stellt sich der nächste ein. Noch absurder, noch sinnloser, noch grauenvoller, noch blutiger!», stiess er hervor.

Jetzt hab ich tatsächlich die Beherrschung verloren, dachte Matteo erschrocken. Das ist dieser Dreckskerl mit seiner fiesen Mitfühlmasche. Immerhin, das mit dem Alptraum ist eine gute Idee, diese Spezies liebt sie. Gibt ihr was zu beissen.

«Was fühlen Sie jetzt?»

Persönlich, interessiert, mitfühlend.

Matteos Gegenspieler hatte sich nach vorne bewegt, seine Arme waren jetzt auf den Knien aufgestützt, die Hände halb nach oben gerichtet, offen, die Augen direkt, und auch die herzerweichend offen, auf ihn gerichtet. Matteo entnervt, liess seinen Blick von den Augen weg zu den Händen sinken. Seine eigenen Hände ballten sich zu Fäusten – wurde ihm bewusst. Er seufzte, löste seine Verkrampfung und liess sich gegen die Lehne sinken. Sein Gesicht entspannte sich. Er hatte sich gehen lassen. Und das vor diesem Fremden, der so viel von ihm wissen wollte, der schon viel zu viel wusste. Wie war er nur auf diese hirnverbrannte Idee gekommen, hierherzukommen? Wozu sollte das gut sein? Seine seelischen Innereien nach aussen stülpen. Was für eine unsinnige Idee, sie einem fürsorglichen Idioten auf einem Tablett zu präsentieren, der dazu seine «Hm, Hm» und seine Einfühlsamkeiten beisteuerte, wie Pfeffer auf Erdbeeren. Wie hatte er nur so weit sinken können? Er beschloss, die Sache von jetzt an ganz gelassen anzugehen, und atmete tief durch.

Wo war er stecken geblieben? Er musste dringend weitererzählen, bevor der professionelle Mitfühler sich daran erinnern konnte, dass dieser Alptraum rein gar nichts mit dem Problem zu tun hatte, das ihn hierhergeführt hatte. Er musste den Kerl bei der Stange halten. Ach ja. Der kleine Mann liegt immer noch am Boden.

«Am Boden liegt dieser Mann, dieser kleine, schmächtige, ältliche Mann», fuhr er fort, die Gefühlslagenfrage umschiffend.

«Erinnert er Sie an jemand?», intervenierte der Ungeliebte, der von seinem Zustand nichts zu ahnen schien, mit scheinheiliger Beiläufigkeit.

«Er liegt in seinem Blut, in seinem Büro, auf seinem weichen Spannteppich. Auf dem Rücken, die Augen weit aufgerissen, die Arme und Beine gespreizt und …» Und jetzt nicht zögern, dachte Santoro und fuhr hastig fort: «Am Kopf hat er eine Delle, in seinem Unterleib steckt ein Schwert, senkrecht wie …»

«Ein Phallus?»

Hilfsbereit, gespannt, wissend.

«Wie in einem schlechten Film. Und überall diese Krokodile, die so harmlos klein und doch gefährlich grinsend die Schnauze aufreissen.»

Gut pariert, gratulierte sich Matteo. Hier war es wieder, dieses unangebrachte, weder moralisch noch ethisch zu vertretende und doch so unwiderstehliche Verlangen zu kichern, zu lachen, laut loszuprusten, bis er sich den Bauch halten, sich die Tränen abwischen müsste, um anschliessend wohlig aufzuseufzen.

Schon am frühen Morgen, als er den Schauplatz des Alptraums betreten hatte, war er von diesem elementaren Bedürfnis überrumpelt worden. Jetzt schaute er schnell zu Boden und hielt sich, als ob die Verzweiflung ihn zu überwältigen drohte, die Hände vors Gesicht. Der Mann im anderen Sessel räusperte sich und sagte verständnisvoll: «Sie scheinen sehr betroffen zu sein, Herr Santoro.»

Kommissar Matteo Santoro schielte durch seine Hände hindurch und erblickte den Wecker auf der Kommode: Noch drei Minuten bis zum Gong, und dann wäre auch diese Therapiesitzung überstanden. Und das war gut so, schliesslich hatte er seit heute Morgen früh um sechs einen neuen Mordfall zu lösen.

Die Assistentin des Kommissars, Zina Goldberg, stand zur gleichen Zeit vor dem wuchtigen Schreibtisch des Oberkommissars und hatte ein mulmiges Gefühl in der Magengrube. Er – der

Oberchef, nicht der Schreibtisch – schien ihr an diesem Morgen noch kantiger als sonst. Nach schneller und doch reiflicher Überlegung kam sie zum Schluss, dass dies an seinem Haarschnitt lag. Er schien erst vor Kurzem eine innige Zwiesprache mit einem erbarmungslosen Rasenmäher geführt zu haben, denn seine Haare, die schon im Normalzustand ein gestutztes Dasein fristen mussten, waren zu einer eckigen, grauen und stacheligen Nichtigkeit reduziert worden, die jedem Liebhaber englischen Rasens Freude bereitet hätte, wäre er nur farbenblind gewesen.

Mit gerunzelter Stirn und gestrengen Mundwinkeln setzte der General – wie ihn seine Untergebenen heimlich nannten, weil er aus der letzten amerikanischen Militärseifenoper zu entsteigen schien – mit einer Stimme zu sprechen an, die Zina an das tiefe Grollen eines nahenden Gewitters erinnerte: «Goldberg, wenn ich Sie recht verstanden habe, erzählen Sie mir, dass Sie um sechs die Leiche eines Professors in Augenschein genommen haben. Dies in Begleitung Ihres Chefs, wie es sich gehört. Und dieser ist um sieben wieder verschwunden, sodass er dem dringenden Ruf seines Vorgesetzten nicht Folge leisten konnte. Und nun fehlt. Ich werde ihn also daran erinnern müssen, dass auch er mit einem hierarchischen Über-Sich gesegnet ist, dem er Rechenschaft und Rapport schuldet. Hätten Sie vielleicht die Güte und würden mir auch eine Begründung für sein Fernbleiben liefern?»

«Er hatte um halb acht einen dringenden Arzttermin», sagte Zina so selbstverständlich wie nur möglich, um hinzuzufügen, «der Magen.»

Das Mulmige hatte sie darauf gebracht.

«Setzen, Goldberg!», bellte der General, als wolle er seinem Übernamen alle Ehre erweisen.

Er wartete, bis seine Untergebene sich im Sessel mit der Halbkreislehne einquartiert und ihr Stadtrucksack nach mehreren Fehlschlägen ebenso ein geeignetes Plätzchen gefunden hatte. Erst als auch ihre Hände endlich ruhig auf den Armlehnen gelandet waren, fuhr er fort: «So, vielleicht sticht mir jetzt nicht mehr so peinlich ins Auge, dass Sie eine miserable

Lügnerin sind. Ich bitte Sie!», rief er, «Sie schaffen es sogar, Ihre Fussspitzen nach innen zu drehen. Was haben Sie eigentlich an dieser ach so modernen Polizeischule gelernt?»

«Eher die Lügen des Gegenübers zu entlarven.» Zina verschluckte sich fast am «Sir», das aus ihrem Mund herauspurzeln wollte.

«Psychokram!», schnaubte der Oberkommissar.

Zina Goldberg drückte ihren Rücken gegen die Lehne und verschränkte ihre Hände auf ihrem Schoss. Nein, sie würde sich heute nicht aufregen. Und nochmals nein, sie würde sich nicht ins Bockshorn jagen lassen. Denn an ihren kleinen Eruptionen fand vor allem der General seine Freude. Und heute, so früh am Morgen, war sie nicht in Geberlaune. Sie stellte fest, dass ihr Vorgesetzter leicht enttäuscht ob ihrer geringen Reaktionsfreude schien. «Apropos Psychokram, wie geht es Ihrer Leiche?»

«Sie ist schon abtransportiert und in Erwartung ihrer Eröffnung. Bis heute Abend sollten wir mehr über ihr Innenleben erfahren – soweit dies bei einem Toten noch möglich ist.»

«Wer hat ihn denn entdeckt?»

«Frau Bengül, die Putzfrau, so nach fünf Uhr dreissig.»

«Sie hat ihn doch nicht …»

«Weggewischt? Nein.»

«Bewegt, wollte ich fragen.»

«Nein, aber sie war es sehr. Ihre Meldung am Telefon war kaum verständlich. Die Leiche wurde es auch.»

«Unverständlich?»

«Bewegt.»

«Und Sie sagen mir also, Goldberg, dass der Kerl aufgespiesst in seinen Federn lag?»

«Also, ob es wirklich *seine* waren, da bin ich nicht so sicher.»

«Tun Sie mir nicht so haarspalterisch, Goldberg. Sie wissen, wie ich das meine. Verrückt, diese Geschichte, auf jeden Fall.»

«Ist ja auch in einem Verrücktennest passiert, also doch ganz passend.»

«Sie sind also auch der Meinung, dass alle Psychologen verrückt sind?», fragte der General freudestrahlend.

«Dafür kann ich nicht bürgen. Was ich meine, ist, dass der Mord inmitten der Irrenanstalt inszeniert wurde.»

«Ach, und ich dachte, Sie hätten mir berichtet, die Szene hätte sich in der psychologischen Dingsda ereignet.»

«Genau, das ist richtig. In der psychologischen Abteilung, und die liegt inmitten der psychiatrischen Anstalt, die sich wiederum in einem wunderschönen, weitläufigen Park befindet.»

Der General rieb sich mit beiden Händen kräftig über sein schon gut durchblutetes Gesicht, um sie nach dieser Prozedur mit aufgerissenen Augen anzustarren. Anscheinend, dachte sie, waren ihre Erläuterungen nicht wirklich erhellend gewesen, denn seine Miene war voller Fragezeichen, als er wieder zu sprechen ansetzte.

«Also, habe ich das richtig verstanden, dass die Psychologen und die Verrückten in der gleichen Anstalt untergebracht sind? Und übrigens, was ist eigentlich der Unterschied zwischen einem Psychologen und einem Psychiater? Ich dachte, die Psychiater haben sich um die Bekloppten zu kümmern. Und was machen die eigentlich alle zusammen in diesem Park? Lustwandeln? Und haben Sie mir nicht erzählt, der Tote sei hauptberuflich Professor? Wen unterrichtet der Kerl? Seine Irren?»

Nach diesem Fragenschnellfeuer lehnte sich der General zurück in seinen übergrossen Sessel und winkte mit beiden Händen ab. Zina, die sich in entgegenkommender Laune fühlte, hob an, die vielen kleinen Puzzleteilchen zusammenzufügen. «Soviel ich weiss, verdienen die Psychiater erstens mal mehr als die Psychologen, schliesslich sind sie Ärzte. Bei den Psychologen gibt es solche, die auch Therapeuten sind, was Psychiater eh schon sind. Zudem sind Psychologen in der Mehrzahl Psychologinnen, nur nicht, wenn sie Professoren sind – dann sind sie Männer. Diese ganzen Psys – das nehme ich jetzt mal als Oberbegriff, obwohl sich diese Leutchen nicht gerne unter einem Hut wiederfinden, sind eventuell auch Dozenten. Das heisst, sie sind Lehrer für Studenten – Studentinnen eigentlich, denn die meisten sind Frauen. Also, unten sind es Frauen, oben

sind es Männer. Und diese Dozenten sind in verschiedene Stufen eingeteilt, von Assistent bis ordentlicher Professor und –»

«Und was sind dann die andern? Unordentlich?»

«Ausserordentlich.»

«Ah, das sind dann die ganz Tollen?»

«Nicht zwangsläufig, sie verdienen einfach weniger.»

«Weil sie ausserordentlich sind?»

Zina japste hörbar nach Luft, denn sie war vor lauter Erklärungseifer seit Längerem nicht mehr zum Atmen gekommen und wollte, bevor sie sich weiter in dieses Labyrinth wagte, wenigstens versuchen, wieder einen Überblick, irgendeinen, zurückzugewinnen. Ach ja, dachte sie, vielleicht sollte sie das auch noch klarstellen. «Und dann gibt es noch die ganz verschiedenen Bereiche, in denen diese Psychologen tätig sind. Es gibt die allgemeine, die forensische, die soziale Psychologie, nicht zu vergessen die Arbeits- und Organisationspsychologie. Die Entwicklungspsychologie darf ich nicht vergessen, denn sie bewegen sich doch – die Menschen. Wir haben es aber konkret mit der klinischen Psychologie zu tun, das war nämlich der Arbeitsbereich unseres Toten. Und diese, also die klinische, möchte unbedingt auch unter dem Aspekt der verschiedenen Therapierichtungen betrachtet werden, die da wären: die systemische, die tiefenpsychologische Therapie, die Gesprächs- wie auch die Konfrontationstherapie. Dann gibt es zusätzlich – heute ganz modern – die Verhaltenstherapie, die kognitiv oder auch nicht ausgerichtet werden kann. Die zweite ist bei Ratten sehr beliebt. Wird aber auch am Menschen angewandt. Und wir sollten die Psychoanalyse nicht vergessen, die nicht nur von alten Freudelern angeboten wird und sich rasend weiterentwickelt hat, was aber ihre Feinde nicht wissen wollen. Wir wollen auch die Gestaltpsychother...»

«Aufhören, Goldberg, aufhören! Ich will es gar nicht wissen. Sie machen mich ja ganz *dubedänzig*. Finden Sie mir einfach diesen Verrückten, und zwar bitte mit Diskretion und Taktgefühl. Die Ermordung eines Psychologieprofessors, besonders unter diesen grauenvollen Begleiterscheinungen, wird das Gemüt mancher Persönlichkeit erhitzen, die sich für bedeutend

hält. Ich muss Ihnen wohl nicht weiter unter Ihre hübsche Nase reiben, dass diese Untersuchung Ihrer Abteilung, das heisst Ihnen und Kommissar Santoro, übertragen wurde, weil sie sich als heikel und delikat herausstellen wird. Dafür haben wir die Abteilung schliesslich ins Leben gerufen.»

Na klar, ich werde natürlich nur in die Pflicht gerufen, dachte Zina Goldberg und stand auf.

Santoro spazierte gerade über den Petersplatz und genoss die Kühle, die sich unter den riesigen Bäumen noch trotzig gegen die dumpfe Hitze hielt, die sich im Laufe der Morgenstunden bis in die letzten Winkel der Stadt Basel einnisten würde. Er war unterwegs zum Bau, wie er seine Arbeitsstelle nannte, eilig hatte er es jedoch nicht, denn er hatte die Bilder des Mordes und die darauffolgende Seelenklempnerei zu verdauen. Also schlenderte er betont langsam dahin und schaute sich um. Das Universitätsgebäude, das zu seiner Rechten in unscheinbarer Hässlichkeit aufragte, tat dies in aller Stille, denn die Vorlesungen begannen erst in mehreren Wochen. Im August waren Semesterferien, die diesen Namen nicht mehr tragen durften. Unterrichtsfreie Zeit, so hiess jetzt die korrekte Bezeichnung, wie ihm Herr Klotz, seines Zeichens Leiter der Abteilung für Psychologie, eingeschärft hatte. Nicht, dass da ein uninformierter Blödmann auf die Idee käme, die Studentinnen und Studenten, geschweige denn die Professoren, lägen wochenlang nur faul herum.

Sein Handy, das gerade «Aus der Neuen Welt» piepste – wer hatte sich schon wieder an sein kleines Dingsbums herangemacht? –, weckte ihn aus seinen Gedanken. Seine Assistentin gebot ihm nach kurzem Nachfragen, dort zu bleiben, wo er sich gerade befand, denn dort sei er gerade richtig, stellte sie klar. Sie sollten gemeinsam den Rektor der Universität aufsuchen – er hatte darum gebeten. Sein Büro befand sich im ersten Stock des Kollegiengebäudes.

Santoro, der über diesen kurzen Aufschub nicht unglücklich war, setzte sich auf die breiten Treppenstufen des Hauptgebäudes und holte aus der Tasche seines Leinensakkos die heutige regionale Zeitungsausgabe hervor, deren Inhalt er sich noch

nicht hatte widmen können. So kam er wenigstens nicht dazu, über die Gründe nachzudenken, die ihn gedrängt hatten, diese unsägliche Therapie anzufangen. Erst recht käme er nicht so weit, sich einzugestehen, dass ihm jedes Mittel recht war, dort *eben nicht* über die wahren Gründe seines Entscheides nachzudenken, geschweige denn, darüber zu sprechen. Meine Güte, er zahlte auch noch für diesen Murks.

Er versuchte seine Aufmerksamkeit der ersten Seite der Zeitung zu widmen, doch die Themen vermochten ihn nicht abzulenken. Die Schweizer Politik war nun mal nicht fesselnd. Die Lokalnachrichten waren noch unbedeutender. Wen interessierte schon, dass Phishing-Mails im Netz unterwegs waren, die die Benutzer aus der städtischen Verwaltung aufriefen, Adresse und Code anzugeben. Die Angestellten des Erziehungsdepartementes wurden gewarnt, anscheinend war jetzt auch noch ein begleitendes Virus am Wüten. Kleine Geschichten für ein grosses Sommerloch, urteilte Santoro. Wen interessierte, dass etliche Staatsbeamte auf diese Aufrufe geantwortet und ihre Codes weitergeleitet hatten? Ihn sicher nicht.

Seine rechte Hand ging automatisch zu seinem Herzen, doch dort war nichts mehr. Wo jahrelang seine Zigarettenschachtel treu auf ihn gewartet hatte, war jetzt nichts mehr. Er rauchte nicht mehr, seine Hemdtasche war leer. Aber seine Hand hatte es vergessen. Er atmete tief ein.

Und schon schweiften seine Gedanken wieder seinem eigentlichen Problem entgegen. Er wollte sich doch nicht zum Hanswurst machen. Das Schlimmste war, dass er ihr nichts, aber auch gar nichts vorzuwerfen hatte. Antonella war perfekt: Seine Hemden waren immer akkurat gebügelt, ihre Kochkünste waren hervorragend, ihr Apfelkuchen legendär. Kurzum, seine Frau versorgte ihn vorbildlich und das, ohne je zu murren, ohne Gezänk. Er konnte zu spät nach Hause kommen oder auch gar nicht, nie hörte er einen Vorwurf. Seine Kinder waren gut geraten, und das war in erster Linie ihr zu verdanken, denn sein Markenzeichen war die Abwesenheit, auch wenn er da war. Zudem war sie ausgesprochen hübsch, wenn nicht gar schön. Ihre goldblonden und leicht gewellten langen Haare und ihre

grossen blauen Augen hatten ihn einst doch so überwältigt. Er hatte alles, um glücklich zu sein. Santa Madonna, warum war er es dann nicht? Warum vermied er es immer häufiger, nach Hause zu gehen? Warum war ihm jede Ausrede recht, um sich in die Arbeit zu stürzen? Warum wachte er nachts auf und grübelte herum? Warum drohte ihm immer wieder der Kopf zu bersten? So wie jetzt. Er griff sich an die Stirn, um die Schmerzen zurückzuhalten, und schaute ins Weite.

Sein Blick fing eine gross gewachsene, überschlanke und schwarz gekleidete Silhouette ein, die gerade energischen Schrittes den Petersgraben überquerte und zielstrebig auf ihn zukam. Eine kleine Giraffe, als Panther getarnt, dachte Santoro. Vor ihm angekommen, stemmte die schwarze Giraffe die feingliedrigen Hände dezidiert in die Hüften und dekretierte: «Sie haben keine Kopfschmerzen, Sie haben es mit dem Magen.»

«Haben Sie noch so eine gute Nachricht für mich?»

«Sie waren deshalb heute Morgen beim Arzt. Dringender Termin.»

«Na, da bin ich aber beruhigt. Und wen bitte haben Sie damit belogen?»

«Den General. Er hat es aber nicht wirklich geschluckt. Hat mich als schlechte Lügnerin hingestellt. Ich befürchte, Sie werden es besser hinkriegen müssen.»

Santoro verlegte wortlos eine Hand auf seine Magengegend.

«Plädieren Sie lieber auf wundersame Spontanheilung. Mit Ihrer Magenshow kämen Sie höchstens durch, wenn Sie nicht nur schauten wie, sondern tatsächlich ein Dackel wären.»

«Sind Giraffen nicht stumm?», seufzte Santoro.

***

Sich in einem der riesigen Ledersessel räkelnd, zu denen sie ihr Gastgeber hingebeten hatte, nutzte Zina die Gelegenheit, den kleinen Mann genauer zu betrachten, der zurzeit die Leitung der Universität innehatte. Während Santoro die wenigen Informationen in gemessenen Worten weiterleitete, starrte sie fasziniert auf Meister Yoda. Denn er *musste* es sein. Das runde Gesicht,

die grossen wohlwollenden und doch wissenden Augen, die unvergleichlichen abstehenden Ohren und die sympathische und liebenswerte Hässlichkeit waren unverkennbar. Es störte sie nur, dass er seine Sätze nicht verdrehte. Statt wie erwartet zu fragen: «Wer ihm das angetan hat, Sie wissen schon?», fragte er plump und alltäglich: «Haben Sie schon einen Hinweis darauf, wer ihm das antun konnte, Herr Kommissar?»

«Herr Grühner, wir stehen erst ganz am Anfang unserer Ermittlungen und hegen die Hoffnung, dass Sie uns vielleicht weiterhelfen können. Der Ermordete, Professor Odermatt, ist allem Anschein nach zwischen gestern Abend und heute Morgen in der Früh ermordet worden, in seinem Büro. Ist es unter Professoren üblich, sich mitten in der Nacht beruflich zu betätigen?»

Na, dafür redet jetzt der Chef leicht verschroben, denkt wohl, er passe sich seiner Umgebung an, überlegte sich Zina und grinste in sich hinein.

«Also, *ich* schlafe nachts. Aber manche meiner Kollegen – Kolleginnen habe ich leider viel zu wenige – machen auf Übereifer, als ob irgendjemand irgendwas Gescheites publizieren könnte, wenn er sich nur einen chronischen Schlafmangel organisierte. Zugegeben, meine Kollegen aus der Psychobranche sind ein bisschen überfordert, seitdem so viele junge Menschen ihre Abteilung stürmen, aber bei Professor Odermatt war das wohl nicht die einzige Ursache seiner Nachtschwärmereien.»

«Frauen?», mischte sich Zina ein.

«Es gab Gerüchte, ja, aber nie etwas Konkretes. Wobei, in letzter Zeit habe ich nichts mehr gehört. Über *ihn* gab es keine Beschwerden während meiner Amtszeit.»

«Über wen dann?», hakte sie nach.

Meister Yoda drehte sich langsam zu ihr hin, lächelte kaum wahrnehmbar und nickte ihr zu, als wolle er ihr seine Anerkennung zollen. Sie hatte seine Zeichen erkannt, und er war ihr dafür dankbar.

«Es ist kein Staatsgeheimnis, eigentlich weiss der gesamte Lehrkörper darüber Bescheid – ohne ein Wort darüber zu verlieren selbstverständlich –, dass seit Jahren Beschwerden

gegen den Kollegen Klotz eingehen. Es sieht so aus, als ob er seit Jahren einige ausgewählte Studentinnen durch die erste Prüfung sausen lässt. Erstaunlich dabei ist, dass die Gefallenen in den anderen Fächern ausnahmslos sehr gute Noten einheimsen. Zudem erschien mir sehr auffallend, dass diese Damen auch bei den Wiederholungsprüfungen keine Chance hatten.»

«Hatten diese Frauen etwas Verbindendes?»

«Diese Frage habe ich mir auch gestellt und ein bisschen nachgefragt. Und ich habe nichts gefunden. Manche waren auffallend hübsch, andere unscheinbar, die einen waren gross, andere klein oder durchschnittlich, es gab darunter aktive, engagierte oder auch eher passive, dicke und dünne, wortgewaltige und wortkarge, zurückgezogene und scheue. Kurzum, ich bin zum Schluss gekommen, dass es jede treffen konnte – vorausgesetzt sie war eine Frau. Männer sind nie in den Genuss einer solchen Spezialbehandlung gekommen. Und ganz klar war auch, dass Professor Klotz sie einfach in der Nase hatte. Wenn Sie mir also seinen Tod mitgeteilt hätten, wären mir da schon ein paar Ideen gekommen. Aber Odermatt? Da bin ich überfragt.»

«Hat denn niemand etwas dagegen unternommen?»

Santoro hatte sich gerade wieder, ziemlich erregt, in die Befragung eingemischt. Seine Tochter hatte dieses Jahr die Matura geschafft und wollte im Herbst ein Studium beginnen. Unter mehreren anderen Fächern hatte sie sich auch, vorsorglich, für die Psychologie angemeldet. Beim blossen Gedanken, dass seine Lucia auf solche Widerlinge treffen konnte, entwickelte sich schon Schaum vor seinem Mund, und er hätte am liebsten die Zähne gebleckt.

«Dieses Jahr, fragen Sie mich nicht, wie diese jungen Leute darauf gekommen sind, haben sich die Durchgefallenen an mich gewandt. Sie bekamen eine neutrale Aufsicht für die Wiederholungsprüfung – alle sind durchgekommen. Wäre Professor Klotz das Opfer, könnte ich Ihnen also einige Namen vorschlagen.»

«Wie kommen eigentlich die Professoren untereinander aus?

Ich habe gehört, dass es einige Machtkämpfe unter ihnen geben soll.»

«Also, Frau Goldberg, einen offenen Krieg haben sie nicht geführt, wenn Sie das meinen. Wenn Sie das nicht gerade überall herumerzählen, kann ich Ihnen schon meine Einschätzung liefern. Geliebt haben sich die Herren mal sicher nicht, das tun Herren in diesen Gemäuern aber eh selten.»

Hatte Meister Yoda jetzt tatsächlich ihrem Chef zugezwinkert? Oder hatte sie sich das nur eingebildet, fragte sich Zina leicht beunruhigt. Der Angezwinkerte tat zumindest nichts dergleichen. Aber sie hatte keine Zeit für weitere Überlegungen, denn Professor Grühner hortete anscheinend noch einige Pfeile im Köcher, die er gerne in Richtung psychologischer Heerscharen abschiessen wollte.

«Wenn Sie uns Professoren alle auf ein Fussballfeld setzten, spuckten wir uns ohne Zweifel alle gegenseitig an oder rissen uns gegenseitig an den Haaren, wie es sich heute gehört. In diesen heiligen Hallen jedoch werden die Auseinandersetzungen nicht ganz so brachial ausgetragen. Wir sind da schon um einiges subtiler. Unsere Psychologen sind natürlich Meister in diesem Fach. Sie werden schon noch darauf kommen.»

«Und worum geht es dabei?», mischte sich Santoro ein.

«Ach, da bin ich ein bisschen überfragt. Richtungskämpfe, würde ich mal sagen. Es gab sogar böse Artikel bis in die regionale Presse.»

«Welche Richtungen?»

«Psychologische Richtungen. Auf jeden Fall haben beide Seiten literweise ätzende Säure in die Druckerpatronen gemischt. Wenn Sie die Herren fragen, werden Ihnen garantiert beide Mannschaften gerne Auskunft geben. Ob Sie dann auch verstehen, worum es geht, das ist eine ganz andere Frage. Ich zumindest konnte den Sinn der Auseinandersetzung nicht ganz erfassen. Und dann gibt es natürlich noch die gross angelegte Studie, die geplant ist.»

«Meinen Sie das Projekt Prometheus?» Zina konnte sich vage erinnern, dass dieses Projekt, für das der Bund schon einige Millionen zugesprochen hatte, zu heftigen Kontroversen geführt hatte.

Hunderte von Familien sollten über Jahre hinweg beobachtet und befragt werden. Nur wusste sie nicht mehr zu welchem Zweck. Doch für derartige Überlegungen hatte sie jetzt keine Zeit, denn der Meister erklärte ihnen neue Aspekte seiner Welten.

«Dann streiten sich natürlich alle – nicht nur die Psychologen – um Gelder, Räumlichkeiten, Stellen, Subventionen und manchmal auch ganz fundamental über Ausbau oder Schliessung eines Instituts. Bisher haben wir jedoch noch keine Toten in diesem bürokratischen Kleinkrieg zu verzeichnen. Und wenn schon, wären die Opfer der Verwaltungsverstaubung oder der Formularitis erlegen … Damit möchte ich Ihnen nur nahelegen, dass wir Professoren und Anverwandte nicht dazu neigen, blutrünstig zu sein, zumindest nicht im wörtlichen Sinne. Die meisten von uns würden beim Anblick von Blut vermutlich mehr oder weniger anmutig in Ohnmacht fallen. Und das ist ganz schön hinderlich fürs Aufschlitzen von Kollegen – oder nicht? Das erinnert mich daran, dass etwa dreissig Leichen meiner harren.»

«Leichen?», wunderten sich unisono die beiden Ermittler.

«Hat Sie die Neuigkeit noch nicht erreicht? Sie liegen alle neben der Elisabethenkirche. Sind alle auf einmal gestorben, und ich lechze förmlich danach, sie mir näher anzuschauen.»

Zina und Santoro starrten den Professor, der ihnen doch harmlos und entgegenkommend erschienen war, mit entspannten Kinnladen an. Santoro tastete schon diskret nach seiner Waffe, die er natürlich nicht fand, da sie wie gewohnt in seiner Schublade lag. Hatten sie es mit einem Verrückten zu tun? Sie schielten sich an, ohne den Kopf zu wenden. In diesem Moment fuhr der Professor fort: «Ich wette mit Ihnen, dass sie alle an der Pest gestorben sind. Und zwar Mitte 14. Jahrhundert. Mensch Meyer! Was glauben Sie, wie viele wundervolle Neuigkeiten sie uns liefern werden.»

***

Sie sassen auf einer Bank unter den Kastanienbäumen auf dem Petersplatz, die weiterhin ihren Schatten gegen die sengende

Hitze zu verteidigen suchten. Der Morgen war schon fast vorbei, und ihr Kampf wurde immer hoffnungsloser. Auch heute würde das Quecksilber über die Dreissigermarke kraxeln – daran zweifelten auch die beiden nicht. Zina beobachtete einen einsamen Hundebesitzer, der eisern einen kleinen Gummiball warf, obwohl sein vierbeiniges Eigentum mit immer weniger Elan dem sonst so begehrenswerten Rund nacheiferte. Bald würde die heraushängende Zunge die Länge seiner doch eher kurzen Beine übertreffen, und dann würde das hässliche und doch so geliebte Haustier seine Runs unterbrechen und hechelnd daliegen.

Kein Wetter, um Mörder zu jagen, dachte Zina. Sie eiste ihren Blick von der Herrchen-und-Hund-Dynamik los und richtete ihn so unauffällig wie möglich auf ihren Chef. Seine Müdigkeit schien ihr nicht nur vom kletternden Quecksilber herzurühren. Sie musste tiefere Beweggründe haben. Laut hätte sie diese Gedanken mit Bestimmtheit nicht ausgedrückt, geschweige denn nach den realen Hintergründen gefragt. Diese unsichtbare Barriere würde sie mit Sicherheit nicht überqueren. Und sie wusste auch warum, obwohl sie ganz bestimmt nicht bereit war, darüber klare Gedanken zu formulieren. Zudem bestand die Gefahr, dass ihr Gegenüber sich die gleichen Rechte herausnehmen könnte, ... nein, darauf würde sie sich mal ganz sicher und überhaupt nicht einlassen.

Sein Profil – die Nase im Begriff, einen Kopfsprung zu machen – bot sich nackt ihrem Blick an. Seine Augen waren geschlossen. Die Fingerspitzen verdeckten den Mund, der augenscheinlich zurzeit die Kraft zur ironischen Verzogenheit nicht finden konnte. Ihre Augen wanderten weiter zur Stirn, in der sich tiefe Mäander eingegraben hatten. Jetzt wanderten seine Hände Richtung Stirn, und er versuchte vergebens, diese Wogen zu glätten. Sein Mund verzog sich. Das konnte doch alles nicht das Resultat einer einzigen Therapiestunde gewesen sein, oder? Sie musste ihn da dringend herausholen, nicht aus Mitgefühl. Welche verdepperte Idiotin verzettelte schon ihre Energien damit, Mitgefühl für einen Vorgesetzten zu entwickeln? Nein, nein, hier ging es einzig und allein darum, dass

sie einen Mord vor der Nase hatten, den es zu erschnüffeln galt. Und mit Trübsal blasen wäre sicher nichts gewonnen … wobei, bei Psychologen wusste man ja nie, die hatten noch an den deprimierendsten Dingen ihre Freude. Spass beiseite.

Sie atmete tief durch und legte los. «Also, wenn Sie mich fragen, gegen Kopfschmerzen sind Tränen im richtigen Moment immer noch das beste Mittel.»

«Etwas Blöderes haben Sie wohl nicht auf Lager, wie?»

«Physiologisch gesehen ist der Vorgang sicher zu erklären, aber ich werde es nicht versuchen. Eine flagrante Kontraindikation in diesem Fall würde ich hier diagnostizieren. Ich meine, es ist ja nur ein Vorschlag. Sehen Sie es doch als eine Entspannungstechnik an. Ich möchte Ihnen ja nicht unterjubeln, dass Sie nahe am Wasser gebaut haben, und Sie werden dadurch ja auch bestimmt nicht zur chronischen Heulsuse, darauf gebe ich Ihnen eine hundertjährige Garantie. Es ist nur so, dass es doch ganz nett wäre, auf Mörderjagd zu gehen. Verstehen Sie? Und ohne Ihre Kopfschmerzen ist es einfach viel lustiger. Natürlich weiss ich, dass Männer aus Ihrem Kulturkreis nicht weinen dürfen …»

Zina Goldberg unterbrach sich, denn mittlerweile war das ganze Gesicht hinter den Händen des Kommissars verborgen – den feinfühligen Händen, stellte sie gerade noch fest, bevor sie es sich verbieten konnte –, und ein erbärmlicher Laut des Klagens kam zwischen den Fingern hervor, schwoll an und entwickelte sich zu einem Jaulen, das jeder Alarmsirene, die etwas auf sich hielt, gut angestanden wäre. Doch damit nicht genug. Jetzt unterbrachen herzerweichende Seufzer, gefolgt von Schluchzern, die Zina bis ins Mark trafen, den Dauerton. Na, so viel Erfolg hatte sie sich nicht erhofft. Sie schaute sich um. Das hatte sie befürchtet. Der Blick des Herrchens, der jetzt auf sie gerichtet war, konnte noch zur Not als fragend bis irritiert taxiert werden, der Blick des Hundes hingegen war unmissverständlich vorwurfsvoll. Sie überlegte gerade fieberhaft, wie sie die Dämme, die sie hier anscheinend zum Einbruch gebracht hatte, wieder zusammenflicken konnte, als mit einem tiefen Seufzer ein Schlusspunkt gesetzt wurde. Die Hände strichen

übers Gesicht und entblössten ein verheultes Antlitz, die Tränendrüsen produzierten eben noch die allerletzten Resttränen und gaben sie widerstrebend frei. Santoro setzte sich aufrecht hin, hob die Schultern, um sie dann in einem Ruck zu straffen. Daraufhin drehte er seinen Kopf betont langsam in Richtung seines Heulcoaches und sagte: «Und das, meine Liebe, war nur ein *ganz* kleines Muster meiner weinerlichen Fähigkeiten. Wenn Sie mir schon Ihre innersten Vorurteilchen zeigen wollten, hätten Sie mich doch damit konfrontieren können, dass Leute aus meinem Kulturkreis Meister der emotionalen Ausschweifungen sind. Dann könnten Sie sich jetzt nämlich auf Ihrer wohlverdienten Rechthaberei ausruhen. Na ja, Pech gehabt!»

Worauf er anscheinend wieder in sich zusammenbrach und seine rechte Hand wieder zur Stirn griff. Was konnte sie jetzt noch unternehmen, fragte sich Zina. Im Moment konnte sie aber grübeln und suchen wie sie wollte. Nichts, aber auch gar nichts wollte ihr in den Sinn kommen. Wie sagten die Chinesen so richtig? Es gibt sechsundreissig Stratageme, und die Flucht ist immer das Beste. Sie dachte es, befand die Idee als richtig und ging dezidiert zum Angriff über, denn für eine Flucht braucht es die richtige Motivation. «Wenn Sie jetzt nicht sofort aus Ihrer Selbstbemitleidung und aus Ihren Nebeln von Avalon herauswaten, halte ich Ihnen einen postfeministischen Vortrag über männliche Erbärmlichkeitsstrategien. Das schwache Geschlecht mit allem Drum und Dran.»

Da Santoro immer noch zusammengesackt vor sich hin stierte, legte sie los. «Die armen kleinen Männer, schon bei der Geburt haben sie die schlechteren Karten. Ihre armen Lüngchen bilden sich nicht so schnell aus. Und die gemeinen Kinderkrankheiten, alle werfen sie sich mit Vorliebe auf die Knäblein. Und dann erst die Schule, gar nicht für die Buben gemacht. Die würden sich doch lieber balgen, was weibliche Pädagogen, die es in zu grossen Massen gibt, gar nicht zu würdigen wissen. Die Feminisierung der Schule macht ihren letzten Hoffnungen den Garaus. Überschüttet werden die armen Kerlchen mit sozialen und emotionalen Anforderungen,

denen sie doch gar nicht gerecht werden können, des zu vielen Testosterons und des zu wenigen im Frontallappen wegen. Zudem sind sie gar nicht mehr gefragt, die echten Buben, denn das Land braucht dummerweise keine Helden mehr. Wenn sie erwachsen werden, wenn sie es jemals schaffen, fängt das richtige Elend erst richtig an, denn jetzt werden sie mit den Fragen der uneinsichtigen Frauen konfrontiert, die dauernd wissen wollen, was sie denk…»

«Roger. Tower, geben Sie mal lieber die Piste frei.»

Santoro, der nun vor ihr stand, fuhr sich mit beiden Händen kräftig durchs Haar. Sie hatte es geschafft, Santoro war aus seiner Gruft auferstanden.

«Und wohin fliegen wir, Chef?»

«Übers Kuckucksnest.»

ZWEI

Basel liegt wirklich in einem Kessel. Der Morgen ging auf seinen Höhepunkt, die Hitze auf ihre Unerträglichkeit zu. Matteo Santoro liebte Sonnenschein und Wärme – schliesslich reichten seine Wurzeln bis in den Süden Europas –, aber nicht diese schmutzschwangere, lastende, stehende Dreckshitze, die den Bewohnerinnen und Bewohnern der Stadt das Gefühl vermittelte, mit einem Plastiksack über dem Kopf leben zu müssen. Keinen Trost empfand er duch die Sicherheit, dass der Mittag nur einen zögerlichen Vorboten des Nachmittags darstellte.

Und trotzdem. Diese Hitze tat ihm anscheinend gut.

Immerhin, die Kopfschmerzen waren verflogen. Ob dieser Segen der chronischen Frechheit seiner Assistentin, seiner feuchtdramatischen Einlage oder der zehnminütigen Velofahrt zu verdanken war, darüber wollte er sich jetzt nicht auslassen. Einem sanften und quirligen Gedanken würde er sich noch viel weniger stellen, dass die Kopfschmerzen nämlich vor seiner Freude, mit dieser respektlosen Person herumzublödeln, Reissaus genommen hatten. Zudem war jetzt eh nicht der Moment für Selbstreflektion, denn sie betraten gerade die Abteilung für Psychologie.

Im zweiten Stock des modernen Gebäudes, das am Rande der Parkanlage lag, erwartete sie nicht die lernschwangere Atmosphäre, die ein universitäres Institut normalerweise verströmt. In den Gängen waren Gruppen von Menschen verschiedenen Alters versammelt. Hier hatten sich sowohl Mitglieder des Lehrkörpers wie auch Studentinnen und Studenten versammelt. Die Spurensicherung war also immer noch damit beschäftigt, die Räume zu durchsuchen, wonach, blieb noch immer ziemlich im Dunkeln, sagte sich Santoro. Nur die grauen Köpfe der Professoren fehlten. Wohin mochten sich diese Herren abgesetzt haben? Und da, auf einem Stuhl, die Hände im Schoss, sass die bedauernswerte Putzfrau, die anscheinend immer noch sehr

erregt einem Grüppchen Neuankömmlingen die Geschichte ihrer Entdeckung erzählte. Sie hatte zwar ein Taschentuch in den Händen, das sie fleissig zerknüllte, das Leuchten in ihren Augen hingegen zeugte von der Freude der Erzählerin, die eine fesselnde Geschichte an den Mann bringt. Nur dass es sich hier hauptsächlich um Frauen handelte.

Santoro fragte sich, ob die Versammelten rein zufällig zusammengewürfelt waren, oder ob hier die Menschen zusammengekommen waren, die dem ermordeten Professor am nächsten gestanden hatten. Bei der zweiten Möglichkeit könnte es ganz nützlich sein, sich diese Personen näher anzuschauen. Die beiden Ermittler manövrierten zwischen wispernden und kopfschüttelnden Gruppen hindurch, bis sie endlich ein Gesicht erkannten, das sie schon am frühen Morgen gesehen hatten. Der Assistenzprofessor des Verstorbenen drehte den Kopf in ihre Richtung, und sein tieftrauriger Blick erfasste die Neuankömmlinge. Sofort schien er sich aufzurappeln, er straffte seine leicht herunterhängenden Schultern und machte einige Schritte auf sie zu. Er sprach sie mit gedämpfter Stimme und in einem Hochdeutsch an, das mit schweizerdeutschen Elementen durchsetzt war: «Herr Kommissar, Frau Goldberg, wie bin ich froh, Sie wieder hier begrüssen zu dürfen. Haben Sie schon Neuigkeiten für uns? Wir sind hier alle tief betroffen. Eine unfassbare Tragödie.»

Ohne auf eine Antwort zu warten, führte er den Kommissar und seine Assistentin zu einer Gruppe, von der er sich anscheinend nur kurz entfernt hatte. Seine Rückenansicht hatte keinen aufbauenden Einfluss auf Zina, zerstörerische Kräfte wurden im Gegenteil dadurch geweckt. Pampers-Charme, dekretierte sie erbarmungslos. Die Figur eines Säuglings, fallende Schultern à la Merkel und etwas zu viel um die Hüften, das an ewige Windeln erinnert. Sie eiste ihren Blick von den allzu runden Kurven weg und erweiterte ihr Blickfeld. Hier hatten sich allem Anschein nach die Assistentinnen und Studentinnen des Verstorbenen zusammengeschlossen.

Liselotte Burger, die als Erste vorgestellt wurde, entpuppte sich als eine zierliche junge Frau, mit dunkelbraunen Haaren,

die ihr schmales Gesichtchen umrahmten. Sie wirkte kaum älter als zwanzig, dachte Zina, die ihr sogleich den Spitznamen «Püppchen» verlieh. Das sind doch genau die Augen, die von naiven Männern unschuldig genannt werden. «Le petit menton volontaire» würden diese Unbedarften sicher übersehen. Aber vielleicht kam in der deutschen Sprache gar kein eigenwilliges Kinnchen vor.

Als Nächste wurde die Präsidentin der Studentenvertretung, Antoinette Löliger, vorgestellt, eine imposante und wohlproportionierte Erscheinung mit rotblonder Lockenpracht. Puppe, dekretierte Zina diesmal unbarmherzig.

Die Dritte im Bund hiess Priska Braun und war ihres Zeichens Assistentin des Institutsvorstehers. Im Gegensatz zu ihren Kolleginnen war diese junge Frau sehr unvorteilhaft gekleidet. Die mausbraunen Haare, die straff nach hinten zusammengebunden waren, verbesserten den Gesamteindruck in keiner Weise. Im Gegenteil, sie liessen die etwas groben Züge der jungen Frau nur heller hervortreten. Zina fragte sich, welchen Spitznamen sie dieser leicht verschlossen wirkenden Person wohl geben konnte. Kontrastprogramm? Doch da spürte sie den Blick der jungen Frau auf sich ruhen und hob den Kopf. Ein Blick wie ein Laserstrahl. Zina schaute schnell wieder weg. Die Frau war nicht zu unterschätzen.

Santoro hatte unterdessen mit der Befragung des Grüppchens begonnen. Zuerst fragte er sie, ob der Professor sich in letzter Zeit verändert habe, ob er sorgenvoll, unruhig oder gar ängstlich erschienen sei. Die Anwesenden verneinten dezidiert. Der Ermordete hatte keine Anzeichen von Sorgen gezeigt, da waren sich alle einig. Im Gegenteil. Herr Odermatt hatte sich anscheinend in letzter Zeit besonders engagiert und war frohen Mutes gewesen. Soweit sie informiert waren, hatte er sich öfter als früher im Gebäude aufgehalten und sich sehr um die Belange des Institutes gekümmert. Santoro wollte weiter wissen, wie die Anwesenden zu ihrem Professor standen, und ob sie Auseinandersetzungen oder Anfeindungen innerhalb des Instituts festgestellt hatten. Nach den zwei Assistentinnen, die von nichts Derartigem wussten, war nun die schöne Antoinette

an der Reihe, ein Lobgesang auf den Toten zu intonieren: «… und war immer nur freundlich und verständnisvoll. Natürlich gab es auch unter der Studentenschaft einige, die sich über ihn beklagt haben. Aber die haben einfach nicht verstanden, wie schwierig seine Aufgabe ist. Er hat so viel gearbeitet und konnte trotzdem zu wenig Zeit für seine Forschungen finden. Ich finde, man sollte doch auch Verständnis haben, wenn er manchmal nicht so gut vorbereitet war und nicht zu jedem Thema schriftliche Unterlagen bereitstellte. Er war immer sehr am Kontakt mit der Studentenvertretung interessiert und hat uns immer sehr ausführlich seine Lage erklärt. Manchen war auch nicht recht, dass er nicht so genau erklären konnte, welche Themen für die Prüfungen wirklich relevant waren. Aber schliesslich hat er uns so zu mehr Eigenverantwortung gezwungen, und das finde ich persönlich eigentlich ganz in Ordnung.»

«Gab es noch weitere Klagen?», hakte Santoro nach, als die Studentenvertreterin innehielt, um sich ihr Stupsnäschen zu putzen.

«Ach, ich denke schon, aber ich habe nichts Konkretes gehört. Zu *mir* sind sie nicht mit ihren Klagen gekommen.»

Kein Wunder, mein Püppchen, sagte sich Zina. Wer wollte schon eine Studentenvertreterin mit seinen Problemen belasten, die es sich anscheinend zur Aufgabe gemacht hatte, die Sorgen der Professoren entgegenzunehmen. Mittlerweile hatte Antoinette Löliger ihren Lobgesang fast abgeschlossen. «… und er war auch nicht so streng mit uns. Durch seine Prüfungen ist kaum jemand geflogen.»

Auf diese letzten Worte liess sie einen gut dosierten Augenaufschlag Richtung Santoro folgen. Anschliessend fuhr sie sich in Zeitlupe mit der linken Hand durch ihre Lockenpracht, die keine Korrektur benötigte, wie Zina still und trocken feststellte. Die initiative Dame beendete unterdessen ihren verkappten Frontalangriff mit einem Lächeln, das wohl Schüchternheit signalisieren sollte. Deine Mitteilung ist wohl auch für alle klar, analysierte Zina nicht ganz neutral: Durch meine Prüfung bist *du* auch nicht gefallen. Das Ziel der Charmeattacke schaute

jedoch nicht auf die Absenderin des körpersprachlichen *billet doux*, sondern in ihre Richtung, musste Zina mit Schrecken und in einem unerklärlichen rötlichen Nebel steckend festhalten. Hatte sie laut gedacht, ohne es zu merken? Das fast unmerkliche schiefe Grinsen, das sie aufschnappen konnte, gefiel ihr auf jeden Fall gar nicht. Da gab es nichts zu lachen.

Zudem sagte sich Zina, gibt es hier ein grundlegendes Problem. In diesen Mauern gab es zu viele Frauen. Oder waren die Männer zu rar?

Während ihr Chef von den vier Anwesenden wissen wollte, wo sie die letzte Nacht verbracht hatten, wann sie den Ermordeten zuletzt gesehen hatten, wer sich in den letzten Tagen im Haus aufgehalten hatte, hörte sie nur noch mit einem Ohr zu und liess ihren Blick durch den Gang schweifen.

Eine stürmisch eintretende Person mit wehenden Haaren und einer schweren Mappe in der Hand zog ihre Aufmerksamkeit auf sich. Die Person, eine stämmige und resolut wirkende Frau mittleren Alters, blieb auf der Schwelle der Eingangstür abrupt stehen, als sie sich in der kleinen Menschenansammlung wiederfand. Perplex schaute sie um sich. Zina beschloss, den Neuankömmling anzusprechen. Einerseits war ihr im Moment nur recht, wenn sie dieses verhängnisvolle Grüppchen verlassen konnte, andererseits strahlte die Neue etwas aus, das bisher nicht im Raum feststellbar gewesen war. Zina konnte zwar noch nicht erklären, worum es hier ging, aber sie wollte auf jeden Fall herausfinden, was sie so neugierig machte. Als die Neue Zina Goldberg auf sie zukommen sah, fragte sie leicht ungehalten: «Was ist denn das für ein Volksaufmarsch?»

«Professor Odermatt ist heute Nacht ermordet worden.»

«Scheisse! Auch das noch!»

«Sie hatten einen Termin beim Professor, Frau …?»

«Duchemin, Diane Duchemin. Und ja, ich bin von zu Hause hierhergerast, weil der Herr mir keinen anderen Termin geben konnte. Er hat mindestens zehn Minuten damit verplempert, mir am Telefon zu erklären, wodurch seine wertvolle Zeit belegt ist. Als ob mich das was angehen oder interessieren würde.»

«Wann war das?»

«Gestern gegen sechs Uhr abends.»

«Welchen Eindruck machte er auf Sie?»

«Einen schlechten, wie immer», begann Frau Duchemin sarkastisch, «wobei … er war eigentlich anders. Aufgekratzt, würde ich sagen.»

Zina ahnte langsam, was Frau Duchemin Neues zu bieten hatte. Es ging um Dinge wie frischen Wind, Bodenständigkeit, Realitätssinn. Sie beschloss, diese klare Quelle anzuzapfen, um von ihr einen andersartigen Blick auf den Toten zu bekommen. Eine willkommene Abwechslung zum bisherigen Gesülze. Sie lotste die Dame in einen der Räume, der von ihren Benutzern verwaist zurückgelassen worden war. Unterwegs gab sie ihrem Chef ein kleines Zeichen mit dem Kopf. Er unterhielt sich gerade mit den Leuten der Spurensicherung, die einer nach dem andern und mit vielen Tüten beladen den Tatort verliessen. Wer weiss, vielleicht fanden sie ja in all diesen Federn die Gans mit den goldenen Eiern?

Frau Duchemin hatte es sich schon in einem abgewetzten Ledersessel bequem gemacht, als Zina ihrerseits den Raum betrat, sich ihr schräg gegenüber in den Zwillingssessel sinken liess und ihre Beine streckte.

«Und wer sind Sie? Sagen Sie mir nicht, dass Sie seine Nachfolgerin sind, ich glaube nicht an Wunder. Sie werden uns bestimmt – nach diesem selbstverliebten, aufgemotzten Gartenzwerg – einen ebenbürtigen Ersatz schicken.»

So viel zur viel gepriesenen Empathie der psychologischen Garde, dachte Zina. Sie stellte sich kurz vor und nahm den Faden auf, den die aufgebrachte Dame zu spinnen angefangen hatte.

«Wissen Sie, wer die Nachfolge übernehmen wird? Gibt es da einen festen Fahrplan einzuhalten?»

«So genau weiss ich das auch nicht. Habermaus, vielleicht. Aber der wird eh in ein paar Wochen ausserordentlicher Professor, neue Stelle. Meistens schicken die Deutschen uns einen rüber, wenn ein Platz frei wird. Scheinen an einer psychologischen Schwemme zu leiden, die Armen.»

«Kann nicht eine seiner Mitarbeiterinnen nachrücken?»

«Sie machen wohl Witze. Um in der Schweiz eine universitäre Karriere einschlagen zu können, müssen Sie erstens ein Mann sein. Bis zur Assistentin schaffen es die Frauen noch, vielleicht, aber dann ist Sense.»

«Aber», begann Zina, «das Fach Psychologie wird doch bald nur noch von Frauen gewählt. Passt doch nicht zusammen, oder?»

«Ja, da haben Sie ganz schön recht. Wir machen über achtzig Prozent der Studierenden aus. Und null Prozent der ordentlichen Professoren – hier in Basel. Ich weiss nicht, ob Ihnen das ein Trost ist, aber nur in der Türkei sind die Frauen unter den Hochschuldozenten noch schlechter repräsentiert als bei uns. Wenn wir sie zu Europa zählen, stehen wir nicht mehr ganz am Arsch unseres Kontinentes an.»

Sich gegenseitig angrinsend, ob dieses gewagten Bildes der bildungspolitischen Situation ihres Landes, landeten doch beide bald wieder zurückgelehnt in ihren Sesseln und schauten sich betroffen an.

Santoro hörte sich die Zwischenergebnisse der Spurensicherung an. Sein Gegenüber, das immer noch in den weissen Astronautenklamotten steckte, schwitzte fleissig an sich runter und betrachtete sein Klemmbrett mit viel Seriosität und Stirnrunzeln. Unter seiner Kopfbedeckung waren die langen Haare des jungen Mannes versteckt, und keines wagte auch nur seine Spitze an die Luft zu setzen. Früher trugen doch die Frauen in einem bestimmten Alter solche Häubchen, sinnierte der Kommissar, der sich erinnern konnte, dass auch seine Mutter gelegentlich ihre Lockenwickler unter einem solchen Plastiktopfwärmer versteckt hatte. War es in der heutigen Hightechzeit nicht möglich, Schutzvorrichtungen zu erfinden, die weniger an Hausfrauen aus den sechziger Jahren erinnerten und mehr ein Flair für Wissenschaftlichkeit und Ästhetik verströmten? Er hatte Mühe, sich auf den Inhalt der Aussagen zu konzentrieren, wenn er die Lockenwickler unter dem Plastik zu erahnen glaubte. Sein Gegenüber, das nichts von seiner vestimentären Analyse wusste, dozierte jedoch schwungvoll

und unbeirrt weiter: «Er hat viel Blut verloren, viel mehr als wir zuerst vermuteten, denn der dicke Teppich hat das meiste verschluckt. Erstaunlich übrigens, dieser Teppich. Wenn Sie sich die anderen Räume anschauen, werden Sie feststellen, dass normalerweise doch sehr viel dünnere und auch billigere Exemplare gewählt wurden.»

«Er ist also nicht sofort gestorben?»

«Mit Sicherheit nicht, Herr Kommissar, der hat noch ein schönes Weilchen vor sich hin geblutet, also eher unter sich. Das macht den Zeitpunkt des Mordes natürlich noch unsicher. Ich kann Ihnen nicht sagen, wie lange er brauchte, um zu verbluten. Sie hätten das sehen sollen, als wir ihn umgedreht haben, der reinste Blutsumpf, sag ich Ihnen, und dann dieses Geräusch, als wir ihn hoch...»

«Schon gut, schon gut, ich glaub's Ihnen ja aufs Wort», beeilte sich Santoro zu intervenieren. Er hatte, auch ohne genauere akustische Anweisung, ein lang gezogenes «Schhhhlack» in den Ohren, das ihm die Eingeweide umdrehte. Und er hatte es doch heute schon mit dem Magen, oder?

«Konsternierend!», unterbrach Frau Duchemin als Erste das Schweigen. «Konsternierend!»

Nicht ganz so schwerwiegend, aber doch beunruhigend fand Zina die Tatsache, dass sie sich von dieser Frau so schnell aus ihrer professionellen Haltung hatte lotsen lassen. Sie beschloss, wachsamer zu sein und das Gespräch zu führen. Nur, wo versteckte sich bloss dieses Teil? Ach ja, da war es, begraben unter der sexistischen Hochschulpolitik. «Was wollten Sie mit Herrn Odermatt besprechen?»

«Zu besprechen gab's eigentlich nichts mehr. Ich machte mir nicht wirklich Illusionen über den Ausgang unserer kleinen Auseinandersetzung. Trotzdem. Ich wollte meine Meinung unter die Hochnäsigkeit des kleinen Herrn Professors reiben.»

«Ihre Meinung? Zu welchem Thema denn?»

Frau Duchemin antwortete nicht sofort. Sie drückte ihren Rücken noch stärker in die Lehne und verschränkte die Arme unter ihren Busen. *Die het vill Holz vor dr Hütte*, wäre hier ein

angebrachter Kommentar. Doch sie verweilte nicht bei diesem imposanten Körperteil. Vielmehr hob sich ihr Blick, bis sie das Gesicht im Blickfeld hatte. Frau Duchemin hatte jetzt den Kopf leicht zur Seite gesenkt und schaute sie durchdringend und gleichzeitig skeptisch an. Die nächste Äusserung der resoluten Dame verstärkte noch den gewonnenen Eindruck.

«Sie wollen mir nicht ganz zufällig diesen Mord anhängen, oder? Dem blöden Kerl hätte ich schon gerne den Schädel eingeschlagen, aber auch nur in der Phantasie.»

Zina stellte sich die eher grosse und robuste Frau vor, wie sie das kleine schmächtige Kerlchen attackierte. Das Bild passte sehr gut zum Bild, das sich Zina bisher von der Frau gemalt hatte. Doch dann runzelte sie die Stirn. «Woher wissen Sie, dass ihm jemand einen Schlag auf den Kopf verpasst hat?»

«Meine Güte! Ich weiss es doch nicht. Ich hab doch nicht den Schimmer einer Ahnung, wie der Mann gestorben ist. Ich hab doch nur so dahergeredet.»

«Wie steht es mit Spuren und Fingerabdrücken?» Wie hiess dieser junge Spund denn nur?

«Zu viele, wenn Sie mich fragen. Wir werden heute Nachmittag nochmals vorbeikommen müssen. Das ist die reinste Bahnhofshalle hier, die ganze Welt ging hier anscheinend ein und aus. Mir scheinen eher diejenigen verdächtig, die hier nichts hinterlassen haben. Ich weiss nicht, ob es sich überhaupt lohnt, die Abdrücke der üblichen Besucher zu nehmen. Na ja, muss wohl sein.»

«Richtig, muss wohl sein», meinte Santoro.

Diese letzten Worte hatte Frau Duchemin aufbrausend und mit den Händen fuchtelnd von sich gegeben. Sie starrte vor sich hin ins Nichts – wie versteinert. Nach nur wenigen Sekunden erwachte sie aus ihrer Erstarrung, schlug mit der flachen Hand auf den Clubtisch. «Ha, weil der Kerl geradezu danach geschrien hat! Eins auf den Deckel zu bekommen, mein ich. Der war eigentlich gar nichts Besonderes, eher mittelmässig bis unbedeutend. Und das bis in seine Studien und in seine

Vorlesungen. Gegeben hat er sich aber ganz anders: grossartig, grosszügig, brillant, beliebt, väterlich-nachsichtig. Kurzum, er hat sich selbst dauernd aufgemotzt und als Freud-Double aufgespielt. Dieser interessante Widerspruch zwischen Schein und Sein ruft doch nach einem Ausgleich. So nach dem Motto: Tu nicht so grossartig, du kleiner Giftzwerg. Und hops eins auf die Rübe, damit er seine wirkliche Dimension wieder einnimmt. Was halten Sie von meiner kleinen psychologischen Analyse?»

«Interessant», meinte Zina und schaute ihr Gegenüber leicht irritiert an, denn hier wurde ihr doch tatsächlich frei Haus ein Mordmotiv geliefert, oder hatte sie da etwas falsch verstanden? War ihr so was eigentlich schon mal untergekommen, dass einer umgebracht wurde, als Redimensionierung, damit er quasi und sozusagen wieder auf den Boden der Realität zurückbefördert wurde? Die These Mord als Redimensionierungsmassnahme verlangte mehr Zeit und Ruhe und eine aufmerksame Zuhörerin, beschloss Zina und betrachtete Frau Duchemin, die immer noch verträumt vor sich hin lächelte. Eigentlich hatte ich ihr doch eine ganz konkrete Frage gestellt, versuchte sich Zina zu erinnern. Was war es nur gewesen, was sie unbedingt hatte wissen wollen? Als ob Frau Duchemin ihre Gedanken lesen konnte, fuhr sie von alleine weiter. «Sie wollten doch wissen, was ich mit dem kleinen Krokofetischisten besprechen wollte, nicht?»

«Was können Sie mir über die Mordwaffe sagen?» Wie hiess der junge Kerl nur wieder, fragte sich Santoro.

«Waffen, Plural. Die eine ist natürlich klar, das ist dieses Langmesser oder Kurzschwert, wie auch immer Sie das sehen wollen. Zweischneidig auf jeden Fall. Hing an der Wand mit anderen scharfen Raritäten, und zwar im Arbeitszimmer nebenan. Das heisst also, dass der Mörder entweder mit dem Schwert reingekommen ist, oder dass er den kleinen Professor zuerst erschlagen hat, um anschliessend im anderen Zimmer die definitive Mordwaffe zu holen. Er hat auf jeden Fall das grösste genommen, wollte wohl auf Nummer sicher gehen.»

Santoro wollte die Implikationen, die diese Einsicht mit

sich brachte, noch nicht analysieren, stattdessen versuchte er sich an den Raum des Abteilungsleiters zu erinnern, den er am frühen Morgen gesehen hatte. Tatsächlich, an der rechten Wand hingen verschiedenste Messer und Schwerter, neben Masken und Schildern. Aber nicht aus diesen Breitengraden, nein, an all diesen Kunstgegenständen haftete ein Hauch Exotismus.

«Haben Sie eine Ahnung, woher die Dinger kommen?» Wie hiess der Kerl schon wieder? Typischer Schweizer Name, daran konnte er sich noch erinnern, obwohl der junge Kerl vor ihm eher aus einer Hollywoodserie zu entspringen schien. Viel zu gross der Kerl, wetterte Santoro in sich hinein.

«Das Ding, das dem Herrn in den Unterleib gerammt wurde, das würde ich mal aus Afrika stammend einschätzen, Schwarzafrika. Aber ich denke, dass Sie auch Waffen aus Asien und Lateinamerika finden werden. Wenn es eine Rolle spielt, fragen Sie aber lieber einen Experten. Museum für Kulturen, kann ich nur empfehlen. Aber den stumpfen Gegenstand, den haben wir noch nicht identifizieren können. Er wurde zuerst von hinten auf den Kopf geschlagen. Dann hat ihn sein Mörder auf den Teppich gebettet, hat sich ein scharfes Teilchen ausgesucht, das er ihm senkrecht in den Unterleib gerammt hat.»

«Ja, genau, Frau Duchemin, Sie haben meine diesbezügliche Frage noch gar nicht beantwortet», bestätigte Zina so beiläufig wie nur möglich und hielt sich mit aller Macht zurück, um nicht auf den Krokodilköder reinzufallen. Der musste noch warten, auch wenn er sich als sehr lecker anpries.

«Sie werden es nicht glauben, meine Werte, Sie werden es einfach nicht glauben, sag ich Ihnen», begann Frau Duchemin, hielt inne, riss die Augen auf, lehnte sich nach vorne, wohl wissend, dass es nur darum ging, die Spannung zu erhöhen.

Zina wollte sie nicht enttäuschen und schon gar nicht unterbrechen. Sie wusste schon wieder nicht mehr so ganz genau, was sie hatte wissen wollen. Deshalb nickte sie nur aufmunternd und übergab der Erzählerin mit einer eindeutigen Handbewegung das Zeichen zum Weitermachen.

«Hab ich Ihnen schon erzählt, dass ich vor Kurzem fristge-

recht meine Masterarbeit abgegeben habe? Ja, hab ich? Also, und jetzt raten Sie mal, was mir dieser kleine, schleimige, aufgemotzte Möchtegernsadist erklärt hat? Möchten Sie es wissen, möchten Sie?», ereiferte sich die temperamentvolle Dame. «Ja, ich seh's Ihnen an, dass Sie neugierig sind. Also, dann hören Sie jetzt gut zu. Sie werden es trotzdem nicht glauben können. Ich kann's nämlich immer noch nicht. Odermatt lässt mich zuerst wissen, dass er meine Arbeit korrigiert und sie für gut befunden hat. Bevor er jedoch die offizielle Bewertung rauslässt, möchte er mir, der Transparenz wegen, erklären, warum er mir eine vier Komma fünf geben wird, obwohl die Arbeit eher eine fünf Komma fünf verdient hätte. Ich müsse ihn verstehen, ihn und seine Kollegen, meint der Kerl weiter. Das Problem sei eben nicht ganz einfach. Alle im Institut wüssten nun mal, von den Studis bis hinauf zum Institutsleiter, dass ich sozusagen quasi nur so nebenbei studiere und hauptberuflich Lehrerin bin und das auch noch mit einem ziemlich grossen Pensum. Sicher ist das so, antworte ich, schliesslich müsse ich ja meine beiden Teenytöchter durchfüttern, und die seien ja nicht unbedingt billig in der heutigen Zeit. Nicht unbedingt was die Brötchen anbelangt. Nein, sondern was die Klamotten und die Coiffeure angeht, erkläre ich dem aufgeblasenen Wurm. Die Zeiten, als ich die beiden noch im Badezimmer auf ein Schemelchen setzte und ihnen einen Pagenschnitt schnipselte, die sind schon ziemlich lange vorbei. Was wollte ich Ihnen eigentlich nahebringen, meine werte Inspektorin? Eigentlich ging es mir ursprünglich nicht wirklich um die horrenden Preise der *Hörlifilzer*, oder?»

«Die sind natürlich haarsträubend, da haben Sie schon recht, vor allem, wenn es sich um Frauenhaare handelt. Eine Ungerechtigkeit mehr, die nicht richtig bekämpft wird, wenn Sie mich fragen. Die Vorstellung, gleich für drei Köpfe bezahlen zu müssen, treibt mich schon in den finanziellen Ruin, noch bevor ich mit Rechnen anfange. Und ich nehme an, dass Ihre Töchter sich zudem eher für Diesel und gegen Alternativenergien entscheiden, oder?»

Die Inspektorin stellte erschrocken fest, dass sie sich hatte mitreissen lassen. Das Thema war aber auch verlockend,

sie hätte sich noch gerne weiter entführen lassen und wäre mit Freuden in den modischen Gefilden untergetaucht, wo Schnäppchen neben Outlets für sich warben und Vorausverkaufsopportunitäten mit immer noch ruinösen halben Preisen konkurrierten. Wo hatte sie heute Morgen nur ihren Kopf gelassen? Lag es an der Hitze, die sich langsam aber sicher durch die Ritzen dieses postmodernen Baus schlich, um in diesen sonst so unterkühlten Räumen ein mediterranes Ambiente zu verströmen und in ihr, die eigentlich hoch konzentriert an der Lösung eines grauenerregenden Mordes arbeiten sollte, eine ungebührliche und ganz und gar unpassende Ferienstimmung zu erwecken? Wie lange war es her, dass sie durch schmale Gassen gebummelt war und sich von Farben und Geglitzer hatte anziehen lassen? Stattdessen schien es seit Ewigkeiten ihr Los zu sein, sich von klebrigen Substanzen und dunklen Motiven unterhalten zu lassen. Und zu allem hin hatte sie jetzt nicht mehr die geringste Ahnung, was sie hatte wissen wollen. Hilfesuchend richtete sie ihr Augenmerk wieder auf die Frau, die ihr gegenübersass. Doch auch diese schien ihre Gedanken in die Ferne geschickt zu haben, denn sie fläzte zurückgelehnt in ihrem Sessel und lächelte versonnen vor sich hin. Sie würde also mit einer Unverfänglichkeit andocken müssen. «Hmm», begann Zina Goldberg, «Sie wollten mir etwas im Zusammenhang mit dem Mord erzählen, Frau Duchemin.»

«Ach du meine Güte, den hatte ich tatsächlich schon wieder ganz vergessen. Und mit dem Mord hat meine kleine Geschichte sicher nichts zu tun. Glauben Sie mir, ich hab mich zwar fürchterlich aufgeregt, aber ermordet habe ich den Gartenzwerg deshalb noch lange nicht.»

Irgendwas mit Noten, darum ging es doch, sagte sich Zina. Wie heiss mochte es mittlerweile sein in diesen Gemäuern? Dreissig Grad, fünfunddreissig Grad? Zu viele Grade, das auf jeden Fall. Ja, es ging um eine Arbeit, die unter ihrem Wert bewertet worden war. Glücklich, so etwas wie einen Faden wiedergefunden zu haben, sagte sie: «Erzählen Sie weiter, Frau Duchemin. Was haben Sie nach dieser Benotung unternommen?»

«Er ist zuerst erschlagen worden, von hinten. In diesem Raum haben wir nichts gefunden, was den Verletzungen entsprechen könnte. Zudem ist mir noch etwas Merkwürdiges aufgefallen. Da waren auch noch so kleine Einbuchtungen am oberen Rand der Delle, als sei die Waffe dort mit Noppen besetzt gewesen. Eine Erklärung habe ich Ihnen keine anzubieten. Also, wenn ich mal zusammenfasse: Verblutet ist er, weil ihm ein Schwert in den Unterleib gerammt wurde, zuerst wurde er aber mit dem berüchtigten stumpfen Gegenstand von hinten niedergeschlagen.»

Genau. Stump hiess der Kerl. Damit war wohl jede Hollywoodkarriere schon im Keim erstickt, freute sich Santoro völlig ungerechtfertigt. My Name ist Stump, Sepp Stump. Damit war nicht durchzukommen. CSI adieu! Entweder ist es das Alter oder die Hitze, beschied Santoro kritisch, oder beides. Der Kerl hat dir doch gar nichts getan – ausser dass er zu jung und zu gross ist –, hechelte eine gehässige Stimme aus dem Off.

«Ich habe Argumente gesucht. Ein Witz war das, sage ich Ihnen, ein Witz. Er könne mir doch nicht eine fünf Komma fünf geben, was ja schon fast die Bestnote sei, wenn doch für alle klar sei, dass ich doch nur so als Hobby, als Nebenbeschäftigung studiere. Das ziehe doch die ganze Psychologengarde ins Lächerliche, wenn da eine Lehrerin und Alleinerziehende daherkomme und in ihren Abendstunden noch schnell eine Bestnote hinlegen könne. Ich müsse ihn doch verstehen, ihn und all seine Kodozenten und Koprüfer und Mitentscheider. Ich habe mich dann doch sehr uneinsichtig gezeigt und wurde fuchsteufelswild. Am Schluss hab ich die Tür zugeknallt und bin fluchend und stampfend aus diesen psychologischen Hallen entkommen. Nach einigen Tagen habe ich mich so weit wieder gefasst, dass ich eine Anwältin aufsuchen konnte. Anschliessend habe ich angerufen und habe diesen Termin erhalten. Und nun bin ich da und erfahre, dass der Depp sich zwischenzeitlich hat abmurksen lassen. Wusste ich's doch, dass auf diesen Möchtegernfreudianer einfach sicher und überhaupt gar kein Verlass ist.»

«Mit wem hat er diesen Entscheid gefällt, wissen Sie das?»

«So wie er das dargelegt hat, war die ganze Smala des Instituts beteiligt. Aber in Wirklichkeit, das nehme ich zumindest an, waren nur er und sein Schosshündchen beteiligt.»

«Schosshündchen?»

«Habermaus.»

«Habermas?»

«Nein, der wäre zu teuer, und zudem wird bei uns an den Philosophen gespart. Unserer heisst Maus, Habermaus. Und in dieser besonderen Geschichte ist er der Kokorrektor meiner Masterarbeit und Assistenzprofessor des Toten … hätte dieser Idiot nicht noch ein paar Tage warten können, damit ich ihm noch in aller Ruhe meine gesalzene Meinung hätte sagen können?»

Ach du meine Güte, dachte Zina. Natürlich, der Kerl mit den vollen Windeln und dem ewig höflichen Lächeln. Sie würde sich nochmals mit ihm unterhalten müssen. Hatte der Verstorbene wohl noch weitere solche individuelle Bewertungen und Behandlungen auf Lager gehabt? Vielleicht hatte Frau Duchemin noch von anderen dubiosen Praktiken gehört und wäre überglücklich, ihr Wissen weiterzuverbreiten.

«Das Erstaunlichste an der ganzen Sache sind natürlich die Federn, und das Allererstaunlichste sind die beiden Sorten», sagte Stump.

«Die beiden Sorten?», fragte Santoro nach.

«Ja, Gänse und Enten. Aber da ist noch ein weitaus wichtigerer Unterschied. Die Gänsefedern sind fein säuberlich geputzt, fast klinisch rein, und stammen meines Erachtens aus einem Kissen. Das sind die kleinen leichten Dingerchen, die im ganzen Raum herumfliegen, sobald jemand auch nur ans Einatmen denkt. Die Entenfedern hingegen sind eine ganz andere Geschichte, an denen klebt noch das Blut der Leiche.»

«Der Leiche?», rief Santoro aus, noch bevor er sich besinnen konnte. Er wollte sich diesem jungen Riesenschnösel gegenüber nicht zu interessiert zeigen. Zu spät, stellte er fest. Sein Gegenüber feixte selbstzufrieden vor sich hin und meinte:

«Entenleiche, Herr Kommissar, entschuldigen Sie bitte das Missverständnis, und auch das nur im übertragenen Sinne, Leiche meine ich.»

«Können Sie, junger Mann, sich bitte klarer ausdrücken?» Was war das für ein Geschwafel?

«Was ich meine, ist, dass dieses arme Tier vor nicht langer Zeit erlegt und gleich darauf auch gerupft wurde, und zwar von Hand. An den Enden finden sich noch reichlich Blut und Gewebe. Da hat sich niemand die Mühe genommen, diese Federn zu putzen.»

«Sie meinen, da hat einer eigenhändig eine Ente erdrosselt, um sie dann aus eigenen Kräften zu rupfen? Wer tut denn so etwas heutzutage noch, und das in unserer Stadt?»

«Tönt leicht verdreht, nicht?», stellte Stump fest. «Vielleicht eine satanistische Zeremonie oder sonst was Barbarisches. Gruselig auf jeden Fall.»

Noch bevor Santoro antworten konnte und sich weiter in die Gruselgeschichten von Stump hineinversetzen konnte, sah er sich von zwei Seiten angepeilt. Von rechts hinten näherten sich drei imposante graue Herren mit grauen Anzügen und grauen Krawatten, die zielstrebig auf ihn zusteuerten – begleitet von einem massigen bunten Vogel. Von links vorne zielte eine schwarz gekleidete, langbeinige, überschlanke Frau auf ihn zu, die ihre Finger nicht von ihrer langsträhnigen Kurzhaarfrisur lassen konnte, was auf eine überschäumende Mitteilungsfreude schliessen liess. Die graue Armada und die schwarze Energiequelle kamen gleichzeitig bei ihm an und verlangten seine Aufmerksamkeit. Die Grauen ergriffen als Erste das Wort: «Herr Kommissar», begann der Vertreter der Krawattierten, ein gross gewachsenes, breitschultriges und feldweibelartiges Exemplar der psychologischen Garde, «darf ich Sie um Ihre Aufmerksamkeit bitten? Mein Name ist Klotz, Professor Klotz, meine Kodozenten und ich möchten Sie gerne in Kenntnis unserer letzten Erkenntnisse setzen.»

«Und ich möchte Sie in Kenntnis meiner Koermittlerin setzen, werte Herren. Darf ich Ihnen meine Kollegin, Frau Goldberg, vorstellen?», konterte Santoro. «Frau Goldberg, dies

ist Professor Klotz, begleitet von den Herren … würden Sie die Herren bitte meiner Mitarbeiterin vorstellen.»

Die beiden Ermittler blickten sich aus den Augenwinkeln an, denn Klotz hatte sich schon in genau gleicher Weise am frühen Morgen vorgestellt, als er, den Assistenzprofessor im Schlepptau, ins Gebäude gestürmt war.

«Herr Kommissar, meine Zeit ist begrenzt …», begann der Professor und richtete seine Krawatte.

«Herr Professor, meine Kinderstube nicht.» Santoro vollführte eine elegante Handbewegung, die von Zina Goldberg über den unkooperativen Professor auf die unvorgestellten Herren wies.

«Professor Dübli und Professor Pelzig, begleitet von Herrn Hotze, zuständig für die Statistik an unserem Institut», gab der Professor widerwillig nach. «Aber darauf wollte ich nicht hinaus, Herr Kommissar. Die Herren und ich haben uns über den ungebührlichen Vorfall in diesem Haus unterhalten und müssen Ihnen darlegen, zu welchen Schlüssen wir gekommen sind … Die Federn, das ist der Faktor, den wir zu berücksichtigen haben», schloss der Vorsitzende des Institutes gewichtig und suchte Bestätigung heischend die Reihen seiner Mitstreiter ab. Die beiden Professoren nickten bedächtig, der Statistiker, Herr Hotze, der bunte Vogel, lächelte verträumt Zina an und fingerte an seinem Kragen herum.

«Die Federn, meine Herren?», fragte Santoro.

«Ja, Sie haben richtig verstanden, die Federn», erklärte Klotz und richtete seine Krawatte, die schon stramm stand. «Sie sind in dieser unglückseligen Affäre der Anhaltspunkt, der Überraschungsfaktor, den es hier zu berücksichtigen gilt, denn schon seit Wochen beschäftigen sie die verschiedenen Ebenen der Hierarchie dieser Anstalt. Wie Sie vielleicht noch gar nicht wissen, verfügt die psychiatrische Institution, in deren Rahmen wir uns hier bewegen, über einen Teich, der von Entenpärchen bewohnt wird. Und seit einiger Zeit verschwinden regelmässig Exemplare dieser Population, deren Federn an den Ufern des Teichs wiedergefunden werden. Es ist zu überlegen, ob nicht Klienten unserer Institution sich barbarischen Bräu-

chen hingeben und dabei diese Geschöpfe zu ihren, vielleicht unaussprechlichen Praktiken missbrauchen. Wie Sie vielleicht schon verstanden haben, beherbergen diese Mauern Individuen mit deviantem Verhalten, denen alles zuzumuten ist, leider. Ich möchte Ihnen gerne meine diesbezüglichen Erkenntnisse weitervermitteln, Herr Kommissar.»

«Wie sieht diese Regelmässigkeit aus?», wollte Zina Goldberg wissen, was ihr ein noch breiteres Lächeln des Statistikers einbrachte. Mit sichtlichem Vergnügen war er gerne bereit, diese Frage zu beantworten. «Es sieht nach Samstagnacht aus, meine Werte. Und das seit diesem Frühjahr. Leider haben die Wächter noch niemanden bei diesen Meuchelmorden erwischt.» Ein Ossi, schloss Zina aufgrund der unverkennbaren Aussprache, ein Ossi aus Ostberlin – mit einem Hemd voller pinker Hibiskusblüten, die von blauen Kolibris angepeilt wurden. Einer dieser hoch qualifizierten Akademiker, die den Weg nach Westen eingeschlagen haben, um die Freiheit der Lehre und Forschung und die Höhe der Löhne zu geniessen.

«Sind Sie schon lange an diesem Institut beschäftigt?», wollte sie wissen, denn es war immer wieder interessant zu erfahren, ob die Leute noch zu den Mauerspringern oder zu den Völkerwanderern nach Mauerfall gehörten.

«Ich bin nicht hier angestellt, sondern ausgeliehen, und zwar von einem der grossen chemischen Konzerne, die das Stadtbild bestimmen. Seit zehn Jahren. Das Institut für Psychologie kann sich leider noch keine eigenen Statistiker leisten, schon gar keine teuren. Auch wenn mein Titel hier nicht anerkannt wird, bin ich trotzdem Professor», meinte er grinsend.

So viel zur Unabhängigkeit von Lehre und Forschung im freien Westen, schloss Zina. Seine besondere Stellung erklärte auch, warum er den Dresscode ignorieren konnte. Sie schaute zur Seite, denn die ungewohnt unverhohlene Aufmerksamkeit, die ihr hier zuerkannt wurde, verwirrte sie doch zusehends.

«Die statistische Korrelation zwischen Enten und gefundenen Federn kann ich problemlos als erwiesen betrachten, über weitere Zusammenhänge zu spekulieren, scheint mir jedoch noch recht verfrüht», sagte er und grinste noch breiter ange-

sichts dieses kleinen Seitenhiebs in Richtung des Entwicklers der Theorie der unsäglichen Praktiken.

«Meine Herren», unterbrach Santoro, «diese Hinweise sind sicher sehr wertvoll, und wir werden ihnen gerne nachgehen –»

«Herr Kommissar», wurde dieser vom Institutsvorsteher Klotz wiederum unterbrochen, «als Psychologen –»

«Als Kommissar muss ich Sie fragen, wann Sie den Ermordeten zuletzt gesehen haben.»

Der Statistiker antwortete bereitwillig als Erster, dass er vor gut einer Woche das Vergnügen gehabt hatte. Pelzig und Dübli hatten ihn am Morgen in der Cafeteria angetroffen. Ihre Räume befanden sich im Untergeschoss, sodass sie ihre Kollegen nur selten trafen. Als Letzter und mit starrem Blick meldete sich Klotz. Er hatte Odermatt in seinem Zimmer gesehen, als er das Gebäude um circa zwanzig Uhr verlassen hatte. Worauf er ohne Pause gleich weiterfuhr: «Als Psychologen haben wir uns dieses Problems an…»

«Ihr Schwert war die Mordwaffe», konterte Santoro.

Als er nach einigem Warten noch immer keine Reaktion erhalten hatte, doppelte er nach: «Wie erklären Sie sich diese Tatsache?»

Klotz, augenscheinlich aus dem Gleichgewicht gebracht, stotterte, dass er sich nichts erklären könne, dass er sein Arbeitszimmer immer abschliesse, dass aber alle auf diesem Stock den gleichen Schlüssel benutzten.

Während die beiden Ermittler noch über diese Tatsache den Kopf schüttelten, nutzte Klotz die Lücke, um seine Argumentation weiterzuführen, «… angenommen und möchten Ihnen unsere Schlussfolgerungen mitteilen, unter Berücksichtigung unserer professionellen Kenntnisse und Implikationen. Die besondere Einbettung des Geschehens in eine, wie Sie vielleicht nicht feststellen konnten, psychodynamische Komponente der Dysharmonie und der störungsimmanenten Offensichtlichkeit der Interaktionsdysfunktionen, die hier deutlich zutage treten, haben wir evaluiert, welche Personenkreise für die Tat in Frage zu kommen scheinen. Unsere Schlussfolgerungen sind, von einem wissenschaftlichen Standpunkt her betrachtet, unmiss-

verständlich klar und sollten Eingang in die zu erfolgenden Ermessungen finden. Der Täter, um Ihre idiomatische Ausdrucksweise zu übernehmen, soll, ja muss in der Population der psychisch Devianten gesucht und gefunden werden.»

«Sie meinen, Herr Klotz, dass wir doch bitte eher unter den zahlenden Gästen als unter den bezahlten Angestellten dieser Institution suchen sollten?»

Santoro wusste, dass er zu weit gegangen war, und bereute es nicht die Bohne. Das breite Grinsen des Statistikers, das ihn bisher nicht erfreut hatte, denn dessen Ausrichtung auf seine Assistentin hatte ihn bisher unerklärlicherweise nicht beglückt, bekräftigte ihn jedoch jetzt ungemein, die Unterhaltung abrupt zu beenden. «Meine Herren, wir melden uns, falls wir Ihrer psychologischen Beleuchtung des Falles ermangeln. Einen schönen Tag noch allerseits», sagte Santoro, wies seiner Assistentin mit einer lässigen Handbewegung den Weg und verliess den Raum.

Das Lachen des Statistikers begleitete sie bis zur Tür.

DREI

«Da sind sie doch tatsächlich, diese Federn», stellte Zina lapidar fest und hob ein besonders buntes Exemplar auf.

Die beiden Ermittler hatten gerade, auf der Suche nach Spuren der sagenumwobenen Entenrupfereien, den Teich umrundet. Dabei hatte Santoro die ersten Erkenntnisse der Spurensicherer zusammengefasst, worauf sich die Nackenhärchen von Zina aufgestellt hatten. Darauf hatte sie Santoro die Theorie des Mordes als Redimensionierung eines Wichtigtuers erläutert. Santoro hatte entgegnet, dass der kleine Odermatt doch schon zu Lebzeiten mickrig genug gewesen sei. Aber nicht in seiner Funktion, hatte Zina entgegnet und gleich zur Geschichte der vollbusigen Lehrerin übergeleitet. Der kleine Kerl hatte anscheinend die Fähigkeit, seine Kollegen und Studenten gegen sich aufzubringen, analysierten sie die bisherigen Informationen. Was sie bisher erfahren hatten, reichte hingegen wohl kaum für einen Mord.

Nun liessen sie beide, wie in einem stillen Einverständnis, ihren Blick über die idyllische Szenerie schweifen. Mitten in einer Wiese lag die Wasserfläche, umrandet von eindrucksvollen Bäumen. Zu ihrer Linken standen nebeneinander zwei Trauerweiden, deren Äste sich im Wasser verloren. Hinter dem Blättervorhang des einen Baumes konnten sie ein Bänkchen erkennen, das zum Verweilen einlud. Erstaunlich, dass niemand der Aufforderung nachgegangen ist, dachte Santoro und stellte fest, dass sie die einzigen Besucher waren. Gerade jetzt, zur Mittagszeit an einem so heissen Tag, sollten sich doch Angestellte und Insassen dieser Institution um die schattigen Plätze streiten. Sassen wohl alle um einen obligatorischen Mittagstisch, sinnierte Santoro.

Auf dem Wasser dümpelten die Enten seelenruhig vor sich hin. Von den regelmässigen Massakern, die hier des Nachts vor sich gingen, liessen sich die Viecher anscheinend nicht durcheinanderbringen, sie schnatterten, sie tauchten ihr Köpfchen ins

Wasser, sie schnäbelten, sie plusterten sich auf – in einer Seelenruhe. Waren Entengedächtnisse besonders kurz, siebähnlich oder blieben sie der Vernichtung ihrer Artgenossen gegenüber gleichgültig? Santoro stellte die Frage seiner Assistentin. Sie würde sich diese Möglichkeit, eine philosophische Analyse der Entenpsyche liefern zu dürfen, sicher nicht entgehen lassen. Und er brauchte jetzt eine Ermunterung.

«Sie verstehen es nicht», begann Zina.

«*Ich* verstehe es nicht?»

«Dafür bin ich nicht zuständig. Ich meine, für das, was *Sie* nicht verstehen. Ich meine die Enten.»

«Sie verstehen die Enten also auch nicht?» Santoro wies einladend in Richtung schattiges Bänkchen.

«*Ich* verstehe, dass die *Enten* nicht verstehen. Zudem möchte ich ja gar nicht wissen, was Sie nicht verstehen, es aber doch möchten oder dringend sollten, verstehen, meine ich. Und genau deshalb können sie gar nicht adäquat reagieren – die Enten. Das Problem dieses Federviehs ist nämlich folgendes: Sie können keine kognitive Repräsentation des Geschehens konstruieren, und genau deshalb können sie nicht begreifen, was geschieht. Sie können weder auf der Ebene des Verstandes noch auf der Ebene der Emotionen darauf reagieren. Denn wenn sie das könnten, würden sie sich auf die nächste Samstagnacht vorbereiten und einen Hinterhalt planen, alle zusammen. Das ist doch das Wesentliche, was dieses Federvieh schnallen muss: Es geschieht Samstagnacht, und es ist ein aversiver Reiz.»

«Affensicherer Reiz? Sie meinen, hier ist eine Affenbande im Spiel?», fragte Santoro und versuchte nicht zu grinsen.

«A-ver-siv. Das heisst: nix gut für die kleinen Enten. Und da sie das nicht raffen können, von wegen kein Grosshirn, die Enten, wird jeden Samstagabend ein neues Exemplar der Population ermordet und gerupft. Und der Rest der Woche tun alle andern so, als sei alles paletti.»

«Enten aller Teiche, vereinigt euch!»

«Wer nicht erkennen will, wie das System funktioniert, wird gerupft», sagte Zina.

Was du nicht sagst, dachte Santoro und fuhr sich mit der

Hand durch die Haare. Jetzt war nicht der Moment, sich mit seinen häuslichen Problemen auseinanderzusetzen, bläute er sich ein. Anscheinend hatten sie ein Entenproblem, und das galt es jetzt zu lösen. Er fuhr sich mit beiden Händen durch die Haare. Immerhin waren die noch alle da und die Kopfschmerzen verflogen. Doch kaum hatte er das eine Problem in Richtung seines Hinterkopfes gejagt, blinzelte schon das nächste vor seiner Nase herum.

«Dass die Enten den affensicheren Reiz nicht kommen sahen, darf uns wohl nicht wundern. Wussten Sie, dass das Auge eines Strausses grösser ist als sein Gehirn? Enten haben auch nicht gerade Glupschaugen, oder? Dass Odermatt seinen Mörder anscheinend nicht kommen sah, das finde ich weitaus bedenklicher. Schliesslich war der Kerl doch zuständig für innere Prozesse und so weiter. Er hätte doch voraussehen müssen, ja vorausspüren müssen, dass jemand aus seiner Umgebung langsam zu einem, ja *seinem* Mörder mutierte. Das geschieht doch nicht so ruckzuck.»

«Die wissenschaftliche Psychologie hat nichts mit den psychologischen Fähigkeiten des Alltags zu tun. Oder hatten Sie bei den anwesenden Professoren das Gefühl, dass die Herren über ein besonderes Flair für Beziehungen, Menschenkenntnis, Einfühlungsvermögen, Weitsicht verfügten?»

«Ich hatte nur die Hoffnung –»

«Lassen Sie jegliche Hoffnung fahren. Ich weiss, wovon ich spreche.»

Mittlerweile waren sie unter der Trauerweide angelangt und setzten sich hin. Der Mittag hatte gehalten, was der Morgen versprochen hatte. Die Hitze flirrte über dem ausgedörrten Rasen. Beide versuchten es sich irgendwie auf ihrem Schattenplätzchen so bequem wie möglich zu machen, was sich auf einer Holzbank ohne Lehne als balancetechnische Herausforderung erwies. Santoro stützte sich mit beiden Händen nach hinten ab und streckte seine Beine lang, während seine Assistentin eine gegenteilige Taktik wählte. Sie schlang ihre Arme um ihre Beine und legte ihr Kinn auf ihre Knie.

Während sich Santoro davor zurückhielt, sich nicht mit

seinen eigenen Problemen zu beschäftigen, krochen aus Zinas Gedächtnis Bruchstücke eines altbekannten Liedes hoch. *«Les amoureux qui s'bécotent sur les bancs publics, bancs publics, en s'disant des je t'aime pathéthiques, ont des p'tit's gueules bien sympathiques.»*

Gerade als Zina sich zur Ordnung rufen wollte und diese völlig unpassende Assoziation aus ihrer Kindheit wieder in die Verliese zurückbeordern wollte, hörte sie die Frage ihres Vorgesetzten. «Haben Sie morgen Abend schon was vor, Goldberg?»

Zina glotzte zuerst belämmert vor sich hin und überlegte, welche Wendung im Gespräch ihr entgangen war. Doch dann erblickte sie den Schalk im Nacken ihres Vorgesetzten und erkannte den Hinterhalt. Schnell wandte sie ihren Blick ab, denn dort hatte sie nicht nur den Schalk erhascht. Nein, da war auch ein Kragen, gebräunte Haut, eine Kurve, und da waren auch hellbraune Haare gewesen. Nicht fühlen, denken, ermahnte sie eine griesgrämige Stimme aus dem Off. Zina gehorchte. «Sie meinen, Chef, da wir keine Vogelhirnchen haben, könnten wir zusammen antizipieren, was morgen Nacht Schreckliches geschehen wird, und statt der Enten eine Falle liegen.»

«Legen. Ich glaube, wir werden sie legen. Obwohl ...»

Weiter kam Santoro nicht, denn mittlerweile war er damit beschäftigt, seinen freien Fall nach hinten aufzuhalten.

«Das Hebelgesetz hat mich schon immer fasziniert», meinte Zina, die damit beschäftigt war, ihre Hände zu reiben. «Sie glauben gar nicht, wie wenig Kraft aufgewendet werden muss, um ein System zu kippen, wenn der Angelpunkt richtig gewählt ist.»

«Wo ist unser nächster Angelpunkt, das ist doch hier die Frage. Ich befürchte, dass wir nicht darum herumkommen, die verschiedenen Abteilungen dieser Anstalt zu besuchen. Vielleicht ist ja tatsächlich ein Wahnsinniger ausgebrochen und hat sich unseren kleinen Professor vorgenommen. Haben Sie eine Ahnung, wo wir beginnen sollen?»

«Das habe ich, dank Herrn Habermaus, der mir heute Morgen die ganze Anstalt erklärt hat. Es gibt acht verschiedene Pavillons, davon sind drei geschlossen. Wenn Sie durch die Bäume schauen, sehen Sie die hohen Zäune des Pavillons 1.

Dort sind die Süchtigen in der ersten Entzugsphase eingeschlossen. Im zweiten sind die Selbstmordkandidaten untergebracht. Wir werden wohl eher mit dem dritten beginnen, ganz hinten im Park, wo wir die potenziell gefährlichen Insassen, auch Straftäter, bis hin zu den Verwahrten antreffen können.»

«Sagen Sie mal, wenn wir jetzt in diesem Teich baden gingen, glauben Sie, das hätte Konsequenzen? Ich befürchte langsam, dass mir mein Hirn vor Hitze aus der Kopfhaut sickert.»

«Ja, zu Ihrer Frage. Ich denke, wir würden freundlich aufgefordert, uns eine dauerhafte Bleibe in dieser Institution auszusuchen. Und nein zu Ihrer Befürchtung, es ist keine Hirntätigkeit zwischen ihren Haaren zu erkennen. Trotzdem wäre auch ich dankbar für eine Abkühlung.»

«Dann verordne ich uns jetzt ein kühles Bier in der Cafeteria und etwas gegen den Hunger. Unsere intellektuelle Dekomposition könnte meines Erachtens auch mit einem akuten Mangel an nahrhafter Zuwendung erklärt werden. Die Eingesperrten werden eben noch warten müssen.»

***

Drei Stunden später sassen sie unter einem Sonnenschirm am Swimmingpool der Villa des ermordeten Professors und warteten auf seine Ehefrau. Eine freundliche Frau, mit strahlendem Lächeln und geringen Deutschkenntnissen, hatte ihnen mit überschwänglichen Gesten und ausdrucksvoller Mimik erklärt, dass die Frau Professor unterwegs sei, jedoch bald zurückerwartet werde. Rosamaria Ignacia Filomena Delimmaculadaconcepciòn, kurz Rosa genannt, hatte wortreich versucht zu erklären, was die Dame im Augenblick unternahm. Die beiden wartenden Polizisten hatten jedoch nicht ermitteln können, worum es genau ging, denn aufgrund der erhaltenen Informationen hätten sie schliessen müssen, dass die Witwe gerade am Skifahren war, und das konnte ja wohl nicht ganz stimmen. Sie starrten deshalb gebannt auf das kleine Tor im hinteren Teil des Gartens, durch das die Dame des Hauses wieder in Erscheinung treten sollte.

Die Wartezeit hatten sie sich bisher damit verkürzt, dass sie die mageren Ergebnisse ihrer Suche analysiert hatten. In Pavillon 3 hatte sich in der letzten Nacht nichts Besonderes ereignet. Zur Sicherheit hatten sie auch die beiden anderen geschlossenen Abteilungen besucht. Auch dort war die Nacht gewohnt ruhig verlaufen – die Insassen dieser Stationen erhielten alle starke Schlafmittel. Die anscheinend so naheliegende Lösung ihres Falles, die Klotz ihnen suggerieren wollte, entpuppte sich also als Sackgasse.

Vor sich hatten sie ein kühles Getränk, das als belebend und revitalisierend angeschrieben war. Die entgegenkommende Rosa hatte noch Eiswürfel dazugestellt, denn heute sei «viele, viele heiss». Santoro beschied, dass das Warten unter diesen Umständen auszuhalten sei, und überlegte gerade, was ein Professor ungefähr verdienen mochte. Ob seine Assistentin wohl auch auf diese Frage eine Antwort hatte?

«Über zwanzig *Tonnen* im Monat. Dabei darf nicht vergessen werden, dass die Herren meist noch Nebeneinkünfte haben. Soviel ich verstanden habe, hatte Odermatt auch noch ein paar Patienten so nebenherlaufen. Und dann kommen noch ein paar Kröten dazu, so für Vorträge, Extrakommissionen oder Beratungsfunktionen. Zudem hatte der Herr ja auch keine Kinder, und das fördert in unserem Lande doch sehr die Lightversion eines Budgets.»

«Und diese Situation wird sich auch nicht mit der Harmonisierung der Kinderzulagen auf Bundesebene ändern. Das sage ich Ihnen als zahlungsfreudiger Vater. Bisher waren die Zulagen je nach Kanton unterschiedlich tief, und jetzt werden sie dafür überall gleich lausig.»

«Trotzdem schaffen es einige Parteien, dagegenzustimmen. Welche undifferenzierten, dummen Frauen können auf die Idee kommen, dass zweihundert Franken in Basel das Gleiche wie in Baselland sein könnten.»

«Erstaunlicherweise sind das ja die Gleichen, die am lautesten über die mangelnde Gebärfreude im Lande jammern. Wissen Sie schon, dass wir verschwinden werden und unsere *Guschtis* auf der Alp bald von dunkelhäutigen Fremdlingen gehütet,

unsere wertvollen Uhren von fremdzüngigen Finsterlingen gerichtet, unsere sauberen Banken von globalisierten Managern geführt, unsere Schokolade von dunklen und undankbaren schwarzen Gestalten gegessen und unsere Studenten von deutschen Professoren unterrichtet werden …»

«Und unsere Armeesackmesser von bärtigen und betenden Ingenieuren benutzt werden.»

«Santa Maria, Goldberg, sprechen Sie bitte nicht aus, was alle schon lange wissen. In solchen Momenten wittere ich Abhörgeräte in meinen Socken.»

«Dann ziehen Sie die Dinger doch aus.»

«Dieser Kulturlosigkeit werde ich mich nicht hingeben. Weder Hitze noch Abwehrdienste werden mich je dazu bringen können, meine Füsse nackt in ein Schuhwerk zu zwängen.»

Zina, die gerade zu einer Vorlesung zum Thema Modebewusstsein, männlicher Narzissmus und Zwangsneurose ansetzen wollte, wurde durch die Erscheinung daran gehindert, die gerade durch das Hintertürchen, begleitet von einem zackigen Klackklack, den Garten betrat. Die Frau ist mindestens zwanzig Jahre jünger als ihr Mann, stellte Zina kritisch fest.

«Das ist wohl die Dame des Hauses, die da reinmarschiert», sagte Santoro.

«Die marschiert nicht, Chef, die walkt.»

«Und ich Depp habe den Unterschied nicht erkannt.»

«Der Unterschied, mein Werter, liegt erstens an den überlangen Skistöcken und zweitens am überhöhten Preis des Outfits.»

«Ich bin nicht Ihr Werter! Erstens kenne ich Sie dafür zu gut, und zweitens habe ich keine Lust, mit Ihnen an Verschmachtung zu sterben.»

«Sie meinen, Männer sterben nur an Verschmachtung für Frauen, die sie gar nicht kennen?»

Darauf wusste Santoro so auf die Schnelle wirklich keine Antwort und war froh, sich durch die sich nähernde Gestalt gehindert zu sehen, eine solche zu finden. Die kleine drahtige Frau im sportlichen Outfit stand mittlerweile vor dem Gartentisch und funkelte die beiden erbost an. Santoro erhob

sich, wurde jedoch durch die sonnengebräunte Frau am Reden gehindert.

«Was bitte tun Sie in meinem Garten, Herrschaften?», wollte sie wissen.

«Kommissar Santoro, und darf ich Ihnen meine Assistentin, Frau Goldberg, vorstellen, die eine Mitgliedschaft in Herrschaften leider oder vielleicht auch zum Glück und auf jeden Fall naturgemäss nicht in Erwägung ziehen kann. Ihre Reinigungskraft war so freundlich, uns hier zu bewirten, bis Sie Ihre Fitnesstour absolviert haben. Ich darf doch annehmen, dass Sie die Ehefrau des heute Nacht ermordeten Herrn Odermatt sind?»

«Da Sie sich schon so bequem eingerichtet haben, werden Sie sicher noch so lange warten können, bis ich mich frisch gemacht habe», sagte sie und verschwand, ohne erst eine Antwort abzuwarten, ins Haus.

Wieder alleine gelassen, schauten sich die beiden Ermittler an, hoben beide ihr Glas und weiteten bedeutungsvoll die Augen.

«Wie kann sich eine Person frisch machen, die schon dermassen unterkühlt ist, frage ich Sie.»

«Sie hüpft in die Tiefkühltruhe?», schlug Santoro zweifelnd vor.

«Oder sie nimmt eine Dusche aus der Sauerstoffflasche.»

«Was meinen Sie zu der Idee, dass Sie sich im Schnee von gestern suhlt?»

«Und definitiv zur Schneefrau mutiert?»

«Ich tippe auf Schneekönigin.»

«Sind eigentlich Erfrierungen am kleinen Odermatt festgestellt worden?», wollte Zina wissen.

«Gute Frage, nur dass für die seelischen Erfrierungsnekrosen dann wohl die Kollegen des Toten zuständig wären. Wohin die uns führen wollen, ist Ihnen wohl klar.»

«Klotz vor allem. Ich kann ihm aber keinen Vorwurf daraus machen. Ein verrückter Mord in einer Klappsmühle? Der Täter ist logischerweise ein Insasse. Die Lösung drängt sich doch automatisch auf.»

Santoro mochte nicht widersprechen, denn er konnte im Augenblick keine fundierten Argumente finden. Er erinnerte sich nur an ein Gefühl der Unwirklichkeit, an diese Vorstellung, in einem schlechten Film mitspielen zu müssen. Zudem konnte er bei dieser Bruthitze keine kühlen Überlegungen anstellen.

«Was meinen Sie, wie heiss es jetzt ist, Goldberg?»

«An die vierzig Grad, im Schatten. Glauben Sie, es gibt statistische Analysen zum Zusammenhang Sommerhitze und Verbrechensaufklärung?»

«Nein, die gibt es mit Bestimmtheit nicht. Weil nämlich der Zusammenhang drastisch umgekehrt proportional ausfallen würde. Wir hätten darum Hitzeferien, und die gönnt man heutzutage nicht mal mehr den Schülerinnen und Schülern.»

Sie sassen nicht mehr lange in ihrem Schweiss und ihren davon abhängigen berufsbedingten Zweifeln, denn von hinten näherte sich ein kühler Luftzug. Frau Odermatt hatte sich tatsächlich frisch gemacht und kam zu ihnen, um ihr polares Flair zu verbreiten.

«Ich kann Ihnen nur wenige Augenblicke widmen», begann die Blondgebleichte unterkühlt. «In einer Stunde holt mich mein persönlicher Fitnesstrainer ab. Angesichts seiner horrenden Honorare werde ich ihn mit Sicherheit nicht warten lassen.»

Zina hielt Ausschau nach einer Spur Selbstironie, die diese Worte hätten begleiten können. Fehlanzeige. Frau Professor meinte es genau so, wie sie es ausdrückte: Wer teuer ist, lässt Frau nicht warten. Punkt. Trotzdem wollte sie es genauer wissen. Vor allem wollte sie der Dame des Hauses auf den Zahn fühlen. «Sie verfügen über einen persönlichen Trainer? Darf ich fragen, was ein solcher als seine Aufgabe betrachten darf?»

Santoro, der bei diesen Worten auch mit grösster Mühe nicht ernst bleiben konnte, senkte den Kopf und versteckte sein Grinsen hinter einem der Saison gar nicht adäquaten Hüsteln.

«Bodyshaping», war die lapidare Antwort der Fitnessbewussten.

«Und was lassen Sie sich ganz genau shapen, wenn ich fragen darf?»

«Herr Stojanovic und ich verfolgen eine ganzheitliche

Strategie. Die Synergien des ganzen Bodys sollen in Einklang gebracht werden, wenn sie verstehen, was ich meine», erklärte die Durchtrainierte sachlich.

«Da ich zu den altmodischen Menschen gehöre, die immer noch keinen Body besitzen, sondern immer noch aus einem Körper bestehe, kann ich Ihnen nicht ganz folgen, was ich dennoch ganz und gar nicht bedaure.»

Mamma mia, dachte Santoro, nicht wieder ein Frauengemetzel, dessen Schlachtgeheul kaum zu vernehmen ist, dessen Opfer jedoch bald ohne sichtbare Wunden winselnd am Boden liegen. Höchste Zeit einzugreifen. «Frau Odermatt, wo waren Sie gestern Abend? Reine Routine.»

«Herr Santana», begann die Wellnessbewusste.

«Santoro», korrigierten zwei Stimmen unisono.

«Herr Santana», fuhr die Unfehlbare weiter, «wie Sie vielleicht schon festgestellt haben, führe ich ein Leben, das mir sicher nicht erlaubt, lange aufzubleiben. Ich gehe, nachdem ich meine *Asanas* absolviert habe, um zehn Uhr ins Bett und schlafe mit Hilfe einer erprobten Entspannungstechnik innerhalb von zehn Minuten ein.»

«Bedürfen Sie für diese Technik auch eines Coaches?» Zina hatte sich nicht zurückhalten können.

«In dieser Frage bin ich ganz und gar autonom», antwortete die frischgebackene Witwe, ohne mit der Wimper zu zucken.

«Schade. Die Erhärtung Ihres Alibis durch einen Zeugen hätte die Streichung von der Verdächtigenliste beschleunigen können.»

Santoro strich sich mit beiden Händen eifrig über sein Gesicht, was nach aussen wie eine Geste der Verzweiflung interpretiert werden konnte, in Wirklichkeit aber nur seine aufkeimende Erheiterung verbergen sollte. Dieser Mord, so abscheulich er auch sein mochte, erweckte in ihm den unwiderstehlichen Drang nach unbändigem Gelächter. Er musste sich einfach wieder fassen. Ernst hob er an: «Sie scheinen, Frau Odermatt, nicht sonderlich vom Tode Ihres Mannes betroffen zu sein.»

«Jede Leidenschaft, jede Liebe, jedes Mitgefühl kann bis

zur Wurzel ausgemerzt werden, Kommissar. Denn, ob Sie es glauben oder nicht, ich habe diesen selbstverliebten, verlotterten Wicht mal abgöttisch geliebt. Dieses Jahr hätten wir unsere zwanzig Jahre Ehe gefeiert. In drei Wochen. Ach ja, diese Vorbereitungen werde ich wohl canceln müssen.»

«Wir möchten uns gerne ein Bild Ihres verstorbenen Mannes machen», mischte sich Zina Goldberg wieder ein. «Können Sie uns Ihren Mann vielleicht näherbringen?»

«Da bin ich wohl nicht die richtige Ansprechperson, denn von mir hat er sich im Laufe der Jahre immer weiter entfernt. Dafür hat er sich andern Frauen, vor allem seinen Studentinnen, immer mehr genähert. Je älter er wurde, desto jünger mussten sie sein. Und desto einfältiger, wenn Sie es wissen wollen. Wobei ich sagen muss, dass ich nach dem ersten Dutzend nicht mehr mitgezählt habe. Und auch nicht mehr hingesehen habe, wenn ich ehrlich sein will.»

«Wissen Sie, ob diese Einschätzung noch aktuell ist?», fragte Zina pragmatisch nach.

«Nein, und ich will es auch nicht wissen. Er ging seine, ich meine Wege, und die waren diametral entgegengesetzt.»

Zum ersten Mal schien die Eisschicht leicht zu schmelzen, dachte Santoro und versuchte diesen Vorgang noch zu unterstützen. «Darf ich fragen, warum Sie Ihrem Mann nicht den Laufpass gegeben haben, wenn Sie doch unter seiner Untreue so zu leiden hatten?»

«Das hätte ihm wohl gepasst. Dann hätte er freie Bahn gehabt für seine kleinen Schweinereien. Nein, diese Freude habe ich ihm nicht gemacht. Er hatte mich geheiratet, also sollte er auch dafür geradestehen. Und glauben Sie eigentlich im Ernst, dass ich eine dieser vielen verlassenen Frauen sein will, die nirgends mehr eingeladen werden, die sich nur noch mit andern verlassenen Frauen treffen, um gemeinsam ihre Einsamkeit besser aushalten zu können? Nein, nein, da mach ich nicht mit.»

Die Eisschicht ist wieder intakt, sinnierte Santoro. Und darunter hat sich ganz schön viel Gift angesammelt. Hatte sich die ganze Enttäuschung und Wut, die sich in dieser Frau seit Jahren aufgestaut hatte, mit einem Mal in einer Gewaltorgie entladen?

Er bohrte weiter. «Sie haben doch sicher darunter gelitten, die Entfremdung durch Ihren Mann so hautnah empfinden zu müssen. Und die Seitensprünge konnten Sie ja wohl auch nicht ganz ignorieren, Frau Odermatt?»

«Oh doch, konnte ich bestens. Eine wunderbare Genugtuung war es mir. Überhaupt habe ich ihn in letzter Zeit vollumfänglich ignoriert, und das hat ihn tatsächlich rasend gemacht. Er wollte nämlich sehr viel lieber im Zentrum des Geschehens und der Aufmerksamkeit stehen. Er schien sich in letzter Zeit wieder viel mehr für seine Arbeit zu interessieren. Wohl ein letztes Aufbäumen, denn in zwei bis drei Jahren sollte er in Rente gehen.»

Die Gattin unterbrach sich und schaute geistesabwesend auf die Wasseroberfläche. «Wenn ich so darüber nachdenke, glaube ich nicht, dass er in letzter Zeit noch eine Geliebte hatte. Was ihn beschäftigte, war seine Arbeit. Er hätte es ganz gerne gesehen, wenn ich ihm zugehört hätte, wenn ich in Bewunderung über seine unsinnigen Studien verfallen wäre, die er ja gar nicht selbst durchführte, wenn ich mir seine Vorträge zu Gemüte geführt hätte und ihm meine Anbetung angesichts seiner scharfsichtigen Analysen ausgedrückt hätte. Darin sah er meine Funktion als Ehefrau. Aber diese Genugtuung habe ich ihm nicht gegeben.»

«Und er, wollte er nie die Scheidung, um seinen Liebschaften in aller Ruhe nachgehen zu können?», fragte Zina.

«Warum auch?»

Frau Odermatt nickte vor sich hin und presste ihre Lippen derart fest aufeinander, dass diese nur noch einen Strich auf ihrem abgehärmten Gesicht bildeten. Diese Frau war sicher einmal hübsch gewesen, dachte Santoro, eigentlich sind ihre Züge fein und ebenmässig, und ihre Erscheinung galt bestimmt als zierlich und geschmeidig, bevor sie sich zu einem zähen und ausgemergelten Stockfisch hochtrainiert hatte.

«Entschuldigen Sie, wenn ich hartnäckig bleibe und etwas so Schmerzliches wieder aufnehme, aber wissen Sie, wer unter den Studentinnen in letzter Zeit in seiner Gunst stand?», fuhr Zina fort.

«Nein, und ich will es auch gar nicht wissen. Einerseits waren das, soviel ich das einschätzen kann, Frauen, die auf besondere Unterstützung und Goodwill angewiesen waren, um überhaupt durchzukommen. Dummchen. Andererseits finden Sie in unserer Zeit genügend junge Frauen, die etwas nachzuholen haben und in der Aufmerksamkeit älterer Herren den Mangel an Interesse seitens ihrer Väter wettmachen möchten. Und am Schluss werden auch sie nur gevögelt.»

«Wie stand er denn zu seinen Assistentinnen?»

«Den aktuellen Stand kenne ich, wie gesagt, nicht. Sie können auf jeden Fall die unansehnlichen von Ihrer Liste streichen, Frau …»

«Goldberg.» Unisono.

«Und sein Assistenzprofessor?»

«Was soll schon mit seinem Assistenzprofessor sein. An Männern hatte er kein sonderliches Interesse. Seit Langem war Habermaus als sein Nachfolger bestimmt. Mein Mann hat ihn gefördert, unterstützt, protegiert. Dafür konnte er auf dessen absolute Loyalität zählen, konnte ihm Aufgaben übertragen, die ihm nicht passten. In zwei bis drei Jahren hätte er dann, da waren sich alle einig im Institut, seine Nachfolge antreten können. Was jetzt geschieht, weiss ich nicht. Für Habermaus kommt der Tod meines Mannes ein bisschen zu früh. Er ist noch nicht ganz so weit.»

«Pflegte Ihr Mann auch privaten Kontakt zu seinen Kollegen?» Santoro hatte wieder übernommen.

«Mein Mann lud ab und zu seine Kollegen und die Assistenten zu einem Nachtessen ein. Vor allem Habermaus und der neue Deutsche, Glaser, kamen ab und zu vorbei. Und nun muss ich Sie bitten zu gehen, denn mein Personal Coach wird in fünf Minuten erscheinen, und ich muss noch das passende Outfit aussuchen. Wenn ich Sie also bitten darf?»

Derart unmissverständlich entlassen, erhoben sich die beiden Ermittler, nicht ohne einen letzten neidischen Blick auf die einladende Wasseroberfläche geworfen zu haben. Die Dame des Hauses führte sie durch den Salon, denn als gute Stube konnte der Raum nicht durchgehen, zu viel Glas, zu viel Beton, zu viel

Design – und ein grundsätzlicher Mangel an Gemütlichkeit. Beide Ermittler liessen diese Stimmung auf sich wirken, als beide gleichzeitig innehielten und sich anschauten. Ja, eine Frage hatten sie eindeutig vergessen zu stellen. Santoro wies seine Assistentin mit einer leichten Kopfbewegung an zu übernehmen.

«Frau Odermatt, können Sie mir etwas über die Sammlung Ihres Mannes sagen. Ist er viel gereist?»

«Sie meinen diese bedeutungsvollen kleinen Statuetten überall? Die meisten hat er jetzt in seinem Büro hingestellt. Ich konnte die blöden Dinger nicht mehr abhaben, also hat er einen Teil davon entsorgen müssen. Und nein, er ist nicht gereist. Er hat nur den grossen Sigmund nachgeäfft, der anscheinend auch überall kleine Gestalten von überall her herumstehen liess. Macht sich wohl gut für einen Analytiker, bedeutende Gegenstände aus primitiven Kulturen aufzustellen und so zu tun, als ob er darin einen Sinn sähe: Totem und Tabu und Trallala, wenn Sie verstehen.»

Und mit diesem ersten Anflug von Humor waren sie endgültig entlassen.

***

Santoro und Zina schlenderten, ihre Velos vor sich hin schiebend, durch das Gellertquartier, wo sich die schönsten Anwesen der Stadt befinden. Nur hier gab es noch von hohen Mauern umzäunte parkähnliche Residenzen, in deren Mitte sich Villen rekelten und Swimmingpools sich breitmachen konnten. Eigentlich nisten hier noch die letzten Paradiese, sinnierte Santoro schwitzend vor sich hin, nur dass im Falle der Frau Professor diese Vorstellung sich in eine Eiswüste verwandelt hatte. Diesen Faden weiterspinnend wandte er sich an seine Begleiterin. «Scheint es Ihnen nicht besonders schwierig, in einer so traumhaften Umgebung so besonders unglücklich zu sein?»

«Ich glaube, dass die Frau so abgrundtief verloren ist, weil sie sich so verzweifelt an diese Äusserlichkeiten gehalten hat. Wäre

sie bereit gewesen loszulassen, hätte sie etwas Neues beginnen können.»

«Sie reden ja schon wie der allerletzte dahergelaufene Psychotherapeut. Wenn ich diese Floskeln nur höre, von wegen loslassen, bekomme ich schon die Krätze.»

«Es ist nun mal so, Chef, dass Sie nur mit leeren Händen nach etwas Neuem greifen können.»

Und wem sag ich das, seufzte Zina Goldberg innerlich auf. Vor ihr erschien das Bild ihres Ex, wie er mit seiner neuen Blonden über ein Tangoparkett schwebte. Würgen. Sie hätte ihn immer noch, nach Monaten, mit einem gekonnten Griff, locker erwürgen können. Bei dieser Vorstellung lächelte sie selig vor sich hin. Doch der angenehme Zustand hielt nicht lange an, denn ihr Chef lenkte sie wieder zurück in die Realität.

«Können Sie sich vorstellen, dass die unterkühlte Dame gegen ihren Gatten so viel Hass angesammelt hat, dass sich dieser kathartisch entladen musste?»

«Sie meinen, ob die Witwe ihren Zivilstand herbeiorganisiert hat? Vielleicht schon, aber so? Wenn der kleine Kerl an einem dubiosen Herzinfarkt gestorben wäre, sogar wenn seine Bremsen im richtigen Moment nicht funktioniert hätten, oder wenn ein Blumentopf schicksalhaft auf seinem Kopf gelandet wäre, okay, dann hätte ich auf die fitte Witwe getippt. Dieses: Ich hab's gemacht, aber nichts deutet darauf hin, und es kann doch als Unfall angesehen werden, das wäre schon ihre Masche gewesen. Nach dem Motto mein Unterbewusstsein hat gehandelt, deshalb brauch ich auch gar nichts darüber zu wissen. Aber die Inszenierung mit den Federn und dem Schwert? Ich weiss nicht, ob die Ehefrau genug Ahnung von den Vorgängen im Institut hatte, um uns in Richtung Insassen zu lotsen. Sagen Sie mal, Chef, sollten wir nicht noch mal die geschlossenen Abteilungen aufsuchen und uns die Videobänder der Überwachungskameras anschauen? Vielleicht ist ja einer heimlich auf Beutezug gegangen, und niemand hat es gemerkt.»

«Nein, das habe ich schon unseren uniformierten Kollegen aufgetragen. Wir lassen uns keine Zwangsjacke anziehen, dafür ist es einfach zu heiss. Wir machen jetzt genau das Gegenteil.

Wir machen, was Hunderte andere Basler heute auch wollen: *Mir gön dr Bach ab!*

Ein bisschen weiter vorne, oben links, ragte das Münster über ihnen auf. Zina hielt sich an ihrem Wickelfisch fest, den sie von den Sponsoren des jährlichen Rheinschwimmens erhalten hatten und in dem ihre Habseligkeiten verstaut waren. Auch ihre Badkleider hatten sie dort gratis erhalten, sie hatte ein schwarzes gewählt. Sie hatten das Pech gehabt, eines der wenigen verteilten Dinger zu ergattern. Santoro und Zina waren nicht die Einzigen, die sich von der Strömung runtertragen liessen. Hunderte jüngere, aber vor allem auch ältere Baslerinnen und Basler hatte es an diesem heissen Spätnachmittag zum Rhein gezogen, um am jährlichen Rheinschwimmen teilzunehmen und eine willkommene Abkühlung zu geniessen. Das entspannte Geplapper der Paare und Gruppen wurde weit über den Fluss getragen und half mit, die Ferienstimmung zu verstärken.

Zina hingegen war nicht entspannt, denn sie konzentrierte sich erstens darauf, nicht vor Angst zu sterben, und zweitens, diese Tatsache vor ihrem Chef zu verbergen. Wenn sie hätte zugeben können, dass sie nur von der Vorstellung, in diesem undurchsichtigen, mitreissenden Fluss zu schwimmen, am liebsten in Ohnmacht gefallen wäre, dann wäre sie schon gar nicht hier: weit unter dem Münster, sich von der Strömung mitreissen lassend. Aber das war weit unter ihrer Würde gewesen, das war einfach zu viel verlangt. Noch als sie beide bei der Solitude, unterhalb des Tinguely-Museums, in die Fluten gestiegen waren, hatte sie inbrünstig für ein Natelklingeln gebetet, das sie zu einem Notfall rufen würde – sie hätte sogar einen Mord in Kauf genommen. Aber nein, nichts und niemand hatte sie aufgehalten, und sie schwammen nebeneinander, und sie versuchte weder rückwärts noch abwärts zu blicken, wo sie sicher war, bald Scheusslichkeiten aus den trüben Fluten herausragen zu sehen.

Ihre Favoriten waren stinkende Riesenfische, hinterhältige Wirbel und, plastischer, Arme, die sie in die Tiefe reissen woll-

ten. Der absolute Knaller war jedoch der abgehackte Schweinskopf mit heraushängender Zunge, der sie von hinten überholte. Wie konnte jemand nur auf die hirnrissige Idee kommen, diese Höllenfahrt zu geniessen?

«Schauen Sie nicht nach hinten. Der weisse Hai winkt uns schon zu, und wir wollen ja nicht zu einladend wirken.»

Bevor sich Zina zurückhalten konnte, hatte sie schon zurückgeschaut. Natürlich war kein Monster in Sicht. Nur die kaum bevölkerten Ufer des Rheins und die glatte Oberfläche des Flusses boten sich ihrem erschreckten Blick dar. Es war wirklich an der Zeit, sich zu beruhigen und Bodenhaftung zu finden, dachte sie. Leicht gesagt, wenn der einzige Halt ein aufblasbares Kissen darstellt.

«Entspannen Sie sich, Herzchen, und geniessen Sie mit mir diese kleine Auszeit mitten in diesem öden Alltag einer Ermittlerin in einem schauderhaften Mordfall.»

«Kein Problem, Chef. Ich meine, da schwimmen ja Hunderte mit uns den Bach runter, und das ist ja keine Schlagzeile wert – weil eben nie was passiert, oder? Ich meine, die Leute gehen rein, schwimmen runter und kommen wieder raus, nichts geschieht. Alle zeigen fröhliche Gesichter, und wir machen das genauso.»

«Das ist die richtige Einstellung. Ich frage mich nur, warum Sie sich an Ihrem Kissen festkrallen und wie ein übersalzener Stockfisch im Wasser hängen.»

«Das ist die Anspannung vor dem Angriff, Santoro. Wenn Sie noch so eine Frechheit im Köcher haben, werden Sie von der sich zurückhaltenden Wasserschlange in Lauerposition ganz plötzlich und ganz unvermittelt angegriffen und in die undurchsichtigen Tiefen unseres heimatlichen Gewässers gezogen, wo Sie elendiglich hypnotisiert zugrunde gehen werden.»

«Wie kommt es, dass Sie mich jetzt schon so fixieren. Sie haben da wohl im Drehbuch eine Seite übersprungen. Zudem bin ich doch sehr neugierig zu erfahren, welche tierische Rolle *mir* in diesem Süsswasserdrama zugedacht wurde.»

Der Angriff erfolgte lautlos, unvorhergesehen und blitzschnell. Die Wasserschlange verwandelte sich in einen was-

serscheuen Tiger, der seiner Beute eben trotzdem Beachtung schenken muss und sie deshalb am Nacken packt. Die Beute, immer noch in Unkenntnis ihres Status, war nicht bereit, in eine Opferhaltung zu verfallen. Die gefüllten Kissen, endlich aus ihrer Umklammerung befreit, begannen ihre Unabhängigkeit zu geniessen. Die letzte Tatsache ermunterte Täter und Opfer wiederum, ihre starre Rollenverteilung zu hinterfragen und sich in einer gemeinsamen Jägerkonfiguration wiederzufinden. Erfolgreich.

«So gefallen Sie mir schon besser, Goldberg. So erkenn ich Sie wieder: Fisch, fröhlich, frech», sagte er, schüttelte das Wasser aus seinen Haaren und legte sich rücklings auf sein Kissen. «Manchmal will ich gar nicht wissen, wohin der Strom mich treibt.»

Na, dann pass ich wohl lieber doppelt so gut auf, beschloss Zina still für sich. Der Idiot schwimmt wohl gerade auf einer dieser Urvertrauenswelle. Bedauernswerter Naivling, schloss sie.

«Wissen Sie was, Goldchen?»

«Goldchen, ich glaub's einfach nicht», grummelte Zina.

«Schweigen, Frau, sonst nenne ich Sie nur noch Nugget. Und daran werden Sie sich noch viel weniger erfreuen können. Nein, nein, wir machen jetzt etwas richtig dem Element Wasser Angemesssenes. Ich bin nämlich so richtig in Entspannungslaune, und das sollten wir ausnutzen. Wir lassen uns jetzt vom Fluss tragen und mitführen. Ja, Sie auch. Wir assoziieren frei vor uns hin. Zum Mordfall natürlich. Legen Sie sich entspannt auf diese Wassercoach, schliessen Sie Ihre Augen und brabbeln Sie unbeschwert drauflos. Was kommt Ihnen in den Sinn?»

Nicht ohne einen vorausschauenden Blick flussabwärts gerichtet zu haben, legte sich auch Zina Goldberg, die widerwillig belustigt war, auf den Rücken und schloss – fast – die Augen.

«Federn», begann sie.

«Gerupftes Hühnchen», nahm er den Faden auf.

«Kross.»

«Abgeschweift. Nicht mit dem Magen denken.»

«Und Sie werten, das dürfen Sie nicht. Aber gut, ich mach einfach weiter: sich mit fremden Federn schmücken.»

«Pfau.»

«Darwin ist verwirrt.»

«Ich auch», gab Santoro zu.

«Er konnte sich die schweren Schwanzfedern nicht erklären. Stören nur beim Fliegen. Sind aber um die Weibchen zu beeindrucken da. Also: Weibchen beeindruckt, paaren, Brut! Die Federn haben in der Evolution doch einen Sinn. Natürlich nur, wenn Vogelweibchenhirnchen im Spiel sind.»

«Danke für die Aufklärung. Wo waren wir?»

«Unter dem Münster durch. Vögel.»

«Vögeln.»

«Werden Sie nicht vulgär, Chef.»

«Doch, ist bei freien Assoziationen erlaubt und erwünscht. Erfreut den Therapeuten. Hat er was zu nagen.»

«Finden Sie nicht, dass unserem Mordopfer viel Vögeln zugetraut wurde? Der war doch ein kalter Fisch.»

«Wer sagt denn, oh dunkle Badenixe, dass kalte Fische nicht vögeln dürfen?»

«Ornithologen?»

«Dogmatiker», befand Santoro.

«Sektiererischer Mord.»

«Eispickel.»

«Aus der Mode. Nur für Trotzkisten geeignet, und die haben nichts mehr zu bestellen. Braucht niemand mehr einen Auftragsmörder für.»

«Wenigstens ein Fortschritt.»

«Alter Stalinist.»

«Sagen Sie das meinem Vater, wird er endlich mal stolz auf mich sein», jammerte Santoro.

«Vatermörder.»

«Phallus, kein Penis, Schwert.»

«Psychoanalytiker, *Buebegschichte*.»

«Männergruppe.»

«Frauen bleiben aussen vor.»

«Wollen Frauen da überhaupt rein?», fragte Santoro und richtete sich unvermittelt auf, was zur Folge hatte, dass er untertauchte. Nach einigem Gestrampel und einigem Herumpusten

hielt er seinen Rettungsanker wieder fest im Griff, schaute diesmal nach vorne. «Glauben Sie, es ging darum, dass Frauen in diesen erlauchten Kreis eindringen wollten, von dem sie seit jeher ausgeschlossen waren?»

Zina Goldberg drehte sich zu ihm hin und stützte ihren Kopf auf ihren Ellbogen, so gut es eben ging. Nach einem ausgedehnten Stirnrunzeln, zwei bedeutungsschwangeren Schnauben durch die Nase und drei Zupfen an zu langen Strähnen meinte sie: «Ihre Frage, Chef, muss auf unterschiedlichen Ebenen beantwortet werden.»

«Das passt zum Ambiente. Wir schwimmen gerade unter der Mittleren Brücke durch. Schauen Sie mal rauf.»

«Keine Ablenkungsmanöver, Chef. Sie werden meinen Erkenntnissen doch nicht entkommen können.»

«Wie gut ich das doch schon weiss.»

«Das ist die richtige Einstellung. Also, erstens: Wir assoziieren frei, und es kommen nur Männer und Männerthemen vor, und Ihnen kommt keine Lösung in den Sinn. Sie übergehen alles und assoziieren weiter, Federschmuck, blödsinniges Herumvögeln, Penisse, Männergruppen, all das lässt sie kalt. Und dann kommen endlich Frauen ins Spiel, die eben in diesem Spiel nicht mitmachen dürfen, und was geschieht? Genau, Sie erwachen aus Ihrer Trance und wittern eine Mörderin. Wenn Sie an unser Opfer denken, was sehen Sie da?»

Ohne eine Antwort abzuwarten, fuhr sie weiter: «Genau, ein Mann mit einem Schwert im Bauch, Phallussymbol!»

Matteo Santoro drehte sich betont langsam auf den Rücken und zeigte auf die Statue links der Mittleren Brücke. «Schau ich lieber zurück und erblicke Helvetia, die dort gemütlich auf der Mauer sitzt und flussabwärts schaut. Und was hat unsere Schutzpatronin hinter sich abgelegt? Ja, ihren Umhang, ihren Schild, einen Koffer und …? Eine Lanze, meine Liebe. Wofür wird sie ihre Waffe wohl einsetzen? Und wohin wird sie dann mit ihrem Koffer gehen wollen? Frauen inspirieren mich mehr als Männer. Haben Sie schon mal daran gedacht, diese Tatsache als Kompliment anzuerkennen?»

«Ich soll jetzt auch noch die Tatsache, dass wir Frauen als

Täterinnen so schnell in Frage kommen, weil wir doch schon immer diejenigen waren, die fürs Aufräumen zuständig waren, positiv würdigen? Träumen Sie weiter. Und lenken Sie mich nicht so plump ab, denn wir gehen jetzt auf die zweite Ebene.»

«Und meine Spannung steigt mit», sagte Santoro frech.

«Die zweite Ebene also. Sie phantasieren, denn um eine männliche Phantasie handelt es sich hier ganz unmissverständlich, dass Frauen Ihre Vorgesetzten ermorden könnten, um endlich in die leitenden Sphären eindringen zu können. Das ist zwar sehr verlockend und könnte auch sehr befriedigend werden, doch sehr realistisch ist das nicht.»

«Warum eigentlich nicht?», wollte Santoro wissen.

«Gäbe zu viel zu tun und wird von der Gesellschaft nicht unbedingt sehr gewürdigt. Obwohl sehr viel dafür sprechen würde, meine ich, von der Effizienz her.»

«Könnten vielleicht nicht nur Frauen darauf gekommen sein.»

«Sie meinen, Herr Santoro, der Unterbau beginnt den Überbau abzumurksen, um die Dinge in die Hand zu nehmen, um wirkliche Lösungen finden zu können?»

«Mein Vater, der alte Marxist – gibt es eigentlich auch junge Marxisten? – hätte seine Freude an Ihnen. Er hat schon immer doziert – auch er –, dass der Hauptwiderspruch nicht zwischen Mann und Frau, sondern zwischen Kapital und Arbeit besteht.»

«Das Problem ist nur, dass wir es hier mit Psychologen zu tun haben, die noch nie Lösungen für die wirklichen Probleme der Menschheit gefunden haben und nicht wirklich viel Kapital daraus schlagen können.»

«Leiden sie darunter?»

«Ich?»

«Nein, die andern.»

«Die schauen nicht so weit, nur bis in die kleinen Verwicklungen ihrer Patienten. Aber Spass beiseite, denn der dritten Ebene werden Sie nicht entkommen können.»

«Als ob ich mir das je gewünscht hätte. Trotzdem muss ich Ihren Redefluss hier unterbrechen, denn wir müssen dringend raus aus dem Fluss. Schwimmen Sie nach rechts und gegen den Strom, das wird Sie ins Trockene bringen.»

Einige energische Züge und ein unelegantes Kraxeln im seichten Wasser weiter, erreichten sie beide die Leiter, die sie auf die überdimensionierten Treppen führte, die vor der Johanniterbrücke die Ufer des Rheins ausmachen. Am Ausgang dieses tropisch anmutenden Nachmittages waren sie nicht die Einzigen, die sich am Ufer des Flusses niederliessen. Zina setzte sich hin und schaute verwundert um sich. Hunderte von Baslerinnen und Baslern hatten sich hier schon versammelt, um ihren beginnenden Feierabend einzuläuten. Hemdsärmelige Bankangestellte sassen neben gepiercten Jugendlichen mit zu grobem Schuhwerk, das sie auch in dieser Extremsituation nicht ablegen wollten. Studentinnen hatten beschlossen, ihre Beine im Wasser *bambele z'loh*, während junge Mütter mit ihren Kindern die fordernden Schwäne fütterten. Ihre Blicke verrieten, dass sie ängstlich darum bemüht waren, ihre Brut nicht in Schwanenfutter verwandeln zu lassen.

Gestört wurde Zina von Santoro, der sich partout weigerte, sich mit ihrem einen Badetuch als Erster abzutrocknen. Während sie sich mit einer Tuchhälfte abtrocknete, blickte er ostentativ auf den Fluss.

«Meine Liebe», begann er, «Sie werden mich nicht so weit bringen, dass ich mich vor einer Dame ins Trockene bringe. Dieser Erniedrigung werde ich mich nicht schuldig machen, nie. Mein Vater, der parteiliniengetreu für die Gleichberechtigung aller Menschen war, hat mir diesen Imperativ eingeimpft: Wer einer Dame den Vortritt gibt, ehrt damit das Leben und erinnert sich daran, dass er nur durch eine Frau auf diese Welt gelangen konnte. Ich habe immer vermutet, dass meine Mutter einen nicht zu unterschätzenden Einfluss in dieser Sache hatte, mehr als die Partei, der er auch immer treu war. Also, was Sie auch sagen, was Sie auch tun, ich werde Ihnen immer die Tür aufhalten, Ihnen in den Mantel helfen und Ihnen unwiderruflich den letzten Platz im allerletzten Rettungsboot überlassen.»

«Wie Leonardo.»

«Di Caprio, der eben auch ein echter Italo ist.»

«Wissen Sie übrigens, was eine Blondine am Meeresgrund sucht?»

«Da die Titanic eben vorbeikam, fürchte ich Ihre Antwort.»

«Sie haben mir die Pointe gestohlen, Chef.»

«Da sie machomässig war, werden Sie die wohl nicht wirklich haben wollen, oder?»

Einhellig schweigend nach dieser ungewöhnlichen Offenbarung, setzten sie sich auf die raue Treppe, liessen ihre Badeanzüge vor sich hin trocknen und beobachteten die Schwimmer, die unweigerlich unelegant aus dem Wasser stiegen.

«Bruschette!», dekretierte Santoro und nahm die Stufen Richtung Imbissbude in Angriff, die den Namen Buvette trug. Zina starrte auf das vorbeifliessende Wasser, konnte ihre Gedanken nicht aufhalten. Die Bilder des heutigen Tages zogen an ihr vorbei wie ein Stummfilm, dessen Sequenzen ihren Platz in der Geschichte noch nicht gefunden hatten. Gesichter, verkniffen für die Ehefrau, maskenhaft für den Vorsteher, grosse Augen und ein Schmollmündchen für die Studentenvertreterin … und ein Hemd mit Papageien. Da hatte sie wohl etwas durcheinandergebracht.

Der Duft gerösteten Brotes, vermischt mit Tomaten, brachte sie zurück in die Realität. Ihr Magen knurrte.

«Ich glaube, für heute steigen wir auch aus, Goldberg. Morgen, Samstag, haben wir eine lange Schicht vor uns. Dann ist immer noch Zeit genug, dieses psychologische Wirrwarr, in das wir gelockt wurden, zu entwirren. Wir treffen uns im Büro, aber nicht vor neun Uhr. An einem Wochenende früher aufstehen zu müssen, verursacht bei mir unweigerlich melancholische Anfälle, und die sind in diesem Fall nicht indiziert. Ich möchte keine therapiewütigen Spezialisten auf mich aufmerksam machen. Oder möchten Sie mich als Undercover-Gestörten in die Anstalt einschleusen, M?»

«Wäre vielleicht gar keine schlechte Idee. Der Gedanke, meinen besten Agenten unter vielen Erklärungen, dass er zwar ganz echt wirkt, aber nur dergleichen tut, wieder aus den Fängen der Geistheiler retten zu müssen, lässt mich diese Vorgehensweise wieder aufgeben. Ich bin auch nicht sicher, ob ich überzeugend genug sein könnte. Ich schlage Ihnen deshalb einen sichereren Weg vor. Bedenken Sie bitte Folgendes: Auf

der dritten Ebene lauert das grosse Schemen, das uns sozusagen als Schema aufgedrängt wird und in das Sie, Chef, unbedingt nicht hineingezwängt werden wollen. Ich meine, der Schauplatz, wie er sich uns darstellt, schreit ja geradezu nach einer zwar ungeheuerlichen, doch sehr einfachen Lösung, und die heisst: Der Mörder ist ein …»

«Schizophrener oder Anverwandter», vollendete Santoro.

«Der Kandidat hat hundert Punkte. Die Frage ist nur: Warum will der Kandidat seine Punkte nicht einfach einheimsen und den Fall abschliessen?»

«Erstens, oder wie Sie sich ausdrücken würden, auf der ersten Ebene, kommt mir diese Lösung viel zu einfach vor. Und auf der zweiten Ebene spüre ich es im Wasser, dass mir diese Antwort aufgedrängt wird. Ich lasse mir nicht gerne Dinge aufdrängen. Und drittens, denn auch ich verfüge über drei Ebenen, sehe ich einen schlechten Film, wenn ich mir die Mordszene vergegenwärtige. Ich mache nicht gerne in schlechten Filmen mit, die unfreiwillig komisch sind.»

«Starallüren. Trotzdem, Chef, glauben Sie nicht, dass wir dieser Fährte, auch wenn Sie so breit wie eine Autobahn vor uns ausgelegt wurde, nachgehen sollten, sei es auch nur, um sie wieder renaturieren zu können?»

«Sie haben recht, meine Liebe, so leid es mir auch tun mag.»

«Scheint mein Karma zu sein.»

«Dass es mir leidtut?»

«Das andere, Chef, das andere.»

VIER

Es war Freitagabend, halb sieben Uhr, als Zina an der Tür ihrer Freundin Violetta läutete, die sie für einen Kinobesuch abholen wollte. Eine reichlich aufgelöste und um sich fuchtelnde Mutter dreier Kinder machte ihr die Tür auf und wies sie an, mit einer ausladenden und energischen Geste, das Einfamilienhaus zu betreten. Hinter ihr, die Treppe runterpolternd, war die dreizehnjährige Tochter zu hören, deren Stimme zwischen Schluchzern und hysterischem Geschrei hin und her schwappte.

«Mama, Mammmmaaaa, er ist tot. Ich weiss, dass er toooh-hoot ist, und du gehst ins Kino und lässt mich ganz allleiiiiineeeeeee!»

Zina schaute ihre Freundin fragend und leicht irritiert an. Diese verdrehte deutlich entnervt die Augen, worauf sie tief einatmete und sich resolut ihrer weiblichen Brut zuwandte.

«Solche Dinge geschehen nun mal, und da kannst du jetzt eh nichts mehr daran ändern», sagte Violetta.

Von der darauffolgenden wortfreien Schluchzphase der Tochter profitierend, fragte Zina ihre Freundin sotto voce: «Wer ist denn gestorben, um Himmels willen?»

«Elvis. Und ich bin nicht sicher, ob es Gottes Wille war. Ich glaube, da war noch eine menschliche Hand im Spiel, die jetzt ein schlechtes Gewissen hat, was das eigentliche Problem darstellt.»

«Haben Hände ein Gewissen?»

«Die schon, habe sie schliesslich erzogen.»

Dieser Dialog, der so weit als möglich den pubertierenden Ohren vorenthalten werden sollte, bewirkte trotz aller Vorsichtsmassnahmen ein Schluchzcrescendo. «Ich ha-ha-be ihn soooo g-g-g-eliebt, und jetzt ist er einfach so-ho-ho, g-g-estoooorben!»

Woraufhin Zina mit Interesse verfolgte, wie sich die Tochter auf die Treppe setzte, ihren Kopf zwischen ihre Knie einklemmte und die Arme über das ganze Elend schlug.

«Du, sag mal, ist es nicht schon ziemlich lange her, dass er gestorben ist?»

Zina war zwar seit einigen Monaten an leichte Übertreibungen und Überreaktionen vonseiten der temperamentvollen Tochter ihrer Freundin gewohnt, aber dieses Theater schien ihr doch ziemlich überdimensioniert – und leicht verspätet. Sie blickte kritisch zur sichtbar aufgelösten Tochter, zu der sich Violetta gesetzt hatte. So ruhig ihre sichtbare Ungeduld es zuliess, legte die Mutter ihren Arm über die Schultern der immer noch Schniefenden und versuchte sie zu trösten. «Du kannst nichts dafür, mein Schatz, vielleicht hat er einfach das Klima nicht vertragen. Schliesslich war er hier weit von seiner Heimat entfernt.»

Das waren eindeutig nicht die richtigen Worte gewesen, denn ein lautes Heulen stieg aus der Kehle der Heranwachsenden, die sich als Zugabe ihre eindrucksvolle Mähne raufte. Zina fragte sich langsam, ob der Betrauerte wirklich *der* Elvis war. Hatte sie etwas nicht mitbekommen? Hatte sich Familie Bloch etwa ein Haustier zugelegt, das jetzt nach so kurzer Zeit hingeschieden war? Doch nicht etwa ein Hund? Nein, die kamen ja nicht von so weit her. Eine Katze konnte es wohl auch nicht sein, hoffentlich nicht. Was kam denn von weit her? Eine Schlange, ein Leguan, oder war gar ein armes, kuscheliges, allerliebstes Meerschweinchen gestorben? Die kamen doch aus Südamerika, oder nicht? Nur, gekauft wurden sie nicht dort. Und nach einigen hundert Generationen hatten sie sich doch sicher an unser Klima gewöhnt. Zina nahm es zumindest an und rätselte weiter über die aktuelle Gestalt des toten Elvis.

Violetta war in der Zwischenzeit aufgestanden, sichtbar entnervt, wie Zina feststellte, gesellte sich wieder zu ihr in den Gang und schaute ostentativ auf die Uhr an der Wand.

«Wir müssen gehen, sonst kommen wir zu spät, und ich *will nicht* zu spät kommen. Ich will im Open-Air-Kino diese Retrospektive sehen, und ich will diesen Film von *ganz* Anfang bis *ganz* Ende sehen, und ich will ihn auch *ohne* familiäre Restbestände geniessen», raunte Violetta.

Die kurzzeitig unbeachtete Tochter hatte die Zeit augen-

scheinlich genutzt, um sich weiter in ihr Unglück zu stürzen, denn sie klagte sich nun lauthals an. «Ich habe ihn umgebracht!»

Zina, die nicht mehr an sich halten konnte, meinte sehr leise und noch viel trockener: «Violetta, du bist die Mutter von Elvis' Mörderin.»

Was Violetta einen unterdrückten Lachanfall bescherte und einen Verzweiflungsanfall vonseiten der Schuldigen zur Folge hatte.

«Sag mal, Violetta», hob Zina an, die ihre Neugier nicht mehr unterdrücken konnte, «wer ist eigentlich Elvis? Ein Hamster?»

«Elvis ist eine Dionaea muscipula, zu Deutsch eine Venusfliegenfalle, eine fleischfressende Pflanze also. Wenn eine Fliege zweimal die Fühlborsten der Blätter zum Erzittern bringt, produzieren die Drüsen automatisch ein Sekret mit Enzymen, die das Insekt verdauen.»

«Bei lebendigem Leibe?», fragte Zina mit einer Grimasse, die ihr Grauen darstellen sollte.

«Ich habe ihm jeden Tag Fliegen gefangen und sie ihm in seine Schlündchen gelegt. Ich dachte, er hat Hunger. Ich meinte es doch nur gut mit ihm», erklärte die Tochter.

Der arme Kerl ist an zu viel Liebe gestorben, urteilte Zina, wenigstens ein ungewöhnlicher Tod in unserer lieblosen Zeit. Die beiden Frauen schauten sich an und beschlossen, mitleidlos zu handeln. Sie würden auch so in die Pedalen treten müssen, um Tom Hanks von A bis Z sehen zu können. Nach einem gegenseitigen Nicken sprach Violetta ein Machtwort: «Kind, wir gehen jetzt.»

«Wofür hast du denn Kinnnnderrrr auf die Wellllt gesetzt?», heulte die Tochter auf. «Um sie gleich wieder in ihrem Elend allllleiiiine sitzen zu lassen?»

«Bestimmt nicht, um zu spät ins Kino zu kommen, das ist mal ganz sicher. Zudem sind noch deine Brüder oben auf ihren Zimmern.»

«Die kümmern sich doch üüüüberhaupt nicht um mich!»

«Dafür sind Brüder da», meinte Zina philosophisch, die zu diesem Thema, wie sie fand, auch ein Liedchen hätte singen können.

In dieser verzweifelten Pattsituation öffnete sich die Tür, und Violettas Ehemann und Vater ihrer drei Kinder kam schwungvoll herein.

«Du kommst aber auch keine Minute zu früh», empfing ihn Violetta.

Nach einem Blick auf das heulende Elend auf der Treppe meinte er gut gelaunt: «Die Kavallerie kommt nie zu früh, wie du wohl weisst, und diesmal kommt sie, hoffe ich, auch nicht zu spät.»

Die Tochter hatte sich, durch die Stimme ihres Vaters aus der Verzweiflung geweckt, erhoben und sich ihm an den Hals geworfen. Ihm ins Ohr schreiend, artikulierte sie undeutlich: «Elvis, mein E-elvis ist g-g-gesto-oo-horben!»

Peter Bloch hob fragend die Augenbrauen in Richtung seiner Frau, die mit ihren Lippen überdeutlich die Worte fleisch-fres-sen-de Pflan-ze formte. Nach einem unterdrückten Grinsen, einer verabschiedenden Kopfbewegung für die beiden ungeduldigen Frauen und einem tiefen Seufzer meinte er: «Das ist natürlich eine schrecklich traurige Sache. Aber richtig erschreckt hättest du mich erst mit der Nachricht, dass Elvis lebt.»

Die beiden Frauen flüchteten aus dem Haus.

Matteo Santoro sass, mit seinem Sohn Marco an seiner Seite und einer Bierflasche in der Hand, auf dem Sitzplatz seiner Maisonette-Wohnung auf einem Liegestuhl und schaute in das Wohnzimmer, wo der Fernseher lief. «Die besten Momente des Fussballs», hiess die Sendung auf dem Schweizer Sender, auf die sie sich beide seit Tagen gefreut hatten. Besonders genossen sie, dass dieser Abend sich garantiert frauenfrei gestalten würde. Antonella war noch in Italien bei ihrer Familie, und Lucia hatte mit einer Freundin vor einigen Tagen eine Asienreise angetreten. Das Risiko einer weiblichen Störung dieser letzten Männerbastion war also gleich null, was beiden ein seliges Dauerlächeln auf das Gesicht zauberte. Was sie zu sehen bekamen, verführte Santoro zur Frage, ob das wirklich die besten Momente gewesen waren. Ihnen wurden gerade in

aller Ausführlichkeit die Elfmeterversuche der Schweizer Nationalmannschaft im Spiel gegen die Ukraine – diese Berserker – unter die Nase gerieben. Einer nach dem andern stellten sich die jungen Männer auf, und einer nach dem andern verschossen sie in unterschiedlichster Manier ihre Schüsse, dies unter dem gequält gefassten Blick ihres sonst so wohlwollenden Trainers. Da beide diese Bilder schon live erlebt hatten, wussten sie, was ihrer harrte – ein Massaker.

«Die könne doch eifach nit schutte, die Schwizer», urteilte der Sohn in seinem breitesten Baseldeutsch, und nahm dabei die vernichtenden Kommentare der Berichterstattung auf.

Santoro schaute seinen männlichen Nachkommen mit einem sarkastischen Grinsen von der Seite an. Noch vor wenigen Monaten hatte er sich die grössten Sorgen um die deutlich nationalistisch bis fremdenfeindlich geprägten Ansichten seines Sohnes gemacht. Die Treue zum Vaterland schien jedoch bei zu viel verschossenen Chancen ihre Grenze zu haben. Seit den Erfolgen der Nationalmannschaft schien Marco seine italienischen Wurzeln wiederentdeckt zu haben, was ihn in der Schweiz zu einem *fremde Fötzel* werden liess. Alles hat seinen Preis, dachte Santoro zufrieden, du kannst eben nicht Weltmeister *und* Schweizer sein.

«Schau dir das mal an, der verliert ja komplett die Nerven. Dem sieht man es ja jetzt schon an, dass er das Goal nicht treffen wird. Sieht ja aus wie vor dem Erschiessungskommando. Hat ihm denn niemand gesagt, dass *er* schiessen muss?», wetterte Marco, sich die flache Hand auf die Stirn schlagend, hochzufrieden.

«Sei mal nicht so streng mit diesen armen Kerlchen. Sie sind eben alle noch sehr jung», meinte Santoro, der plötzlich das Bedürfnis verspürte, diese jungen Männer in Not verteidigen zu müssen.

«Den Tunnelblick müssen sie haben in einem solchen Moment. Alles ringsherum ausschalten und nur das Tor vor sich wahrnehmen, das müssen sie. Da sind irgendwelche Gefühle doch einfach nur störend. Die müssen ausgeschaltet werden. *Lueg das aa*», kommentierte Marco den aktuellsten Fehlversuch, indem er mit beiden Händen auf den Bildschirm wies.

«Also, vielleicht sind sie nicht sehr effizient im Moment, aber irgendwie find ich sie auch ganz sympathisch. Zudem sind sie in guter Gesellschaft. Kannst du dich noch erinnern, wie Beckham in seiner letzten Meisterschaft seinen Elfmeter verschossen hat?»

«Im Hausfrauenstil», sagte Marco mit einem breiten Grinsen.

Santoro konnte sich gerade noch zurückhalten, eine Bemerkung über unangemessene Frauenfeindlichkeit in Fussballdiskussionen von sich zu geben, und startete stattdessen eine Auseinandersetzung über unangemessene Laufstegallüren auf dem Rasen, was ihn zu einer angeregten Einstimmigkeit mit seinem Sohn führte.

«Was für ein Theater, und das über zwei Jahrtausende lang und dann auch nur, weil die blöden Frauen aus der Geschichte herausgehalten werden mussten», resümierte Zina den überlangen Film.

«Trotzdem hat mir die Geschichte ganz gut gefallen. Ich habe mich bestens unterhalten», sagte Violetta.

«Erstens hättest du wohl alles genossen, was dich für gute zwei Stunden vor deiner Tochter und ihren emotionalen Exzessen gerettet hätte. Und zweitens hast du wohl tootaal unkritisch Tom Hanks angeschmachtet.»

«Unkritisch anschmachten, eine Fähigkeit, die dir vollständig fehlt, mein Zinchen Lupinchen. Hast du dir schon mal überlegt, was dir dabei entgeht?»

«Nein, hab ich nicht, *Violette Ciboulette*, und soll ich dir noch was sagen. Ich werde es mir auch weiterhin nicht überlegen.»

Zina, die wusste, auf welches Terrain sie diese Diskussion führen sollte – schau doch mal die Männer von einer anderen Seite an, das wird dir mehr Glück bringen –, beschloss, die volle Aufmerksamkeit von Violetta wieder auf den Da Vinci Code zu locken. «Weisst du, woran ich während des ganzen Filmes gedacht habe? An alte Männer.»

«Genau, das meine ich ja, du vergeudest deine Gedanken an grundsätzlich unerfreuliche Themen, statt mal –»

«Jetzt lass mich mal weitererzählen.» – «Was ich dir erklären

will, ist Folgendes: Die alten grauen Herren wollen nur eines, und zwar ihre Macht ausüben –»

«Die waren ja gar nicht grau, sondern in purpurne Roben gekleidet.»

«Die sie auch nicht hübscher aussehen lassen. Und gescheiter sind sie durch ihre Röcke anscheinend auch nicht geworden. … und jetzt hab ich den Faden verloren.»

«Alte Männer, Macht, grau», half Violetta nach.

«Eben. Sie wollen alles beherrschen, alles kontrollieren, die Menschen, die Gedanken, den Glauben, die Kirche, alles. Die Drecksarbeit machen aber nicht sie. Nee, nee du! An die Front müssen die jungen Männer. Die müssen die verschrobenen Vorstellungen der alten Knacker in knallharte Realität umwandeln, was Hintergehen, Stehlen, Morden, Massakrieren miteinbezieht. Wer behauptet, jeglicher Konflikt sei nur mit Gewalt zu lösen – wer ist denn so deppert, heute noch Kriege zu inszenieren? Sag mir das mal?»

«Okay, ich bin so nett: die alten grauen Herren.»

«Und wen, bitte, schicken sie dann ins Gemetzel, sich die Glieder zerfetzen, sich die Eingeweide freilegen und sich den Kopf wegpusten zu lassen?»

«Das werden die jungen farbigen Männer sein?»

«Die jungen Männer, jawohl. Und wenn sie farbige zur Verfügung haben, sind sie noch so froh, sie an vorderster Front einsetzen zu können», schloss Zina den Kreis.

«Das bringt mich wieder auf den Film zurück. Hast du schon mal überlegt, dass unsere ganze christliche Tradition darauf baut, dass der Vater seinen Sohn auf die Matten schickt, damit der sich opfern kann?»

«Genau, das mein ich ja, Violetta. Die alten Säcke opfern ihre Söhne. Und sie bleiben schön aussen vor, in Sicherheit.»

«Und dann behaupten die verlogenen grauen Eminenzen auch noch, dass damit die Welt gerettet werden soll.»

«Warum werden eigentlich nicht die dummen, hässlichen Alten selbst ins Gemetzel geschickt, wenn zum Angriff geblasen wird?»

«Weil wir nicht gefragt werden, Zinchen.»

Santoro und Marco waren bei einem Finale angelangt, in dem die Azzurri gegen les Bleus kämpften. Eigentlich hätten jetzt Santoro und Marco in Jubelstimmung ausbrechen sollen, denn sie kannten ja den Ausgang: Ihre Mannschaft würde bald gewinnen. Doch Santoro konnte sich nicht richtig freuen. Im Gegensatz zur Direktübertragung achtete er jetzt mehr auf die Anzeichen der sich anbahnenden Katastrophe – rote Karte für Zidane, Beschämung für Italien. Im Laufe der Partie wurde es offensichtlich. Nicht nur Materazzi provozierte den besten Spieler der Franzosen bei jeder Gelegenheit. Noch schien dieser stoisch alles hinnehmen zu wollen, doch sie wussten ja, wie es enden würde. Und da war er, der berühmte Kopfstoss.

«Der ist ja berühmt für seine aggressiven Schübe», meinte Marco, seine Mannschaft verteidigend.

«War er in seinen Anfangszeiten», korrigierte Santoro.

«Der sollte sich doch im Griff haben als Profi.»

«Er ist bis aufs Blut provoziert worden. Versuch mal gegen rassistische Sprüche immun zu werden.»

«Na ja, dieser Materazzi ist eben ein Idiot», versuchte Marco seine Mannschaft zu retten.

«Nein, das war doch eine abgekartete Sache.»

«Ach was, das ist doch was zwischen diesen beiden. Der eine ist ein Streithahn, und der andere ist nicht cool genug.»

«Mir gefallen zwar diese Tatsachen auch nicht, aber ich wette, dass es sich hier um eine Strategie handelt. Die Trainer haben das Motto rausgegeben: Macht Zidane fertig, das ist der beste Spieler. Wenn der draussen ist, haben die Franzosen keine Chance mehr. Und sie haben recht bekommen, das ist ja das Schlimmste.»

«Das ist ja die reinste Verschwörungstheorie. Daran glaub ich nicht. Das ist doch einfach ein Idiot im Team, der –»

«Du hast nicht richtig hingeschaut, das war die reinste Zermürbungstaktik, zudem ist die französische Mannschaft schon in den vorhergehenden Partien mit rassistischen Angriffen übersät worden. Denk nur an den ukrainischen Trainer, der zurechtgewiesen werden musste», ereiferte sich Santoro.

«Warum verteidigst du jetzt die Franzosen, auf welcher Seite bist du eigentlich?»

«Auf der Seite des Sports. Und was da läuft, ist nicht Sport. Das ist ein Drecksgeschäft, und daran sind die Funktionäre schuld. Die haben diese Schweinerei eingeleitet. Und das ist ein ganz schlechtes Beispiel für die Jugend. Wie sieht denn das aus, wenn diese jungen Männer sich *uf e Grind gänd*. Und das alles, weil die Herren in den Verbänden um jeden Preis einen Sieg wollen. Und wir wundern uns dann, wenn Jugendliche Gewalt anwenden, und das bei jeder Gelegenheit.»

«Sag mal, Papi, hast du einen dieser pädagogischen Kurse für Eltern besucht, oder was ist plötzlich mit dir los?»

«Erstens bin ich ganz froh, dass jetzt auch unser Erziehungsdepartement die Erleuchtung hatte, dass sogar Eltern einen Beitrag zur Erziehung ihrer Brut leisten müssen. Also, mach dich nicht über diese Kurse lustig. Und zweitens, nein, ich habe keinen Kurs besucht. Ich versuche nur, dich zu lieben, … Idiot.»

Worauf Marcos Grinsen noch breiter wurde.

***

Zina ging durch die Wüste und hatte Durst. Anscheinend war sie nicht für diese Wanderung ausgerüstet. Sie hatte nichts dabei. Wobei Wanderung wohl nicht der richtige Ausdruck war. Überlebensmarsch wäre wohl treffender gewesen, denn die Hitze schimmerte über dem Sand, und ein Ziel war nicht in Sicht. Ihr Vater kam ihr in den Sinn, der stundenlang marschieren konnte – ohne zu essen, ohne zu trinken, ohne sich zu beschweren. Wer einen Teil seiner Kindheit in Buchenwald verbracht hat, schafft eine solche Strapaze mit einem Lächeln, sagte sie sich. Und verdammte dieses Bild in den Untergrund ihres Bewusstseins. Daran wollte sie nicht denken, damit wollte sie sich nicht auseinandersetzen.

Sie wusste, dass es kein Zurück gab. Sie musste weiter, um diesem Jammertal entgehen zu können. Ein innerer Kompass sagte ihr, dass die Richtung stimmte, obwohl auf allen Seiten nur Steine und Sand zu sehen waren. Und ein Kaktus. Ein sprechender Kaktus, der jetzt gute Ratschläge von sich gab:

«Es ist doch überhaupt kein Problem, hier zu überleben. Deine Ansprüche, junges Fräulein, sind einfach viel zu hoch und unrealistisch. Sieh mich an. Nach aussen die Stacheln zeigen und innen schön langsam von der Reserve zehren. Hier stört dich auch niemand, hier findest du deine Ruhe.»

Zina sah sich den Kaktus näher an, der so plötzlich auf ihrem Weg aufgetaucht war. Diese Stimme kannte sie. Eine *innere* Stimme, die von einer vertrockneten alten Schachtel zu stammen schien. Sie wollte sich das Ratschläge verteilende, stachelige Geschwür genauer anschauen.

«Autsch!», schrie sie auf und versuchte die kleinen perfiden Stacheln wieder aus ihrer Nase zu entfernen.

«Was willst du denn immer so genau wissen, Fräulein? Siehst du, was passiert, wenn du deine Wundernase in verbotenes Gebiet manövrierst?»

«Ich sehe, dass du grün bist vor Neid, du stacheliger Schrumpelhaufen, weil ich, im Gegensatz zu dir, hier wegkann.»

Mit grossen Schritten machte sich Zina wieder auf den Weg, dessen Ziel sie immer noch nicht kannte. Sie schaute resolut nach vorne und gewahrte einen Unterschied in der Landschaft. Diese Berge am Horizont waren neu, oder? Sie war sich augenblicklich bewusst, dass sie die richtige Richtung eingeschlagen hatte. Sie musste einfach über diese Bergkette klettern, und dann würde sie an einem besseren Ort ankommen.

Kaum hatte sich dieser Gedanke in ihrem Kopf eingenistet, als sie auch schon vor den hoch aufragenden Felsen stand. Merkwürdig, dachte sie, die Felswand hat ein Gesicht, nein, Gesichter. Sie trat einen Schritt zurück, und sie konnte die eingehauenen Köpfe erkennen. Sie stand tatsächlich vor dem Mount Rushmore, wo die vier bedeutendsten Präsidenten der Vereinigten Staaten im Stein verewigt worden waren. Niedergeschlagenheit übermannte sie. Sie würde hier nicht rüberkommen, das war verboten. Und es gab keinen anderen Weg, das wusste sie. Trotzdem liess sie ihre Augen über die Gesichter schweifen, in der Hoffnung, einen Pfad, eine Leiter oder doch zumindest ein Seil zu finden. Da waren sie von links nach rechts aufgereiht: Washington, Jefferson, Theodore Roosevelt, Teddy

für die Damen, nach dem anscheinend der Teddybär benannt wurde. Na, kuschelig sieht der aber nicht wirklich aus. Beim Letzten der Viererbande angelangt, blieb ihr Blick an einem Farbtupfer hängen. Was war denn das, dort oben auf Lincolns Nase? Hatte der Kerl schon immer eine Stupsnase gehabt? Zina machte noch einige Schritte vorwärts, um den Farbtupfer besser identifizieren zu können. Da sass doch tatsächlich so ein Frechling auf Lincolns Nase, den Rücken am Nasenrücken angelehnt und den Kopf genau vor Lincolns drittem Auge.

«Na, mussten Sie sich wirklich durch diese Wüste schleppen und mit bösartigen Kakteen diskutieren? Konnten Sie denn nicht wie alle andern den Highway nehmen, Frau?», rief der Farbfleck frech grinsend.

«I do it my way», erwiderte Zina.

«Fangen Sie mir jetzt nur nicht an zu singen, kommen Sie endlich rauf, wir müssen noch über den Berg.»

«Ich kann nicht. Ich darf doch nicht über alte Männer kraxeln.»

«Schauen Sie nicht auf die Männer, Sie Dummkopf! Sehen Sie denn nicht, dass wir in den Blackhills sind?»

«Sie haben mir gar nichts zu sagen.»

«Eben doch. Ich hab schon Abnutzungserscheinungen vom vielen Warten, meine Liebe. Also sag ich Ihnen jetzt als Ihr Vorgesetzter: Bewegen Sie Ihren hübschen Arsch hier rauf.»

FÜNF

Er war heute Morgen ein Farbtupfer, dachte Zina, als sie ihren Chef betrachtete, der auf seinem Stuhl zurückgelehnt den Autopsiebericht durchlas. Die Hosen aus leichter Baumwolle und das T-Shirt, das zwischen dem offenen Kragen hervorblinzelte, waren zwar in einem unaufdringlichen Moosgrün, das kurzärmlige Hemd hingegen war was ganz Neues. Orange? Nein, wohl eher so etwas wie Pfirsich. Ihr Blick wanderte weiter zu seinem Gesicht, das sich ernst über die unerfreulichen Nachrichten beugte. Die Furche über der gebogenen und leicht schrägen Nase war tief und verriet nichts Gutes. Der Mund, der in mancher Schundliteratur als sensibel betitelt worden wäre, war leicht nach aussen geschürzt. Nun verzog er sich zu einem Lächeln, das eindeutig schief erschien, da die Lücke zwischen den beiden Vorderzähnen leicht verschoben war. Zina hob ihren Blick und traf auf Augen, die sie grün und frech anfunkelten.

«Darf ich Ihre morgendliche Meditation unterbrechen, meine Liebe, um Ihnen die spärlichen Resultate der Autopsie weiterzuleiten und so unsere Synergien besser fliessen zu lassen?»

«Ich harre ihrer, Chef», erwiderte Zina so ruhig und so farblos wie nur möglich. Sie war sicher nicht bereit, sich aus dem Konzept bringen zu lassen.

«Das wagte ich doch kaum zu hoffen. Also, die nackten Tatsachen: Unser Toter ist verblutet, langsam. Der Schlag auf den Hinterkopf hat unseren Odermatt zwar zu Boden geworfen und langfristig k. o. geschlagen, die eigentliche Todesursache ist jedoch auf den Stoss mit dem Schwert, oder übergrossen Messer, das an der Wand des andern Professors hing und eigens zum Zwecke des Abmurksens entwendet wurde, zurückzuführen. Die damit verursachte Wunde hat den todbringenden Blutverlust zur Folge gehabt. Der Schlag wurde mit einem stumpfen Gegenstand, von oben nach unten, ausgeführt, das

Schwert wurde senkrecht, ebenfalls von oben nach unten, in den Unterleib gerammt.»

«Ein übergrosser Mörder?»

«Eher ein sitzendes Opfer – für die stumpfe Waffe – und ein liegendes Opfer für das scharfe Teil.»

«Sie meinen, der kleine Professor sitzt irgendwo, bekommt von hinten eins auf die Rübe, wird besinnungslos auf den Teppich gelegt, der Täter holt sich das afrikanische Antiquitätenstück, steht breitbeinig über den Hingestreckten und zielt seelenruhig auf den Unterleib des Darniederliegenden und lässt das Beil fallen?»

«So stelle ich mir die ganze Chose auch vor, nur dass es kein Beil ist, sondern ein Schwert», sagte Santoro.

«Tönt nach einem Mann – für mich.»

«Tönt – für mich – nach Justitia, und die ist doch eine Frau.»

«Eine blinde Frau.»

«Blind vor Wut?», warf Santoro ein.

«Ich komme Ihnen gerne entgegen, mit der Wut. Wie ist sonst zu erklären, dass einer …»

«Oder eine …»

«Dass einer, wie ich schon sagte, jemanden niederschlägt, um dann den Hilflosen am Boden zurechtzulegen, damit er besser mit einem Schwert durchbohrt werden kann, ist ganz schön biestig, finden Sie nicht auch, Chef?»

«Ganz schön viel Wut, kommt mir da in den Sinn. Nur die Federn, die passen mir dann nicht in den Kram, ehrlich gesagt.»

«Sahnehäubchen.»

«Hä?»

«Dekoration. Tüpfelchen auf dem i. Verzierung.»

«Haben wir es hier mit Kochkunst zu tun? Wäre dann wohl eher wieder was Weibliches, nicht?»

«Nicht, wenn es mit Manierismen gespickt wird. Ist Ihnen schon aufgefallen, dass Frauen kochen, damit was auf den Tisch und in die Mägen kommt, Tag für Tag? Und dass Männer kochen, um ihre Persönlichkeit, ihre Besonderheit, ihre Kunstfertigkeit und sich selbst darzustellen? Haben Sie nicht auch schon feststellen müssen, dass sich Männer dogmatisch und mit

viel Selbstdarstellungswillen an die Töpfe schmeissen? Für den Salat *muss* die Schale zuerst mit Knoblauch eingerieben werden, das ist ein *Must.* Für diesen Gang *muss* ein Chardonnay her, für jenes Dessert *darf* nur blanc battu verwendet werden. Und für die kleingeschnäfelten Junggemüschen *soll* nur ein Messer mit japanischem Stahl verwendet werden. Und die Sauce, die kommt dann durch das Sieb, und die Gemüschen müssen durch das *Chinois* getrieben werden. Manierismen eben.»

Matteo Santoro, der seine beiden Schwager vor Augen hatte, wie sie an Familienessen in der Küche standen, um sich mit Fachjargon und unerreichten Saucen gegenseitig zu beeindrucken, konnte den Argumenten seiner Assistentin problemlos folgen. Doch machte ihm etwas anderes zu schaffen. Waren sie beide nicht eigentlich daran, einen Mordfall zu lösen?

«Goldberg, ich bin wie das arme Kaninchen, das in den Topf geworfen wurde. Ich habe den Überblick verloren.»

«Und ich bin wie das Ei in der Mayonnaise, ziemlich durcheinander.»

Zina sah das schräge Lächeln entstehen, das sie ganz dummerweise rührte. Sie lehnte sich in ihrem Bürostuhl zurück und suchte eine bequeme Stellung, was sich angesichts des alten und wackligen Mobiliars als umständliches Manöver erwies. Schliesslich landeten ihre Füsse auf dem unaufgeräumten Schreibtisch. Santoro tat es ihr gleich. Zina verschränkte die Arme vor der Brust, Santoro blätterte wieder in der Akte.

«Die Federn, wir waren doch in den Federn hängen geblieben», eröffnete Santoro wieder die Diskussion. «Die farbigen grossen Federn stammen übrigens definitiv vom Ententeich, der mitten in der Parkanlage steht. Unsere Spurensucher haben diese Tatsache einwandfrei bewiesen. Haben Sie eine Idee, woher die kleinen Federn kommen könnten? Die sind nämlich ganz sauber.»

«Bei Daunen kommt mir Kissen in den Sinn, Ihnen nicht?»

«Doch, eben, aber können Sie sich vorstellen, was das bedeutet, meine Teure?»

«Der Mörder ist mit einem Kissen im Gepäck, das er sich eben erst gekauft hat, denn die Federn sind ganz neu, zum

Tatort marschiert und hat nach getaner Untat sein Kopfkissen aufgeschlitzt und über Odermatt ausgeschüttelt. Wie Frau Holle. Und so teuer bin ich auch wieder nicht.»

«Beginnen Sie jetzt nicht mit einer Lohndiskussion, tut man in der Schweiz einfach nicht. Also, wo waren wir? Eben, Frau Holle. Dann hat sie, Ihre Frau Holle, noch die Federn der Enten, die sie vorher erjagt hatte, zur Verzierung über das Ganze verteilt, als Farbtupfer sozusagen.»

«Ganz schön viel strategische Überlegungen und Vorbereitungen. Ihr Entenjäger wird es ganz schön schwer haben, wenn er mal auf eine Tat im Affekt plädieren will», folgerte Zina.

«Das Entscheidende haben wir noch gar nicht besprochen», fuhr Santoro fort und blätterte konzentriert in seinen Unterlagen weiter. «Durch die ganze Prozedur ist der Zeitpunkt des Mordes noch sehr viel schwieriger zu eruieren als sonst.»

«Wie steht es mit der Todeszeit?»

«Zwischen dreiundzwanzig Uhr und drei Uhr morgens. Das Problem liegt darin, dass Odermatt langsam verblutet ist. Wie langsam, da will sich unser Pathologe nicht festlegen. Zwischen dreissig Minuten und zwei Stunden. Und auch das ist nur eine Schätzung. Das erklärt die grosse Zeitspanne für den möglichen Todeszeitpunkt.»

«Hat schon jemand ein Alibi für diese Zeitspanne?»

Der Kommissar richtete sich auf und suchte auf seinem Tisch nach den richtigen Unterlagen.

«Hier», rief er nach längerem Suchen und hielt ein Bündel Blätter in die Höhe. «Unsere uniformierten Kollegen waren fleissig. Ich habe diejenigen mit Alibi grün angestrichen.»

Sie standen jetzt nebeneinander und gingen die Seiten durch. Viele waren es nicht, die entlastet werden konnten. Die beiden Professoren aus dem Untergeschoss, Dübli und Pelzig, waren aus dem Schneider. Sie hatten den Abend zusammen in einem Jazzclub verbracht. Antoinette Löliger hatte ihre Eltern in Gipf-Oberfrick besucht und hatte dort übernachtet. Frau Burger, die kleine Assistentin mit dem energischen Kinn, konnte ebenfalls von der Verdächtigenliste gestrichen werden, Kinobesuch mit anschliessendem Geplauder mit Freundin.

Darauf folgte das Dutzend Studenten, das am Freitagmorgen im Institut anwesend war. Die meisten konnten sich gegenseitig ein Alibi verpassen, Fete. Alle übrigen Verdächtigen, die bisher in Erscheinung getreten waren, konnten kein lückenloses Alibi vorweisen.

«Wenn nicht so viele Menschen alleine lebten», sagte Zina, «hätten wir mehr Klarheit. Alle sind irgendwann zwischen zehn und zwölf alleine ins Bett gegangen.»

«Das eigentliche Problem ist doch, dass wir nicht mal davon ausgehen können, dass der Mörder gestern anwesend war. Zudem können die meisten Patienten auch nachts frei herumspazieren, mit Ausnahme der Eingesperrten, die wiederum unsere besten Kandidaten wären. Es gibt zwar einige Sicherheitsleute, die nachts durch die Anlage spazieren, ansonsten haben wir es mit einer offenen Anstalt zu tun. Jeder geht ein und aus, wie es ihm gefällt, keine Überwachung, keine Kontrolle. Und überhaupt ist diese ganze Anlage das reinste Sieb», erboste sich Santoro, worauf er auf seine Uhr schaute und vernehmlich seufzte. «Goldberg, es wäre mir ein Vergnügen, weiter mit Ihnen über das mögliche Geschlecht, die Vorbereitungen, unseres Mörders oder die besten Kandidaten zu diskutieren, nur leider muss ich Sie aufscheuchen. Wir sollten jetzt dringend zu unserem Stelldichein mit den Professoren des Institutes aufbrechen. Die haben an einem Samstagmorgen anscheinend nichts Besseres zu tun.»

«In diesem Falle gibt es wenigstens keine Unsicherheiten das Geschlecht betreffend.»

Alle schwitzten. Mittlerweile war der Morgen schon fortgeschritten, und die Sonne versprach auch heute richtig einzuheizen. Das moderne Gebäude war zudem wärmefreundlich, die grossen Fenster zeigten sich schon in dieser Morgenstunde einladend für Licht und Hitze. Zina Goldberg beobachtete die Herren, die im Halbkreis vor ihr sassen. Jeder versuchte auf seine Weise die aufstrebende Temperatur in den Griff zu bekommen.

Professor Klotz, Vorsteher des Institutes, befolgte anschei-

nend das Motto ignorieren und aussitzen. Die Schweissperlen rannen ihm den Hals runter und versuchten einen Weg zwischen faltiger Haut und weissem Kragen zu finden, um in die Niederungen weiterer körperlicher Säfte vorzudringen. Nur ein gelegentliches Ziehen eines Mundwinkels nach unten und an der Krawatte zur Seite zeigte an, dass dieser Herr den Status der absoluten Empfindungslosigkeit noch nicht erreicht hatte.

Der Assistenzprofessor des Verstorbenen gehörte in dieser Sparte eindeutig nicht zu den Fortgeschrittenen. Mit der blossen Hand strich er sich in immer kürzeren Abständen über die Stirn und durch das schon schüttere Haar. Zudem verlagerte er sein Hinterteil ab und zu hektisch im Ledersessel von einer Ecke zur andern.

Der Dritte im Bunde, Professor Pelzig, dampfte wie ein kleines fettes Huhn im Kochtopf vor sich hin und hatte allem Anschein nach den Kampf gegen die Hitze aufgegeben. Sein Kollege, Professor Dübli, strich sich derweil immer wieder seine wenigen Haare über seine eben doch sichtbare Glatze.

Professor Hotze, der Statistiker aus dem Osten, schien die Hitze in Ferienstimmung zu versetzen, denn er hatte sich in seinen Sessel gefläzt und seine Arme weit ausladend über die Armlehnen gebreitet. Sein Hemd, das sogar für ein Hawaiihemd sehr knallig war, hatte er aufgeknöpft, was eine Behaarung zur Geltung brachte, die einem Grizzly Ehre gemacht hätte.

Der Letzte im Bunde war Glaser, der Neue aus Deutschland, wirkte trotz der Schweissperlen auf seiner Stirn leicht unterkühlt. Mit seiner ganzen Körperhaltung schien er ausdrücken zu wollen, dass er eigentlich gar nicht hier war. Sein Blick richtete sich meist auf die Äste der Pappel, die dem Zimmer einigen Schatten zu spenden versuchten.

Zu ihrer Rechten sass Santoro, der gerade sein Taschentuch wieder säuberlich zusammenfaltete, nachdem er sich die Stirn abgewischt hatte. Zina beobachtete den Kampf, der im Augenblick höflich und gemessen zwischen den Herren leise vor sich hin tobte. Soweit sie es verstand, wollte der Anführer der Professoren so schnell und so wortreich wie möglich der Gegenseite seine Ansichten hinsichtlich eines angemessenen

Täters abliefern, wohingegen der Kommissar zuerst hören wollte, welche Funktion die Herren im Institut innehatten und mit welchen Themen sie sich im Augenblick beschäftigten. Santoro hatte sich bis jetzt gegen die universitäre Phalanx durchgesetzt, eine Front, die eindeutig aufgeweicht war, denn der ausgeliehene Statistiker schien sich ein Gaudi daraus machen zu wollen, die Kontrollbemühungen seines Anführers zu hintertreiben. Mit Elan hatte er sich daran gemacht, Santoros Fragen zu beantworten und seine Tätigkeit im Institut darzulegen.

Auch Professor Pelzig hatte der unmissverständlichen Aufforderung von Santoro nicht ausweichen mögen, leicht stotternd und immer heftiger schwitzend hatte er seinen Arbeitsbereich zu erklären versucht. Er testete die Wirkung von Medikamenten auf die Fahrfähigkeit. Dies in einem Raum im Untergeschoss, der anscheinend mit ausgeklügelten Simulationsmaschinen und hoch entwickelten Messinstrumenten vollgespickt war. Mit den Studentinnen und Studenten hatte er nur zu tun, wenn sie sich, nach einer Aufbesserung ihrer kargen Stipendien lechzend, als Versuchskaninchen bei ihm meldeten. Mit seinen Kollegen verband ihn noch weniger, denn im Gegensatz zu ihnen musste er sich nicht um irgendwelche Geldmittel streiten. Er verfügte über finanzkräftige Sponsoren.

Der neue Deutsche war eigens für die operative Phase der Prometheusstudie eingestellt worden. Er stellte klar, dass er noch gar nicht zum ordentlichen Professor ernannt worden sei. Klotz beeilte sich zu versichern, dass dies eine reine Formsache sei, die auf Semesterbeginn erledigt werden sollte. Die Kommission stünde ja kurz vor ihrem Entscheid. Er fügte mit einem anerkennenden Kopfnicken in Richtung Assistenzprofessor noch an, dass auch ihr werter Kollege Habermaus endlich zu Ehren kommen werde, der mit seinen Studien zum Vergleich verschiedener Behandlungsmethoden bei Depressionen grosses Interesse erweckt habe, nicht zuletzt bei den Krankenkassen.

Nun blickte Santoro streng in Richtung des Assistenzprofessors Habermaus und wollte von ihm wissen, womit er und sein Chef in letzter Zeit beschäftigt waren.

«Professor Odermatt», begann der immer noch schwitzende

und rutschende Habermaus zögerlich, «hatte ein weites Feld an Aufgaben zu bewältigen. Da sind einerseits die Vorlesungen und Seminare, die Betreuung der Bachelor- und Masterarbeiten. Andererseits sind da auch seine wissenschaftlichen Studien. Zusätzlich zu diesen Bereichen gibt es administrative Aufgaben, und letztlich hielt er immer wieder Vorträge.»

«Und was tun Sie, Herr Habermaus?», fragte Santoro.

«Neben meinen Forschungsarbeiten bin ich für die Proseminare zuständig und unterstütze meinen Vorgesetzten oft bei den Seminaren.»

«Vielen Dank. Nun zu Ihnen, Herr Klotz. Worin bestehen Ihre Aufgaben an diesem Institut?»

«Herr Kommissar, ich sehe zwar nicht ein, was meine Tätigkeiten mit dieser grauenvollen Tat zu tun haben könnten –», begann Klotz und begleitete seine Worte durch eine wegwerfende Bewegung.

«Das verlangt auch niemand von Ihnen. Lassen Sie das nur ruhig unser Problem sein», unterbrach ihn Santoro.

Zina Goldberg, die sich immer noch in ihrem Status als Beobachterin ganz wohlfühlte, staunte nicht schlecht über die Unnachgiebigkeit ihres Chefs. Es musste wohl so sein, dass diese Herren in ihm eine Ader zum Pulsieren gebracht hatten, die sie bis anhin noch nicht kennengelernt hatte. Sie fragte sich, was ihren Chef denn herausfordern konnte, derart auf seine Funktion zu pochen und den Leitwolf zu spielen. Sie schaute sich deshalb die Herren in den Sesseln genauer an und kam zu dem Schluss, dass der auslösende Faktor Klotz sein musste. Dieser spreizte im Augenblick gerade ostentativ seine Beine und begann widerwillig über seine Aufgaben zu berichten. Klotz' Geste, sein grauer Anzug und seine versteinerte Miene erinnerten Zina an ihren Traum. Der Kerl sass da wie in Stein gemeisselt. Und ihr Chef verspürte anscheinend das Verlangen, dem Kerl auf der Nase herumzutanzen. Wie erfrischend.

Sie zwang sich, den Erläuterungen des In-Stein-Gehauenen zu lauschen. Dieser erklärte ziemlich wortkarg, dass die Leitung des Institutes, die Verhandlungen über die Umstrukturierungen in der Universität und die Betreuung seiner Studenten –

von Studentinnen war hier tatsächlich nicht die Rede – ihm sehr viel Zeit abverlangte. Sein grösstes Interesse galt jedoch dem Projekt Prometheus, das die nächsten zwanzig Jahre zur Umsetzung kommen sollte. Nun ereiferte er sich doch und beschrieb in epischen Sätzen, mit wie viel Engagement er sich für die Gelder des Nationalfonds hatte einsetzen, und gegen wie viele Gegner und Kritiker er sich hatte durchsetzen müssen. Mit einem Seitenblick auf Habermaus fügte er hinzu, dass die kritischen Stimmen bis heute nicht versiegt seien. Santoro, dem dieser Blick nicht entgangen war, hakte nach und wollte wissen, woher diese Kritik komme.

«In diesem Zusammenhang ist Ihre Frage irrelevant, Herr Kommissar», begann Klotz gewichtig, «leider muss ich Ihnen sagen, dass der Verstorbene, obwohl Mitglied unseres Lehrkörpers und der Wissenschaft verpflichtet, sich negativ über diese Studie geäussert hat, auch den Studenten gegenüber.»

Santoro beschloss, die Sache im Augenblick auf sich beruhen zu lassen, registrierte jedoch, dass der Assistenzprofessor noch unruhiger als bislang hin und her rutschte und ostentativ den Kopf schüttelte. Ihm entging auch nicht, dass der Statistiker einmal mehr Zina zuzwinkerte. Der freche Kerl schien in der Tat nicht an einem Übermass an Loyalität zu leiden. Noch eine Tatsache, die er im Hinterkopf behalten wollte. Klotz nutzte die Reflexionspause Santoros, um sein lange zurückgehaltenes Anliegen an den Mann zu bringen. Er lehnte sich vor und fixierte sein männliches Gegenüber mit starrem Blick. «Herr Kommissar, ich habe Sie zu dieser Zusammenkunft bestellt, um Ihnen wichtige Informationen mitzuteilen. Wie ich Ihnen schon zu verstehen gab, weist das Verbrechen, das in unseren Mauern stattfand, eindeutig auf ein deviantes Verhalten hin.»

«Tut dies denn nicht jedes Verbrechen?», schaltete sich Zina ein, die nun ganz spontan die Schnauze voll hatte. Wenn diese Herren vorhatten, sie weiterhin skotomisieren zu wollen, war sie nicht bereit, fair mitzuspielen. Da Klotz sie anschaute, als wäre sie eine Studentin, die während seiner Vorlesung auf seinem Pult herumtanzte, doppelte sie nach: «Wovon abweichend? Von einer gesellschaftlichen Norm oder von seinem sonstigen

Verhalten? Werden nicht die abnormsten Verbrechen von Menschen begangen, die vor ihrer Tat als vollkommen unauffällig bezeichnet wurden, also als vollkommen normal galten?»

Professor Klotz glotzte noch intensiver, während Hotze ein Geräusch von sich gab, das einem Bären glich, der ein mädchenhaftes Kichern zu unterdrücken versucht. Was dabei herauskam, glich einem grummelnden Quietschen, das immerhin die Kraft besass, Klotz aus seiner Erstarrung zu lösen. Er wandte seinen Blick wieder Santoro zu und hob an: «Herr Kommissar, …»

«Beantworten Sie Frau Goldbergs Fragen, Herr Klotz.» Und nach einem kaum merklichen Blick in ihre Richtung fügte er hinzu: «Ihre Fragen scheinen mir nicht nur relevant, sondern geradezu pertinent.»

«Hawrumgrää!», unterdrückte der Bär eine noch aussagekräftigere Äusserung im Keime.

Na, wenigstens einer, der sich hier prächtig amüsiert, dachte Santoro, bevor er Klotz auffordernd zunickte. Mit deutlichen Zeichen einer grundlegenden Verärgerung im Gesicht setzte Klotz an: «Die Devianz bezog sich nicht auf die Tat, sondern auf den Ausführenden. Es mag *Ihnen* vielleicht entgangen sein, dass diese Tatsache offensichtlich ist, *uns* gewiss nicht. Angesichts dieser Tatsache haben wir uns beraten und sind zu folgendem Schluss gekommen: Der Mörder muss unter den Insassen der Anstalt zu suchen sein. Dank meiner diesbezüglichen Nachforschungen kann ich Ihnen auch einen Namen nennen. Doch vorerst werde ich Ihnen ausführen, wie wir zu diesem Ergebnis gelangt sind. Professor Odermatt führte den fortgeschrittenen Semestern – zur besseren Anschaulichkeit – gerne konkrete Fälle vor und liess Vertreter verschiedenster Störungen in seinen Oberseminaren zu Wort kommen. Die oberen Semester hatten dann Gelegenheit, Fragen zu stellen. In der letzten Semesterwoche stellte der verstorbene Kollege eine paranoide Schizophrenie vor. Ich werde Ihnen in einfachen Worten zu erklären versuchen, welche Koinzidenzen sich in diesem Falle mit der Spezifizität der Ermordung finden. Auch für Laien wie Sie werden die Zusammenhänge gewiss unschwierig zu finden sein.»

Hier legte Klotz eine Kunstpause ein, die Zina dazu nutzte,

in die Runde zu schauen. Pelzig kochte weiter vor sich hin und schien sich immer unbehaglicher zu fühlen. Glaser hatte seinen Blick vom Fenster ab- und dem Heizkörper zugewendet, den er fixierte, als ob dieser die Verantwortung für die steigende Hitze trage. Klotz war nicht bereit, die Aufmerksamkeit der Anwesenden zu verlieren, und hob die Stimme. «Nun, Herr Kommissar, der Patient, der gerne bereit war, über seine psychotische Störung zu berichten, hat ausführlich über seine Halluzinationen erzählt, die unmissverständlich auf den Tathergang verweisen. Er wähnt sich in seinen virulenten Phasen immer wieder in einen Kampf verwickelt, und zwar in einen Kampf zwischen Engeln –»

«Danke, Herr Klotz, geben Sie mir bitte den Namen dieses Mannes und führen Sie uns bitte zu ihm. Wir werden selbst mit diesem Patienten das Gespräch suchen», sagte Santoro und stand auf. Zina Goldberg tat es ihm gleich und registrierte wie ihr Chef die Einwände von Professor Klotz und quittierte sie mit einem freundlichen Lächeln und einer dezidierten Bewegung Richtung Tür. Klotz hingegen war nicht bereit, den Führer zu spielen, und schickte den Assistenzprofessor vor. An der Türschwelle angelangt, wies er mit einer einladenden Handbewegung Habermaus an, ihnen den Weg zu zeigen. Habermaus gab dieser Aufforderung noch deutlicher schwitzend nach und ging am Kommissar vorbei. Zina war mittlerweile ebenfalls an der Schwelle angelangt und half, den Weg zu versperren. Mit einem synchronen Schritt Richtung Gang und einer gemeinsamen Verabschiedung schlossen sie die Tür hinter sich.

Habermaus lief voraus und führte sie aus dem Gebäude in die Parkanlage. Zina konnte nicht anders, als einmal mehr festzustellen, dass der Kerl aussah, als habe er Windeln an. Um die Hüfte herum war einfach zu viel, und die kurzen Beine bewegten sich ungelenk ein bisschen zu weit auseinander. Die Windeln schienen auch noch voll zu sein. Der Anblick war so unerfreulich, dass sie sich lieber ihrem Chef zuwandte, der sie mit seinem Benehmen erstaunt hatte. Ihre Neugier nahm einmal mehr die Überhand.

«Sie waren heute ganz schön autoritätsunfreundlich, Chef.»

«Das ist die Hitze, meine Liebe. Je wärmer es ist, desto weniger kann ich die Möchtegernautorität arroganter Herren ernst nehmen. An einem eiskalten Tag mögen solche Dinge mich noch kaltlassen, aber wenn die Sonne zu hoch steht, die Menschen aus ihren Löchern kommen, die Hitze auf meiner Haut prickelt und mir der Schweiss über den Rücken läuft, da weiss ich – und die hinterletzte Pore meines Körpers weiss es auch –, dass das alles nicht zu ertragen ist.»

«Wir könnten den Herren Psychologieprofessoren vielleicht vorschlagen, eine Studie zu lancieren. Die hiesse dann: Zur umgekehrten Korrelation von Autoritätsgläubigkeit und Hitze – die Konsequenzen für unsere weitere Existenz.»

«Wieder eine Ihrer Ideen, Goldberg, die von niemandem aufgenommen wird, denn niemand will es wissen.»

«Angesichts der allgemeinen Erderwärmung ganz verständlich, finden Sie nicht auch, Chef?»

***

«... dann warfen Sie die Tafel mit den Zehn Geboten auf den Boden und beteten weiter das Goldene Kalb an. Und da sandte Gott ihnen den Todesengel, und er schlug sie alle mit einem Schwertschlag zu Boden.»

Wir wollten doch nur wissen, ob er erfahren hat, dass der Professor ermordet worden ist, sinnierte Zina und schaute leicht aus dem Konzept gebracht in die Runde. Neben dem eloquenten Redner, dem schon seit einigen Wochen stationär in der Klinik weilenden Herr Nötzli, der nach Zinas Auffassung in keiner Weise einem Schizophrenen entsprach – seit wann sehen die aus wie Bauarbeiter? –, sassen am runden Tisch auch Habermaus, Santoro und eine Pflegerin mit blonder Engelspracht auf dem Kopf, Susi Schranz. Damit hört auch jede Ähnlichkeit auf, beschied Zina streng. Engel benehmen sich nicht wie ausgewachsene Luder. Denn genau das tat die Frau. Sie hatte eine unnachahmliche Art, ihre Haare lasziv langsam nach vorn über die Schultern zu holen, um sie unerwartet und blitzschnell wieder nach hinten zu werfen. Dabei, stellte Zina fest, blickte

die Pflegerin wie zufällig immer zu Santoro. Zudem, sagte sich Zina, werden Engel ja nicht vierzig. Trotzdem. Die Pflegerin schien die Einzige zu sein, die sich durch den Exkurs des Patienten nicht beirren liess. Mit leiser, doch gefasster Stimme fragte sie nach: «Warum denken Sie, ist er ermordet worden, Herr Nötzli?»

«Ich will in den Himmel steigen. Ich will dem Allerhöchsten gleich sein, sprach der Lobpreisleiter Gottes. Doch dieser sprach: Maden werden deine Decke sein und Würmer dein Grab. Und der Erzengel Michael, Anführer der himmlischen Heerscharen, sammelte seine Truppen hinter sich, und Luzifer fiel zwischen Himmel und Erde zu den Dämonen. Denn Engel sind dienstbare Geister, sie dürfen keine Entscheidungen treffen.»

Scheinbar ermüdet von der langen Rede liess sich Herr Nötzli auf seinem Stuhl zurückfallen und schaute ins Leere. Nur seine Beine schienen keine Ruhe finden zu können. Sie bewegten sich in verlangsamten Zuckungen weiter.

«Wer hat Ihnen von dem Mord erzählt?» Haare nach vorne, Haare nach hinten.

«Denen aber, die an ihn glauben, gab er die Macht Gottes, Kinder zu werden. Aber diese haben keinen Anteil, sie essen nicht mein Fleisch, sie trinken nicht mein Blut. Diese aber haben sich lieber einen Mühlstein um den Hals gehängt und ersäufen sich selbst.»

«Er meint wohl die Alkoholiker», wollte Habermaus nachhelfen.

«Eher die Depressiven, die lieben deprimierende Neuigkeiten», sagte Susi Schranz.

«Ich muss Sie darauf hinweisen, dass das Wort ersäufen ganz klar meine Interpretation stützt», sagte Habermaus.

«Möglich, aber Alkis sind nun mal keine Plaudertaschen, im Gegensatz zu den Depressivos, die gerne tratschen, vor allem wenn es sich um schlechte Nachrichten handelt.»

«Ihre Ausdrucksweise, Frau Schranz», tadelte Habermaus. «Haben Sie denn nicht die Weiterbildung besuchen müssen ‹Ich drücke meine Achtung vor Patienten auch durch meine wissenschaftlich korrekte Ausdrucksweise aus›?»

«Doch, war ein Gaudi. Wir haben schon lange nicht mehr so gelacht – natürlich nur unter dem Pflegepersonal.» Beide Hände im Haar, vermeintlich Ordnung schaffend, in Wirklichkeit jedoch eine ansehnliche Verwirrung stiftend, den Blick von weit unten Richtung Santoro gerichtet.

Santoro und Zina waren dem Wortwechsel wie einem Pingpongspiel gefolgt, mit Köpfen, die sich von rechts nach links und wieder zurück wendeten. Nun wurde es beiden zu bunt, schliesslich waren sie nicht an einem freien Samstagmittag in diese Klinik gekommen, um Schiedsrichter in einem Pflegeduell zu werden. Zina lehnte sich, nach einem Blick in Richtung Santoros und dessen Nicken, nach vorn und sprach Herrn Nötzli direkt an: «Wie heisst die Person, die Ihnen von diesem Mord erzählt hat?»

«Das war gestern, ein Mann, den ich nicht kenne. Ich glaube, er gehört zu denen mit den Zwängen, er zieht immer an seiner Krawatte und wischt seinen Ärmel ab. Er ist sicher sehr krank, denn ich sehe ihn immer wieder von Weitem. Aber es ist das erste Mal, dass er mit mir gesprochen hat. Sonst geht er immer im Stechschritt an mir vorbei und sieht mich nicht.»

Zina versuchte ihr Erstaunen über die Klarheit der Auskunft nicht erkennen zu lassen, anscheinend war Herr Nötzli von seinem Ausflug bei den Engeln zurückgekommen. Sie wollte diesen klaren Moment nutzen.

«Was hat er Ihnen denn erzählt?»

«Nicht viel. Er hat mich gefragt, warum ich ihn umgebracht habe – aber sehr freundlich.»

«Und was haben Sie erwidert?»

«Denn schrecklich ist's, in die lebendigen Arme Gottes zu laufen! Denn Engel stehen alle Zeit vor ihm und legen Zeugnis ab. Und er hat gesagt, ich müsse keine Strafe fürchten. Ich sagte ihm, dass nur die Reuigen erlöst werden. Wenn wir unsere Sünden gestehen, dann ist er gerecht, dass er uns reinigt von aller Ungerechtigkeit.»

«Herr Nötzli», versuchte es Zina nochmals, «haben Sie den Professor ermordet?»

«Verwundere dich nicht, dass ich dir gesagt habe, du musst

von Neuem geboren sein. Denn er ist tot und wird nicht von Neuem wiedergeboren werden. Er wird das Reich Gottes nicht sehen.»

Die beiden Ermittler sahen sich ratlos an. Was sollten sie mit diesen Bibelzitaten anfangen? Und doch, dachte Zina für sich, etwas war herauszulesen: Herr Nötzli schien keine hohe Meinung vom Ermordeten zu haben. Vielleicht, wenn sie ihn direkt darauf ansprach? Doch Schranz kam ihr zuvor.

«Herr Nötzli, Sie waren doch beim Professor eingeladen in seinem Oberseminar, um über sich zu erzählen, wie war das für Sie?»

«Eure Kinder werden Zeugnis gegen euch ablegen! Aber dies waren nicht seine Kinder, denn er ist kein liebender Vater. Sie werden schweigen, denn sie können die Kraft von oben nicht empfangen, sie werden nicht Zeuge sein, die Kraft des Heiligen Geistes durchdringt sie nicht. Sie tönen nicht, sie sind stumpf und beten dem falschen Propheten nach. Amen.»

Na, viel weiter sind wir nicht gekommen, sagte sich Santoro und sah hilfesuchend in die Runde. Diesmal war es Habermaus, der es nochmals versuchen wollte. «Schauen Sie mich an, Herr Nötzli. Konzentrieren Sie sich bitte auf die Ereignisse im Seminar. Erinnern Sie sich an den Professor, an die Studenten. Sehen Sie ihre Gesichter wieder? Wie haben Sie sich dabei gefühlt?

«Ihre Augen schauen, aber sie sehen nichts. Sie schauen wissend, aber sie erkennen mich nicht. Ihr Mund lächelt, aber mein Herz friert. Ihre Schutzengel haben sie verlassen. Sie sind verdurstet, doch sie wissen es nicht.»

«Sind Sie jetzt der Engel?», wollte Habermaus wissen.

Herr Nötzli, der sich während seiner letzten Intervention immer mehr erregt hatte, atmete tief durch, schaute an die Decke, verschränkte seine Hände ineinander, die er so wieder unter Kontrolle bringen wollte wie zum Gebet. Er schaute Schranz an und lächelte gelassen. «Lobpreiset seine Herrschaft! Meine Engel führen mich, sie berichten ihm alles. Er war ein gottloser Mensch, und er wird keine Ruhe finden. Alles ist gut.»

Nach dieser sehr ruhig und ernst ausgesprochenen Stellungnahme schloss Herr Nötzli die Augen, bekundete, dass er jetzt alleine sein müsse, und verliess den Raum, ohne noch jemanden angeschaut zu haben.

Etwas ratlos schaute sich der übrig gebliebene Teil der Gemeinde an. Die Aussagen des Laienpredigers waren zwar reich an Informationen gewesen, doch Santoro zweifelte, ob diese auch relevant für ihren Fall werden konnten. Hatten diese alttestamentarischen Warngesänge einen Zusammenhang mit der Realität? Er blickte zum Assistenzprofessor und sagte sich, dass er diese wissenschaftliche Quelle anzapfen könnte. Nach gerunzelter Stirn und bedeutungsvollem Räuspern setzte Habermaus an: «Herr Nötzli leidet an einer paranoiden Schizophrenie. Ein Leiden, das zu den endogenen Psychosen zählt, die weitgehend genetisch bedingt sind.»

Habermaus unterbrach sich hier, um Susi Schranz einen strengen Blick zu schenken. Diese hatte nur laut eingeatmet. Nun atmete sie wieder missmutig aus und schaute Santoro hilfesuchend an.

«Leider ist dieses Syndrom nicht heilbar. Hingegen kann die Schizophrenie, dank gut dosierter medikamentöser Behandlung, so weit eingeschränkt werden, dass die Patienten den Grossteil ihres Lebens ausserhalb einer Klinik verbringen können.»

«Was bewirken denn diese Medikamente?», wollte Santoro wissen.

«Gut dosiert, verhindern sie, dass sich der Patient in eine akute Phase hineinsteigert, in der er unter schweren Wahnvorstellungen leidet und, wie es bei Herrn Nötzli der Fall ist, Zwangshandlungen die Folge sind. Daneben haben diese neuen Psychopharmaka leider auch Nebenwirkungen, wie die extrapyramidalen Symptome, die sie sicher feststellen konnten.»

Santoro hatte nichts festgestellt, was mit Pyramiden hätte assoziiert werden können, enthielt sich aber jeden Kommentars. Er würde später Zina um Aufklärung bitten. Zwar wusste er nicht so ganz genau warum, aber er war immer mehr davon überzeugt, dass sie über fundierte Kenntnisse verfügte, über

dieses Unter- und Unbewusste mit seinem theoretischen Trallala. Täuschend selbstsicher führte er seine Befragung weiter. «Hm», begann er, «seit wann ist Herr Nötzli hier eingesperrt?»

«Von eingesperrt sein kann hier keine Rede sein», berichtigte Habermaus mit strafendem Blick. «Der Patient ist schon seit zwei Wochen in einer offenen Station, was bedeutet, dass er sich innerhalb der Anlage frei bewegen kann. Einmal mehr wurde er vor etwa drei Wochen eingeliefert von der Polizei, weil er in einer Bar wild um sich geschlagen hatte. Er befand sich zu diesem Zeitpunkt in einer akuten schizophrenen Phase. Soweit ich informiert bin, drangen Engel darauf, dass er die gottlosen Barbesucher aus dem Himmelreich vertrieb.»

«Halten Sie es für möglich, dass Herr Nötzli vor zwei Tagen unter ähnlichen Wahnvorstellungen litt? Oder anders gefragt: Halten Sie ihn eines Mordes fähig?»

«Ausschliessen lässt sich diese Möglichkeit sicher nicht.» Habermaus unterbrach sich, um Susi Schranz streng anzuschauen, die zu einer Erwiderung hatte ansetzen wollen. «Sie lassen mich bitte meine Ausführungen beenden, Frau Schranz.»

Sie lehnte sich seufzend zurück und verschränkte ihre Arme ostentativ vor ihrer Brust.

«Also, Herr Kommissar, wie ich Ihnen schon zu erläutern versucht habe, liegt Ihre Annahme im Bereich des Möglichen. Herr Nötzli ist leider dafür bekannt, seine Medikamente nicht mit der notwendigen Regelmässigkeit einzunehmen. Zweitens zeigen eben dieselben ihre antipsychotische Wirkung erst nach Tagen, wenn nicht gar nach Wochen. In einer ersten Phase haben sie eine beruhigende, wenn nicht gar sedative Wirkung. In einer zweiten Phase lässt die sedative Wirkung leicht nach – hier ist die Gefahr eines unerwarteten, starken emotionalen Outbreaks immer noch vorhanden. Erst in der dritten Phase wirken diese Psychopharmaka auch gegen psychotische Symptome, wie Verfolgungswahn oder drängende, befehlende Stimmen. Im besten Fall verschwinden diese Symptome ganz, möglich ist aber auch, dass sie nur abgeschwächt werden.»

«Herr Nötzli hat seine Medikamente immer unter unserer Aufsicht genommen, dafür garantiere ich», sagte Susi Schranz

dezidiert und schaute in die Runde, als wolle sie sichergehen, dass ihre Stellungnahme auch von allen aufgenommen worden war. «Sie haben ja selbst gesehen, wie ruhig er mit uns kommunizieren konnte», doppelte sie nach.

«Frau Schranz, Ihr emotionales Engagement für Ihren Patienten ist sicher löblich», setzte Habermaus mit einem wohlwollenden Lächeln an. «Nur erlauben Sie mir, Sie zu berichtigen, denn was hier von Bedeutung ist, sind die wissenschaftlichen Fakten.» Habermaus wandte sich wieder Santoro zu. «Es ist sehr wohl möglich, dass der Patient sich noch in der zweiten Phase der medikamentösen Behandlung befand, was eine emotionale Überreaktion nicht ausschliesst.»

Die beiden Ermittler schauten sich an, Matteo Santoro hob eine Braue, Zina Goldberg, die dieses kleinen Kunststücks nicht mächtig war, verzog den linken Mundwinkel, wonach beide einmütig nickten. Es war Zeit für eine Unterbrechung.

«Haben Sie nicht auch das Gefühl, dass die Pflegerin uns noch gerne etwas mitgeteilt hätte?»

«Nein, ich hatte nicht das Gefühl, dass dieser blonde Möchtegernengel *mir* noch irgendwas mitzuteilen hatte. Aber *Ihnen* vielleicht», antwortete Zina, die sich gerade ganz allgemein und im Besonderen über Männer ärgerte, die das Offensichtliche einfach nicht wahrhaben wollten.

«Na, so viel Biestigkeit ist ja wohl nicht angebracht, meine Liebe, immerhin haben *Sie* heute Abend das Date mit mir und nicht unser Goldlöckchen», rechtfertigte sich Santoro, um gleich fortzufahren: «Ach ja, ich denke, für unsere Nachtaktion wäre etwas Einfaches und Schwarzes angebracht. Also seien Sie für einmal nicht zu farbenfroh.»

Zina, die vor lauter Erbostheit über die Unverfrorenheit ihres Chefs sprachlos stehen geblieben war, hörte noch, wie der freche Kerl vor sich hin nachdoppelte: «Und lassen Sie Ihre blonde Perücke zu Hause, die könnte Ihre Tarnung auffliegen lassen.»

SECHS

Es war dunkel. Die Umrisse der Trauerweide hinter dem Teich waren für die beiden Ermittler kaum noch zu erkennen. Seit einer knappen halben Stunde sassen sie in schweigender Einhelligkeit Schulter an Schulter hinter den Gebüschen und lehnten an die Wand des Verwaltungsgebäudes. Niemand, weder Mensch noch Dämon, hatte sich den Entenpaaren genähert, die dösend oder schlafend auf dem Wasser vor sich hin dümpelten oder in Ufernähe ihren Kopf in die Federn gesteckt hatten. Es war Samstagnacht, und die Gefahr für die Enten sollte sich bald materialisieren. Die Direktbetroffenen schienen davon aber nichts zu ahnen, sagte sich Zina. Sie wussten einfach nicht, dass heute Samstag war. Sie kämpfte angesichts der anhaltenden Ruhe mit ihren Augen, die sich dringend schliessen wollten, und ihren Beckenknochen, die sich gegen das Einschlafen wehrten. Zina hätte jetzt einiges für ein Strecken und einige Schritte gegeben. Sie wunderte sich auch, dass ihr Begleiter anscheinend in Trance versunken war und seelenruhig vor sich hin sass und hin starrte. Wie schafft der Kerl das nur, fragte sie sich und beschloss, sich danach zu erkundigen. Wispernd wandte sie sich an ihn. «Wie schaffen Sie das?»

«Übung. Rekrutenschule. Wache stehen», tönte es flüsternd und abgehackt aus dem Dunkeln.

«Und wie funktioniert das Ganze?»

«Sie sind einfach gar nicht da, wo sie sitzen, sondern ganz weit weg. Nur ihre Augen fixieren den sich hypothetisch nähernden Feind, ganz für sich alleine. Die Augen, meine ich. Daneben sitzen Sie, auf Standby geschaltet, eben», führte Santoro aus und schwieg darauf weiter vor sich hin.

Zina fragte sich unterdessen, wo denn *ihr* Schalter für die Stand-by-Schaltung sein könnte. War doch typisch für einen patriarchalen Gott, so eine praktische Einrichtung bei Frauen auszulassen. Dein Leben habe ich dir nicht geschenkt, damit du

es nicht lebst, tönte eine Stimme aus dem Off. Oje, die Göttin ist auf dem Absolutheitstrip.

Mittlerweile schrien ihre Beckenknochen lauthals gegen den Druck an, bald würden ihre Beine zum Aufstand aufrufen, und dann wäre es zu spät: Sie würde wie ein Derwisch zwischen Gebüsch und Hauswand herumwirbeln. Derart in internen Auseinandersetzungen gefangen, hatte sie anscheinend den Überblick verloren, denn die Anweisung ihres Chefs kam vollkommen unerwartet. «Feind auf zwei Uhr.»

Zina war stolz, auf diese Information hin nicht auf ihre Uhr, sondern nach vorne rechts geschaut zu haben. Und tatsächlich näherten sich aus dieser Richtung zwei Gestalten. Wobei, sehr konspirativ kamen sie ihr nicht vor. Die beiden schienen eher Fangen zu spielen. Eine rannte immer wieder einige Schritte vor der anderen weg, um sich mit offenen Armen wieder fangen zu lassen. Diese Bewegung wurde von wiederkehrendem, unterdrücktem Auflachen begleitet. Nach einigen Schlenkern und Pausen, in denen sich die beiden eng umschlungen festhielten, erreichten die Silhouetten eine der beiden Trauerweiden, wo die eine die andere an den Stamm drückte.

«Sehen nicht aus wie die Satanisten, die wir aufspüren sollten», sagte Santoro.

«Scheinen sich eher göttlich zu amüsieren», erwiderte Zina.

«Kein Wunder. Ist das nicht unsere Pflegerin mit der Engelspracht?»

«Gefolgt von einem ziemlich frischgebackenen Assistenzarzt im weissen Kittel. Nicht sehr tarnfreundlich, das Teil.»

«Was ich nicht nachvollziehen kann. Ich habe noch nie verstanden, warum Frischverliebte sich unbedingt an einen Baum drücken wollen. Schrecklich unbequem so was.»

«Und stellt je nach Verhältnis der beiden Grössen statische Probleme, die zu lösen sind», dozierte Zina. Sie richtete ihre Aufmerksamkeit wieder auf die zwei Gestalten auf der anderen Seite des Teiches und fragte sich, ob die eine Figur nicht die andere in den Baumstamm hineinrammen wollte. In der Folge verfolgten sie die sich steigernden Bewegungen des Pärchens mit wachsender Unruhe. Immerhin hatten es die beiden ge-

schafft, Santoro aus seiner Untergrundposition zu lotsen. Zina spürte seine Anspannung.

«Diese beiden Idioten werden unsere Entenmeuchelmörder fernhalten», beschwerte er sich.

«Wir können wohl schlecht hingehen und sie bitten, ihr Himmelfahrtskommando an einer anderen Stelle des Parks zu starten.»

«Wird wohl nicht mehr notwendig sein», analysierte Santoro die Situation. «Sie sind anscheinend gelandet. Uff!»

Noch vor Ende seines Kommentars hatte das Pärchen damit begonnen, sich wieder hastig anzuziehen, und verschwand im Dunkeln.

«Ich hätte nie gedacht, dass ich mit Ihnen auf Spannertour gehen würde, Goldberg», flüsterte Santoro.

«Sie waren doch gar nicht da, wenn ich das richtig verstanden habe.»

«Das ist doch das Wesen des Spannertums, oder nicht? Darum geht's doch: Sie sind mittendrin und doch nicht da.»

Zina wollte sich gerade über seine Kenntnisse in dieser Sache auslassen und den Link zu einer verbreiteten und typisch männlichen Unart herstellen, als sie seine Hand auf ihrem Unterarm spürte. Er packte fest zu und flüsterte: «Drei Uhr!»

Sie musste sich leicht vorbeugen, um an ihrem Chef vorbei die beiden Schatten zu erkennen, die sich dem Teich näherten. Auch diese beiden hatten daran gedacht, sich von Kopf bis Fuss schwarz zu kleiden. Zudem schienen beide eine Kapuze über den Kopf gestülpt zu haben. Ihre ganze Haltung und ihre Bewegungen schrien nach verbotener Handlung. Vorne war eine grosse Gestalt zu erkennen, der eine viel kleinere folgte, wobei die kleinere jegliche Veränderung der grossen sobald übernahm. Ein Riese und ein Zwerg, fragte sich Zina.

Der Meister und sein Geselle, sinnierte Santoro. Blieb die erste Person stehen, tat es ihr die zweite gleich, schaute die grössere nach rechts, bewegte sich auch der zweite Kopf in diese Richtung, mit der gleichen Kopfhaltung und im genau gleichen Tempo. Beide kamen in geduckter Haltung, mit langsamen und leisen Schritten dem Teich immer näher. Der

Schrei einer Eule liess die erste Gestalt auf dem Bauch landen, dicht gefolgt von der zweiten. Santoro konnte sie erst wieder erblicken, nachdem sie um sich schauend wieder vorsichtig aufgestanden waren. Noch wenige Schritte, und sie würden den Teich erreicht haben. Nun hielten beide inne, und die grössere Gestalt holte etwas aus einer Umhängetasche und übergab es der kleineren. Dabei schien sie der kleineren Anweisungen zu geben. Das musste so sein, dachte Santoro, denn nun näherte sich der Geselle dem Ufer, kniete nieder und streckte eine Hand vor. Ein leises Geräusch war zu hören. «Dududu, dudududududu!»

Die Enten schienen dieses Geräusch und die dargebotene Hand als Aufforderung zu interpretieren, denn zwei von ihnen reckten die Hälse und näherten sich der kleinen Gestalt am Ufer, die nun reglos verharrte.

Plötzlich ging alles ganz schnell. Die linke Hand packte zu, die rechte Hand, die ein längliches Teil hielt, schnellte nach vorne.

Ein erbärmlicher Schrei erfüllte die Nacht.

Die beiden Ermittler waren schon längst auf den Beinen und rannten mit gezückter Waffe Richtung Tatort. Ihr Nähern wiederum brachte die beiden schwarzen Gestalten in Bewegung, die kleine liess das Teil los und sich auf ihr Hinterteil fallen. Die Grosse ihrerseits stürzte sich auf die Kleine, hob sie auf und legte ihre Arme schützend um sie.

Die Ente blieb liegen.

Die vier Figuren starrten sich keuchend an, bis Santoro den Befehl gab: «Versorgen Sie mal ihr Schiesseisen, Goldberg. Sonst heisst es noch, die Basler Polizei ziele auf Kinder», und tat es ihr nach.

Der Vater schloss seine Arme noch stärker um seinen Sohn, der sein Gesicht an seinen Hals drückte. Nach einigen beruhigenden Worten und klaren Anweisungen fand sich die Gruppe auf dem Gras neben der Leiche sitzend wieder, wo die gegenseitigen Vorstellungen stattfanden. Der Meister und sein Geselle entpuppten sich als Herr Sali und sein achtjähriger Sohn Albion, den er nun, da die Gefahr vorbei war, zwischen seine Beine gesetzt hatte.

«Also, Herr Sali», begann Santoro betont ruhig, «was machen Sie hier um diese Uhrzeit mit ihrem Sohn?»

«Am Sonntag, Herr Polizist, wir essen immer Ente, ganze Familie essen gerne Ente. Ente auch sehr gut für Körper. Deshalb Samstag Ente holen», begann Sali betont höflich.

«Logisch», hörte Santoro seine Assistentin flüstern.

«Und wie kommen Sie dazu, ihren Sohn mitzunehmen?», fragte Santoro.

«Lehrerin, wissen Sie, Heilelehrerin, von meine Sohn ...»

«Ambulante Heilpädagogin», half Zina nach.

«Ja, aber jetzt heissen anders.»

«Integrative Schulungsformen Lehrperson.»

«Schwierige Name, aber Frau immer noch nett», erklärte Sali freundlich, um gleich weiterzufahren: «Heilelehrerin, sie sagen, Vater wichtig für Sohn. Wenn Sohn Probleme in Schule, Vater muss helfen. Ich sage, nicht genug Deutsch. Sie sagen, nicht wichtig. Ich muss meine Sohn lehren, was ich kann, mit ihm unternehmen interessante Sachen. Ich ihm zeigen, was wichtig ist im Leben. Meine Sohn muss lernen, er wichtig für seine Vater. Also ich viel überlegen, und ich habe Idee: mit meine Sohn Enten jagen.»

«Linke Hand Futter – rechte Hand Messer», verkündete der kleine Albion stolz aus dem Schosse des Vaters heraus. Er liess seinen Worten die entsprechenden Bewegungen folgen, was dem Vater ein strahlendes Lächeln entlockte. Sein sonst herbes Gesicht nahm weiche Züge an, als er weitererklärte: «Albion schnell lernen. Er besser in Schule, jetzt. Keine Dummheiten mehr, gut aufpassen. Er vorwärtsmache, sagt Lehrerin. Ich froh, Lehrerin froh, meine Sohn froh. Keine Problem.»

Der Kommissar und seine Assistentin schauten sich an, beide bemüht, das Zucken ihrer Mundwinkel in den Griff zu bekommen. Zina sagte, was beide dachten: «Wir können wohl eine so wertvolle pädagogische Arbeit nicht einfach unterbinden, Chef.»

«Nein, angesichts der pädagogischen Kampagne, die in unserer Stadt läuft, würde sich das nicht sehr gut machen. Aber wir könnten doch wenigstens anregen, sie zu verlegen.» Und

an den Vater gewandt fügte er an: «In diesen Häusern hier ist ein Mord begangen worden. Ich möchte Sie dringend bitten, ihre Jagd an einen besseren Ort zu verlegen, Herr Sali.»

«Keine Problem, Chef, ich gehe mit meine Sohn ‹*Grün 80*›. Dort viele Teiche, viele fette Enten.»

«Ich nehme Ente mit. Lehrerin sagt, Erfolg immer feiern», meinte der Sohn gewichtig, indem er aufsprang, das Tier am Hals packte und die dargebotene Hand seines Vaters ergriff.

***

Es war Sonntagnachmittag, und Matteo Santoro hatte sich auf sein Sofa gefläzt, um in aller Ruhe seine Sonntagszeitung zu lesen. Er genoss diesen seltenen Augenblick des Alleinseins in seinen eigenen vier Wänden. Wenn er nicht allzu kritisch um sich schaute, schaffte er es sogar, sich zu entspannen. Nicht, dass er an der Einrichtung irgendetwas auszusetzen hatte, vielmehr fühlte er sich in dieser Umgebung deplatziert. Alles war ein bisschen zu weich, zu üppig, zu verschnörkelt, zu pastellig, zu verwaschen eben. Heute Morgen hatte sein Sohn ihm mitgeteilt, dass Antonella, seine Frau, am Abend noch angerufen habe, um mitzuteilen, dass sie noch länger in Italien bleiben wolle. Sie hatte nicht wissen wollen, wo und mit wem er den Abend verbrachte. Und er wollte auch nicht wissen, was sie dort zurückhielt, nicht wirklich.

Er wandte sich wieder dem Artikel zu, der davon handelte, dass in Basel mehrere Kindergärtnerinnen Alarm geschlagen hatten, weil das Mobiliar an ihrem Arbeitsplatz dermassen defekt war, dass den Kindern nicht zugemutet werden konnte, dieses noch zu benutzen. Die Stühlchen hatten derart wacklige Beinchen, dass sie bei der kleinsten Belastung zusammenbrechen konnten. Die engagierten Frauen hatten zuerst versucht, verschiedene Ämter auf verschiedenen Hierarchiestufen von der Dringlichkeit ihres Problems zu überzeugen, hatten aber überall nur Abfuhren eingeheimst. Kein Geld, keine Mittel, niemand war zuständig. Anscheinend hatten Artikel, die zu einem früheren Zeitpunkt in der lokalen Presse erschienen wa-

ren, einen pensionierten Schreiner dermassen aufgebracht, dass dieser die Schulferien nutzte, um die Stühlchen und Tischchen zu reparieren. Gratis. Im Lande Wilhelm Tells gab es also doch noch Helden. Und sie waren bitter nötig.

Er blätterte weiter und stiess auf einen Artikel über die Chemiekonzerne, die ganze Stadtteile seiner Stadt besetzten. Sie wollten anscheinend expandieren und über einen eigenen Hafen verfügen. Da diese Konzerne schwindelerregende Gewinne einheimsten, war der Ankauf der notwendigen Quadratmeter kein Problem, die steigenden Bodenpreise konnten den Herren auch nicht die Expandierlaune verderben. Zudem wurden für dieses Jahr von einer der Goldeselfirmen Gewinne in Höhe von mindestens acht Milliarden Franken erwartet. Das hatte der CEO der Firma stolz und doch bescheiden der Journalistin erklärt. Sein Lohn hingegen konnte auch mit dem besten Willen nicht mit dem Adjektiv bescheiden taxiert werden. Über vierzig Millionen Franken pro Jahr waren nun mal ein stolzer Betrag.

Santoro drehte den Kopf nach rechts und schaute zum Fenster raus. Dort erblickte er den kleinen Apfelbaum, dessen Früchte noch klein und grün an den Zweigen hingen. Er fing an zu rechnen. Um die kleinen Stühle der drei oder vier Kindergärten zu ersetzen, wie viel war da wohl notwendig? Wenn er den völlig überhöhten Betrag von hundert Franken pro Stuhl einsetzte, waren das etwa achttausend Franken. Und diese achttausend Franken, den wievielten Teil von acht Milliarden machten die aus? Er teilte den unvorstellbar hohen Betrag immer wieder durch zehn. Irgendwann in den Millionen verlor er den Faden, griff nach einem Kugelschreiber auf dem Couchtisch und fing noch mal von vorne an, indem er die sich verkleinernden Zahlen auf den Rand der Zeitung schrieb. Achttausend repräsentierten nur noch ein Tausendstel des Ausgangsbetrages. Am Ende seiner Rechnerei angekommen, staunte er das Resultat an: Achttausend Franken sind tatsächlich nicht mehr als ein Millionstel von acht Milliarden, sagte er sich verblüfft. Und unsere Stadt ist nicht mehr fähig, diesen Mikrokredit ausfindig zu machen? Und die Herren aus der Chemie waren sogar für

eine solch mickrige Scheissspende zu knickerig. Ein typischer Spruch aus dem *Basler Daig* schwemmte in sein Bewusstsein zurück: *«Me het vil, aber me git nyt!»*

Wenn seinem Vater heute in seinem selbst gewählten Exil eine Schweizer Zeitung in die Hände kommen sollte, wäre unweigerlich ein furioses Telefonat an den Sohn die Folge. Santoro wusste im Voraus, was sein Vater ihm zu sagen hatte.

In solch halb ärgerlichen, halb amüsierten Gedankengängen gefangen, reagierte Santoro zuerst gar nicht auf das Läuten der Hausglocke. Das zweite, eindringlichere Läuten hingegen durchbrach seine Wahrnehmungsschwelle, er stand auf und schlurfte zur Haustür. Noch leicht benommen von seiner Rechnerei und den anschliessenden Gedankenspielen öffnete er die Tür – und schaute direkt in zwei Brustwarzen, die ihn, mit einem leichten Richtung-Himmel-Schielen, anglotzten. Er senkte instinktiv seinen Blick und blieb an einem kleinen Mund mit Goldzahn hängen. Überzeugt, von einer optischen Täuschung genarrt zu werden, blinzelte er einige Male, bis sich der Mund als Bauchnabel und der Goldzahn als Piercing entpuppten. Ein Säuseln, das von weiter oben herkam, liess ihn den Blick heben.

Zina Goldberg hatte ihre Wohnung verlassen, die sich langsam zu einer Gratissauna durchgemausert hatte. Sie lag auf einer der Holzpritschen in der Frauenabteilung des Margarethenbädchens und schaute um sich. Auf der Liegewiese, die einem Klostergarten sehr ähnlich war, lagen gut zweihundert andere Frauen, nackt wie sie selbst, schwatzten, lasen, dösten, träumten vor sich hin. So unauffällig wie nur möglich schaute sie sich um. Immer wieder faszinierte sie der Anblick dieser nackten Frauenkörper jeden Alters und sie staunte einmal mehr, wie unvorstellbar unterschiedlich Frauen sein konnten. Schon nur diese Brüste. Der Göttin konnte weiss Gott nicht Phantasiemangel angelastet werden. So klein und zierlich die einen waren, so üppig frech guckten die andern in die Landschaft. Andere schauten zu Boden, wieder andere bedeckten den grössten Teil der liegenden Oberkörper. Und dann erst die Hinterteile. Wäh-

rend runde, feste stolz herumgeschwenkt wurden, schlichen andere bescheiden und flach zwischen den Pritschen herum. Hier lagen stattliche Matronen neben verschrumpelten, kleinen, dürren Hutzelweibchen, strahlende gertenschlanke Elfen sassen neben prallen Schönheiten und pummeligen Kleinen. Die angestrebte Gleichmacherei perverser Modemacher für klapperdürre Schönheiten hat sich also doch nicht durchsetzen können, freute Zina sich still.

Sie beschloss, mit ihrer Spannerei aufzuhören – ihre Welt war nun wieder für den Augenblick in Ordnung –, und griff nach der Zeitschrift, die sie mitgebracht hatte. Die Ankündigung auf der Titelseite hatte es ihr angetan: Frauen sind auch nur Männer. Ob ihre Welt nach dem Lesen wohl immer noch in Ordnung sein würde?

«Herr Kommissar, es tut mir so schrecklich leid, Sie stören zu müssen, aber ich konnte einfach nicht mehr anders», hob die Besucherin an zu sprechen.

Als Santoro mit seinen Augen die Quelle der Lautemission erreicht hatte – den echten Mund, wie er erleichtert feststellte –, konnte er gerade noch in den Genuss der blonden Mähnenbewegung kommen. Zuerst mit einer neckischen und launischen Kopfbewegung alles nach hinten, dann mit der rechten Hand einen Teil der Lockenpracht wieder zurück über die Schultern streichen und zum Schluss das Drapieren über das Schlüsselbein, Endstation Busen.

Santoro würdigte die Darbietung mit einem frostigen Lächeln und sann über das Sprichwort «Kleider machen Leute» nach. Hier machten die Kleider eindeutig das Weibchen aus. Das war jetzt das dritte Mal, dass er die Dame sah, und er staunte über ihre Wandlungsfähigkeit. Von der braven, zurückhaltenden Pflegerin hatte sie sich zu später Stunde in eine frivole Königin der Nacht verwandelt, die während ihrer Dienstzeit mit einem Assistenzarzt der Baumlust verfallen war. Nun stand vor ihm eine sehr jugendlich wirkende Frau Anfang vierzig, die eine unsichere, zerbrechliche und hilfsbedürftige Elfe zu mimen versuchte. Nur hatte sie seiner Meinung nach mit ihrem

Nüttchenlook, in dem in diesem Jahr schon Zwölfjährige zu sehen waren, einen eindeutigen Fehlgriff begangen. Das mit Pailletten verzierte Oberteil hatte zu schmale Träger, der Ausschnitt war zu tief, zudem endete das Ganze deutlich über der Bauchnabelgrenze. Die Hosen hatten einen so tiefen Bund, dass er hätte wetten können, den unausweichlichen Tanga erblicken zu müssen, sobald sie sich umdrehte. Und wie auf Kommando machte sie einen Schritt auf ihn zu, was ihn dazu brachte, mit zwei Rückwärtsschritten auszuweichen. Erst als sie sich seiner Aufmerksamkeit sicher war, drehte sie sich im Zeitlupentempo um und offenbarte ihm die Hinteransicht ihres Glitzertangas, schloss die Tür, um sich ihm vermeintlich schnell wieder mit einem mädchenhaften Kichern zuzuwenden.

Santoro beschloss, die Regie dieses unausweichlichen Boulevardstücks wieder selbst in die Hand zu nehmen. Er lotste sie, geschickt das Sofa umschiffend, an den Esstisch, wo er sie zur gegenüberliegenden Seite hinkomplimentierte. Susi Schranz' Augen drückten unmissverständlich aus, was sie von seinem Manöver hielt, und ihr Mund verzog sich zu einer Babyschnute kurz vor dem Geheul.

«Nun, Frau Schranz, Sie haben mir etwas Neues und Wesentliches mitzuteilen?»

«Bitte, Herr Kommissar, brüskieren Sie mich nicht. Ich weiss schon gar nicht mehr, wie ich anfangen soll», erwiderte sie, eine Hand in den Haaren, die Rehaugen aufgesperrt.

«Wie wäre es mit dem Anfang?»

«Seien Sie doch bitte nicht so ungeduldig mit mir. Sie ahnen ja gar nicht, wie sehr Sie mich verunsichern. In diesen Dingen bin ich doch so unerfahren. Können Sie mir helfen, das Richtige zu tun?»

Was Zina da las, faszinierte sie. Während in den letzten Jahren immer mehr auf Geschlechtsunterschiede gepocht wurde, kamen hier Wissenschaftler zu Wort, die ganz andere Ansätze vertraten. Diese Forscher legten den Schwerpunkt auf die Umwelteinflüsse bei der Entstehung von Unterschieden und stellten manche gar in Frage. Besonders interessant fand sie die

sogenannten Baby-X-Versuche, die bewiesen, dass Eltern schon vom ersten Tag an Geschlechterrollen vermitteln. Je nachdem, ob Erwachsenen Babys als Mädchen oder als Knaben vorgestellt wurden, beeinflusste das das Verhalten dieser Menschen gegenüber den Kindern. «Jungen» wurden zu körperlicher Aktivität animiert, bekamen ein Auto zum Spielen. Erschraken diese Kleinen, wurde ihre Reaktion als Ärger interpretiert. Ganz anders bei den sogenannten Mädchen: Diese bekamen Puppen, es wurde fürsorglich mit ihnen umgegangen, und ihr Erschrecken wurde als Angst interpretiert.

Noch interessanter fand sie die Auffassung, dass die Unterschiede innerhalb der Geschlechter mindestens so gross ausfallen konnten, wie sie zwischen den Geschlechtern erschienen.

Santoro schaute fasziniert zu, wie Susi Schranz ihren letzten Satz mit einem Aufstützen des Kopfes auf ihre offene Handfläche begleitete, um aus dieser scheinbar hilflosen Position Augenaufschläge und hilfesuchende Blicke auf ihn abzufeuern. Die ganze Show erinnerte ihn an den Hund, den sich seine Eltern seit Kurzem angelacht hatten. Auch er war unwiderstehlich, wenn es darum ging, das Zipfelchen der Salami abzubetteln. Der fehlende Anruf seines Vaters begann ihn zu beunruhigen, und angesichts seiner aktuellen Lage verspürte er sogar so etwas wie Sehnsucht danach. Diese Einsicht weckte ihn wieder aus seiner Trance, und er setzte sich betont aufrecht. Er würde sich doch von diesem alternden Lollipop-Mädchen nicht durcheinanderbringen lassen.

«Frau Schranz, wenn Sie für die Ermittlungen relevante Informationen zurückhalten, machen Sie sich strafbar. Ich möchte Sie deshalb dringend auffordern auszusagen, es sei denn, Sie ziehen es vor, auf den Posten zitiert zu werden.»

«Also, Sie scheinen gar kein Verständnis für meine ungewöhnliche und schwierige Lage zu haben. Ich bin, das müssen Sie verstehen, in einer Zwickmühle.»

Mich zwickt es auch schon, dachte Santoro, riss sich jedoch am Riemen – es konnte ja immerhin sein, dass die flatterhafte Dame etwas Entscheidendes zu berichten hatte –,

lächelte so entgegenkommend wie nur möglich und nickte auffordernd.

«Sie hätten nicht vielleicht etwas zu trinken, diese Hitze ist einfach niederschmetternd. Ich bin schon ganz ausgetrocknet.»

Wortlos holte der Kommissar ein Glas Wasser, setzte sich wieder und hob eine Augenbraue, nicht ohne zu vergessen, einmal mehr tief einzuatmen. Die Nicht-eingehen-Strategie hatte anscheinend Erfolg, denn Schranz setzte zu einer Erklärung an. «Es geht um meinen Patienten, Herrn Nötzli. Es scheinen ja schwere Verdachtsmomente auf ihm zu lasten. Nun, ich kann Ihnen versichern, dass er vollkommen unschuldig ist. Er kann den Mord ganz einfach nicht begangen haben.»

«Und was macht Sie da so sicher?»

«Das ist es ja eben, Herr Kommissar.»

Nun war Zina beim Vorurteil angelangt, dass Frauen keinen Orientierungssinn hätten. Stimmt auch nicht, stellte sie zufrieden fest. Psychologen der Universität Marburg – diese Schätzchen – hatten Studentinnen und Studenten in einer Stadt ausgesetzt, mit dem Auftrag, den Bahnhof so schnell wie möglich zu finden. Der Test endete unentschieden. Trotzdem hielten die Frauen ihren Orientierungssinn fast durchweg für schlecht – diese Gänschen.

Jetzt kam die wichtige Frage, ob Frauen tatsächlich schlecht in Mathe sein sollten, wie es der Präsident der Elite-Uni Harvard gebrabbelt hatte. Sie konnte völlig fasziniert lesen, dass Mädchen in entlegenen nordschwedischen Regionen deutlich besser in Mathematik und Physik abschlossen als ihre Mitschüler. Dafür waren anscheinend soziale Gründe verantwortlich: Die Mädchen können in diesen Regionen – im Gegensatz zu den Jungs – keine Arbeit finden. Sie müssen in die grossen Städte auswandern, wo Hightech-Berufe hoch im Kurs sind. Dafür müssen sie gut in Mathe sein, was sie eben sind.

Ganz spannend fand Zina die kleinen gemeinen Experimente, bei denen Frauen vor Mathematikaufgaben Werbespots mit stereotypen Rollenbildern gezeigt wurden. Die backenden

und waschenden Geschlechtsgenossinnen schafften es doch tatsächlich, die Testfrauen zum Scheitern zu verurteilen.

Mit Tränen in den Augen las sie die Schlussfolgerung eines Wissenschaftlers. Die Daten, meinte dieser Herzbube, bewiesen nicht, dass Frauen weniger begabt für Mathematik seien. Im Gegenteil, im Artikel stand schwarz auf weiss: Die Daten beweisen, dass Frauen in solchen Fächern diskriminiert werden.

Santoro fragte sich, wie er die Tonlage von Susi Schranz einschätzen sollte – war das etwa ein Fiepen gewesen? Er wartete so seelenruhig wie nur möglich ab, dass die Haarpracht wieder einmal über die Schultern zurückgeworfen wurde, und schwieg aufmunternd. Nach absolvierter Übung schürzte Schranz noch einmal die Lippen und liess ein kussechtes Schmollmündchen entstehen, dann erst fuhr sie fort: «Ich hoffe, ich kann Ihnen vertrauen, Herr Santoro, mein Leben ist sozusagen in Ihren Händen.»

Bei diesen gewisperten Worten hatte sich Schranz so weit vorgebeugt, dass Santoro nicht umhinkam, sich zu fragen, ob nicht etwas weit Handfesteres in seine Hände gelegt werden sollte. Er entschied sich, keine Hand zu bieten, lehnte sich zurück und verschränkte die Arme vor der Brust. Leicht irritiert ob so wenig Entgegenkommen, verzog sein Gegenüber ein ansehnliches Schnütchen und legte endlich los.

«Er war mit mir! ... So, jetzt ist es raus.»

«Sie meinen wohl, dass Herr Nötzli zur Tatzeit Ihnen Gesellschaft leistete?»

«Ja, genau so ist es. Er konnte wieder einmal nicht schlafen, und statt ihm Schlaftabletten zu verabreichen, habe ich ihn eingeladen, mit mir eine Tasse Tee zu trinken. Na ja, dann hat eben das eine zum andern geführt, und er ist längere Zeit geblieben.»

«Sie wollen mir nicht etwa weismachen, dass Sie mit Ihrem Patienten eine sexuelle Bez...»

«Also bitte», rief Susi Schranz lauthals und sah Santoro ungläubig an. «Ich muss doch schon sehr bitten. Wie kommen Sie denn auf so eine unschickliche und haarsträubende Idee?»

Ja, wie denn bloss, dachte er. Laut meinte er versöhnlich und diplomatisch: «Ein Missverständnis, Frau Schranz, ein Missverständnis, bitte fahren Sie fort.»

«Als mein Patient mein Wachzimmer betrat, war ich gerade dabei, ein Tarot zu legen, für mich natürlich. Na ja, er hat die Karten entdeckt und war gleich fasziniert.»

«Ah ja? Sind denn solche Machenschaften für ihren Patienten nicht abergläubiger Irrglauben, also des Teufels?»

Der Blick, den er für seine Frage erhielt, belehrte ihn, dass er gerade in die Abgründe ihrer Achtung gefallen war. Na, wenn das die Hölle ist, sinnierte Santoro, *gschäch nüt dümmers.*

«Bei den besagten Karten handelt es sich um Engelskarten, müssen Sie wissen, Herr Kommissar. Also Erzengel, Schutzengel, himmlische Boten. Sie müssen zuerst eine Frage stellen, und die Karten sagen Ihnen, auf welchen Engel Sie sich bei der Lösung Ihres Problems stützen können. Oder anders ausgedrückt, welche psychischen Bereiche Sie in sich aktivieren müssen, um seelisch zu wachsen. Dann können Sie die Engel auch bitten, Ihren Wunsch ans Universum zu unterstützen.»

«Und Herr Nötzli hatte also einen Wunsch ans Universum geschickt?», fragte Santoro und gab sich Mühe, seine Mundwinkel unter Kontrolle zu halten.

«Ja, ganz richtig. Verstehen Sie, ich dachte, dass Herr Nötzli, statt immer seine Engel kontrollieren zu wollen, um dann doch ihr Spielball zu werden, sich auf eine andere Art mit ihnen auseinandersetzen könnte. Bis jetzt sind diese Stimmen in ihm und in einer akuten Phase ausserhalb von ihm, sehr drängend, streng, fordernd. Und vor allem sind sie ihm letztlich feindlich gesinnt und dominieren ihn. Ich dachte, dass er einen neuen Zugang finden könnte, indem er Engel als Verbündete gewinnt, die ihn beschützen und verstehen. Mit anderen Worten versuchte ich ihn darin zu bestärken, positive, stärkende innere Stimmen zu entwickeln. Also statt die Engel nur als Teil seines Wahns zu sehen, habe ich ihm geholfen, ebendiese Gestalten als Teil seiner selbst zu erkennen und sich mit ihnen auseinanderzusetzen, damit er sie nicht mehr als ausserhalb seiner selbst wahrnehmen

muss, sondern sie als bildliche Repräsentation innerer seelischer Prozesse anerkennen kann.»

Zina war fast am Ende des Artikels angekommen. Hier verglich gerade ein Biopsychologe Studien aus den letzten fünfzig Jahren und kam zum Schluss, dass die Geschlechtsdifferenzen rapide abnahmen. Frauen lösten ihre räumlichen Aufgaben immer besser, Männer verbesserten ihre verbalen Fähigkeiten. Ja, zu diesem letzten Schluss war sie auch schon gekommen, wenn sie an ihren verbal immer frecher werdenden Chef dachte. Sie wusste nicht ganz sicher, ob sie sich über diesen Fortschritt wirklich freuen wollte. Ist eben ein Italo, tröstete sie sich, um der grassierenden sprachlichen Emanzipation des männlichen Geschlechts einen kulturellen Riegel vorzuschieben.

Sie fragte sich gerade, ob sie ihre Überzeugung, dass der Mord nur von einem Mann hatte ausgeführt werden können, nicht relativieren sollte. Vielleicht war auch sie in dieser Frage einem dieser medial organisierten Vorurteile erlegen. Warum sollte nicht zum Beispiel diese pflegerische Zuckerpuppe diesen Hokuspokus mit den Federn inszeniert haben. Ja, warum eigentlich nicht? Immerhin hatten ihr Chef und sie diese kleine Nymphomanin mit einem jungen Assistenzarzt beim lustvollen Baumdrücken erwischt. Warum sollte sie nicht auch ein Techtelmechtel mit dem frauenfreundlichen Professor gehabt haben? Warum sollte diese Episode nicht zu einem schlimmen Ende geführt haben? Weil sie eben nur dumm erscheinen wollte, es aber eindeutig nicht war. Zina hatte Zeit gehabt, diese Frau anzuschauen, wenn sie sich unbeobachtet fühlte. Der Zuckerguss war schnell weggefallen, die dümmlichen Gesten auch, und zurückgeblieben war eine Frau mit scharfem Blick – die eher Lust auf junge Männer hatte, wie es die nächtliche Episode verriet.

Auch ein Zeichen von Intelligenz, schloss Zina.

Wie war sie denn auf die Idee gekommen, dass dieser Mord von einem Mann geplant worden war? Gerade wollte sie auf den Grund dieser Fragestellung abtauchen, als ihr ein köstlicher Geruch in die Nase stieg, die sie in Richtung olfaktorischer

Quelle hob, und sie kurz erstarrte. Auf der Nachbarliege schaute sie eine Frau durch eine dunkelbraune Maske an und lächelte entschuldigend: *«Gseht gfürchig us, gälle Si?»*

«Riecht dafür umso besser. Sagen Sie, das ist doch nicht etwa Schokolade?»

«Kakao. Wirkt unerhört erfrischend und glättet die Falten. Nicht, dass Sie so was bräuchten, junge Frau, aber möchten Sie auch ein bisschen von dieser Gesichtsmaske?»

Zina wollte unbedingt.

Santoro schaute sich sein Gegenüber mit neuen Augen an. Während ihres Vortrages hatte Susi Schranz vollkommen vergessen, Weibchen zu spielen. Sie hatte ernst und sehr überlegt gesprochen, hatte sich nicht einmal darum geschert, wie sie auf ihn wirken konnte, sondern war auf den Inhalt ihrer Erklärungen konzentriert gewesen. Diese ernste Frau gefiel ihm weit besser als das alternde Mädchen, das sie bisher gemimt hatte. Ganz in seinen Überlegungen versunken, schrak Santoro auf, als Schranz wieder zu sprechen anhob: «Das Problem ist nur, dass ich so etwas keinesfalls tun darf. So ein Gespräch gilt als therapeutische Intervention und liegt deshalb weit ausserhalb meines Kompetenzbereiches. Ich kann Ihnen aber versichern, dass Herr Nötzli die kleine Auseinandersetzung mit den Engeln an diesem Abend sehr genossen hat. Er ist lächelnd und vollkommen ruhig zu Bett gegangen. Als wissenschaftlich messbar geht das aber nicht durch und ist deshalb vollkommen wertlos. Ich darf mit meinen Patienten ausschliesslich über die Bewältigung ihres Alltags sprechen. Und natürlich muss ich kontrollieren, ob sie ihre Medikamente regelmässig einnehmen.»

«Und wer führt therapeutische Gespräche mit ihrem Patienten?»

«Niemand. In unserer Institution gilt sein Leiden erstens als unheilbar und zweitens als Ausdruck einer gestörten Balance von Neurotransmittern. Zudem sind Therapiestunden einfach zu teuer. Wenn Sie sich aber seine Geschichte anhören, was niemand wirklich tut, können Sie sehr wohl nachvollziehen, warum er so geplagt wird.»

«Erzählen Sie.»

«Er ist der Sohn eines Laienpredigers, der eine eigene Gemeinde gegründet hatte. Alles Lebendige, alles Menschliche, jedes menschliche Bedürfnis vor allem, war dem Vater ein Gräuel, des Teufels, und musste mit allen Mitteln aus den Menschen herausgeprügelt werden. Sein Sohn war sein Lieblingsobjekt.»

«Und welche Therapie erhält Herr Nötzli in dieser Klinik?»

«Fünfhundert Milligramm Clozapin, täglich.»

Matteo Santoro hatte seine Besucherin bis zur Tür begleitet und schaute auf die Uhr. Er hatte noch ein paar Minuten, bis er aufbrechen musste. Obwohl der Nachmittag langsam zu Ende ging, war es immer noch heiss wie in einem Backofen. Er beschloss, noch eine kalte Dusche zu nehmen, nicht dass deren Wirkung lange anhalten konnte. Gerade als er sich seiner wenigen Kleidungsstücke entledigen wollte, hörte er das Telefon. Er nahm den Hörer in die Hand und vernahm die längst überfällige Stimme seines Vaters. Manches war eben doch unverrückbar.

«Du hast das sicher übersehen und stattdessen wieder mal nur die Fussballresultate angestarrt.»

«Du meinst die acht Milliarden und die Kindergartenstühlchen? Ein Millionstel des Gewinns würde mehr als reichen für die Stühle.»

Santoro genoss das Schweigen seines Vaters. Darauf war er anscheinend nicht gefasst gewesen. Vielleicht war heute der berühmte Tag, an dem er der politischen Tirade und rotmoralischen Aufbaurede seines Vaters entkommen könnte. Die Hoffnung währte nicht lange. Nach einem tiefen Einatmen legte Santoro Senior los. «Das ist doch wieder typisch für dein kleinbürgerliches Denken, mein Sohn. Zählst auf die Mildtätigkeit eines Grosskapitalisten, um die Lösung eines Problems anzubieten. Dein Klassenbewusstsein ist zum Weinen, und dein politisches Denken ist immer noch in den Kinderschuhen. Ist denn niemand mehr da, um gesellschaftlich umfassende, grundlegende Änderungen zu fordern? Glauben denn wieder alle an

den neutralen Staat, sieht denn niemand mehr, dass er nichts anderes als der Diener des Grosskapitals ist? Wo ist denn die Partei, die revolutionäre Reformen verlangt? Den Unterschied zwischen Reformen und revolutionären Reformen muss ich dir wohl nicht mehr erklären.»

«Nein, papà», seufzte Matteo ergeben, bevor er den Hörer mit der rechten Hand ein wenig von seinem heissen Ohr entfernte und mit der linken Hand anfing, seine Sandalen aufzuschnallen. Auf die Dusche wollte er nicht verzichten, Respekt vor einem alten Klassenkämpfer hin oder her.

***

«Sie werden mir vielleicht nie verzeihen, dass ich die Feststellung wage, meine Liebe», meinte Santoro, während er seiner Assistentin die Tür aufhielt, damit sie in sein Büro schreiten konnte, «aber Sie riechen ganz einfach köstlich.»

«Sie können gleich noch mehr davon haben», antwortete Zina, indem sie eine Tafel Schokolade aus ihrem Rucksack kramte. «Wissen Sie, dass Schokolade, die reich an Flavonoiden ist, die kognitiven Fähigkeiten in einer Belastungssituation erhöht, indem sie die Durchblutung des Gehirns verbessert?»

«Na, dann geben Sie mal her. Wir wollen ja nicht, dass unser Blut in weniger hohe Sphären abfliesst, nicht wahr?»

«Was ich noch vergessen habe zu spezifizieren, Chef, ist die Tatsache, dass der Versuch mit jungen Frauen durchgeführt wurde. Also kann ich für die Wirkung bei Männern, die sich im besten Alter wähnen, leider nicht garantieren.»

«Geben Sie mir noch ein Stück, tröstlich wirkt das Zeug auf jeden Fall.»

Beide hatten sich auf ihre Stühle gesetzt, so gut die alten Dinger dies erlaubten, und starrten sich an. Nach einem schiefen Grinsen erhob sich Santoro wieder und öffnete das Fenster.

«Ich glaube, wir lassen ein bisschen frische Luft rein, was meinen Sie? Ich habe Neuigkeiten. Sie hatten nämlich recht –»

«Gewöhnen Sie sich daran.»

«Recht mit der kontaktfreudigen Pflegerin. Sie hat mich

heute Nachmittag besucht und mir Erstaunliches offenbart. … Sollten übrigens öfter Rot tragen, die Farbe steht Ihnen.»

Während Santoro von Schranz' Offenbarungen, unter Auslassung vestimentärer und gestueller Besonderheiten, berichtete, wünschte sich Zina einen baldigen Wetterumschwung. Ein bisschen Abkühlung konnte nicht schaden, damit die Unverfrorenheiten ihres Chefs vielleicht ebenfalls auf Mässigung hoffen konnten. Doch bald war ihre Aufmerksamkeit wieder vollends auf die Erzählung Santoros fokussiert, denn was sie da mitbekam, freute sie einerseits – die Entlastung Herrn Nötzlis – und betrübte sie leicht – der Persilschein für den blonden Engel. Als ihr Chef zum Schluss kam, dass sie sich andere Kandidaten für die Mörderrolle suchen mussten, konnte sie sich nicht zurückhalten: «Und wenn sich die Alibischenkerin vor allem selbst beschenken wollte?»

«Sie haben den blonden Engel nicht in ihr Herz geschlossen, Goldberg, das hatte ich doch schon irgendwie im Wasser gespürt.»

«Es geht da nicht um Herzensangelegenheiten, sondern um eine wissenschaftliche Hypothese, Chef», berichtigte Zina.

«Endlich. Und ich befürchtete schon, Sie könnten phantasielos geworden sein. Schiessen Sie los, ich liebe Gutenachtgeschichten.»

«Stellen Sie sich Folgendes vor: Unsere blonde Pflegerin und unser Professor kommen sich näher und haben eine Affäre.»

«Banaler Anfang.»

«Warten Sie's ab. Der Engel entpuppt sich jedoch bald als kleine Teufelin, die es lieber mit jungen Assistenzärzten treibt –»

«Muss man dafür gleich eine Teufelin sein?», warf Santoro ein.

«Mann nicht unbedingt, unsere Blonde wird sich jedoch als eine weisen. Geduld, Geduld. Also, die Jungbrunnenorientierung der Pflegerin passt unserem Professor gar nicht, denn nun poliert ihm niemand mehr seine narzisstische Glatze. Also, was macht er? Er übt ein bisschen Druck auf die Ungetreue aus. Er lässt sie wissen, dass eine Indiskretion seinerseits, ihre sexuellen Experimente während der Arbeitszeit betreffend, sie

den Job kosten könnte. Kommt ihr aber gleich entgegen mit einem Vorschlag für ein weiteres wissenschaftliches Experiment während ihrer Arbeitszeit.»

«Sie soll ihm regelmässig einen –»

«Wir sind hier nicht im Oval Office! Nein, der Herr Psychologe ist ein kleiner Dr. Mabuse und möchte gerne unerlaubte Experimente an Patienten durchführen, dafür soll sie ihm Hand bieten.»

«Und ganz konkret?»

«Ganz konkret kann ich leider nicht werden. Meine Hypothese ist noch in den Kinderschuhen, sozusagen noch am Wachsen. Aber stellen Sie sich vor – der Herr Professor hat ja bekanntermassen enge Beziehungen zu unseren chemischen Giganten –, dass er ein neues Mittel einsetzen möchte, ohne die mühsame Schlaufe über die langwierige Prozedur mit Testreihen an Menschen in der Dritten Welt anzutreten. Heute zwar immer noch gängig, aber eben sehr zeitaufwendig. Also soll unser Engel die gängigen Medikamente durch die neuen Präparate ersetzen und die Wirkung durch eine heimliche, wissenschaftliche Kartei dokumentieren. Und das ist dann auch für dieses Möchtegern-Dummchen zu viel, das viel lieber auf Schutzengel, Tarot und Wünsche an das Universum setzt.»

«Das ist nicht Dr. Mabuse, Goldberg, das ist Dr. Mengele», meinte Santoro.

Zina erstarrte und hob ihre Hand zum Mund, ihr war plötzlich speiübel geworden. Sie wollte gerade aufstehen, um zur nächsten Toilette zu rennen, als sie einen Arm um ihre Schultern spürte und eine feste Stimme von ganz weit her hörte, die ihr befahl, ihren Kopf zwischen ihre Knie zu senken. Sie liess alles gewähren und registrierte nur noch die warme Hand zwischen ihren Schulterblättern. Sie war sich vage bewusst, dass ihr Chef neben ihr kniete.

«Ich bin ein alter Idiot, mein Herz. Ich wusste doch schon beim Aussprechen Ihres Namens, dass ich meine Klappe sofort halten musste. Aber der Strom meiner Worte hat meine Überlegungen fortgespült.»

«Mein Vater war der kleine Junge, der das Tor auf- und zumachte – in Buchenwald.»

«Erzählen Sie weiter.»

«Mehr weiss ich nicht, nie gefragt», seufzte Zina, während sie sich langsam aufrichtete. «Ich habe mir nur immer wieder vorgestellt, wie viel Selbstbeherrschung es ihn gekostet haben muss. Er hat das Tor immer wieder geöffnet und ist nie rausgerannt. Er war noch so klein.»

Bei ihren letzten Worten hatte sich Zina aufgerichtet. Santoro erhob sich und setzte sich auf die Schreibtischkante. Er wollte seiner Assistentin Zeit lassen, sich wieder zu fassen, und sich selbst ausführlich in den Hintern treten. Während sie sich mit beiden Händen langsam über das Gesicht fuhr, hatte er Zeit, sie unauffällig zu betrachten. Wie immer schaffte sie es, auf den unmöglichsten Sitzmöbeln entspannt zu sitzen – wie machte die Frau das bloss? Sie hatte die langen Beine jetzt wieder ausgestreckt, und nun verschränkte sie ihre Finger um ihre Arme. Ihr Gesicht, das er von oben durch die Fransen ihrer schwarzen Haare erblickte, schien ausdruckslos und seltsam entspannt. Santoro wusste nicht, wie er weitermachen sollte. Deshalb fragte er, ob er etwas für sie tun könne. Zu seinem Erstaunen zeichnete sich nach einigen Sekunden ein verschmitztes Lächeln auf ihren Lippen, und mit einem Funkeln in den Augen sagte sie: «In der Tat, in der Tat. Offenbaren Sie mir ihr tiefstes Geheimnis, ihre dunkelste Trickkiste … erzählen Sie mir, wie Sie auf Kommando weinen können.»

Santoro, der weit Schlimmeres, also weit Persönlicheres befürchtet hatte, seufzte erleichtert auf. Er begann leise und mit italienischem Akzent zu singen: «C'est pour accueillir une âme, une fleur qui s'ouvre au jour, à peine, à peine une flamme encore faible qui réclame protection, tendresse, amour.»

«Les trois cloches», meinte Zina und wischte energisch eine störende Träne aus dem Augenwinkel weg. «Wie kommen Sie zu diesem Lied von Edith Piaf, Sie mit Ihren italienischen Wurzeln?»

«Meine Mutter, welche die internationale Solidarität immer hochgehalten hat – vor allem wenn es sich um rührselige Lieder

handelte –, verfügte über ein schier unerschöpfliches Repertoire solcher Herzerweicher, die sie bei jeder Gelegenheit von sich gab: beim Kochen, in der Badewanne und natürlich als Gutenachtliedchen für die Kinder. Ich habe sie mir sozusagen schon mit der Flasche einverleiben müssen. Übrigens ist dieses Lied gar nicht französischer Herkunft. Es wurde gleich nach dem Zweiten Weltkrieg von einem Schweizer, Jean Villard, geschrieben.»

«Ja, ich weiss, und ich habe mich immer wieder gefragt, ob die Schweiz ihr einziges Lied, das je so berühmt werden konnte, nicht zur Nationalhymne erheben sollte. Was meinen Sie dazu?»

«Es wäre wenigstens was Neues. Immerhin ist dieses Lied eine Hymne an das Leben, an das einfache Leben. Drei Glockenschläge bestimmen es: Geburt, Heirat und Tod. Ich glaube nicht, dass wir damit durchkommen würden, schliesslich will eine Nation eher Freund und Feind beeindrucken und nicht zum Weinen bringen.»

«Na, schon wieder eine geniale Idee, die niemand aufgreifen will. Und Ihr Vater?»

«Weinte eher bei: Ein Nichts zu sein, tragt es nicht länger, alles zu werden, strömt zuhauf.»

«Auch sehr rührend. … Sagen Sie, verfehlt die erste Strophe nie ihre Wirkung?»

«In ganz harten Zeiten greife ich noch zur letzten Strophe: ‹Vous trouverez sous son aile …›, und so weiter.»

«Die zweite lassen Sie aus?»

«Immer.»

SIEBEN

Zina radelte laut vor sich hin singend Richtung Innenstadt. Wie kam sie nur auf die Idee, an einem Montagmorgen zu singen? Es war erst sieben Uhr und die Luft noch fast kühl. Lange konnte dieser angenehme Zustand nicht anhalten, denn auch für den heutigen Tag waren tropische Zustände angekündigt worden. Heute hatte sie beschlossen, den Weg entlang des Rheins zu nehmen. Eine gute Wahl, fand sie, erstens durften hier keine Autos fahren, und zweitens konnte sie die bescheidene Weite des Flusses geniessen. Weite war in dieser Stadt ein allzu seltenes Gut, stellte sie einmal mehr fest.

Sie richtete ihren Blick auf die Mittlere Brücke. Auf der Grossbasler Seite führte eine Amazone, die eher wie ein hoch aufgeschossenes Mädchen aussah, ihr Pferd am Halfter. Wohin eigentlich? Seit Jahrzehnten war sie keinen Schritt weiter gekommen. Auf der Kleinbaslerseite erblickte sie die sitzende Helvetia, die Richtung Deutschland blickte. Ihre Lanze und ihren Schild hatte sie hinter sich an die Mauer gelehnt. Sass sie hier einfach in Frieden, oder ruhte sie sich nach einem harten Kampf aus?

Das Bild des aufgespiessten kleinen Professors stieg vor ihrem inneren Auge auf. Welche Helvetia, welche Amazone hatte den ältlichen Mann für einen Feind gehalten, den es zu beseitigen galt, fragte sie sich.

Sie dachte zurück an den gestrigen Abend. Eigentlich hatten sie vorgehabt, ihr weiteres Vorgehen zu planen, weit waren sie nicht gekommen. Halbherzig hatten sie einige Punkte gesammelt, die sie nicht vergessen durften. Den Professoren, Assistenten, Studenten und den Assistenzprofessoren nachgehen, die ihre unterrichtsfreie Zeit nicht für Ferien genutzt hatten – es blieb zu befürchten, dass es viel zu viele werden sollten. Ferien förderten nicht die Karriere. Dann alle Alibis einholen und überprüfen – aber welche genau? Natürlich herausfinden, womit Odermatt eins auf den Schädel abbe-

kommen hatte. Auch wollten sie eruieren, welche Feinde der Kerl hatte. Einen zumindest musste er schliesslich gehabt haben. Kam auch ein Täter ausserhalb des universitären Gewächshauses in Frage? Nicht sehr wahrscheinlich. Schliesslich wiesen die Accessoires des Mordes überdeutlich auf den von Engeln geplagten Herrn Nötzli. Auch wenn dieser unschuldig war, so hatte doch nur jemand mit fundierten Informationen über sein Leiden eine solche Inszenierung leiten können. Das konnte kein Zufall sein. Welchen Konfliktstoff hatten sie bisher übersehen, noch nicht ins Auge gefasst? Und vor allem mussten sie jetzt mehr über den Toten erfahren. Anscheinend war er ein Schürzenjäger alten Stils gewesen, ein Mann, der seine Machtbefugnisse gerne ausschöpfte und genoss. Überschritt?

Die bisherigen Hinweise, denen sie nachgegangen waren, hatten sich als falsche Fährten erwiesen. Die nächtlichen federn lassenden Ereignisse hatten ihren geheimnisvollen und leicht gruseligen Touch gänzlich fallen gelassen und sich als angewandte Erlebnispädagogik entpuppt. Der vielversprechende Verdächtige mit dem passenden Profil hatte ein therapeutisches Alibi erhalten. Nach reiflicher Überlegung und anschliessendem tiefen Schlaf war auch Zina geneigt, die Aussage der fürsorglichen Pflegerin zu akzeptieren. Oder hatte diese die Geschichte nur erfunden, um ihren Chef an einem Sonntagnachmittag zu besuchen? Um die Liste ihrer Eroberungen zu erweitern, nach dem Motto: Ach, einen Vertreter der *Schuggerei* hab ich noch nicht auf meine Liste gesetzt, gute Gelegenheit. Zina war, zu ihrer Schande, zwar immer noch bereit, dieser Frau so ziemlich jede Missetat zuzutrauen, aber ihre Geschichte klang einfach zu aufrichtig. Sie nahm sich vor, Herrn Nötzli zu fragen, so verwirrt war er gar nicht. Er würde sich sicher an die nächtliche Wahrsagerei erinnern, schliesslich hatte sie ihm gefallen – die Séance.

Unterdessen war sie fast angekommen. Es war Zeit, nach rechts zum Totentanz abzubiegen, um dann nach links zum Fischmarkt runterzusausen. Passend, heute war sie anscheinend immer noch in der Stimmung, wie ein Fischweib herumzu-

schreien und mit unschuldigen, aber nicht mehr ganz frischen Fischleibern um sich zu schlagen – Leibern oder Weibern?

Sie machte sich lächerlich und musste doch lächeln.

***

Eine Stunde später betraten Santoro und Zina das Gebäude des psychologischen Institutes in der Parkanlage der psychiatrischen Klinik. Die vergangene Stunde hatten sie damit verbracht, festzustellen, dass sie wieder bei null beginnen mussten, sich darob aufzurappeln und die ersten Schritte zu organisieren. Die uniformierten Kollegen waren damit beauftragt worden, Alibis der Personen zu erfragen und zu überprüfen, die im Umfeld der Abteilung für Psychologie zu finden waren, bisher aber noch nicht in Erscheinung getreten waren. Die Beamten waren daraufhin ausgeschwärmt wie Bienen, die pflichtbewusst und gut organisiert nach Nektar suchen. Die beiden Ermittler wollten sich dem Arbeitszimmer des so originell Ermordeten widmen. Sie hofften, dort Anhaltspunkte für die letzten Kontakte des Professors zu finden und dabei auf interessante Konflikte zu stossen. So nebenbei wollten sie die anwesenden Psychoexperten jeder Hierarchiestufe mit der Meldung konfrontieren, dass ihr Lieblingsverdächtiger entlastet werden konnte. Daraus erhofften sie sich interessante Reaktionen.

Überhaupt wollten sie heute noch ganz allgemein herumschnüffeln und so viel wie möglich über diesen Odermatt erfahren, weshalb sie die Tür des Arbeitszimmers offen liessen. Diese Massnahme, da war sich zumindest Santoro sicher, würde etwelche Anwesende wie die sprichwörtlichen Schnecken anlocken, die dem Bierglas in der Erde nicht widerstehen können. So zumindest hatte es der Kommissar verkündet, der über Erfahrungen – seines Vaters – in der Verführung dieser Schleimscheisserchen zu verfügen behauptete. Während Zina den Computer einschaltete und Santoro sich den Aktenmappen auf dem Schreibtisch zuwandte, warfen beide immer wieder einen Blick zur Tür, vergebens. Anscheinend hatten die Erwarteten gerade die Langsamkeit entdeckt, was Zina zur Kritik

veranlasste, der Chef habe den falschen Vergleich gewählt und hätte sich wohl besser auf Wiesel verlegt. Santoro wiederum konterte mit dem Argument, Wiesel hätten die verwerfliche Tendenz zu fliehen, statt sich verlocken zu lassen. Derart aufgemuntert vertieften sich beide in ihre realen und virtuellen Akten, sodass sie eine Viertelstunde später den Eindringling erst wahrnahmen, als sich dieser an sie wandte. «Suchen Sie etwas Bestimmtes? Vielleicht kann ich Ihnen behilflich sein.»

In der Tür stand der robuste Statistiker, der heute sein Hawaiihemd im Kasten gelassen hatte, um es durch ein rotgrün kariertes zu ersetzen. Der Tausch ist nicht wirklich ein Gewinn, dachte Santoro kritisch. Während er noch über vestimentäre Fehlgriffe philosophierte, hatte Zina andere Gedankengänge beschritten, denn ihr waren die wachen Augen des Besuchers aufgefallen.

«Tatsächlich könnten Sie das», begann sie lächelnd. «Werfen Sie doch einen Blick in dieses Zimmer, und sagen Sie uns, ob irgendetwas fehlt.»

«Einer so hübschen Vertreterin der Staatsgewalt kann ich selbstverständlich nicht widerstehen. Lassen Sie mir ein bisschen Zeit.»

Während Zina Goldberg dem Blick des Statistikers folgte, der von einer Statuette zur andern schweifte, widmete sich Santoro wieder seinen Akten, deren Deckel er heftig auf- und zuschlug. Was hat er denn gegen diese harmlosen Aktendeckel, fragte sich Zina.

«Die Venus von Willendorf», verkündete der Professor gerade enthusiastisch.

Santoro fragte sich, ob dieser fette und sehr wahrscheinlich farbenblinde Idiot sich ein vermeintlich originelles Kompliment ausgedacht hatte, als er sich plötzlich erhob und zu Zina hinging. Das Kompliment konnte keines sein, denn keines hätte unwahrscheinlicher sein können. Gerade hatte er sich erinnert, wer diese Göttin war, vor allem wie sie war: ohne Gesicht und unvorstellbar dick, so üppig, dass sie nur aus Brüsten, Bauch und Hintern zu bestehen schien. Nein, das war kein Kompliment gewesen, nicht mal ein ostdeutsches.

«Wo stand sie, die Venus? Sind Sie sicher, dass sie fehlt?», wollte Santoro voller Ungeduld wissen.

«Da bin ich mir sicher, sehen Sie, sie stand immer da, nach hinten versetzt, neben diesem Nilpferd aus Ägypten.» Dabei spazierte Hotze zum Büchergestell und zeigte auf das dicke Tier. «Die beiden sind mir immer wieder ins Auge gestochen, das fette Tier mit dem ausdrucksvollen Gesicht und die dicke Frau ohne Gesicht, und ich habe mich gefragt, welche Bedeutung sie für den Herrn Professor haben konnten.»

«Können Sie uns die kleine Statue beschreiben?»

«Frau Goldberg, das mache ich gerne für Sie», sagte Hotze charmant. «Das Original stammt aus der jüngeren Altsteinzeit und ist aus Kalkstein. Die Venus ist elf Zentimeter hoch, fast kugelförmig, der Kopf weist eine unebene Oberfläche auf, eine Art kleiner Noppen. Sie hat kein Gesicht, zumindest ist es nicht zu sehen. Sie scheint eine Art Kappe bis über das Gesicht zu tragen. Das Exemplar des Professors ist natürlich eine Nachahmung, ist aus Bronze und eher ein bisschen grösser, so zwischen fünfzehn und zwanzig Zentimeter, schätze ich mal.»

Das musste die Mordwaffe sein, schloss Santoro, denn er konnte sich an die Ergebnisse der Obduktion erinnern. Da war doch die Rede von punkteähnlichen Einbuchtungen auf der Einschlagsgegend gewesen, die sich der Pathologe nicht erklären konnte. Stand nicht auch etwas über Bronzeteilchen im Befund? Er wandte sich Zina zu. Als sich ihre Blicke trafen, nickten sie beide. Ein guter Beobachter. Santoro wandte sich an den Statistiker. «Herr Hotze, wie schätzen Sie den Professor ein?»

«So viel hatte ich nicht mit ihm zu tun. Ich glaube, Psychoanalytiker lieben Statistiken nicht besonders. Natürlich eilte ihm der Ruf eines Frauenliebhabers voraus. Ich glaube nicht, dass da sehr viel daran war. Sicher, er flirtete mit seinen Studentinnen. Meiner Meinung nach machte er sich aber vor allem lächerlich. Er hätte ja praktisch ihr Grossvater sein können. Ich habe zwei Töchter in diesem Alter, die würden sich bedanken, kann ich Ihnen versichern, von so einem alten Knacker angemacht zu werden. Sie sind natürlich keine Psychologiestudentinnen und

nicht von ihm abhängig. Vielleicht haben einige dieser jungen Frauen bis zu einem gewissen Punkt mitgespielt, um ihn nicht gegen sich aufzubringen.»

«Es gibt ja auch reifere Frauen, die Psychologie als Zweitstudium gewählt haben», warf Santoro ein.

«Ja, Herr Kommissar, aber die sind eben reif und fallen nicht auf Möchtegerncasanovas rein.»

Bei diesen Worten wandte sich Herr Hotze in Richtung Zina und nickte anerkennend. Zina konnte gerade noch denken, dass sie den Ossi im Augenblick einfach bärenstark fand, als dieser schon weiterfuhr: «Diese Damen, die übrigens meist bemerkenswert engagiert und kompetent sind, haben ihn eher belächelt. Und manche haben ihn auch gefürchtet, denke ich.»

«Gefürchtet?», fragte Santoro, der die Aufmerksamkeit Hotzes wieder auf sich lenken wollte.

«Das ist mir so rausgerutscht», entschuldigte er sich. «Wissenschaftlich untermauern kann ich meinen Ausspruch nicht. Herr Odermatt hatte etwas Unberechenbares an sich, etwas Launisches. Zudem beruhte das Fürchten wohl auf Gegenseitigkeit, denn der Professor genoss seine Position, das war unübersehbar, und er sah sie nicht gerne in Frage gestellt, geschweige denn belächelt.»

«Sie meinen, er genoss die Macht, die er durch seine Position ausüben konnte?», hakte Zina nach.

«Das ist hart ausgedrückt. Doch die Wahrscheinlichkeit, dass Ihre Hypothese zutrifft, schätze ich als sehr hoch ein», schloss Hotze lächelnd.

Santoro informierte Hotze noch über die neuesten Erkenntnisse ihrer Ermittlungen, denn er war neugierig auf seine Reaktion. Dieser meinte nur, dass seine Kollegen wohl sehr enttäuscht sein würden, er selbst aber nie an die Möglichkeit eines schizophrenen Mörders geglaubt habe, da die Statistiken doch belegten, dass dieses Krankheitsmuster verschwindend selten zu einem Mord führe. Zudem, meinte er, verspüre er immer eine Aversion gegen allzu offensichtlich dargebotene Daten.

Nachdem sich beide Ermittler mehr oder weniger herzlich

bedankt hatten, wandten sie sich wieder ihrem Studium der Dossiers und Dateien zu. Beide wollten zudem in einhelligem Schweigen das Gehörte für sich verdauen können. Doch vorher telefonierte Santoro noch ein bisschen herum, die eh schon Suchenden sollten jetzt wenigstens erfahren, wonach sie suchten.

Eine Stunde später blickte der nächste willkommene Störer durch den offenen Türrahmen: Assistenzprofessor Habermaus, der sich nur erkundigen wollte, ob er behilflich sein könne. Bevor Zina intervenieren konnte, sagte Santoro sein Sprüchlein auf, das in der abschliessenden Bemerkung mündete, dass die bisherigen Spuren leider zu keiner Verhaftung, sondern einer Entlastung geführt hatten.

«Sie sehen mich beruhigt, Herr Kommissar», begann Habermaus. «Sie können sich gar nicht vorstellen, welchen Anschuldigungen unsere Institution ausgesetzt gewesen wäre, hätte ein Patient diese schändliche Tat begangen. Stimmen wären wieder laut geworden, welche das Wegschliessen solcher bemitleidenswerten Menschen verlangen.» Er unterbrach sich kurz, lächelte verbindlich und fuhr fort: «Darf ich erfahren, aufgrund welcher neuen Elemente Sie diesen Schluss ziehen konnten?»

«Frau Schranz war so freundlich, Herrn Nötzli ein Alibi zu verschaffen. Da dieser sich in der Mordnacht nicht wohlfühlte, musste sich die Pflegerin um ihn kümmern.»

«Ja, unsere Frau Schranz, immer so kontaktfreudig und entgegenkommend, sehr hilfsbereit.»

Als der Assistenzprofessor sich verabschiedet hatte, meinte Santoro mit einem Grinsen: «Wissen Sie, was das heisst, wenn in einem Arbeitszeugnis vermerkt ist, dass Frau, sagen wir mal Schranz, sehr kontaktfreudig ist?»

«Dass die besagte Frau herumvögelt», antwortete Zina und ergänzte, «tut sie ja auch.»

«Mit jedem! Vergessen Sie das nicht. Mit jedem!» Und sein Grinsen wurde noch breiter.

Zina starrte gebannt auf den Bildschirm.

Wenig später mauserte sie sich gerade durch die Beurteilungen der Seminar-, Bachelor- und Masterarbeiten, in der Hoffnung, eine gesalzene Ablehnung zu finden. Ihre Hoffnungen wurden enttäuscht. Soweit sie bisher hatte erkennen können, hatte Odermatt, kurz und nicht sehr interessiert, alle Arbeiten akzeptiert. Bei manchen zeigte er zwar ein gutes Mass an Überheblichkeit und liess seine Überlegenheit durchschimmern, angenommen hatte er sie aber alle. Zina fragte sich, ob sie nicht doch etwas mit diesen lahmen Informationen anfangen könnte, und realisierte nicht gleich, dass die Assistentin Professor Klotz' schweigend in der Tür stand.

«Sie werden nichts finden», hob diese an. «Der kleine Professor hat seine Spielchen nicht dokumentiert. Er hatte die Rolle des Verständnisvollen, des Helfers übernommen.»

«Und wer war sein Gegenspieler?»

«Klotz natürlich», meinte Priska Braun mit einem schrägen Lächeln.

«Sie scheinen diese Meinung nicht zu teilen.»

Nein, Braun war nicht bereit, die beiden in Gut und Böse aufzuteilen. Ihrer Meinung nach hatten die zwei alten Männer um die Bewunderung ihrer Studentinnen und Studenten gebuhlt, dabei ihren Konkurrenten so weit als möglich und unterschiedlich charmant abgewertet. Die Studierenden hatten das Spiel seit Jahren durchschaut und weidlich ausgenutzt. Letztlich brauchte jedoch jeder seinen Gegenpart, um sein eigenes Image aufrechtzuerhalten.

Die Nachricht der Entlastung des schizophrenen Patienten wurde diesmal mit einem Kopfschütteln aufgenommen. Es stellte sich heraus, dass Braun nichts von der Geschichte erfahren hatte. Der Name Nötzli war ihr gänzlich unbekannt, von den Vermutungen der Professoren hatte sie nichts mitbekommen. In den letzten Tagen war sie mit Arbeit überhäuft worden, hatte deshalb kaum mit anderen im Institut gesprochen.

Zina hätte noch gerne mit Priska Braun über die Beziehungen innerhalb des Lehrkörpers diskutiert. Zudem hatte sie noch gar nicht nachgefragt, welche Spielchen Odermatt inszenierte. Die junge Frau entschuldigte sich jedoch, denn

einige Versuchskaninchen warteten ungeduldig auf sie. Was macht die Frau eigentlich, fragte sich Zina, widmete sich jedoch wieder widerwillig ihren Dateien.

Odermatts Kommentar, den er in seiner Funktion als Doktorvater geschrieben hatte, erschien auf dem Display. Zina las, runzelte die Stirn über den netten, doch herablassenden Ton, der durchschimmerte.

Als Glaser zögernd in der Tür erschien, sagte diesmal Zina ihr Sprüchlein auf, doch sie erhielt keine Reaktion. Der Deutsche drehte sich wortlos um. Hinter ihm stand Habermaus, den er wegen eines technischen Problems ansprach. Anscheinend ging es Glasers Mailbox ganz schlecht.

Zina nutzte zwar eine kurze Pause und wiederholte die Information, aber die beiden schienen in keiner Weise interessiert, sie verschwanden eiligen Schrittes in Richtung Arbeitszimmer des Deutschen.

Der Nächste, der ihre Ruhe störte, war Professor Klotz. Wobei die Ruhe sich mittlerweile zu einer Unruhe entwickelt hatte, denn beiden Ermittlern war die Fähigkeit, ruhig zu sitzen, nicht in die Wiege gelegt worden. Klotz reagierte auf die Ankündigung der vorgeblichen Spur mit deutlichem Unmut. Er konnte nicht verstehen, dass zwei Staatsbeamte sich so schnell täuschen liessen, das konnte er nicht als professionell einstufen. Schliesslich sei notorisch bekannt, dass Frau Schranz an einem Helfersyndrom leide, worauf der entgegenkommende Professor ihnen auch gleich eine kurze Definition des in pflegerischen Berufen weitverbreiteten Leidens lieferte. Bevor er sich verabschiedete, kündigte er an, sich bei den zuständigen Behörden zu beschweren. Santoro lieferte die Direktwahl ihres Chefs und lächelte verbindlich.

Kaum war der unzufriedene Dozent verschwunden, als schon die nächste Störung nahte, diesmal in Form einer blonden, kurvenreichen und sehr hübsch gekleideten weiblichen Erscheinung. Dies zumindest waren Santoros Gedanken. Zinas Feststellung fiel nüchterner aus: Die Puppe kommt.

Die Erklärungen Santoros nahm die Studentenvertreterin,

Antoinette Löliger, ohne besonderes Interesse auf. Vielmehr interessierte sie der Verbleib ihrer Kommilitonen, die sich eigentlich schon hätten hier im Institut materialisieren müssen. Sie hatte in ihrer Funktion Dutzende Mails verschickt, um heute noch eine Versammlung abhalten zu können. Schliesslich mussten die Studenten nach dem Tode ihres Professors ihre Wertschätzung bezeugen, verkündete Löliger mit viel Überzeugung. Sie rauschte bald ab, um Mittrauernde zu finden.

Santoro vertiefte sich wieder in die Notizen, die er seit einiger Zeit zu entziffern versuchte. Anscheinend handelte es sich dabei um Kritikpunkte gegen die laufende Prometheusstudie. Richtig schlau wurde er aus diesen hingekritzelten Wörtern und unfertigen Sätzen jedoch auch nach mehrmaligem Lesen nicht. Er erhob sich und legte Zina seine Brocken hin.

«Wollen mal schauen, ob der Professor was zu diesem Thema in seinem Computer hat», schlug Zina vor.

Doch nach einer zermürbenden Suche in allen Ordnern konnten die beiden Ermittler keine Spuren dieser Kritik finden. Sie entschieden sich deshalb, die Mailbox des Ermordeten zu öffnen. Vielleicht hatte er ja seine Meinung direkt in die Welt hinaus verschickt, und es wäre doch interessant zu erfahren, wer seine Adressaten waren. Das erste Problem, das sie antrafen, war das Fehlen des Codes. Während Santoro nach dem Computerspezialisten rufen wollte, fing Zina an, erste Zeichen einzutippen. Schon nach dem dritten Versuch hatte sie Erfolg.

«Einfach», konstatierte sie unbescheiden.

Darauf kritzelte sie die Lösung auf einen Zettel: S1G3UND.

«Sie brauchen sieben Zeichen, Chef», begann sie. «Fünf Buchstaben und zwei Ziffern. Freud eignet sich nicht wirklich, wie sie sehen. Da unser kleiner Kerl sich so gern mit seinem grossen Meister identifizierte, siehe die kleinen Statuen, bleibt noch Sigmund. Eins für das I und drei für das M –»

«Vollidiot», schrie Santoro auf.

«Seien Sie nicht so streng mit sich, Sie können –», begann Zina milde.

«Nicht ich, der da!», kreischte jetzt Santoro und fuchtelte in Richtung Bildschirm.

Zina blickte in die angegebene Richtung und verstärkte gleich darauf das Gezeter und den spastischen Tanz von Santoro.

Der Countdown war bei fünfunddreissig Sekunden angelangt und liess sich auch durch die lautstarken Proteste nicht von seiner Pflicht abhalten. Auf Englisch und sehr höflich unterrichtete sie das Display, dass der Computer in noch einunddreissig, dreissig, neunundzwanzig Sekunden abstürzen werde, und dass dabei Dateien zum Verschwinden gebracht werden könnten. Santoro drückte hektisch, immer wahlloser und in den unmöglichsten Kombinationen auf die Tasten, Zina liess die Maus herumsausen. Fünfzehn, vierzehn, dreizehn. Bei sieben angelangt, hämmerte Santoro auf die Aus-Taste. Keine Wirkung. Zina versuchte es mit anhaltendem Druck – zwei, eins … Zina zog den Stecker raus. Zu spät. Sie hatten noch das schwarze Loch erblickt, das alle Daten ins Verderben ziehen würde.

Nach einigen Sekunden konsternierten Schweigens holte Santoro sein Handy hervor und rief Stump an.

«Dieser Idiotenprofessor hat die kursierenden Virenangebote eingeladen», entrüstete sich Santoro.

Worauf er Zina über den Artikel informierte, den er vor Kurzem in der regionalen Tagespresse gelesen hatte. Offensichtlich hatte der Ermordete noch Zeit gefunden, das Formular zu den vertraulichen Daten auszufüllen.

«Typisch für diese älteren Männer. Einfach zu vertrauensselig, wenn es um Informatik geht.»

«Auf jeden Fall sind Sie jetzt Ihrer Arbeitsgrundlage enthoben.»

«In diesem Fall möchte ich vorschlagen, dass ich die Studentinnenversammlung mit meiner Anwesenheit beehre, um mich ein bisschen über dies und das zu informieren und mich von diesem verseuchten Blechkasten abzulenken.»

«Tun Sie das und dies von mir aus auch. Ich werde mir schon eine passende Ablenkung finden. Auf jeden Fall muss ich hier auch dringend raus.»

***

Zina war in die Gruppe eingeführt worden, die aus zehn Personen bestand. Die Namen hatte sie sich nicht merken können, musste aber mit Erstaunen feststellen, dass über die Hälfte der Anwesenden Hochdeutsch sprach. Es wurde ihr erklärt, dass sechs der Anwesenden entweder für ihre Doktorarbeit oder auch schon früher aus Deutschland eingewandert waren. Die Professoren aus Deutschland hatten Studentinnen und Studenten mitgeführt, wie Überseedampfer Möwen und Makrelen im Schlepptau haben. In etwa so lautete die Antwort, die sie auf ihre vorsichtig formulierte Frage erhielt.

Sie wollte weiter wissen, wie sich die Studentinnen und Studenten mit dem Verstorbenen verstanden hatten. Daraufhin schauten sich die Angesprochenen leicht verwirrt an, bis sich einer der deutschen Vertreterinnen – Baden-Württemberg? – äusserte: «Frau Goldberg, ich glaube, Sie verstehen nicht ganz, wie heute ein Studium organisiert ist. Wir sind nicht hier, um uns mit jemandem zu verstehen oder eben nicht. Wir studieren einfach, das heisst, wir besuchen die Vorlesungen und Seminare, machen uns Notizen und lernen viel. Wir schreiben die Arbeiten, die erforderlich sind, um zu den Prüfungen zugelassen zu werden. Vor allem aber sammeln wir die erforderlichen Punkte, die Creditpoints genannt werden. Wenn man in die Prüfung gehen will, muss man eine bestimmte Anzahl dieser Creditpoints aufweisen können. Von wem wir diese erhalten, ist vollkommen irrelevant. Das ist nichts Persönliches.»

Zina schlucke leer, bevor sie zu ihrer zweiten Frage ansetzte: «Wie schätzen Sie denn die Seminare und Vorlesungen des Professors ein?»

Diesmal ergriff ein männliches Exemplar das Wort – Köln? «Professor Odermatt lehrte einerseits Psychopathologie, und anderseits hielt er auch Vorlesungen und Seminare über die verschiedenen Richtungen der Psychotherapie. Das ist zwar vielleicht noch von historischem Interesse, aber heute erfüllt nur noch eine dieser Richtungen, wie Sie vielleicht wissen, die erforderlichen wissenschaftlichen Kriterien. Nur die Verhaltenstherapie ist imstande, die Symptomverminderung zu operationalisieren und damit auch zu messen. Sicher wird bald

dieser alte Ballast aus dem Lehrplan gestrichen, der empirisch nicht überprüfbar ist. Bei Professor Odermatt kam zwar ab und zu seine Vorliebe für die Psychoanalyse zum Vorschein, aber die ist ja kaum mehr prüfungsrelevant.»

«Die Psychoanalyse spielt überhaupt keine grosse Rolle mehr, das hat ja auch die letzte interne Studie klar aufgezeigt.» Das verkündete eine weitere Studentin aus dem grossen Kanton, deren genauere Herkunft Zina nicht eruieren konnte.

«Gab es irgendwelche Auseinandersetzungen zwischen den Studierenden und den Professoren?», wollte Zina weiter wissen, denn sie war nicht bereit, so schnell aufzugeben.

«Es gab überhaupt keine Probleme, Frau Goldberg», versicherte Löliger bestimmt. «Professor Odermatt war mit allen immer gleich freundlich, zudem geht es in einem Studium auch einfach darum, das Vermittelte aufzunehmen und in der Prüfung so genau wie nur möglich wiederzugeben. Ich sehe nicht, worin die Schwierigkeiten bestehen, oder wo Unstimmigkeiten auftreten könnten.»

Zina, die in einem Jahr geboren worden war, in dem in ganz Europa die Studierenden ihre Universitäten besetzt hielten und mit lauten Forderungen auf die Strasse gegangen waren, hatte in den letzten Jahren anscheinend eine entscheidende Wende verpasst. Das konnte doch nicht sein, dass die Kinder, ja eigentlich schon die Enkel dieser protestierenden Intellektuellen so schafbrav sein konnten. Sie beschloss, ihnen noch ein bisschen auf den Zahn zu fühlen. «Ist es denn zum Beispiel kein Thema, dass fast nur noch Frauen Psychologie studieren, hingegen bei den Professoren nur Männer vertreten sind?»

Sie schaute in die Runde und sah nur verblüffte Gesichter. Die Versammelten schauten zuerst ratlos in die Runde, um sich dann alle ihr zuzuwenden mit Blicken, die alle das Gleiche ausdrückten: Nicht ganz bei Trost? Zina fühlte sich derart provoziert, dass sie weiterstocherte, im Trüben leider, daran bestand kein Zweifel. «Die Tatsache, dass bald nur noch Frauen Psychologie studieren, war nie Thema eines Seminars, eines Kolloquiums, gar eines Pausenplauschs?»

«Nein, diese Frage steht nicht auf dem Lehrplan», meinte

eine weitere Studentin leicht entnervt, eine Schweizerin diesmal – Aargau?

«Wie erklären Sie sich, dass nur wenige Frauen eine universitäre Karriere anstreben?», fragte Zina hartnäckig weiter.

«Es gibt schon Frauen, die eine Doktorarbeit hier schreiben. Aber sehen Sie, eine solche Karriere verlangt eben eine bestimmte Einstellung. Sie müssen in der Lage sein, sechzig oder gar mehr Stunden in der Woche zu arbeiten, und dazu sind Frauen oft einfach nicht bereit. Zudem müssen Sie publizieren, wenn Sie weiterkommen wollen. Das ist das Einzige, was zählt. Und zwischen dreissig und vierzig haben viele Frauen das Gefühl, sie müssten ein Kind haben, und kommen nicht dazu zu publizieren. Kinder sind ein grosses Problem.» Dies erklärte eine weitere Schweizerin eher ungeduldig, die ihrem Akzent nach eindeutig Baslerin war.

Die Aargauerin übernahm wieder das Zepter und sagte: «Da war zum Beispiel diese Assistentin, die auch im Prometheus-Projekt mitgearbeitet hat. Mitten in ihrer Arbeit wurde sie schwanger und setzte vier Monate aus. Also, das geht doch nicht. Die Mittel sind eh schon sehr knapp berechnet, und dann das noch.»

«Das Prometheus-Projekt, spielt das eine grosse Rolle im Institut?», fragte Zina.

«Ja, sicher», meinte der Kerl aus Köln. «Viele von uns sind deshalb aus Deutschland gekommen, um hier zu promovieren. Ich glaube, etwa fünfzig Prozent der Doktoranden kommen aus Deutschland, und dann machen viele Studenten ihre Masterarbeit im Rahmen dieses Projektes.»

«Dann können Sie ja alle berühmt werden?», fragte Zina frotzelnd nach.

«Das verstehen Sie ganz falsch», belehrte sie Löliger. «Wir sind nur die Zulieferer. Unsere Namen werden nie genannt.»

War da ein Hauch von Auflehnung zu spüren? Zina wagte nicht zu hoffen. Sie überlegte verzweifelt, womit sie diese Schafherde aus der Ruhe bringen könnte. Wie wäre es damit, dachte sie und warf ein weiteres Häppchen in die Runde. «Ich sehe hier in der Runde nur junge Gesichter. Gibt es nicht auch Leute, die Psychologie als Zweitstudium wählen?»

Die Baslerin nahm die Frage eifrig auf. «Ja, leider. Die können so was von anstrengend sein, einfach mühsam sind die. Erstens sind sie schrecklich langsam, aber vor allem stellen sie dauernd blöde Fragen. Dann wollen sie auch noch immer irgendwelchen Bezug nehmen zu Dingen, die sie erlebt haben oder die etwas mit ihrem Beruf zu tun haben. Und wir kommen einfach nicht vorwärts. Schliesslich muss in jedem Seminar ein bestimmter Stoff durchgenommen werden, das ist ja auch mit den anderen Unis so abgesprochen. Wenn die Alten dauernd fragen und diskutieren wollen, haben wir nicht so viel Stoff durchgenommen wie an den andern Unis, das geht doch nicht.»

«Und dann wollten sie, die Alten, auch noch die Studierenden dazu bringen, einen Brief an die Professoren zu schreiben, als ob wir Zeit für so was hätten», empörte sich Löliger.

«Du meinst die Geschichte mit der Teilnahme an den Experimenten?», half die Aargauerin nach. «Das war ja echt lächerlich. Wollen Sie die Geschichte hören? Ja? Das war so: Bis vor Kurzem mussten alle Studierenden sich als Versuchspersonen für acht psychologische Experimente zur Verfügung stellen. Das gab obligatorische Creditpoints. Plötzlich hiess es dann, dass die Zahl der erforderlichen Experimente auf dreissig erhöht werden sollte. Wer die acht in einer bestimmten Frist hinter sich bringen konnte, unterlag noch der alten Regelung, wer das nicht konnte, musste mit der neuen leben. Statt diese Tatsache einfach zu akzeptieren, haben sich die Alten aufgeregt.»

«Schliesslich gibt es immer mehr Studenten, die immer mehr Versuchspersonen für ihre Arbeiten brauchen. Die neue Regelung war also schlicht notwendig und zudem in unserem Interesse», fügte die Baslerin an.

«Noch eine letzte Frage. Herr Odermatt soll sich für manche Studentinnen im Besonderen interessiert haben. Können Sie mir etwas dazu sagen?»

Die Studentinnen und die Studenten schauten sich ratlos an, manche schienen definitiv von dieser sinnlosen Fragerei entnervt. Einer der Deutschen schien sich der neugierigen Beamtin zu erbarmen und sagte ziemlich gelangweilt: «Was der Professor für ein Mensch war, seine Beziehungsprobleme,

wie er mit andern umging, Frau Goldberg, solche Fragen interessieren uns doch nicht.»

Zina verabschiedete sich und konnte sich gerade noch zurückhalten nachzufragen, welches Fach die jungen Leutchen denn eigentlich studierten.

Zina fand Santoro im Halbdunkel wieder, aufgrund des steigenden Thermometers und der herrschenden Luftfeuchtigkeit hatte er die Fenster geschlossen und die Rollläden runtergelassen. Er lag entspannt auf dem Sofa, eine Akte in den Händen. Obwohl er nicht in Richtung Tür schaute, sagte er bei ihrem Eintritt: «So Goldberg, haben Sie sich schön aufgeregt?»

«Woher wollen Sie das jetzt wissen?»

«Ihr Schritt, meine Liebe, schnell und überdeutlich, mit einem Schuss Aufstampfen gepfeffert. Er erzählt mir, dass Sie Gelegenheit hatten, sich so richtig zu entnerven, zudem beunruhigt Sie etwas.» Während sich Matteo Santoro aufrichtete und ihr Platz machte, fügte er an: «Teilen Sie Ihre Wut mit mir, ich bin bereit, nach jedem Strohhalm zu greifen, der mich aus diesen Akten erlöst.»

«Hab eher das Gefühl, mit einer Keule in der Hand herumrasen zu können», berichtigte Zina und liess sich aufs Sofa fallen.

Während Santoro ihrem Bericht lauschte, der von bissigen Kommentaren gespickt war, dachte er an seinen Sohn. Irgendwie hatte der Bericht seiner Assistentin etwas Tröstliches an sich. Er hatte sich schon die grössten Vorwürfe gemacht, dass seine männliche Brut so unsagbar brav, angepasst und unkritisch ins Leben schaute, und nun erfuhr er, dass sein Nachwuchs ganz im Trend lag. Vielleicht trug ja nicht nur er alleine Schuld an der selbstverständlichen Ergebenheit dem System gegenüber, das ihn bei seinem Sohn Marco so sehr verunsicherte. Er liess sich gerne von Zina aus seinen grüblerischen Gedanken reissen, was diese gerade in Angriff nahm. «Wissen Sie, was mich beschäftigt?»

«Wer denn die nächste Revolution anführen wird, wenn die heutige Jugend einen gravierenden Mangel an rebellischen

Ideen aufweist, die Arbeiterklasse irgendwo unterwegs ihre Avantgarde verloren hat, der feministische Aspekt in Partystimmung aufgelöst wurde, und die grundsätzlichen politischen und ökonomischen Alternativen noch nicht mal gezeugt wurden? Oder verzweifeln Sie ganz plump und einfach an der Tatsache, dass ein Fussballtrainer zum beliebtesten Schweizer gewählt wurde, der für die Atomlobby in peinlichen Werbespots die Hauptrolle spielt?»

«Alles gute Gelegenheiten, die Höhepunktarie aus dem dritten Akt einer Oper zu singen. Vielen Dank für die Anregungen. Nein, ich war mehr bei der Sache … Ich meine, bei der Leiche. Ich habe nämlich kürzlich eine fleischfressende Pflanze kennengelernt, die durch ihr Ableben mehr Emotionen freigesetzt hat als unser Professor. Und da habe ich mir gesagt, wie kommt das?»

«Sie pflegen einen engen Kontakt zu fleischfressenden Pflanzen?», wunderte sich Santoro.

«Sie war nur eine flüchtige Bekannte. Sie hiess Elvis, starb an zu viel Fürsorge, bescherte einer Dreizehnjährigen eine Hauptrolle in einer griechischen Tragödie und führte eine Mutter zur Verzweiflung – nicht der Pflanze, der Dreizehnjährigen. Die Mutter, meine ich.»

«Und sie weiss nicht, dass sie diese Zeit in vollen Zügen geniessen sollte, nicht wahr? Die Mutter.»

«Ehrlich gesagt denke ich nicht, dass sie ihr Glück fassen kann, nein», konstatierte Zina.

«Weil sie nicht weiss, was sie erwartet. Junge Menschen brauchen jemanden zum Lieben. In spätestens einem Jahr wird dieses liebenswerte Kind sein Herz nämlich nicht mehr an so harmlosen Objekten wie fleischfressenden Pflanzen – oder Kaulquappen aus dem Teich, wie bei meiner Tochter – hängen. Nein, dann wird das arme Mädchen nur noch irgendeinen dahergelaufenen, pickeligen, dämlich vor sich hin grinsenden Bubi unheimlich süüüüüüsssss finden. Und dann, erst dann wird ihr wirkliches Martyrium beginnen. Der Mutter, meine ich.»

«Des Vaters?», meinte Zina provokativ.

«Des Vaters, denn wir wollen nicht dem Genitiv sein Tod sein, sitzt dann stundenlang auf dem gedeckten Sitzplatz, raucht eine Zigarette nach der andern, wenn er sich nicht die Fingernägel abnagt. Die Vorstellungen, die er entwickelt, nagen dafür an seinen innersten existenziellen Wertmassstäben, die er doch am liebsten übers Knie brechen möchte, in Gesellschaft anderer Vandalen, Barbaren und sonstigen Pickeligen, die er legen möchte, übers Knie. Denn, und das ist das Schlimmste, genau diese pickeligen, schmalbrüstigen kleinen Blutsauger haben leider nicht die Tendenz, sich durch zu viel Liebe in ausgedörrte Erbärmlichkeiten zu verwandeln oder, wie die Kaulquappen, im entscheidenden Moment Beine zu bekommen und zu verschwinden. Nein. Diese kleinen, mickrigen Dreckskerle holen ihre Tochter ab, ein unvorstellbar dämliches Grinsen im Gesicht, und bringen sie irgendwann zurück, nur dass sie nicht daran glauben und deshalb kauen – an den Nägeln – und einfach nie erfahren werden, was dieser unwürdige, kleine Wichser mit Ambitionen zur Weiterbildung gerade tut.»

«Sie neigen nicht etwa ganz leicht zur Besitzergreifung, oder?», fragte Zina.

«Meine Liebe, ich bin im Nicht-Besitz einer Tochter, welche die Werte Selbstständigkeit, Unabhängigkeit, Unverfrorenheit auf ihre Fahne geschrieben hat, die sie dauernd hochhält. Im Augenblick weilt sie mit einer Freundin in einem asiatischen Land, das in meinen Augen vor Gefahren strotzt. Wenn ich die Augen schliesse, sehe ich Ungeziefer aller Arten, Tigerfallen im Dschungel, dunkle Verliese, ein Gewirr von schmutzigen Gässchen, aus denen es kein Entrinnen gibt, in denen hingegen amoralische Kreaturen wimmeln. Und sie schreibt mir ein Mail, wenn ihr wirklich, aber wirklich nichts Besseres einfällt.»

Zina beobachtete fasziniert, wie Santoro sich über die Stirn fuhr, tief aufseufzte, um dann finster auf den Boden zu starren. So hatte sie ihn noch nie erlebt, und er erlaubte ihr damit einen Einblick in sein Innenleben. Wider Willen war sie gerührt. Leicht nuschelnd sagte sie nicht sehr gelungen distanziert: «Kann ich irgendwas für Sie tun?»

«Lenken Sie mich ab. Führen Sie meine Gedanken in

Richtung eines harmlosen Objektes, das mich nicht wirklich berührt.»

«Da habe ich das genau Richtige für Sie, Chef. Was sagen Sie zu einem Psychologieprofessor, der ermordet wurde und den niemand beweint, weil er – das wird doch immer deutlicher – eine kleine, arrogante, machthungrige Wanze war.»

«Wie wunderbar harmlos, langweilig und unbedeutend, die reinste Schlaftablette. Nur die jungen Studis finde ich noch nichtssagender, erzählen Sie mir mehr darüber.»

Sie diskutierten noch halbherzig über die Konsequenzen dieser Befragung, doch ergiebig war das Ganze nicht. Über den Toten hatten die Studierenden nichts zu berichten, Konflikte hatte es keine gegeben, überhaupt schienen diese jungen Leute ihre Professoren gar nicht als Menschen wahrzunehmen, und an ihren Beziehungen oder Eigenarten waren sie schlicht nicht interessiert.

Santoro berichtete, dass auch er vergeblich nach neuen Informationen auf der Pirsch gewesen war. Er hatte Herrn Nötzli aufgesucht, um herauszufinden, ob die Engelséance tatsächlich während der Tatzeit stattgefunden hatte. Er hatte sehr viel Neues über Engel erfahren und über die Vorliebe des Patienten für den Erzengel Michael. Bei der Beschreibung, wie der Erzengel die himmlischen Heerscharen angeführt hatte, um Luzifer aus dem Himmel zu verjagen, um ihn direttissimo in die Unterwelt stürzen zu lassen, war er ins Schwärmen geraten. Dass er mit Frau Schranz in einer Nacht Karten besprochen hatte, daran konnte er sich ebenfalls gut erinnern. Am anderen Tag hatte ihn dann Professor Klotz auf seine Täterschaft angesprochen, was ihn aber nicht weiter beunruhigte, er hielt den Herrn immer noch für einen Patienten, der hier seine Zwangsneurose loswerden wollte. Die interessierten sich eh für vollkommen irrelevante Dinge, hatte ihm Herr Nötzli erklärt. Die Nacht stimmte also sicher, nur die Zeit, auf die konnte er sich nicht festlegen. Frau Schranz und er seien vollkommen in die Deutung der Karten vertieft gewesen, hatte er sich entschuldigt. Er selbst, verkündete Nötzli stolz, habe nämlich den Erzengel Michael gezogen. Ob der Kommissar wisse, dass

dieser Erzengel der Lehrer zum Thema Dualität, also Gut und Böse, sei. Er selbst sei immer davon ausgegangen, dass Luzifer in die Hölle musste, weil er selbst wie Gott sein wollte, also Macht ausüben wollte, die ihm nicht zustand. Doch Frau Schranz hatte ihn eines Besseren belehrt. Aus ihrem Buch hatte sie Nötzli erzählt, das sei, weil Gott die Erde, also die Welt der Polarität, erschaffen wollte. Da brauchte er neben dem Lichtpol die Dunkelheit: Luzifer, sein Lieblingsengel, muss die undankbare Rolle des dunklen Pols übernehmen, denn diesen braucht es, um den freien Willen zu ermöglichen. Santoro berichtete Zina, wie zufrieden Herr Nötzli nach dieser neuen Erkenntnis ausgesehen habe.

Daraufhin hatte Santoro seine Beamten angewiesen, nach Zeugen zu suchen, die diese beiden gesehen hatten, schliesslich lag das Arbeitszimmer auf ebener Erde und hatte keine Vorhänge. Santoro schloss mit den Worten: «Ich weiss nicht, wie es Ihnen geht, Goldberg, ich jedenfalls finde die Engelintervention der Frau Schranz zwar leicht verrückt, aber auch ziemlich intelligent. Als er darüber sprach, schien er mir viel realer und ansprechbarer als sonst. Zudem scheint er sich nicht besonders für unseren Toten zu interessieren, er verglich ihn mit einem schlechten Prediger. Dafür wird doch niemand umgebracht. Also, auch wenn Nötzlis Alibi noch nicht hieb- und stichfest ist, ich bin höchstens noch bereit, ihn ganz unten auf die Verdächtigenliste zu setzen, und die kontaktfreudige Pflegerin setze ich daneben, auch wenn Sie das nicht erfreut.»

«Wir haben rein gar nichts gegen die Blonde in der Hand.»

«Ausser, dass sie es ist.»

«Und dass sie die Tussi spielt, dabei aber eine intelligente und sehr fähige Frau ist, da bin ich ganz ihrer Meinung. Solche Frauen gehen mir besonders auf den Keks.»

«Und ich Naivling ging doch tatsächlich davon aus, dass es ihre blonde Mähne sei.»

«Dass sie mehr auf das, was *auf* ihrem Kopf und weniger auf das, was *in* ihrem Kopf wächst, für sie zählt, *das* ärgert mich. Und dann kommt sie ja auch noch weit damit. Kaum fummelt

sie an ihren Haaren, beginnen alle Männer zu glotzen und zu geifern.»

«Und ich bin kein Kaninchen und werde nicht gerne in den gleichen Topf geworfen», wehrte sich Santoro.

«Erstens ist empirisch nicht erwiesen, ob Kaninchen gerne in den Topf geworfen werden, also ist Ihre Bemerkung vollkommen unwissenschaftlich, also irrelevant. Zweitens schauen Sie ja immer noch ganz frech unter dem Deckel hervor. Was Ihnen aber gar nichts nützt, denn ich werde Sie nicht hervorzaubern.»

«Goldberg, Sie leiden mir manchmal, vor allem wenn es um Ihren Vorgesetzten geht, einfach zu wenig am Helfersyndrom. Dank der Extravorlesung des Herrn Klotz kann ich jetzt meinem diffusen Elend auch einen Namen geben.»

«Der krankt übrigens am diametral entgegengesetzten Leiden, verglichen mit der Pseudotussi: Er erzählt Bockmist, jedoch als sei es des Löffels Weisheit.»

«Wo steht der eigentlich auf unserer Verdächtigenliste?»

«Chef, das Problem liegt doch darin, dass wir noch gar keine Liste haben. Ich will Sie ja nicht hetzen, aber wir sollten weiter in unseren Unterlagen nach irgendwelchen Anhaltspunkten suchen, finden Sie nicht auch?»

«Gut, machen wir weiter. Auf die jungen Studentinnen und Studenten sind Sie auch nicht bereit zu wetten, nehme ich an.»

«Keinen Pfifferling. Und wissen Sie warum? Mit einem Mord ergattern sie …»

Sie schauten sich grinsend an und schlossen unisono: «… keine Creditpoints.»

ACHT

Sie hatten noch weiter in ihren Akten gesucht, nach irgendwelchen Anhaltspunkten, nach noch so kleinen Konflikten und Ungereimtheiten. Zur Mittagszeit hatten sie sich geschlagen gegeben. Der Hitze, die sich in alle noch so kleinen Ritzen festgesetzt hatte, den mageren Fischen, die sie aus ihren Papieren und Dateien geangelt hatten, dem Hunger, der sich unüberfühlbar zur Erinnerung meldete. Zudem hatten sie auch keinen Besuch mehr bekommen, verlassen im Halbdunkeln, das ihnen weder Einsicht noch Beruhigung oder Kühle beschert hatte.

Sie sassen unter der Trauerweide neben dem Teich, assen die letzten Sandwichs, die sie in der Cafeteria ergattert hatten, und zwischen ihnen lag die grosse Mineralwasserflasche, die schon halb leer war.

«Sie sehen auch nicht gerade nach dem Jäger aus, dem ein Mammut locker über der Schulter hängt», eröffnete Zina das Gespräch.

«Wir sind die Taucher, die noch gar nicht den Kopf ins Wasser gesteckt haben. Nicht mal die erbärmlichste Miesmuschel ist uns ins Netz gegangen.»

In einhelligem Schweigen sassen sie nebeneinander. Matteo Santoro langte nach dem Mineralwasser, Zina Goldberg biss ohne grossen Enthusiasmus in ihr Sandwich und lehnte sich zurück, stützte sich auf ihre Ellbogen, den Blick auf die Enten gerichtet, die träge vor sich hin dümpelten. Keine Unruhe war unter dem Federvieh zu spüren. Die Tatsache, dass schon mehrere Exemplare ihrer Population mitten in der Nacht brutal ermordet worden waren, schien die Biester nicht im Geringsten zu beunruhigen. Die Wasseroberfläche blieb glatt, die Hälse tauchten geschmeidig nach Schnecken, die Gemüter schienen ausgeglichen.

Der Kerl, der auf solch brutale Weise seine Federn gelassen hat, hinterlässt auch nicht viel mehr als ein paar Kreise im universitären Teich, dachte Zina. Eigentlich geht alles weiter,

nur die grossbusige Lehrerin hat jetzt niemanden mehr zum Zusammenstauchen. Und die andern? Regten sich auf, dass der erkorene unzurechnungsfähige Mörder sich als ungeeignet entpuppt hatte, aber sonst?

Die Stimme ihres Chefs riss sie aus ihren Gedanken: «Erwarten Sie eine Antwort vom Federvieh?»

«Einer ihrer Kollegen wurde ermordet, und die schweben weiterhin unbeirrt und seelenruhig über ihren kleinen Teich, in ihrem idyllischen Park.»

«Die Enten oder die Psychofritzen?»

«Beide. Das ist es ja, beide.»

«Wissen Sie, mir hat vor allem zu denken gegeben, dass wir es hier doch mit Experten in Sachen Psychologie zu tun haben. Schliesslich war der Ermordete Professor für klinische Psychologie, Psychoanalytiker … Er hätte doch was merken, die Gefahr rechtzeitig erkennen müssen.»

«Hmmm», begann Zina gedehnt, setzte sich auf, zog eine ihrer langen Strähnen von rechts her vor ihr Gesicht, auf die sie dann konzentriert schielte.

«Was sagt uns das?», fragte sie ernst die Strähne.

«Dass der Professor in seinem Sessel eingeschlafen war, als ein ihm gänzlich Unbekannter ins Zimmer schlich, um ihn von hinten zu erschlagen, worauf er ihm einen Säbel in den Bauch rammte und Federn im ganzen Raum verteilte.»

«Nicht sehr überzeugend, oder? Obwohl das Gelände hier das reinste Sieb ist und jeder, wirklich jeder nachts eindringen kann. Die Einzigen, die in Sicherheit schlafen konnten, waren die Gefährlichen. Sie lagen alle in ihren Bettchen im Sicherheitstrakt. Sicher *für*, und was ich ganz beachtlich finde, *vor* der bösen Umwelt. Trotzdem. Wahrscheinlicher erscheint mir, dass der Professor tatsächlich das Gewitter nicht kommen sah.»

«Ein Psychotherapeut ohne Menschenkenntnis, ohne Gespür für die Befindlichkeit seiner Mitmenschen?», fragte Santoro ungläubig.

«Die wenden ihre Fähigkeiten professionell an, Chef. Bei andern, bei sich selbst können sie das nicht. Die andern behan-

deln bringt Kröten. Für sich selbst arbeiten bringt nichts ein. Also lassen sie diesen Teil aus.»

«Ich hoffe doch, dass Sie gerade Blödsinn von sich geben, das raubt mir sonst meine letzten Hoffnungen.»

«Oder Illusionen», sagte Zina.

«Ausser es gab tatsächlich nichts zu erkennen», fuhr sie nachdenklich fort und teilte ihre Haarsträhne in zwei Teile.

«Der Mörder hat ihm was vorgemacht?»

«So würde ich das nicht formulieren. Dissoziation wird das Phänomen glaube ich genannt. Abgespalten. Gefühle, Wünsche, Impulse können vollkommen von der Person, von ihrem bewussten Denken abgeschnitten sein und dann … dann können sie auch nicht von aussen wahrgenommen werden. Ausser ein Fehlen, ein Mangel», schloss Zina ihren Vortag zweifelnd.

«Der Täter weiss aber auch von nichts, oder? Bis er sich blind dreinschlagend und mordend wiederfindet. Bis er so quasi durchstartet?»

Nach einem zögerlichen, doch eindeutig bestätigenden Nicken seiner Assistentin fuhr Santoro fort: «Dann passt Ihre Idee aber nicht zum Ablauf, denn wir müssen davon ausgehen, dass der Mord geplant war. Die Federn!»

Zina starrte wieder auf die Enten, die seelenruhig ihre Runden schwammen.

«Wir sehen etwas nicht», meinte sie, und eine unterdrückte Verzweiflung schimmerte durch ihre Aussage.

«Wenn wir auf die Enten starren, werden wir nur Federn sehen», meinte Santoro heftig, ballte die Faust und liess sie auf das spärliche Gras fallen. «Stattdessen», fuhr er fort, «könnten wir uns auf Dinge konzentrieren, die ergiebiger sind. Unsere bisher bekannten Mitwirkenden in diesem Trauerstück, die sind doch schillernder. Was halten Sie davon, wenn wir ihre Beziehungen untereinander genauer betrachten?»

«Sie meinen, wir machen zusammen ein Psychogramm?» Zina setzte sich auf.

«Warum auch nicht? Ist doch passend in diesem Umfeld und täuscht darüber hinweg, dass wir keine Ahnung haben, wohin wir weiterwatscheln sollen.»

«Also gut, und daneben setzen wir die Informationen, welche wir heute Morgen aus unseren Akten gefischt haben.»

«Und zu guter Letzt verfüttern wir das Ganze den Enten und den fetten Fischen im Teich und verzweifeln weiter vor uns hin.»

«Dieser Kieselstein da, das ist unser Toter, den legen wir in die Mitte», begann Zina.

«Guter Anfang. Wäre eine Feder nicht passender?»

«Ich sehe ihn nicht als Feder, behalten Sie die lieber für die hilfsbereite Pflegerin, *die* schwebt so engelsgleich herum.»

«Und die anderen Professoren?», fragte Santoro.

«Auch Steinchen. Haben auch nichts Luftiges an sich. So, die legen wir im Kreis um den Toten.»

«Jetzt haben wir noch die Studentinnen und die Studenten. Ich schlage Blätter vor.»

«*Les feuilles mortes se ramassent à la pelle.* Passend. Die legen wir im Halbkreis unten dran. Die Jungen rechts, die Alten links.»

«Die Assistenten haben wir noch vergessen. Lassen Sie uns Ästchen nehmen. Wir legen sie neben Kieselstein Odermatt oder Klotz.»

«Dann kommen endlich die Federn, links unten für die Pflegerin und ihren Patienten, der uns als Mörder aufgedrängt wird.»

«Und wo kommt die Ehefrau hin?», wollte Santoro wissen.

«Haben wir eine Muschel für sie? Nein? Dann nehmen wir diesen kleinen Deckel hier, der nicht hier hingehört. Sollte mit seiner Petflasche entsorgt worden sein und liegt hier störend herum. Wo soll ich ihn hinlegen?»

«Irgendwo weit weg. Geben Sie mir das Ding, ich lege es da draussen ins Gras», meinte Santoro hilfsbereit.

«Haben wir alles?»

«All das, was uns bisher vorgestellt wurde.»

«Und? Was sehen Sie?»

«Oben einen Kreis von Auserwählten, in deren Mitte der Tote prangt, mit seinen Trabanten, den Assistenten. Unten die Studis, weit weg die Ehefrau, verloren in den Untiefen, die Pflegerin und ihr Patient, der eher nicht unser Mörder ist.»

«Ein streng hierarchisches System. Fehlt nicht was?», fragte Zina mehr sich selbst als ihren Vorgesetzten.

«Wer steht darüber?»

«Das ist das eine, da könnten wir unseren Yoda, Professor Grühner, hinsetzen. Haben wir kein Laserschwert?»

«Eben nicht. Nehmen Sie doch diesen Nagel, der da unnütz herumliegt.»

«Den Nagel auf den Kopf treffen, na hoffentlich nicht. Haben Sie nicht auch das Gefühl, etwas Wichtiges übersehen zu haben?»

«Die ernst zu nehmenden Verdächtigen fehlen.»

«Das meine ich nicht mal, denn die sind vielleicht noch gar nicht auf die Bühne getreten, sondern warten noch geduldig hinter den Kulissen, *en rongeant leurs freins*.»

Zina Goldberg konnte ihren Blick nicht vom Psychogramm lösen. Dadurch nahm sie Susi Schranz erst wahr, als diese schon zwischen ihnen stand. Munter hob diese an: «Ein magischer Kreis, wie spannend. Ich wusste gar nicht, dass Schweizer Polizisten schamanistische Rituale abhalten, um einen Mordfall zu lösen.»

Während Zina Goldberg scheinbar unbeteiligt weiter auf die angeordneten Steinchen, Ästchen, Nägel und Deckelchen starrte, verbalisierte Santoro eifrig die Darstellung und beendete seinen Diskurs mit dem fehlenden Glied. Ihrem Ruf ganz entsprechend, zeigte sich Susi Schranz entgegenkommend und hilfsbereit, starrte auf die wohlgeordnete Ansammlung, liess ihre Haare langsam nach vorne gleiten, schwenkte sie wie nebenbei wieder nach hinten und schwieg. Ein reizendes Schnütchen ziehend, meinte sie: «Wie kommen Sie darauf, einen Kreis zu basteln, passt doch überhaupt nicht zu diesem Schuppen. Hier ist alles brutal von oben nach unten strukturiert. Strenge Hierarchie hier, und die Grenzen der höheren Sphären sind besser bewacht als die Festung Europa. Wir haben hier das gute alte feudalistische System: Die Professoren leben in der Burg, sitzen auf ihren Pfründen, der Rest arbeitet auf den Feldern und gibt den Zehnten ab. Ausser, dass die Zinsen inflationär gestiegen sind. Die kleinen Assistenten dürfen ganz schön schuften, um

die richtige Ernte einzubringen. Runter darf natürlich jeder fallen. Aber das war ja nicht Ihre Frage. Sie wollten ja wissen, ob nicht etwas oder wohl genauer ausgedrückt jemand fehlt.»

Die Lösung fanden beide Frauen einige Sekunden später zu genau gleicher Zeit. Susi Schranz verkündete: «Habermaus!»

Zina ergänzte: «Glaser!»

«Tatsächlich», schloss Santoro, «wo sollen wir die beiden hineinquetschen?»

«Gleich unter Odermatt, leicht oberhalb der Assistentinnen», sagte Zina.

«Oberhalb und unterhalb und leicht eingequetscht. Das ist passend», sagte Susi Schranz fröhlich. «Angehängt und übereifrig, immer zur Stelle und zu Diensten. Das passt prima. Den Hormonspiegel erhöhen die beiden aber auch nicht. Leider.»

Tatsächlich, dachte Zina. Die männlichen Mitglieder der psychologischen Spezies waren nicht gerade berauschend in diesem Institut.

Daraufhin verabschiedete sich die Pflegerin mit dem Hinweis, dass sie noch andere Mysterien zu lösen habe.

Die beiden zurückgelassenen Ermittler lehnten sich seitlich zurück, stützten ihren Kopf auf ihre Hand und betrachteten aus ihrer schrägen Perspektive die Anordnung. Doch Zina liess die letzte hingeworfene Meinungsäusserung von Susi Schranz nicht in Ruhe. Ja, wirklich, diese Psychologen rissen keine Frauen von den Socken.

«Verströmen etwa so viel Sexappeal wie ein Vanillejoghurt», sagte sie.

Santoro, der nicht entscheiden konnte, ob er den roten Faden verloren hatte oder sich einer vernichtenden Kritik gegenübersah, beschloss, sich nicht auf allzu wacklige Äste hinauszuwagen. «Aahohähmmsoso?», gab er deshalb vorsichtig und distanziert von sich.

«Das erklärt natürlich einiges», fuhr Zina fort.

Die Wirkung ihres Vorgesetzten auf die vielen Frauen in diesem Institut, von den Studentinnen über die Assistentinnen bis zur Pflegerin Susi Schranz, wunderte sie nicht mehr. Verglichen mit den schlaffen, versteinerten oder leblosen Typen,

die sie bisher kennengelernt hatte, war ihr Chef natürlich … etwas ganz anderes eben. War es möglich, dass die Frauen aus lauter sexueller Frustration beschlossen hatten, die Objekte ihrer Nichtbegierde zu eliminieren?

Während sie sich noch ermahnte, über dieses heikle Thema kein Wort zu verlieren, realisierte sie zu spät, dass sie schon den Mund aufgemacht hatte. «Ich meine, auch wenn sie singen könnten mit ihren Donald-Duck-Stimmen, keine Frau hätte die geringste Lust, sich in eine Delilah oder gar in eine Sexmaschine zu verwandeln. Und wenn einer behaupten wollte *‹you are my first, my last, my everything›*, wäre die Antwort doch *‹comment te dire adieu›!* … Und jetzt stellen Sie sich vor, dass diese Frauen, die in einem Universum leben, in dem die männlichen Exemplare es eben nicht sind, männlich also, an eine unsichtbare Grenze gelangen, an der sie sich sagen, dass es ganz einfach unerträglich wird.»

«Und sie beschliessen deshalb …», half Santoro schmunzelnd nach.

«Sie einigen sich darauf, dass die lahmen Enten, die wortreichen ewigen Schweiger, die schon fortgeschritten Mumifizierten nur störend, ätzend, unnütz und sperrig sind. Und nach bewährter Feng-Shui-Manier beschliessen sie, das Institut und somit ihr Leben zu entrümpeln. Reinigt die Atmosphäre und schafft Platz für Neues. Wird in jedem seriösen Ratgeber empfohlen.»

«Und wer ist die Putzequipe?», fragte Santoro nach, der nun augenscheinlich Mühe hatte, einen nahenden Lachanfall zu unterdrücken.

«Die Intelligenten, die Handlungsorientierten, Frauen eben, die das Leben geniessen möchten», endete Zina empathisch, hingerissen zwischen Schluchzern, die ihre Kehle hochstiegen, und einem unbändigen Lachen, das in ihrem Bauch anschwoll.

«Dann fängt die Rupferei ja erst an», schloss Santoro ernst den Kopf schüttelnd, bevor er beide Hände vor sein Gesicht hielt und losprustete.

Der erste Ton, der aus ihrer Kehle drang, hatte noch einen schmerzlichen Beiklang, doch gleich darauf schüttelte auch sie sich befreit vor Lachen.

Da gab es in ihrem Leben wirklich noch was zu entrümpeln, dachte sie ganz nebenbei ins Lachen hinein.

Und so kam es, dass keiner der beiden Ermittler sah, wie der Prometheus-Verantwortliche, Glaser, näher kam. Erst als dieser steif und leicht missbilligend neben ihnen stand, erstarb ihr Lachen, und sie standen gleichzeitig auf. Doch der menschliche Stockfisch, wie ihn Zina insgeheim nannte, blieb artgerecht stumm und blickte konzentriert auf den Stamm der Trauerweide.

Ernst sprach er den Baum an: «Professor Klotz möchte Sie sehen. Er hat Ihnen wichtige Neuigkeiten mitzuteilen.»

Nach kurzer Meditation mit Blick auf ein Astloch der Weide fügte er hinzu: «Er hat Sie gesucht», warf er den Wurzeln vor. «Jetzt ist er in einer Besprechung mit unserem Informatik-Spezialisten, aber in einer Stunde möchte er Sie sprechen.»

Nach dieser ungewöhnlich langen Rede schien der angehende Professor ermüdet und leicht desorientiert zu sein. Den Blick auf die Blätter geheftet, schien er auf seine Entlassung zu warten. Zina entschied sich jedoch, diese anscheinend sehr trockene Quelle doch anzuzapfen. «Wie kommt es eigentlich, dass ihre Abteilung in einer psychiatrischen Anstalt untergebracht ist?»

«Meine Abteilung?», fragte Glaser verwirrt und doch vollkommen desinteressiert. Er schien die Grashalme vor seinen Füssen zu zählen.

Zina wollte einfach wissen, wie alles zusammenhing, wie die beiden Institutionen miteinander verflochten waren. Sie brauchte einige Sätze, intensive Blicke und einen herrischen Unterton, bis der Bald-mal-Professor endlich begriff und den Blick auf eine schlafende Ente geheftet sagte: «Ich bin noch nicht lange hier. Ich habe mit der psychiatrischen Anstalt gar nichts zu tun. Ich mache nur Prometheus. Wir suchen unsere Probanden in den Entbindungsstationen. Wir wollen sie ja von Geburt an begleiten und befragen. Wir sind ja auch ressourcenorientiert», leierte Glaser seine kleine Rede runter. «Soviel ich weiss, wobei ich für interdisziplinäre Begegnungen keine Zeit habe, holen sich Odermatt und Habermaus Anschauungsob-

jekte aus den Abteilungen für ihre Seminare. Dann brauchen einige Studenten für ihre Masterarbeiten Probanden aus diesem Pool. Und Habermaus hat sein Grüppchen Depressiver hier vor Ort. Scheint zu funktionieren, sein Setting. Für manche Forschungszwecke ist die Implementierung der Abteilung in der Anstalt sicher von Vorteil», schloss Glaser sichtlich gelangweilt.

«Gibt es da keine Interessenkonflikte mit den Psychiatern?»

«Ich verstehe Ihre Frage nicht», erklärte Glaser dem Stamm der Trauerweide. Anscheinend hatte er sich wieder seinem ersten Ansprechpartner zugewandt.

Mittlerweile hätte Zina Glaser mit Stumpf und Stiel im Weiher ertränken können. Kartoffelsack, Amboss, Knoten und Platsch. Irgendwann würde sie dieses akademische Würstchen dazu zwingen, ihr in die Augen zu schauen. Ihr Vorgesetzter machte ihr schon seit einiger Zeit Zeichen, dass sie aufgeben sollte, aber sie konnte nicht. Sie versuchte es weiter. Sie fragte nach seiner Beziehung zu Klotz und Odermatt. Der Professor in spe verstand ihre Frage nicht. Er verstand das Problem nicht, denn er sah keines. Er war nach Basel gekommen, um die Studie zu operationalisieren, und das tat er. Mit den beiden Professoren und mit zwischenmenschlichen Beziehungen hatte das doch nichts zu tun. Zudem hatte er jetzt noch zu tun. Mit der Wiederholung seiner Einladung und einem letzten Blick auf die schlafende Ente wandte er sich ab und ging von dannen.

«Von dem werden Sie nichts Erhellendes erhalten. Er macht seine Arbeit, erfüllt seinen Auftrag, welcher Art dieser auch sein mag. Der lässt sich nicht durch einen Mord beirren, verplempert keine Betroffenheit an menschliche Beziehungen, Goldberg. Vergessen Sie's», befand Santoro müde.

Zina Goldberg wollte sich nicht verwirren lassen. Sie wusste, dass die Lösung dieses Falles mit den Beziehungen zwischen den Menschen in dieser Abteilung zu tun hatte. Daran wollte sie zumindest festhalten. Sie nahm deshalb ihren verlorenen Faden wieder auf. «Wie sind die Akteure miteinander verbunden, vor allem durch welche Konflikte? Meine Daten sind ja leider

in einem informatischen schwarzen Loch verschwunden, also können wir nur noch auf ihren Teil hoffen.»

«Was ich Ihnen zu bieten habe, ist leider recht dürftig», versuchte Santoro nachzuhelfen. «Anscheinend gab es Auseinandersetzungen in Bezug auf die Besetzung weiterer Professorenstellen. Ein Streit, der schon seit Jahren grassiert. Die einen wollten unbedingt die Verhaltenstherapie, die kognitive Psychologie und die Neuropsychologie stärken, die andern, nein, der andere, nämlich unser Toter, wollte die Psychoanalyse vertreten sehen. Das heisst konkret, dass er seine Nachfolge regeln wollte. Die gleichen Exponenten engagierten sich für oder eben gegen das Projekt Prometheus, diese gross angelegte Studie zur Entstehung psychischer Störungen. Auch ein Kampf, der schon lange andauert und zum Teil mit harten Bandagen geführt wurde.»

«Es sind ja auch schon einige Artikel in der Tagespresse erschienen. Manche Therapeutinnen und Therapeuten wie auch sonst Interessierte haben, glaube ich, Einspruch erhoben, aus ethischen Bedenken.»

«Und unser Toter hat innerhalb des Institutes klar gegen die Studie Stellung bezogen.»

«Das muss ganz schön böses Blut gegeben haben, denn es geht um einige Millionen und das über die nächsten zwanzig oder fünfundzwanzig Jahre. Also viel Arbeit für einige Professoren, Assistentinnen und Studis.»

«Ein saftiger Knochen. Und Odermatt wollte ihn wegnehmen. Er ist damit bei seinen Kollegen sicher nicht auf Gegenliebe gestossen.»

«Also, wie markieren wir diesen Konflikt?», wollte Zina wissen.

«Nehmen wir doch ein paar stachelige Ästchen von diesem Gestrüpp da», schlug Santoro vor, stand auf und holte die kleinen stacheligen Symbole. Den Zeigefinger der rechten Hand im Mund, setzte er sich hin. «Diese aggressiven Scheissdinger dürfen *Sie* auf ihre Plätzchen verweisen, meine Liebe, *Ihre* Gefahrenzulage will schliesslich auch verdient werden.»

«Geben Sie her! Autsch! Angriffig, dürr und zäh, passen

wunderbar zu ihrer Aufgabe. So, die strahlen jetzt zwischen Odermatt und den andern.»

«Welche das genau sind, wissen wir noch nicht so genau. Wer gehört zu den Prometheus-Verteidigern, wissen Sie das?»

«Klotz auf jeden Fall. Er holte den deutschen zukünftigen Professor, diesen Glaser, extra nach Basel, um die operative Phase zu leiten.»

Zina schwieg, stierte angestrengt auf den Kreis, zog bedächtig an einer Strähne nach der andern. «Stellen Sie sich vor, unser Kreis stellt nicht ein Institut, sondern eine Familie dar. Was sehen Sie dann?»

«Sie meinen, ich soll was sehen, das eigentlich was ganz anderes ist?»

«Für einen Mann sicher eine Herausforderung. Frauen sind da begabter, das sehen Sie ganz richtig.»

«Ja, nur Frauen haben die Fähigkeit in billigen Kröten den Traumprinzen zu erkennen, da gebe ich Ihnen recht.»

«Hochbegabte haben es eben oft schwer im Leben», stellte Zina seufzend fest. «Aber so weit sollen Sie gar nicht gehen, versuchen Sie's doch einfach, sagen Sie, ohne lange zu überlegen, was Sie sehen.»

«Eine enge Sache, vor allem beim Kreis der Professoren», fing Santoro an.

«Viele Frauen unten, wenig Frauen oben.»

«Wo die Macht ist, dort fehlen die Frauen.»

«Das ist aber nicht von Ihnen, oder?»

«Nein, von unserer Bundesrätin, der Anfang ihrer Rede am WEF.»

«Nach dem Motto alle wissen es, niemand will es hören. Hat sie dafür auch eine Strafaufgabe von ihren männlichen Kollegen gefasst?»

«Darüber gibt's in fünfzig Jahren einen Bericht, und die Schweiz darf sich dann wieder mal schämen. Im Moment glaub ich aber nicht, dass uns diese Tatsache mit oben und unten weiterbringt, zu banal, Goldberg.»

Da war sie sich gar nicht so sicher.

Auf der andern Seite des Teiches spazierte gerade Priska

Braun vorbei, was Zina wie ein Wink des Himmels erschien. Sie würde ihr ein bisschen auf den Zahn fühlen. Sie winkte lebhaft rüber, und kaum eine Minute später stand die Frau fragend vor ihnen. Nachdem Zina ihr Anliegen erklärt hatte, setzte sich Klotz' Assistentin erst mal mit einem tiefen Seufzer vor ihnen ins Gras.

«Sie wollen wissen, wie die Aufstiegschancen der Frauen in unserem Institut aussehen, und wie es mir dabei geht? Da muss ich aber ein bisschen ausholen.»

«Wir stehen eh am Berg, also legen Sie ruhig los», meinte Santoro.

«Wie Sie sicher festgestellt haben, hat sich die Psychologie in den letzten zwanzig Jahren stark feminisiert. Mittlerweile sind gut achtzig Prozent der Studierenden Frauen. Werden aber neue Professorenstellen ausgeschrieben, holen wir die Deutschen, um diese zu besetzen. Je höher Sie steigen, desto weniger Frauen treffen Sie an. Woran liegt das, werden Sie fragen», nahm Priska Braun die nächstliegende Frage vorweg.

«Einerseits», fuhr sie gleich fort, «liegt es an den Arbeitsbedingungen. Sie müssen bereit sein, einhundertfünfzig Prozent zu arbeiten, lange Zeit für wenig Geld, also so wie ich jetzt. Und das bei den Arbeitszeiten in der Schweiz, Zweiundvierzig-Stunden-Woche. Nicht fünfunddreissig oder achtunddreissig wie in den zivilisierten Ländern rundherum. Eine Familie gründen passt da nicht ins Konzept, ein Kind alleine erziehen, das können Sie gleich ganz vergessen.»

«Wirtschaftlich nicht sehr intelligent.» Santoro schüttelte den Kopf. «Da können ja unglaublich viele Frauen gar nicht ihr Potenzial ausschöpfen.»

«Dazu kommt das Jammern unserer grauen Politiker über Schweizerinnen, die so wenig gebärfreudig sind», ergänzte Zina.

«Zudem gibt es Studien, die zeigen, dass Frauen zum Teil spezielle Fähigkeiten mitbringen, eine stärkere Patientenorientierung zum Beispiel. Wäre wohl nicht von Schaden. Andererseits geht es auch um ein traditionelles Rollenverständnis. Bei den Medizinern sind Untersuchungen gemacht worden – wir können da wohl noch lange warten. Dies führte dazu, dass

an der psychiatrischen Poliklinik Teilzeitstellen für Oberärzte geschaffen wurden. Neben vielen Frauen haben auch Männer diese Chance ergriffen, die mehr Zeit mit ihrer Familie verbringen wollen. Und was glauben Sie, was geschah? Sie wurden belächelt, zum Teil von den eigenen Kollegen.»

«Da scheint es ja eine unsichtbare Decke zu geben, die Frauen und sagen wir mal menschliche Männer daran hindert, eine universitäre Karriere zu verfolgen», sagte Zina.

«Gilt wohl in der Schweiz für alle Karrieren. Ob die an realen Hindernissen oder mehr an veralteten Rollenvorstellungen scheitern, das ist noch nicht erforscht worden. Ich weiss, dass in Basel gute Therapeutinnen Mangelware sind. In der Psychiatrie ist der Mangel an Nachwuchskräften besonders akut. Hausarzt will auch niemand mehr werden. Was wir hier am Institut erleben, widerspiegelt also nur ein allgemeines gesellschaftliches Phänomen. Die Frauen werden zwar immer besser ausgebildet, ihre Fähigkeiten können sie aber nur sehr beschränkt umsetzen … und nach oben kommen nur ganz wenige. Und die bezahlen einen hohen Preis», schloss Braun.

«Worin besteht eigentlich Ihre Aufgabe hier?», wollte Santoro wissen.

«Im Moment schreibe ich an meiner Doktorarbeit. Ich versuche nachzuweisen, dass Intelligenz lernbar ist.» Und mit einem schrägen Lächeln, das sie wie ein zu intelligent geratener Kobold aussehen liess, fügte sie an: «Wie Sie sehen, gebe ich nicht so schnell auf.»

Nachdem sich die beiden Ermittler gebührend für die erfrischende Offenheit der jungen Frau bedankt hatten, entfernte sich diese Richtung Cafeteria, denn wie sie selbst angemerkt hatte, hatte sie bis anhin vergessen zu essen.

«Sehen Sie, Goldberg, das meine ich. Die Ungerechtigkeit ist so verbreitet und alltäglich, die Banalität des Blöden so verinnerlicht, dass sich niemand mehr dagegen auflehnt.»

«Die Frage ist ja, ob irgendwann die Banalisierung der Ungerechtigkeit, der Entmündigung und der allgemeinen Verdummung nicht einen Quantensprung bewirkt, sich also die Duldung zur Zerstörungswut wandelt.»

«Da müssten wir aber den Tropfen finden, der das Fass zum Überlaufen brachte, nicht? Und die Frau, die zur Göttin griff, um das Symbol ihrer Unterdrückung zu eliminieren. Oder wollen Sie mir gar weismachen, dass wir es hier mit einer organisierten weiblichen Meuchelbande zu tun haben? Das Problem bei ihrer Hypothese ist Folgendes, gute Frau: Wenn dem so wäre, dann befänden wir uns hier mitten in einem feministischen Science-Fiction-Roman. Und ich weigere mich entschieden, in einem solch androphoben Schund mitzuwirken.»

Zina stellte amüsiert fest, dass ihr Chef sich doch tatsächlich in Rage geredet hatte. Seine Augen funkelten um die Wette, und seine Hände vollführten einen wilden Tanz knapp vor ihrer Nase. Da sie sich im Augenblick jedoch in einer eher perspektivenarmen Phase befand, entschloss sich Zina, ihren Chef von seinen atavistischen Ängsten abzulenken und ihn zurück in die Realität zu lotsen. «Das wäre doch immerhin besser, als den charmanten, sensiblen und leicht depressiven italienischen Kommissar in einem Kriminalroman zu mimen. *Das* wäre doch echt billig, finden Sie nicht?»

«Dio mio! Lenken Sie mich von dieser Schreckensvision ab. Erblicken Sie was, was ich nicht sehe, sagen Sie was, was ich nicht denke.»

«Wir haben nicht die geringste Ahnung, wie wir weiter vorgehen sollen.»

«Danke, sehr aufmunternd.»

«Wir wissen einfach nicht, was zwischen diesen Menschen vorgeht.»

«Zumindest nicht, was zu einem Mord hätte führen können – und wir kommen nicht an diese Informationen ran.»

«Sehen Sie, wenn Sie Miss Silver wären, die berühmte Detektivin aus den dreissiger Jahren, dann könnten Sie sich wie diese alte Dame auf das Sofa im Wohnzimmer setzen und stricken.»

«Stricken? Ich? Nie im Leben.»

«Chef, sagen Sie nicht, dass Sie nicht stricken können», fragte Zina vermeintlich besorgt nach.

«Ganz recht. Ich hatte das unendliche Glück, die Schule besuchen zu können, als Mädchen Socken strickten, Kreuzchen stickten und Taschentücher umhäkelten. Wir Knaben durften zur gleichen Zeit sägen, hämmern und bohren. Wir wurden noch auf unsere Aufgabe als Mann vorbereitet.»

«Aber heute müssen auch Knaben stricken, niemand findet mehr –»

«Ha, und da wundert man sich, dass die armen Kerlchen völlig aus den Latschen fallen, vollkommen verwirrt sind, keine Leistungen mehr erbringen, sich blöder als erlaubt und noch dümmer als vorstellbar verhalten. Zu guter Letzt schreien alle nach sogenannter Bubenarbeit, um die Kleinen wieder daran zu erinnern, was sie sind. Knaben eben», rief Santoro voller Verve der Welt im Allgemeinen entgegen.

«Ich kann sägen.»

«An meinen strapazierten Nerven, ich weiss. Sie können auch prima bohrende Fragen stellen, und Sie hämmern mir immer wieder Ihre Überzeugungen ein. Danke, das hat man von der Gleichschaltung der Geschlechter.»

Zina, die angesichts seines mürrischen Gesichtsausdrucks nicht mehr wusste, ob sie loswettern oder losprusten wollte, blieb wie versteinert sitzen und starrte unentwegt auf das Gesicht ihres Chefs. Dieser schaute unvermindert verdrossen seine Schuhe an. Im Schweigen, das sich ausdehnte, bewegte er Millimeter für Millimeter den Kopf, bis sich ihre Blicke trafen. Er hob wie in Zeitlupe eine Augenbraue, und das entstehende Lächeln entblösste seine leicht verschobenen Schneidezähne.

Zina nahm das Kribbeln wahr, das sich längs ihrer Wirbelsäule hochschlich. Plötzlich fand sie den Anblick ihrer Zehen hochinteressant.

«Keine flammende Rede zur Emanzipation von erstarrten Geschlechterrollen? Sie wollen nicht versuchen, mich umzukrempeln? Sie lassen nach, meine Liebe.»

«Pah, *Sie* verpassen ja einen starken Auftritt. Sehen Sie, wären Sie strickfreudig wie Miss Silver, könnten Sie jetzt im Salon sitzen, an einem Jäckchen werkeln, und ein Familienmitglied nach dem andern käme zu Ihnen, um Ihnen sein Herz auszu-

schütten. Denn strickende Menschen verströmen Gemütlichkeit und wirken umwerfend harmlos. Zuerst könnten Sie dann von Ihren Neffen und Nichten erzählen, die Ihre Produkte später werden tragen müssen. Das schafft eine ungezwungene Atmosphäre, worauf ein Verdächtiger nach dem andern Ihnen freimütig seine Mühen und Verdrusse mit der lieben Familie zu Füssen legen würde. Da Sie auch ohne hinzuschauen stricken könnten, wären Sie fähig, jedem nacheinander mitfühlend und verständnisvoll in die Augen zu sehen und nebenbei auch deren Seele zu ergründen – denn als Miss Silver wären Sie eine gute Menschenkennerin. Durch diese tiefen Einblicke ins Innere aller Kandidaten für die Rolle des Mörders könnten Sie – viel früher als der Profidetektiv, dem niemand was anvertrauen will – die Charaktere durchschauen und den Bösewicht entlarven. Aber eben, Ihnen fehlt für diese Erfolgsgeschichte schlicht die notwendige Qualifikation.»

«Zudem haben wir es hier auch nicht mit einem Mord *en famille* zu tun. Ich bin sicher, dass Ihre Miss Silver nie das Pech hatte, in einem Psychologennest nach einem Mörder suchen zu müssen. Nur uns bestraft wieder mal das Schicksal», nörgelte der Kommissar.

«Wir hatten doch mit dem Spiel begonnen: Wenn das eine Familie sein soll, so haben wir viele Väter, …»

Nachdem sie mehrmals auffordernd ihrem Chef zugenickt hatte, fuhr dieser zögerlich weiter: «… die sich streiten?»

Zina Goldberg nickte eifrig und vollführte heftige Handbewegungen, die der Kommissar richtig als Aufforderung, einfach weiter zu assoziieren, interpretierte.

«Dafür gibt's keine Mütter», fuhr Santoro, sicherer geworden, fort.

«Es gibt Lieblingskinder und solche, die ausgestossen werden, und manche werden gar vorgeführt.»

«Die Kinder sind viel zu gross geraten», meinte Santoro, schon mutig geworden.

«Genau. Erwachsene, erfahrene Menschen, werden auf die Position von Schülerinnen und Schülern degradiert.»

«Ha, zu diesem Thema habe ich was für Sie, Goldberg. Es

geht um einen Herrn Wankelwitz. Die Geschichte hat auch was Witziges. Sie werden trotzdem nichts zu lachen haben. Egal. Es geht dabei um einen leicht absurd anmutenden Briefwechsel zwischen dem Toten und einem Herrn, der in Harvard Psychologie studiert hat und einen Master mit nach Hause gebracht hat.»

«Und der wollte Dozent werden?»

«Nein, eben nicht. Student.»

«Hä?»

«So zumindest habe ich es verstanden. Also, der Kerl aus Harvard erklärt in einem ersten Brief, dass er mit seinem Übersee-Master in der Schweiz zwar in einer Institution arbeiten kann, dass ihm jedoch keine Zulassung für eine eigene Praxis erteilt werden kann. In eine Therapieausbildung kommt er auch nicht. Er bittet Odermatt, ihm einen Termin zu gewähren, denn er möchte wissen, welche Vorlesungen er nachsitzen sollte.»

«Ich ahne Böses.»

«Und Sie haben wieder mal so recht, mein Herz.»

«Gewöhnen Sie sich daran, und überhaupt, haben Sie nicht ein eigenes?»

«Ich erzähl mal kommentarlos mein Märchen weiter, sonst verstricken wir uns noch in Grundsatzdebatten, und die Mörder hüpfen währenddessen straflos durch das hohe Gras.»

«Verwechseln Sie da nicht unseren Mörder mit einer Heuschreckenplage?»

«Nein. Die armen Biester hätten hier nichts zu beissen. Wenn es nicht bald regnet, wird sich dieser Park in eine Steppe verwandeln. Wo bin ich stecken geblieben?»

«Nachsitzen», half Zina nach.

«Anscheinend hat daraufhin ein Gespräch zwischen dem Harvardianer und unserem Odermatt stattgefunden, denn im nächsten Brief wundert sich der Bittsteller darüber, dass er das ganze Psychologiestudium samt allen Prüfungen nachsitzen müsse. Er fügt an, dass er die berühmten Professoren, deren Werke in Basel gelesen werden, in Fleisch und Blut an Vorlesungen und Seminaren erleben durfte, und tönt an, dass die Auflagen des Professors wohl als nicht ganz realitätsnah einzu-

stufen seien. Anscheinend hat er keine Antwort bekommen, denn einige Tage später bittet er um einen weiteren Termin.»

«Wenn das unser Mörder ist, lassen wir ihn laufen.»

«Das Märchen ist noch nicht bis zu seinem bitteren Ende angelangt, das kommt erst noch, und zwar ganz dick. Im nächsten Brief wundert sich nämlich unser Herr Wankelwitz, dass Herr Odermatt auf seiner Position beharrt, er zieht in Zweifel, dass die Inhalte und Anforderungen in Basel ganz anderer Art seien als in Harvard, und weist darauf hin, dass er, in Ergänzung seines Abschlusses, langjährige Erfahrung mit der psychotherapeutischen Begleitung von Kriegsveteranen aufzuweisen habe.»

«Also, wenn's um die Motive geht, dieses überzeugt mich hundertpro.»

«Die Krux ist nur die Zeitachse. Dieser Briefwechsel ist gute zwei Jahre alt. Wobei ... den letzten Brief habe ich Ihnen noch vorenthalten, das kleine Zückerchen auf dem Sahnehäubchen, so quasi», verkündete Santoro gewichtig, um gleich anzuhängen: «Apropos Zückerchen, Sie hätten nicht per Zufall was Süsses dabei? Ich drohe in ein biorhythmisches Tief abzusacken.»

«Wenn das Täfelchen nicht schon völlig zerflossen ist», begann Zina und kramte in ihrem Stadtrucksack, «wird es Wunder wirken. Es ist zwar viel kleiner als eine normale Tafel, dafür dreimal so teuer. Die Mandeln, die zur Beruhigung dienen, sind leicht karamellisiert, die Schokolade ist pechschwarz und aus wilden Kakaobohnen hergestellt. Das reinste Aufputschmittel, sag ich Ihnen.»

Bei diesen Worten fischte Zina endlich die kleine schlanke Tafel aus den Untiefen ihrer Tasche und hielt sie Santoro hin. Die nächsten Minuten verbrachten beide in einem Schweigen, das nur ab und zu von Mmmhs und schmatzenden Geräuschen unterbrochen wurde.

«So, Sie haben mir noch ein Zückerchen versprochen. Her damit, Chef.»

«Der letzte Brief des Herrn aus Harvard ist neueren Datums, so Anfang dieses Jahres. Darin erklärt der Gebeutelte, dass er das Studium nach fast zwei Jahren aufgibt, unter ziemlich wüs-

tem Geschimpfe. Dilettantische, unstrukturierte Vorlesungen, gravierende Beziehungslosigkeit zu irgendeiner realen Welt, bornierte Sicht der Wissenschaft, Verschulung, Entmündigung der Studierenden und Weiteres mehr im gleichen Stile. Er kündet weiter an, dass er ab Februar die Leitung einer Institution übernehmen wird, die sich um die Reintegration von Menschen mit psychischen Problemen kümmert. Er sei angefragt worden, da er in namhaften Zeitschriften seine Erfahrungen aus Übersee beschrieben habe.»

«Der Kandidat bekommt noch ein paar Punkte, was sowohl seine Chancen für das Ergattern der Rolle als Mörder vergrössert, wie auch seinen Sympathiequotienten erhöht.»

«Eine interessante Dualität. Machen Sie weiter, Goldberg, spinnen Sie nur weiter Ihr Garn. Ich hoffe, es stört Sie nicht, wenn ich mich ein bisschen hinstrecke.» Er sagte es und legte sich auf den Rücken, die rechte Hand unter den Kopf gelegt, den Blick auf das Geäst der Trauerweide gerichtet.

«Okay, Sie spielen die Leiche und inspirieren mich. Ich stelle Hypothesen auf, die Sie begeistert aufnehmen.» Sie zupfte einen Grashalm aus, setzte sich gerade hin, fing mit dem akkuraten Zerrupfen des Grashalms an und starrte auf die Wasseroberfläche, die unter der Hitze flimmerte. Bedächtig hob sie an: «Herr Winkelfratz ist also unser Mörder.»

«Wankelwitz», tönte es bodenständig hinter ihr.

«Findet die Geschichte überhaupt nicht witzig. Er geht davon aus, dass er eine gut ausgebildete, erfahrene und gestandene Persönlichkeit ist, muss aber erleben, dass er mitnichten so wahrgenommen wird. Vielmehr wird ihm klargemacht, dass er noch alles zu lernen hat, alles nochmals von vorne beginnen muss. Zudem machen ihm die jungen Studis klar, dass er mit seinen blöden Fragen und Bemerkungen nur und immer stört. Er wird zum Aussenseiter gestempelt, zum Unangepassten. Er leidet fast zwei Jahre vor sich hin, bis er zusammenbricht und aufgibt. Und dort, ganz unten, in seinem ganzen Elend, erkennt er die Quelle seiner Qualen ...»

«Die Kehle seiner Quallen?», fragte Santoro ungläubig gähnend.

«Chef, Sie sind im falschen Film, bringen Sie sich ins Trockene. Also, die Quel-le sei-ner Quaaa-len erkennt er.»

«Autsch, das tut weh. Aber sind die giftigen Glibberdinger nicht eher lähmend?»

«Nicht für unseren Wankelfritz.»

«Witz.»

«Eben, als Witz kann auch er die Entscheide des Odermatt nicht ansehen. Denn dieses psychologische Götzenbild ist die Quelle seiner …»

«… Krallen.»

«Qualen! *Er* ist es, der ihn gedemütigt, herabgesetzt, entmündigt hat. Gegen *ihn* richtet er seinen ganzen Zorn. Er ist nicht mehr bereit, seine Autorität zu akzeptieren, die ihn in diese vollkommen absurde Posse manövriert hat. Monatelang hat sich sein Hass angesammelt, und nun ist es so weit. Von diesem immer gleichen bitteren Frass will er nicht mehr kosten. Er holt also das Pseudoherrgöttchen vom Sockel, schlägt es nieder, durchbohrt es mit dem Schwert der Justitia und rupft ihm die Federn aus. Vorhang.»

«Schade», nuschelte Santoro aus seiner improvisierten Bettstatt.

«Schade, dass der Kerl abgemurkst wurde? Chef, haben Sie wieder mal einen Anfall von unangebrachter Empathie?»

«Nein, nein, Goldchen. Sie brauchen sie mir auch nicht aus dem Leib zu reden. Schade, dass die Geschichte zu Ende ist, sie gefiel mir so gut. Am Schluss wird alles wieder gut, wie im Märchen. Sehr beruhigend ihre Mär, ehrlich.»

«Da kommt mir noch eine bessere Idee, was die Herstellung von Gerechtigkeit anbelangt. Können Sie noch aufnehmen?»

«Ich bin ganz Ohr», beteuerte Santoro so wach wie nur möglich.

«Aber legen Sie sich nicht drauf. Sie sind mein einziger Zuhörer, das verpflichtet. Ich will nicht in der Wüste predigen müssen.»

«Die Hitze ist zwar schon entsprechend, aber bleiben Sie ganz gelassen: Ich werde Sie nicht mit diesen Kamelen alleine lassen.»

«Also, hier kommt Variante B: Unser Rächer aus Übersee war nicht alleine. Empört über die niederträchtige Behandlung, die er zu erdulden hatte, entschloss sich unser ewiger Student, seiner Mutteruniversität in der Neuen Welt zu berichten, was ihm widerfahren war. Eine Mutter, mag sie noch so universitär sein, lässt ihre Kinder natürlich nicht im Elend sitzen, das ist hormonell bedingt. Sie wird zur Tigerin. Konkret passiert Folgendes: Die angeschriebenen Professoren fühlen sich noch sehr viel mehr beleidigt und nicht anerkannt als ihr Zögling. Die alten Kerlchen sind in ihrer Ehre gekränkt und in ihrer Funktion angegriffen. Sie beschliessen zurückzuschlagen. Die Universität Basel wird zur Schurkenuniversität gestempelt, Odermatt als Achse des Blödsinns identifiziert.»

«Kenn ich die Geschichte nicht schon?», nörgelte Santoro.

«Alle Schauermärchen gleichen sich, tun Sie mir nicht schwierig, sonst sind Sie dran … mit Gutenachtgeschichten erzählen, meine ich. Achtung, jetzt wird's spannend. Ein Kommando wird ernannt und landet in der ahnungslosen Schweiz, die nichts weiss von ihren psychologischen Giftmorcheln, die in helvetischen Unis schlummern. Selbst schuld, sie haben ja auch immer internationale Giftmorchelsucher abgelehnt, die nach Blödsinn, Unsinnigkeiten, Leerläufen und allgemeinen Verdummungsstrategien in unserem Bildungssystem hätten fahnden können. Deshalb passiert jetzt Folgendes: Das Kommando, alle als Touristen getarnt, steigt in Basel ab, beschattet das zukünftige weiche Ziel, überlegt sich noch was Nettes zur symbolischen Zierde … und schlägt zu. Am andern Morgen besteigen die emsigen Kerlchen wieder ihr Flugzeug und berichten den Auftraggebern: Die Achse der Deppen ist ausgelöscht, eine Schurkenuniversität ist viel netter, und die Welt ein bisschen besser geworden. Na, gefällt Ihnen meine Berichterstattung?»

Da sie keine Antwort erhielt, schaute sie zurück, um feststellen zu müssen, dass ihre Zuhörerschaft sich doch definitiv aufs Ohr gelegt hatte, auf das rechte, um präzise zu sein. Seinen Kopf, samt dem Rest des Körpers, hatte Santoro auf die Seite gedreht, sein linkes Bein angewinkelt. Zina betrachtete nachdenklich ihren Chef. Die Hitze war's, das hatte er doch

selbst betont. Die machte ihn noch autoritätsungläubiger als sonst, unbeschwerter, südländischer eben, und dies bis zu einem Masse, das ihn dazu verleitete, eine Siesta mitten in einem Mordfall einzuschieben.

Sie betrachtete sein Profil, das zwischen frechem Papagei und zielstrebigem Adler hin- und herpendelte, sie glitt abwärts, seinem Körper entlang, ihr Blick schweifte über seine Schultern, die gerade und doch geschmeidig wirkten, wanderte weiter abwärts. Zina verbot sich jeden weiteren Kommentar. Nach langer und gemächlicher Reise landete sie bei seinen Füssen, die in schwarzen Socken und schwarzen, auf Hochglanz polierten Schuhen steckten. Der erlaubt sich nicht mal in dieser Bruthitze einen Stilbruch.

Was sollte sie jetzt so ohne ihren Chef tun? Sich ebenfalls ins Gras legen und schlafen? Nein, heute schliefen die Menschen nicht einfach über die Mittagszeit, heute erledigten sie pflichtbewusst ihren Powernap. Sie verwarf entschieden diese Möglichkeit. So weit kommt's noch. Ihrem hoffnungsvollen Kandidaten für den Mord, dem überqualifizierten Herrn aus Harvard, konnte sie sich auch nicht alleine widmen. Ihre Neugier war trotzdem angestachelt – würden sie auf einen tobenden, ausser Kontrolle geratenen Psychologen treffen, mit viel Glut im Blick und Schaum vor dem Mund? Diese Freude musste sie wohl auf später verschieben. Sie starrte angestrengt auf ihren schlafenden Vorgesetzten, der im Schlaf vor sich hin lächelte. Ein Schweisstropfen bahnte sich während dieser Kontemplation seinen Weg zwischen ihre Brüste. Das gab den Ausschlag, sie wusste jetzt, was sie dringend brauchte.

Eine eiskalte Dusche.

NEUN

Santoro freute sich, denn er war wie durch ein Wunder wieder jung. Natürlich wusste er in seinem tiefsten Innern, dass dies nicht stimmte, vorläufig kümmerte ihn das jedoch wenig. Er spazierte durch die Stadt, federnden Schrittes, ein seliges Lächeln auf den Lippen. Er wusste, dass er irgendwohin unterwegs war. Das Wohin kümmerte ihn nicht. Junge Frauen schauten ihn an, lächelten, bevor sie sich abwandten. Sein Lächeln wurde breiter.

Er überquerte jetzt den Marktplatz, und kaum einen Augenblick später stand er schon vor dem Bau, seiner Arbeitsstätte. Kaum hatte er dies erkannt, war er auch schon vor seinem Arbeitszimmer und öffnete die Tür. Dahinter entdeckte er leicht verwundert ein Klassenzimmer. Eine Lehrerin, die er zu kennen meinte, schaute ihn an, und er wusste, dass seine Zeugnisse, seine Diplome keinen Wert mehr hatten. Irgendwo, irgendwem war ein Irrtum unterlaufen, und er musste alles nachholen.

Um ihn herum waren lauter junge Männer und Frauen in Uniform, die ihn mitleidig anschauten. Er war der Einzige in Zivil, er war der einzige Alte. Denn sein Alter war ihm wieder bewusst. Die andern waren schon längst damit beschäftigt, eine komplizierte mathematische Gleichung zu lösen, scheinbar ohne Problem. Zwischendurch schauten sie zu ihm rüber, ein wissendes Grinsen auf dem Gesicht. Er verstand rein gar nichts. Was sollten diese Ausrufezeichen nach den Zahlen. Antoinette Löliger, die Studentenvertreterin, war jetzt klar zu erkennen als Lehrerin. Sie kam auf ihn zu und lächelte ihn mitleidig an.

Santoro schämte sich, er schaute seine Hände an und erkannte, dass er sein reales Alter wieder erreicht hatte. Kopfschüttelnd versuchte die Lehrerin ihm die Gleichung zu erklären, ihre Stimme erreichte ihn wie durch einen Nebel, undeutlich und leicht verzerrt. Er verstand so etwas wie zu unbeweglich, nicht auf dem Stand der Wissenschaft. Anscheinend hatte er

auch die neuen Formulare und Fragebogen falsch ausgefüllt. Er hatte die Weiterbildungen nicht ernst genommen, manche hatte er schändlicherweise nicht absolviert.

Er wusste, dass sie recht hatte.

Er versuchte sich gerade aufzumuntern, indem er sich seine Erfolge vor Augen führte, als eine Stimme konterte, dass dies niemanden interessiere. Er war doch Familienvater, versuchte er trotzig zu widersprechen. Hämisches Gekicher klang von fern an ihn heran. Als ob das was zähle. Die Gestalten um ihn herum verschwammen mehr und mehr, er starrte immer angestrengter, doch auch das Licht nahm unaufhaltsam ab. In der Ferne sah er seine Frau, die an einem Strand entlangspazierte und nicht mal zurückschaute. Er fühlte sich alt, unfähig, zum Wegwerfen, zum Sterben traurig. Er wollte gerade seinen Kopf auf den Tisch legen, die Augen schliessen und aufgeben, als ihn jemand an der Schulter schüttelte, Wassertropfen auf sein Gesicht fielen, und er eine vertraute Stimme hörte, die ihn aufmunternd fragte: «Sie wollen doch nicht unsere Ermittlung verschlafen, Chef?»

Als Santoro aufwachte, blickte er in die schwarzen Augen seiner Assistentin, die ihn hinter pechschwarzen Haarsträhnen verschmitzt anfunkelten. Er setzte sich augenblicklich auf, sodass sie sich auf Augenhöhe wiederfanden. Er legte seine rechte Hand an ihre Wange und verkündete mit rauer Stimme: «Sie haben mir gerade das Leben gerettet, meine Liebe.»

«Und ich bin wieder die Letzte, die es erfährt.»

Sie schüttelte ihren Kopf, wie ein unfreiwillig nass gewordener Pudel.

«Haben Sie sich schon mal überlegt», begann Santoro, indem er seine Hand fallen liess und sich die Tropfen vom Gesicht wischte, «eine Karriere als Ausnüchterungszelle zu starten, Goldberg? Sie könnten ein Vermögen einheimsen. Nach dem Motto: in einem Satz wieder in der Kühle ihrer Nüchternheit.»

«Jede Realität ist besser als ein Alptraum. In welcher Mär waren Sie denn gefangen?»

Santoro berichtete eingehend und doch wichtige Details auslassend – die wohlwollenden Blicke junger Frauen hatten keine entscheidende Bedeutung, fand er – über seinen Abstieg

in deutlich postjugendliche und immer noch präsenile pädagogische Abgründe. Er verweilte längere Zeit in der Analyse seiner Ohnmacht und der Nichtswürdigkeit seiner Erfahrungen. Am Schluss staunte er noch, dass ihn diese Erfahrung nicht zur Mordlust angestachelt hatte, nein, stattdessen hatte er sich zum Sterben niedergelegt. Das schien ihn am meisten zu wurmen, denn, fand er, das glich ihm eigentlich nicht.

«Sehen Sie, Chef, das Problem liegt erstens darin, dass Sie in der Wirklichkeit eines anderen gefangen waren, das heisst, ein mit Macht beladener Irgendwer hat darüber entschieden, was zählt und was nicht zählt. Ihre Ausbildung, Ihr Alter, Ihre Kompetenzen? Peanuts. Was zählte, war eben das, worüber Sie nicht verfügten. Im Traum als Gleichung dargestellt. Wichtig ist, dass alle gleich sind, formbar, unterwürfig. Möglich. Die Jungen lachen Sie ja aus, machen also das Spiel des Machtgauls mit. Na ja, nur so eine Idee», schloss Zina, als sie die Verdüsterungen im Gesicht ihres Chefs wahrnahm.

«Sie haben aber nicht etwa versucht, sich in diesem Ententeich zu ertränken, während ich in meinen Schreckensbildern gefangen war?», wollte der Kommissar besorgt wissen.

«Nee, nee. Ich bin nicht Ophelia, und Sie spielen mir bitte nicht den Hamlet. Greifen Sie lieber zu Ihrem Handy und rufen unseren Lieblingsverdächtigen an. Haben Sie schon mal eine Tragödie erlebt, in der die männliche Hauptrolle im entscheidenden Moment zum Handy greift?»

«Nein.»

«Eben.»

Santoro griff pflichtschuldig zu seinem antitragischen Accessoire und erreichte tatsächlich Herrn Wankelwitz, der sich gerne bereit erklärte, der Polizei behilflich zu sein, und sich sehr neugierig zeigte. Santoro vertröstete ihn auf später, stand auf, reichte Zina die Hand und hievte sie hoch. Zielstrebig marschierten sie zum hinteren Ausgang.

Doch weit kamen sie nicht.

Professor Klotz stellte sich ihnen in den Weg. Anscheinend hatte er sie gesucht, denn mit beiden Händen hinter dem Rücken verschränkt und auf den Fussballen wippend wartete er,

dass die beiden Ermittler sich ihm näherten. Mit einem ungläubigen Blick Richtung nasser Pudelfrisur hob er an: «Meine Herren, ihr Vorgesetzter erwartet Ihren Rapport, und zwar schleunigst. Das zumindest hat er mir zu verstehen gegeben, als ich mich veranlasst sah, ihn über Ihr ungebührliches Verhalten zu informieren. Doch dies ist nicht der Anlass meiner derzeitigen Intervention. Ich muss Ihnen etwas weit Dringenderes mitteilen.»

«Meine Assistentin, *Frau* Goldberg, und ich sind sehr gespannt zu erfahren, was Sie uns Wichtiges mitzuteilen haben», sagte Santoro.

«Es handelt sich um eine tragische Geschichte», begann Herr Klotz gewichtig.

«Läng mers Handy», flüsterte Goldberg kaum hörbar.

Herr Klotz schien jedoch für subliminale Spitzfindigkeiten nicht empfindlich zu sein, er fuhr unbeirrt fort: «Mir ist zu Ohren gekommen, dass Professor Odermatt eine schwerwiegende Auseinandersetzung führen musste. Vielleicht ist Ihnen diese Tatsache fremd, weshalb ich mich gezwungen sehe, Sie über einige Wirkungsbereiche unseres Amtes in Kenntnis zu setzen. Leider muss ich allzu oft feststellen, dass in nichtakademischen Kreisen ein eklatanter Mangel an Bewusstsein darüber besteht, welchen Aufgaben sich ein Professor zuwenden muss. Uns ist nicht nur die Pflicht auferlegt, die Vorlesungen zu halten. Diese Aufgabe deckt bei Weitem nicht unseren gesamten Arbeitsbereich ab. Unsere Pflicht besteht auch darin, zu forschen, die Studenten zu begleiten, ihre Arbeiten, von der ersten Seminararbeit bis zur Masterarbeit, zu betreuen und dann …»

«Zur Sache, Seppchen», murmelte Zina dem Boden zugewandt.

«… zu korrigieren», dozierte Klotz, ohne mit der Wimper zu zucken, weiter. Auch durch den trockenen Husten Santoros, der sich die Hand vor den Mund hielt, liess er sich nicht aufhalten. Anscheinend hatte er den dringenden Wunsch, etwas loszuwerden, sagte sich Zina, auch wenn er den Brocken nicht so schnell loslassen konnte. Sie hörte deshalb wieder aufmerksam zu.

«Auf die zahlreichen administrativen Aufgaben will ich hier gar nicht eingehen. Vielleicht können Sie sich nicht vorstellen, wie weitläufig unser Aufgabenbereich ist, und mit wie viel menschlichem Sachverstand wir diese angehen müssen. Ganz falsch ist auch die Vorstellung von Laien, dass nur psychisch gesunde Menschen diesen Studiengang wählen. Leider besteht, vor allem unter älteren Studierenden, oft die vollkommen falsche Vorstellung, dass ein Psychologiestudium ihnen auch helfen wird, sich selbst besser zu verstehen oder gar ihre persönlichen Probleme besser zu lösen. Die Psychologie, meine Herren, ist eine exakte Wissenschaft, die dazu dient, die menschlichen Denk- und Handlungsweisen zu erforschen, und zwar durch streng standardisierte Testverfahren. Wissenschaftlich fundierte und überprüfbare Therapieverfahren können aufgrund dieser –»

«Herr Klotz, ich muss Sie unterbrechen», fuhr Santoro ziemlich entnervt dazwischen. «Wir stehen hier mitten auf einem Fussweg, dessen Asphalt sich zunehmend verflüssigt, weil auch er den fünfunddreissig Grad Celsius nicht gleichgültig gegenüberstehen kann. Zudem stehen auch wir in der Sonne. Ich möchte Sie deshalb ausdrücklich bitten, auf den Punkt zu kommen. Frau Goldberg und ich werden zudem zu einer wichtigen Befragung erwartet. Was wollen Sie uns also mitteilen?»

Der Angesprochene schien, der brütenden Hitze trotzend, an Erfrierungen zu leiden, denn er stand unbeweglich da, die Augen aufgerissen, die Kinnlade unwiderruflich weit unten. Er griff zur Krawatte und richtete sie, was in keiner Weise notwendig war.

Zina Goldberg betrachtete diesen grossen, eckigen Mann mit dem Militärschnitt auf dem Kopf, der allem Anschein nach die Quadratur des Kreises anstrebte. Er trägt seinen grauen Anzug wie einen Sarg, stellte sie konsterniert fest und überlegte, wie sie die Starre lösen konnte.

Kühl und sachlich fragte sie: «Also, Herr Klotz, in einem Satz, was wollten Sie uns mitteilen?»

Den Blick weiterhin nur auf den Kommissar gerichtet, fuhr der Professor fort, als sei er nie unterbrochen worden: «Eine

Frau Magnin, ältere Psychologie-Studentin, fühlte sich von Professor Odermatt verfolgt, ungerechtfertigterweise natürlich. Dies hat bei ihr eine depressive Episode ausgelöst. Sie hat agiert und mehrere Stellen mit ihren Problemen belästigt, um so ihren schweren Groll gegen Kollega Odermatt auszuleben. Fraglich ist, ob es sich dabei nicht um eine psychotische Episode gehandelt hat.»

«Und wo können wir die Dame erreichen. Können Sie uns ihre Adresse geben?», fragte Zina.

«Sie weilt nicht an ihrem Domizil. Sie finden sie hier auf dem Gelände, in Pavillon 5.»

«Ist das nicht das Zuhause unseres Herrn Nötzli?»

«Ja, in der Tat. Da finden Sie die Depressiven und die sedierten Psychotiker, meine Herren», schloss Klotz triumphierend, seinen Blick auf Zina fixierend.

***

Zina Goldberg betrat Pavillon 5, Susi Schranz' Territorium. Das Haus schien jedoch leer zu sein. Sie durchquerte den Gang, trat in den Speisesaal, der zwar auch leer war, ihr aber einen Blick auf den Garten freigab. Sie hörte mehrere Stimmen. Anscheinend hielten hier einige Leute einen gemütlichen Schwatz unter einem riesigen Sonnenschirm. Sie erkannte Susi Schranz, die ihre Patienten auf einem schattigen Vorplatz um einen ovalen Plastiktisch gruppiert hatte. Anscheinend waren sie in eine angeregte Diskussion vertieft. Zina erkannte ihren alten Bekannten, Herrn Nötzli, der eindringlich auf die Anwesenden einsprach: «Wenn der Heilige Geist Sie erfasst, spüren Sie die Kraft, die Sie emporhebt, Sie empfinden endlich die Energie, die Ihnen die Weitsicht gibt, die Dinge im richtigen Licht zu erkennen. Und dann, erst dann, können Sie erkennen, welcher Weg der Ihre ist, wo Ihre Feinde lauern und auf welche echten Freunde Sie wirklich vertrauen können.»

Hat einer doch noch seine Gemeinde gefunden, sagte sich Zina.

«Wer erteilt Ihnen Ihre Aufträge, Herr Nötzli?», fragte Susi Schranz ermunternd und doch sehr ernst.

«Unser Vater im Himmel», antwortete der Patient und richtete seinen Blick himmelwärts.

Zina fragte sich, ob ein Mensch, der Aufträge aus dem Jenseits erhielt, nur verrückt wirkte, solange er keine Schar von Anhängern oder zumindest ein Dutzend Apostel um sich geschart hatte.

Susi Schranz liess sich anscheinend nicht beirren, denn sie meinte sanft: «Den lassen wir jetzt mal landen.»

Zina Goldberg fühlte sich als Eindringling, und, gestand sie sich feige ein, sie wollte die Unsäglichkeiten, die zwangsläufig folgen würden, mit Sicherheit nicht mit anhören. Der Vater im Himmel mochte zwar derjenige sein, der den armen Nötzli zu Rachefeldzügen aufrief, sein Vater auf Erden war jedoch viel wahrscheinlicher derjenige, der den Blick des Verfolgten Richtung Himmel hatte richten lassen, um dort Beistand zu finden. Forschen Schrittes erreichte sie den Tisch und unterbrach mit fester Stimme die Runde: «Guten Tag miteinander, entschuldigen Sie bitte die Unterbrechung. Wer von Ihnen ist Frau Magnin?»

Eine etwa vierzigjährige, sehr kleine, schlanke, ja fast schmächtige Frau gab sich zu erkennen und schaute sie mit den Augen einer Maus an, die gerade die Schlange ihres Lebens erkannt hatte. Zina Goldberg bat sie mit sanfter Stimme, ihr zu folgen.

Matteo Santoro war unterwegs zu seinem Harvard-Absolventen, der versprach, wenn nicht gerade als Favorit das Rennen der Hauptverdächtigen zu gewinnen, so doch als Outsider einige interessante Informationen liefern zu können.

Es war wohl doch ein Fehler gewesen, um diese Zeit mit dem Velo durch die Stadt zu radeln, denn erstens war es, obwohl Ende Nachmittag, noch heisser und noch stickiger, als er es sich vorgestellt hatte, und zweitens rollte zu dieser Uhrzeit der Feierabendverkehr durch die Strassen und verpestete die Luft mit unheilschwangeren Giftstoffen. Santoro konnte

kaum noch atmen, wuselte durch stehende Kolonnen und verdammte seine Prinzipien und Überzeugungen, die ihn dazu führten, statt in einem klimatisierten Polizeiauto auf einem roten Rennrad zu sitzen, das einen so harten Sattel aufwies. Er versuchte sich zu trösten, indem er sich vorstellte, dass der Feldbergstrasse schon bald das Gebiet hinter dem Badischen Bahnhof folgen musste. Von dort aus waren es nur noch wenige Minuten bis in die Langen Erlen, ein Naherholungsgebiet, wie die Natur heute genannt wurde. Er hatte vor, der *Wiese* entlang nach Riehen zu gelangen, wo Odermatts Exstudent ein Therapiezentrum für Menschen mit psychischen Problemen leitete. Santoro zog den Kopf ein und atmete so flach wie möglich.

Zina Goldberg sass mittlerweile im Büro des Pavillon 5 Frau Magnin gegenüber, die von Susi Schranz flankiert war. Die eingeschüchterte Patientin hatte darauf bestanden, von ihrer Pflegerin begleitet zu werden, wogegen Zina nichts einzuwenden hatte. Im Gegenteil, sie war beruhigt, im Notfall auf therapeutische Unterstützung zurückgreifen zu können, denn vor ihr sass *e Hüffeli Eländ*. Die Körpersprache der kleinen, schmächtigen Frau mit den strähnigen hellbraunen Haaren, die nach einem Shampoo und nach einem energischen Coiffeur schrien, schien zu erzählen, wie hilflos und verloren sie sich fühlte. Zina wusste, dass sie jetzt hätte Mitgefühl empfinden müssen für diese Frau, die etwa in ihrem Alter war und die ganz offensichtlich in Leid und Gram vor ihren Augen zu versinken drohte. Der hilfesuchende, mitleiderregende Blick der Frau erinnerte sie an Plakate gegen Tierversuche: Dieser Hund wartet auf den Experimentator. Sie hasste diese Plakate, was sie unweigerlich dazu führte, so schnell wie möglich den Einzahlungsschein auszufüllen und einzuzahlen. Sie wollte nicht in einer Welt leben, in der Tiere gefoltert wurden – schon gar nicht unter dem Deckmantel der Wissenschaft.

Warum hatte sie also kein Mitleid mit dieser Frau? Weil eine Frau ein Mensch ist und gerade deshalb die Verantwortung

hat, sich zu wehren, sich für sich und ihre Rechte und Werte einzusetzen. Meine Güte, willst du wirklich so streng sein, Zina, fragte eine sanfte Stimme. Zina beschloss, die Frage zu ignorieren und sich auf die Frau zu konzentrieren.

Susi Schranz hatte die Gedankengänge von Zina anscheinend benutzt, um ruhig und bestimmt auf die verunsicherte Frau einzureden. Sie tätschelte ihr die Hand und forderte sie auf, mit Gelassenheit auf das Kommende zu reagieren. Frau Magnin atmete tief ein und lächelte Zina doch tatsächlich scheu, aber offen an.

«Also, Frau Magnin», begann Zina aufmunternd, «Sie hatten eine heftige Auseinandersetzung mit Professor Odermatt. Erzählen Sie mir, wie es dazu gekommen ist.»

«Er ist jetzt tot, nicht wahr? *Gscheit em rächt*», piepste Frau Magnin dezidiert und nickte mehrmals, bevor sie weiterfuhr: «Er war ein böser Mensch. Er hat mich erpresst.»

Santoro hatte sich aufgerichtet und radelte in gemässigtem Tempo der Wiese entlang, den Kopf nach links gedreht, um die Menschen zu beobachten, die sich am Fluss vergnügten. Manche sassen, die Füsse im Wasser, am Ufer und schienen nichts anderes zu tun, als dem Fliessen des Wassers zu folgen. Anscheinend waren einige von ihnen direkt von der Arbeit gekommen, denn sie trugen noch die weissen Hemden. Kittel und Krawatte lagen ordentlich zusammengelegt auf einem Häufchen.

Andere lasen die Häufchen auf, ihrer Hunde. Dio mio, dachte Santoro, wie viele Menschen, vor allem Frauen, sich in den letzten Jahren einen Hund zugelegt hatten. In einer Sonntagszeitung hatte er gelesen, dass Menschen nach einer Trennung dazu tendierten, sich einen Hund anzuschaffen. Je grösser die Enttäuschung, desto grösser der Hund, schien das Motto zu lauten: kurze Affäre, Chihuahua, grosse Liebe, Bernhardiner.

Während er noch damit beschäftigt war, die Hundebesitzer, die er kreuzte, nach diesem neuen Gesichtspunkt zu betrachten – Pekinese, eins in die Fresse bekommen, Windhund, der

Kerl war zum Davonlaufen –, sah er plötzlich vor seinem inneren Auge seine Assistentin, Zina Goldberg, flankiert von einem Dobermann – Killerinstinkt geweckt. Er schüttelte den Kopf und musste daraufhin seine Lenkstange wieder in Position bringen. Was ging ihn die nicht vorhandene postpartnerschaftliche Hundeproblematik seiner Assistentin an? Aus diesen Gedanken holten ihn weitere Hunde, ein ganzes Rudel. Was mochte der arme Kerl wohl zu verarbeiten versuchen, der fast ein Dutzend Hunde bei ihrem Bad in der Wiese beaufsichtigte? Die Auflösung seines Harems? Doch da erkannte er seinen Irrtum. Wonneproppen, Hundebetreuung, stand auf dem T-Shirt des Hundefreundes. Also bestand auch bei Hundeherzschmerz-Patienten die Tendenz, ihre Probleme andern zum Hüten zu überlassen.

Santoro bog nach rechts ab, denn es war an der Zeit, sich auf die Hauptstrasse zu begeben. Er folgte einem schattigen Tunnel, der durch die überhängenden Bäume gebildet wurde. Endlich Schatten und Kühle, seufzte Santoro auf und musste gleich an die besorgniserregende Radionachricht denken, die ihn erschreckt hatte. Viele Bäume in den Langen Erlen waren am Sterben, niemand wusste woran. Madonna, lass nicht zu, dass sie uns auch noch unsere Bäume nehmen, betete Santoro. Wer spendet uns schon Schatten in diesem Brennofen?

Er radelte am grossen Teich vorbei und schickte grinsend einen freundlichen Gedanken an den fürsorglichen Vater und seinen lernbegierigen Sohn. Immerhin gab es hier noch genug Enten zu erlegen.

Fünf Minuten später begrüsste ihn der Harvardabsolvent und Leiter der Institution mit den Worten: «Hat es diesen kleinen schmierigen Blutegel also doch noch erwischt.»

«Er hat Sie also erpresst?», fragte Zina Goldberg sanft nach.

Ein Aufschluchzen war die Antwort. Zina seufzte. Diese Befragung versprach langwierig und tränenreich zu werden. Die Befragte fasste sich jedoch schnell wieder, dank einem aufmunternden Schulterdrücken vonseiten der immer Ruhe

und Zuversicht ausstrahlenden Susi Schranz. Die lockere Susi entpuppte sich für Zina immer mehr als Wundertüte. Wie konnte sich eine Frau Männern gegenüber wie eine kleine Aufmerksamkeit heischende Zuckerpuppe gebärden und sich ihren Patienten gegenüber so kompetent erweisen. Doch nun war keine Zeit, die Psyche dieser Frau zu durchleuchten, eine andere verlangte ihre ganze Aufmerksamkeit. «Frau Magnin, erzählen Sie ihre Geschichte – jetzt», forderte Zina.

«Es ist so was von lächerlich und beschämend», begann Frau Magnin, das Gesicht hinter ihren Händen versteckt. Doch plötzlich schien sie ihre Scham abzuschütteln. Sie legte ihre Hände auf den Tisch und richtete sich auf. «Ich muss ein bisschen ausholen, damit Sie überhaupt die erbärmliche Geschichte verstehen können. Also, wie Sie vielleicht wissen, bin ich eigentlich Krankenschwester, mit allen Weiterbildungen, die Sie sich vorstellen können. Das Problem ist nur: Ich bin eben immer noch Krankenschwester, auch wenn das heute anders heisst. Ich hatte die Idee aufzusteigen. Ich wollte Psychologin werden, saublöd kann ich heute nur noch dazu sagen. Ich musste nach Herrn Odermatts Ansicht die Fächer Anatomie und Physiologie belegen und besuchen, die dazugehörigen Prüfungen ablegen. Ich versuchte ihm klarzumachen, dass ich schon in meiner Ausbildung und meinen Weiterbildungen in diesen Fächern unterrichtet und geprüft worden war. Er wollte nichts hören, also fügte ich mich. Aber nur bis ich von Studenten und Studentinnen hörte, denen diese Prüfungen erlassen worden waren. Nach und nach eröffnete sich mir ein Muster, das mich stutzig machte. Manchen wurden beide Fächer erlassen, manchen nur eines, wenigen gar keins. Darunter waren Pflegerinnen, Physiotherapeuten oder Sportlehrerinnen. Die bisherigen Qualifikationen spielten jedoch keine Rolle. Vielmehr schien der Professor nach reiner Willkür zu entscheiden. Einer glücklicheren Bittstellerin erklärte er auch mit einem zuckersüssen Lächeln, es sei ihm ein Anliegen, individuelle Lösungen zu finden.»

A la gueule du client, dachte Zina empört und fragte sich, ob

nicht auch weitere Leistungen auf die Entscheidungsfreude des Professors eingewirkt hatten.

«Ich holte mir Rat bei einer Juristin und versuchte meine Kolleginnen davon zu überzeugen, alle zusammen beim Professor vorzusprechen. Manchmal bin ich wirklich eine naive dumme Kuh», seufzte Frau Magnin kopfschüttelnd. «Ich brauche Ihnen wohl nicht zu erzählen, dass ich am Schluss alleine im Arbeitszimmer des Herrn Odermatt stand. Dass ich mir juristischen Rat geholt hatte, schätzte er am allerwenigsten, dass ich nach einer schriftlichen Begründung mit Bezug auf geltende Bestimmungen für seinen Entscheid die Anerkennung oder Ablehnung der jeweiligen Diplome ansprach, das gab ihm dann den Rest. Er wusste, alle wussten, dass seine Entscheide auf reiner Willkür beruhten, aber niemand sollte es offiziell nachlesen können.»

Sichtlich erschöpft hielt Frau Magnin inne und schaute hilfesuchend zu ihrer Nachbarin, die leise und eindringlich auf sie einsprach. Zina konnte nicht alles verstehen. Nur wenige Worte drangen über den Tisch bis zu ihr: muss raus, Vertrauen, gut für Sie. Die kleine Frau rang noch verzweifelt ihre Hände, als Susi Schranz etwas wie «für ihre Töchter» in einem ruhigen, aber bestimmten Ton flüsterte. Anscheinend waren das die richtigen Worte gewesen, denn Frau Magnin nahm den Faden ihrer Erzählung wieder auf. «Damit Sie verstehen, was weiter geschah, muss ich Ihnen noch eine Besonderheit im Psychologiestudium erklären. Nach den Bestimmungen der Universität hat man sechs Monate Zeit, um die Masterarbeit einzureichen, zu schreiben und abzugeben. In der Psychologie müssen Sie heutzutage jedoch eine Arbeit über ein wissenschaftliches Experiment schreiben. Das dauert über ein Jahr. Das heisst, dass Sie informell ein Thema mit Ihrem Professor festlegen, das aber erst sechs Monate vor Abgabe offiziell eingereicht und abgesegnet wird. Zum Zeitpunkt des Gesprächs war ich etwa in der Mitte meiner Arbeit. Offiziell gab es sie also noch gar nicht, offiziell akzeptiert war das Thema schon gar nicht. Auf diesen Tatbestand sprach mich Odermatt mit seinem schmierigsten Grinsen an. Es liege ja an ihm, mein Thema zu akzeptieren,

es liege in seinem Ermessen, diese Arbeit zuzulassen, er sei gar nicht verpflichtet, jeden Vorschlag meinerseits anzunehmen. Als er sicher sein konnte, dass ich begriffen hatte, schlug er mir einen Kompromiss vor: ein Diplom anerkennen, eine Prüfung ablegen. Sollte ich mein Ansinnen weiterverfolgen, garantierte er mir zwei Prüfungen und Ablehnung für mein Thema der Masterarbeit.»

Santoro war Herrn Wankelwitz durch die umgebaute Villa bis zu seinem Büro gefolgt, wo ihm ein Mineralwasser angeboten worden war. Auf dem Weg waren ihm mehrere Patienten begegnet, die alle den Leiter der Institution freundlich bis fröhlich begrüsst hatten und ihn mit einem Nicken und zum Teil misstrauischen Blick taxierten. Was Santoro besonders gefiel, war die Helligkeit der Einrichtung, die Ruhe, die sie ausstrahlte, und dass sie nicht nach Spital roch. In der Luft hing ein leichter Hauch von Süden. Was mochte das sein? Sein Führer hatte anscheinend seine Nase in der Luft richtig gedeutet, denn er meinte entgegenkommend: «Bergamotte, Lavendel, Basilikum, verbessert die Stimmung – meine auch.»

«Riecht nach Ferien», hatte Santoro bekräftigt.

Die beiden Männer sassen sich, jeder entspannt in einem bequemen Sessel zurückgelehnt, einander gegenüber. Santoro löste seinen Blick von den Bäumen, die den Fensterrahmen ausfüllten, und begann mit der Befragung. «Sie hatten eine heftige Auseinandersetzung mit dem Ermordeten, Herr Wankelwitz?»

Der Angesprochene schien durch diesen Frontalangriff keineswegs aus der Fassung gebracht. Er lehnte sich zurück und stützte seinen Kopf in seine rechte Hand. Lächelnd beantwortete er die Frage: «Mehr als eine, Herr Kommissar, über ein gutes Jahr verteilt. Zuerst wollte ich ihn davon überzeugen, dass meine Diplome denen der Universität Basel ebenbürtig sind, was mir nicht gelungen ist. Dann versuchte ich über die Inhalte und die Form der Vorlesungen und Seminare zu diskutieren. Hätte ich mir sparen können. Als ich gemerkt habe, dass ich mich hier nur verrenne, habe ich den Bettel hingeworfen

und habe mir eine Stelle gesucht – und auch gleich gefunden. Mein Ausflug in die Alma Mater kommt mir jetzt vor wie ein schlechter LSD-Trip – psychedelisch und himmeltraurig.»

«Er hat Ihnen immerhin einen Strich durch ihre Rechnung gemacht. Schliesslich wollten Sie die Bewilligung für eine eigene Praxis erwirken.»

«Dafür hab ich ihn auch mehrfach ermordet.»

Bevor Santoro aus seinem Staunen über diese unerhoffte Beichte auftauchen konnte, grinste ihn Herr Wankelwitz an und fuhr fort: «Ich habe ihn erwürgt, erstochen, niedergeschossen, in Würfelchen geschnitten, einen Felsen runtergestossen – wobei diese Version mich am wenigsten befriedigt hat, zu leichtflüchtig.»

Santoro konnte das Gehörte nicht recht einordnen und schwieg mit offenem Mund, wie er feststellen musste, sein Gegenüber an. Hatte er es hier mit einem mordlustigen Irren zu tun? Das Lächeln, das ihm jetzt geschenkt wurde, erinnerte ihn jedoch nicht an Jack Nicholson in Shining. Also kein Grund zur Panik. Der Harvardabsolvent schien realisiert zu haben, dass er den Bogen leicht überspannt hatte, denn er wurde ernst und hob zu einer Erklärung an: «In der Vorstellung ist alles erlaubt, Herr Santoro, vorausgesetzt Sie können klar und immer zwischen Realität und Phantasie unterscheiden. Wie hat es ihn eigentlich erwischt, in den Zeitungen sind sie sehr vage geblieben.»

«Das, Herr Wankelwitz, wird im Moment nicht kommuniziert. Können Sie mir erzählen, wie der Professor auf Sie gewirkt hat? Was war er für ein Mensch?»

«Sie meinen so nach dem Motto, wenn ich doch schon mal einen Psychologen zur Hand habe, soll er doch was bieten. Aber ehrlich, eine fundierte Antwort können Sie von mir jetzt nicht erwarten. Ich wäre sicher nicht sehr professionell. Der Kerl war eben nichts anderes als ein ganz gemeiner kleiner Giftzwerg, der sich eine Freude aus meiner Abhängigkeit bastelte. Was wollen Sie von mir hören? Dass er auch seine guten Seiten hatte? Mir war's egal.»

«Hatten Sie Kontakt zu andern Studenten, die Schwierigkeiten mit dem Professor hatten?»

«Höchstens Schwierigkeiten, in seinen Vorlesungen nicht einzuschlafen. Ich hoffe, Sie gehen jetzt nicht dieser Fährte nach – zu viele Verdächtige.»

***

«Sehen Sie, ich habe Ihnen doch nicht zu viel versprochen, oder?», verkündete Santoro stolz.

Zina liess ihren Blick über die Ebene schweifen, hinten links lag die Stadt, von einem weissgrauen Dunst leicht verschleiert, mit ihren Chemiebauten, die ganze Quartiere zu mimen versuchten, rechts unten erstreckte sich die Rheinebene, gespickt mit kleinen Dörfern, die tatsächlich noch so aussahen, dazwischen lagen vereinzelte Bonsaiwäldchen. Gleich unter der Terrasse begannen die Rebberge, deren Trauben vor sich hin reiften. Sie lehnte sich zurück und liess ihren Blick in die Ferne schweifen – Hügelketten reihten sich hintereinander. Ein gewellter Horizont, dachte sie, als ihr Chef, der ihrem Blick gefolgt war, sie aufzuklären begann. «Dort ist der Gempen, diese Nase da, hinten ist der Passwang, und vorne können Sie die Schönmatt erkennen, der helle Fleck dort. Und weiter rechts, diese runde Kuppe mit einer Zahnlücke, das ist d'Wingi.»

«D'Wingi?», fragte Zina zerstreut nach, die feststellen musste, dass sie vor allem den ausladenden Gesten gefolgt war, die den Vortrag unterstrichen hatten.

«Die Hohe Winde», erläuterte Santoro, erstaunt ob so wenig Lokalwissen. Zina konzentrierte sich auf die Hügel in der Ferne, während Santoro fortfuhr: «Den Messeturm, das höchste Gebäude, haben Sie's? Jetzt gehen Sie auf zwei Uhr, und da ist die Hasenmatt mit dem Raimeux im Hintergrund, die vordere Kette, das ist der Blauen, und ganz hinten können Sie sogar den Chasseral erkennen.»

Nein, Zina würde nicht zugeben, dass sie immer noch nur viele Hügel sah.

«Und wenn der Dorfpresi sein Haus nicht hätte bauen dürfen, würden wir jetzt auch noch die Vogesen mit der Burgunderpforte sehen können», schloss Santoro seine Rundschau.

Wie kommt es, dass Männer immer die Namen aller Hügel kennen, und wie kommt es, dass ich sie vergessen habe, bevor sie ganz ausgesprochen wurden, fragte sich Zina. Die Hügel, nicht die Männer, seufzte sie innerlich und liess ihren Blick wieder in die Ferne schweifen. Bei den Zwergen hinter den sieben Bergen, sinnierte sie. Doch sie unterbrach ihren Gedankenfluss. An den Ermordeten wollte sie jetzt nicht denken, denn bald wäre sie bei Rumpelstilzchen angelangt, und auch das war kein aufmunterndes Märchen. Das Exemplar der Gattung «die Männer», das ihr gegenübersass, blickte geradeaus.

Wenn sie sich denkt, dass dieses schwarze Tanktop ihre Weiblichkeit verdeckt, dachte Santoro gerade kritisch, dann hat sie sich geschnitten. Sieht zwar nüchtern und streng aus, das Ding an sich, die Dinger in sich lässt es aber ganz frech zur Geltung kommen. Weiter kamen die beiden nicht mit ihren geschlechtsspezifischen Labyrinthbegehungen, denn mittlerweile stand eine stämmige ältere Dame vor ihnen, mit grauem Kurzhaarschnitt, einen Schreiber in der Hand, und forderte ihre Bestellung ein.

«Der Tagesteller ist heute Schweinebraten mit Spätzle und gemischtem Salat.»

Die beiden hungrigen Ermittler hatten einige Mühe, die deutsche kulinarische Hochburg abzuwehren, die ihnen so resolut aufgezwungen werden sollte. Sie einigten sich auf facettenreich Kaltes. Salate, Schinken, Schwarzwald, Bein und Speck … und es Halbele. Wie Zinas Vater immer selbstzufrieden zu verkünden pflegte: *Dans le cochon, tout est bon!* Was angesichts seiner religiösen und entbehrungsreichen Vergangenheit als schiere und grundsätzliche Herausforderung an das Leben zu interpretieren war. Zina dachte gerührt daran und fing schon mal an, überflüssigen Speichel zu produzieren.

«So», begann Santoro, «hier haben wir den richtigen Blickwinkel, um unseren Mordfall begutachten zu können, von weit oben, alles überblickend, mit der nötigen emotionalen Distanz, das Herz so quasi in den Ferien.»

«Zudem befinden wir uns hier, nach Feng-Shui-Gesichtspunkt, anscheinend auf einem Kraftort, zumindest nicht weit

davon entfernt. Wussten Sie, dass einer dieser Ortaufteilungsmeister Basel und seine Umgebung fernöstlich abgemessen hat – gurumässig mit Jüngeranhang – und zum Schluss gekommen ist, dass unsere Stadt dank dem wellenmässig günstigen Standort des Thüllinger Hügels so florierend ist? Insbesondere die milliardenstarken Gewinnquoten der Chemieindustrie fussen sozusagen auf den Wellen des Ausläufers dieser Mikrobergkette.»

«Also erstens, wer möchte schon auf einer Welle fussen, wie Sie das ausdrücken, meine Liebe, und zweitens war ich doch, Naivling der ich bin, immer davon überzeugt, dass die chemischen Milliarden aus Morphiumderivaten, über Beruhigungsmittel aller Arten, bis zum LSD herausgefiltert wurden. In jüngster Zeit sind noch die multiplexen antiviralen Mittel dazugekommen, die sich ganze Kontinente nicht leisten können. Und nicht zu vergessen die Vogelvirentabletten, die manche Länder horten, ohne sie zu brauchen, während andere Länder lieber ab und zu einige Millionen unserer gefiederten Freunde verbrennen, statt das Mittel zu kaufen, um damit die armen Viecher zu impfen. Sie hätten die armen geschupften Hühner natürlich auch von Anfang an frei herumlaufen lassen können, statt sie in Legebatterien einzupferchen, wo sie sich aus lauter Verzweiflung die letzten Federn ausreissen. Na ja, so dachte ich. Und nun muss ich erfahren, dass die ganze Geldbagage von diesem unspektakulären *Hoger* abhängt, der erst noch aus fremdem Territorium geldsegnend auf unsere Stadt runterblickt.»

Santoro unterbrach sich, um mitzuhelfen die verschiedenen Teller, Gläser und Karaffen entgegenzunehmen, die von der gebieterischen Grauhaarigen verteilt wurden.

«Da fällt mir gerade ein, ist Ihnen auch aufgefallen, wie viele Deutsche unsere Universitäten bevölkern? In den letzten Wochen sind doch mehrere Artikel in den Sonntagszeitungen erschienen. Kommen mittlerweile nicht bis fünfzig Prozent der Professoren aus Deutschland? Glauben Sie, dass unser Toter ein Opfer der deutschen Kolonialisierung unserer Wissensbestände geworden ist?», wollte Zina wissen und schob sich ein Stück Schinken in den Mund.

«So was hat auch unser Herr Rankelschwitz angedeutet. Reichen Sie mal den Schwarzwälder rüber, der zwinkert mir so aufreizend zu.»

«Gegen eine Ihrer Gurken. Die machen mir unmissverständliche Zeichen. Wankelwitz.»

«Eben der. Ich überlasse Ihnen die grösste, die ist nicht so sauer. Zumindest behauptet er, dass die akademischen Einwanderer erstens die alleinige Richtigkeit der Verhaltenstherapie und der dazugehörigen Empirie durchsetzen wollen. Dazu kommt die Prometheusstudie, sozusagen als Sparpaket, das mit beträchtlichen Geldern verbunden ist. Ihre arbeitstüchtigen und nach Hinkelwatz nichts hinterfragenden Ameisen haben die Invasoren gleich mitgezügelt – ihre teutonischen Walküren gehören auch dazu.»

«Und die einheimische Intelligentia?», interessierte sich Zina, ein Stück Speck in den Senf tunkend.

«Benimmt sich nicht sehr intelligent», begann Santoro, die Aufmerksamkeitsdefizite seines Gegenübers ausnutzend, um die letzte Silberzwiebel zu ergattern. «Sie hat sich nach allen Regeln der herrschenden Kunst ganz leicht spalten lassen, da sie es eh schon war», sagte er und langte nach einem Radieschen ins Leere, denn die waren *Rübis und Stübis* von seiner Zuhörerschaft dezimiert worden. «Der Klotz ist begeistert von einem Projekt, das während mindestens zwanzig Jahren Geld, Material für Seminare und Masterarbeiten und – so hofft Klotz – weltweite Anerkennung liefern wird. Odermatt hingegen sah darin die Siegesrunde der empirischen Phalanx gekommen und sperrte sich – seine psychoanalytischen Pfründe schützend – gegen die barbarische Invasion und deren Projekt, indem er ethische Bedenken in seinen Seminaren verspritzte.» Worauf Santoro ein Stück Schinken zerriss, das er sich stückchenweise in den Mund schob.

«Und wo in diesem ganzen psychologischen Hickhack steht das Habermäuschen?»

«Spielt anscheinend das kleine Mäuschen hinter der Kommode. Singlequatsch konnte nie herausfinden, welche Haltung der kleine Nager einzunehmen bereit war. Was wiederum

niemanden verwunderte. Es immer und allen recht machen scheint seine Devise zu sein.»

«Und wo steht Wan-kel-witz?»

«Meint, dass während zwanzig Jahren mit Steuergeldern ein riesiger Datenfriedhof errichtet wird, aus dessen Gräbern eh nur Erkenntnisse gewonnen werden können, die aller Welt schon aus der Nase raushängen», erläuterte Santoro und biss genüsslich in ein Gürkchen.

«Was meinen Sie, Chef, könnte unser harvardianischer Studienabbrecher genügend Verbitterung angesammelt haben, um unsern Toten in sein jetziges Stadium versetzt zu haben?»

«Wunderbar kompliziert ausgedrückt, werte Assistentin, auch nach zwei Wochen Grübeln hätten Sie es nicht unverständlicher hingekriegt.»

«Anpassung an das akademische Milieu», meinte Zina. «Sie werden in keiner wissenschaftlichen Abhandlung lesen können, dass zum Beispiel ein Kerl aus einer Scheisswut heraus jemanden abgemurkst hat. Könnte ja jeder Depp hinkriegen. Nein, vielmehr werden Sie lesen können, dass der Klient aufgrund jahrelanger sich kumulierender, verdrängter, aggressiver Impulse einen affektiven Durchbruch erlitten hat, der seinen Kumulationspunkt in einer negativen, externalen, als kathartisch zu interpretierenden Interaktion gefunden hat, die für beide Seiten aversiv konnotiert werden dürfte. Schieben Sie mal den Wein rüber.»

«Tönt genau wie unser Mord.»

Zina, die erst mal Bahnhof verstand, griff nach Messer und Gabel, um ein überdimensionales Salatblatt zu attackieren, das sie so lange konzentriert zusammenlegte, bis es mundgerecht hergerichtet war. Erst als sie gewissenhaft gekaut und geschluckt hatte, konnte sie den Zusammenhang erkennen. Gelassen und selbstverständlich nahm sie den Faden wieder auf. «Der Mord ist schön kompliziert und symbolträchtig inszeniert worden, um seine Banalität und Unmittelbarkeit zu vertuschen.»

«Sie hätten mich auch einfach fragen können, Goldchen, statt ihr armes Salatblatt zu drangsalieren, bis es endlich sein Wissen gesteht», begann Santoro und schenkte seiner Assistentin vom

Gutedel nach. «Und spülen Sie's lieber runter, bevor Sie mir etwas Unhierarchisches an den Kopf werfen, Liebes.»

Zina ermahnte sich gerade noch rechtzeitig, spätestens für den nächsten Tag eine adäquate Strategie und Taktik gegen die neu entflammte Unverfrorenheit ihres Vorgesetzten zu finden. Ohne Analyse der Situation und die sich daraus ergebenden Kontermöglichkeiten würde sie vorläufig dämliches Lächeln zum frechen Chefchen spielen. Sie hob ihr Glas, lächelte wie Deutschlands vorgestriges Topmodel, trank ein Schlückchen mit abgewinkeltem kleinen Finger und meinte zuckersüss: «Nach Ihrer Theorie, Chefch…, muss folgerichtig die Ehefrau den Mord begangen haben. Und wissen Sie warum?»

«Noch so ein Verniedlichungsversuch am falschen Ort, und ich rationiere Ihnen den Alkohol», dekretierte Santoro.

«Den linken Augenwinkel haben Sie noch nicht ganz im Griff, der zwinkert. Und übrigens, sie erbt alles. Wer hat mir das eigentlich erzählt? Ah ja, Professor Klotz. Er wartete auf mich vor Pavillon 5.»

«Und mich hat er angerufen, um mir anzuvertrauen, dass die fitte Vettel in jungen Jahren Psychologie studiert hat – bei ihrem zukünftigen Gatten nämlich.»

«Und Sie meinen, dass die Frau, statt tiefe Einsichten in die menschliche Seele zu ergattern, einen oberflächlichen Mord begangen hat, der uns allen einen Pseudotiefgang vorgaukelt?»

«Kompliziert ausgedrückt, aber in etwa so, wie ich es mir gedacht habe. Frau-nicht-mehr-Professor Odermatt bringt ihren nicht mehr geliebten Gatten um die Ecke und verziert das Ganze psychologisch verquer, um die Schnüffler Richtung Psychoszene zu verführen – nach Wahl Richtung Insassen oder Hüter des Wahnsinns.»

«Die Frage ist nur, ob sie über Herrn Nötzli Bescheid wusste.»

«Sehr gut möglich. Erinnern Sie sich, dass uns die Frau erzählt hat, dass ihr Mann in letzter Zeit wieder über seine Arbeit gesprochen hat? Zudem hatte sie ja immer wieder Besuch von Habermaus und Glaser, die auf den Professor warten mussten oder gar eingeladen wurden.»

«Und ihre Beteuerung, dass sie ihn brauchte, gesellschaftlich gesehen?»

«Das hat sie sehr betont, finden Sie nicht?»

«Sie haben recht, Chef. Wir sollten uns die Exehefrau nochmals vornehmen. Sie weist die nötige Bitterkeit, den notwendigen Hass auf – notorisches Über-den-Hag-Fressen ärgert bekannterweise die Besitzerin des ungetreuen Gatten. Zudem hat sie ja auch ein ansehnliches Motiv. So ein Professor hat eine ansehnliche Pension und ein paar Millionen im Sack.»

Zina nickte zufrieden und ergatterte das letzte Stück Schinkenspeck, das sie sich zerstreut in den Mund steckte. Nach unkonzentriertem und längerem Kauen meinte sie zufrieden: «Das würde auch die Stümperhaftigkeit der pseudoschizophrenen Masche mit den Federn erklären.»

«Also morgen versuchen wir sie zwischen zwei Fitnesswellen zu erwischen und sie aus der Reserve zu locken», schloss Santoro, bevor er das letzte Stückchen Käse an sich brachte.

Darauf schwiegen beide und starrten auf die Rheinebene runter. Mittlerweile versank die Sonne gemächlich hinter einem Hügel. Wie hiess der schon wieder, fragte sich Zina. Im gleichen Augenblick reckten beide plötzlich die Nase in die Höhe, das war doch ein fast schon kühles Windchen, das ihnen da von den Bergen dort hinten heruntergeweht kam. Aus Richtung Chasseral, erinnerte sich Zina, stolz, wenigstens einen Namen behalten zu haben. Und an noch etwas erinnerte sie sich. Ihre Neugierde war nicht befriedigt worden.

«Wankelwitz haben Sie als Verdächtigen fallen lassen, wenn ich das richtig verstanden habe.»

«Ja, diese Option können wir aufgeben», meinte Santoro und vollführte eine wegwerfende Geste Richtung Tal. «Nicht, dass mir ihre Harvardkonspiration nicht gefallen hätte. Sie hatte natürlich ihren Charme. Aber wir sind ja hier nicht im akademischen Busch», schloss er bestimmt, drehte sich um und rief die Bedienung herbei.

«Ich weiss nicht, wie es Ihnen geht, aber ich brauche jetzt noch etwas zum Dessert.»

Nach langem Palaver entschieden sie sich, aus den vorge-

schlagenen Leckerbissen den Birnenkuchen zu erküren. Erst als er, mit viel Schlagsahne verziert, vor ihnen seines verzehrendes Schicksals harrte, unterstrich Santoro sein Urteil. «Sie haben wirklich etwas verpasst, Goldberg. Stellen Sie sich vor, Sie treten in ein Haus ein, das wie eine Villa aus einem Jahrhundertwende-Roman anmutet – vorige Wende, nicht diese», präzisierte er. «Sie steht, die Villa, nicht die Wende, in einem parkähnlichen Gelände. Sie treten über die Schwelle, riechen die Toscana – oder die Provence –, im Sommer treffen sich entspannte, freundliche Menschen in den Gängen. Kurzum, Sie sind bald überzeugt, eine Oase betreten zu haben, die Sie in ihre fröhliche Gelassenheit einlädt. Nach unserem Gespräch hat der Hüter dieses Ortes am Rande der Elfenwelt mich durch seinen Garten geführt, wo die Bewohner arbeiten dürfen, sobald sie sich wieder anpackend fühlen. Sie pflanzen dort alte Gemüse- und Früchtesorten an, die vom Vergessen und Verschwinden bedroht sind – oder umgekehrt –, dann sammeln sie auch die Samen und bewahren alles auf, dokumentieren, katalogisieren, vertreiben, informieren, suchen im Internet nach weiteren versunkenen Schätzchen, korrespondieren mit Gleichgesinnten in aller Welt.»

Santoro hob die Schultern, zeigte seinem Gegenüber seine beiden Handflächen und erklärte: «Kein Mann, der das Glück hat, ein solches Reich bewahren zu dürfen, wird seinen Nächsten mit einer neolithischen Göttin erschlagen … Ich habe für meinen Vater ein paar Tütchen erworben: gelbe Tomaten, so was wie süsse kleine Kartoffeln, violett-giftgrüne Gurken, scharlachroter Mangold und Beeren, die verboten gesund sind und einen unmöglichen Namen haben, den ich noch nie gehört hatte. Wenn er schon nicht die Welt retten kann, wird er sich doch glücklich schätzen können, ein bisschen Beigemüse erhalten zu können.»

Wankelwitz schien eher aus der Trilogie der Herr der Ringe zu entspringen. Ins Szenario eines Sternenkrieges mit Darth Vader und sonstigen Gestalten schien er wirklich nicht zu passen, dachte Zina. Ihr Kandidat für die Mörderrolle hielt anscheinend keiner näheren Prüfung stand. Er hatte seine eigene,

weit bessere Welt geschaffen, die alte konnte er ohne Zweifel und Bedauern hinter sich lassen.

«Und was muss ich tun, um Einzug in dieses Feenreich zu halten?», flüsterte Zina verschwörerisch.

«Ich hab mich da schon mal vorsorglich erkundigt», antwortete Santoro und lehnte sich konspirativ über den Tisch. «Gut ist natürlich eine echt gewichtige Depression, am besten mit ein paar satten psychosomatischen Symptomen garniert. Posttraumatische Weiss-nicht-mehr-Was sind anscheinend auch gute Passierscheine, aber die meisten dort haben ein aschgraues Burn-out-Syndrom vorzuweisen. Das, meint Wankelschnitz, sei die sicherste Empfehlung, nur sind wir aus der total falschen Berufssparte.»

«Also bitte, ich protestiere. Wir armen Polizisten haben es doch täglich mit Blut, Mord und Totschlag, also mit der dunkelsten Seite unserer Menschheit, zu tun. Wer kann es denn schon mit uns aufnehmen? Waffenhändler?»

«Denen geht es bestens, danke. Mit etwa sechzig Kriegsschauplätzen haben sie und ihre Mitarbeiter eine rosige bis blutrote Zukunft vor sich.»

«Dann setze ich mal auf die AKW-Betreiber und ihre Angestellten. Muss doch stressig sein, all diese Sicherungen, die einen Supergau doch nicht wirklich verhindern können.»

«Schon wieder daneben. Ich helfe Ihnen ein bisschen. Rumpelschwatz meint, dass dieses Departement seine Leutchen einengt, kontrolliert, diszipliniert, kurzum dermassen einschnürt, bis sie aus lauter Sisyphusitis ausbrennen und in seiner Oase landen.»

«Du meine Güte. Und wie bitte schaffen sie das?»

«Qualitätskontrollen, Leitbilder, Präsenszeiten, Portfolios, Förderapps, Formularitis, Arbeitszeitprotokolle, Einzelabschlachtungen, diesmal ohne Protokoll, dafür mit Stillhalteabkommen, Fischbowls, die sich als Haifischbecken entpuppen, Förderung des Denunziantentums und als absolute Superwaffe, die viele Kollateralschäden verursacht, das Einfordern absoluter Loyalität. Mein Gewährsmann in dieser Sache meint, ihr heimliches Losungswort sei kusch. Um letzten Nagel noch

in den Sargdeckel zu rammen, werden sie auch noch immer schlechter bezahlt, und von den obersten Vorgesetzten dürfen sie sich auch noch anhören, sie sollten sich doch nicht ins Elend reden mit ihren Klagen.»

«Ulala! Haben wir nicht auch schon in diesen Kreisen ermittelt?»

«Ja, zum ersten und zum letzten Mal. Bei der nächsten pädagogischen Leiche behaupte ich, sie sei der Vogelgrippe erlegen.»

«Vogelgrippe?»

«Genau, haben die ja genug in diesen Sphären.»

«Viren?»

«Vögel.»

ZEHN

Matteo starrte auf den Teppich. Er hatte lange geredet, was ihn an diesem frühen Dienstagmorgen einige Mühe gekostet hatte. Nicht die Quantität, die Qualität. Eigentlich hätte er sich lieber den Mund mit Seife eingerieben, als so viel über sich preiszugeben. Aber eben, irgendwann war einfach Ende Feuer, irgendwann wollte er nicht mehr von einer Kopfschmerzattacke zur nächsten Langeweile schleichen. Obwohl. Er musste sich eingestehen, dass die letzten Tage schmerzfrei und ganz und gar nicht langweilig gewesen waren. Eben. Es muss das Wetter sein, sagte er sich, die Hitze, das Licht, die mich dazu treiben, Hoffnungen zu entwickeln. Ich fühle mich zu Hause, und gerade deshalb will ich nach Hause. Ich schwafle sinnlos drauflos, das muss dieser Ort sein.

Sein Gegenüber schwieg – sehr laut, befand Matteo unmutig. Aber er würde nicht drängen, nicht bitten, er würde rein gar nichts tun. Um nicht in Versuchung zu kommen, tauchte er in die Muster des Persers ein. Verschlungene Wege, keine Ausgänge, abgeschlossene Räume, in ihrer bunten Tradition festgezurrt. Lange halte ich die Ablenkung nicht mehr durch, verzweifelte er vor sich hin. Der soll doch endlich mal was sagen. Wofür bezahle ich den bärtigen Schweiger eigentlich. Als ob er sein Stichwort endlich erhalten hätte, hob der Bärtige an zu sprechen: «Ähem, mhm», begann er gewichtig, um gleich wieder bedeutungsvoll vor sich hin zu schweigen. Den Kopf immer noch gesenkt, schielte Matteo nach oben und versuchte diese minimalistischen Kommunikationsbrocken zu interpretieren. Vergebens. Wie ein gestrandeter Fisch glotzte sein Gegenüber jetzt ins Leere. Matteo kämpfte noch mit sich und war schon fast bereit, den Gestrandeten mit irgendwelchen Seelenqualen zu füttern, als dieser sich räusperte und tatsächlich begann, Sätze zu formulieren. «Herr Santoro, wenn ich Sie richtig verstanden habe, bitte korrigieren Sie mich, falls dem nicht so wäre, sind Sie seit über zwanzig Jahren mit einer Frau verheiratet, der sie

rein gar nichts vorzuwerfen haben. Sie scheint sehr ausgeglichen zu sein, hat sich immer sehr kompetent um ihre gemeinsamen Kinder gekümmert, die ja auch beide, nach Ihren Aussagen, ganz gut geraten sind. Hinzu kommt, dass sie ausserordentlich attraktiv ist und ohne viel Geld auszugeben ihre physischen Vorzüge auch durch geschmackvolle Kleidung zu unterstreichen weiss. Sie ist nicht nur treu und nörgelt nie an Ihnen rum, obwohl sie, nach Ihren eigenen Angaben, guten Grund dazu hätte. Sie selbst glänzten und glänzen auch heute noch weiter durch viel Abwesenheit, sowohl physisch wie auch psychisch. Auch den Haushalt erledigt sie kompetent, ohne Sie je einbinden zu wollen, ihre Kochkünste sind überdurchschnittlich, ihr Apfelkuchen legendär. Sie will, im Gegensatz zu vielen Frauen heute, nie wissen, was Sie gerade denken. Sie will Sie nicht umerziehen. Ihre sexuellen Avancen weist Sie nie zurück, und trotzdem haben sich diese in den letzten Monaten bis zur völligen Auflösung verringert. Sie geben zu, dass diese Frau vor zwanzig Jahren ihrem Idealbild der absoluten weiblichen Perfektion entsprach – einen Augenblick, ich schaue in meinen Notizen nach.»

Jetzt *nuuscht* er auch noch in seinen Unterlagen herum, um meine Aussage zu untermauern, murrte Matteo in sich hinein. Er starrte nach einem kurzen Blick auf den Suchenden wieder auf den Teppich, der ihm immer weniger gefiel. Zu kompliziert, zu verworren, zu bunt, zu streng. Diese abgeschlossenen und perfekten Gärtchen lösten in ihm klaustrophobische Gefühle aus. Seine rechte Hand tastete automatisch seine linke Brustseite ab, doch da war nichts. Seit Wochen war hier nichts mehr zu finden. Seine tröstenden Gefährtinnen hatte er weggeworfen. Trotz allem suchte seine rechte Hand jetzt nach dem Feuerzeug. Matteo hielt sie zurück, führte beide wieder in seinen Schoss zurück. Sein Gegenüber hatte von seinem Manöver nichts mitbekommen. Gut so.

Das Suchen war wohl erfolgreich gewesen, denn der Kerl redete weiter: «Ein Verschnitt von Venus aus den Fluten von Botticelli und Monica Belucci in Rotblond, so haben Sie sich ausgedrückt. Und nach dieser Lobeshymne auf Ihre Frau, der sie

seit zwanzig Jahren nichts vorzuwerfen haben, die Ihnen auch heute immer freundlich und adrett entgegentritt, die sich nie einmischt und nur für Ihr Wohlbefinden sorgt, die nie etwas verlangt, immer zur Stelle ist, überlegen Sie sich ernsthaft, diese Frau zu verlassen ... Herr Santoro, ich verstehe Sie nicht.»

Schlimmer konnte man das wirklich nicht zusammenfassen. Der Kerl hatte wohl recht, dachte Matteo und fühlte sich dabei noch elender und dümmer als zuvor. Was hatte ihn nur bewogen, diesem Idioten seine seelischen Innereien auf einem Tablett zu präsentieren? Und doch! Matteo rappelte sich innerlich auf und versuchte es noch einmal: «Ich fühle mich einsam, gelangweilt, leer ...»

«Und dafür machen Sie Ihre Frau verantwortlich, Herr Santoro?»

«Nein, natürlich nicht», verteidigte sich Matteo.

«Das ist schon mal ein erster Schritt in die richtige Richtung», begann der Bärtige, um gleich aufmunternd fortzufahren: «Es wird Ihnen nichts nützen, für negative Ereignisse externale Attributionen zu bemühen, oder, für Laien ausgedrückt, andern die Schuld an Ihrer dysfunktionalen emotionalen Befindlichkeit zu geben.»

Na, so komm ich doch schon viel weiter, dachte Matteo und war ganz froh, dass dieser Esel ihn wieder so weit geärgert hatte, dass er nicht mehr bereit war, an sein Geschwafel zu glauben. Der Esel, nichts von seinem neuen Status ahnend, war hingegen gerade daran, sich in Rettungsstrategien für das Ehepaar zu stürzen, endlich hatte er was zu beissen bekommen.

«Herr Santoro, wenn Sie einverstanden sind, möchte ich Ihnen ein Programm vorschlagen, das Ihnen erlauben wird, wieder mehr Nähe zu Ihrer Frau zu gewinnen. Es heisst Dreifach-B. Diese drei B stehen für drei Phasen: begegnen, berühren, beglücken. Deshalb die drei B. Darf ich ins Detail gehen?»

«Fahren Sie fort», nuschelte Matteo, eine Hand vor dem Mund, unfähig, seine Neugier und seine Mundwinkel im Griff zu bekommen.

«Ihre Frau, Herr Santoro, ist Ihnen zur selbstverständlichen Präsenz geworden, das soll sich jetzt ändern. In der ersten Phase

werden Sie mit ihr einen Termin vereinbaren, an dem Sie ganz ungestört zwei Zeiteinheiten miteinander verbringen werden. Eine Zeiteinheit beträgt fünfundvierzig Minuten. Sie werden für das Ambiente verantwortlich sein. Ich empfehle Kerzenlicht und eine Duftlampe. Jegliche Ablenkung ist strengstens untersagt. Was ebenfalls strikt verboten ist, das sind Berührungen irgendwelcher Art.»

Während sein Gegenüber die Phase eins abschloss und zur sensiblen zweiten Phase vordrang – Berührung ohne Sex –, stellte sich Matteo vor, wie er diese therapeutische Phase, mit viel Pathos und triefender Ironie gewürzt, durchspielte und sie mit seiner Partnerin genoss. Doch plötzlich hielt er inne.

Er hatte die falsche Partnerin vor Augen. Die Frau, die er gesehen hatte, blödelte mit viel Inbrunst mit ihm herum, um sich dann zu guter Letzt vor Lachen zu kugeln. Aber eben, er hatte nicht seine Ehefrau gesehen. Diese hätte wohl auch diesen Mist brav durchgespielt, beflissen, leicht uninteressiert, ohne den Witz der Situation zu erkennen. Aber auch dessen war er sich nicht mal sicher. Er kannte sie nicht oder nicht mehr wirklich, und das Schlimmste war, er hatte nicht das Bedürfnis, sie näher kennenzulernen.

Der Vortrag, stellte Matteo fest, gipfelte gerade in der dritten und entscheidenden Phase. War das nicht die mit Sex? Er hörte wieder genauer zu. Ganz so weit war der Vortragende aber noch nicht in die Materie eingedrungen. «... eine ganz neue Frau werden Sie in Ihren Armen halten, Herr Santoro, und Sie werden sich auf vollkommen neue und frische Art mit ihr vereinigen können. Sie werden beide einen vollkommen neuartigen Zugang zu Ihrer Sexualität finden, die Sie auf nie da gewesene Höhepunkte führen wird.»

Schon wieder die falsche Frau im Bild.

***

Zina Goldberg fand er in seinem Büro wieder, wie sie Egon, den Gummibaum, von seinem angesammelten Staub befreite. Die Tür stand offen, sodass sie seine Anwesenheit nicht be-

Sie nahm ein neues Blatt in die Hand und strich, aufmunternde Worte murmelnd, mit einem Lappen darüber.

«Armer, kleiner Egon, nie wirst du beachtet, keiner nimmt dich wahr, ganz alleine stehst du in deiner Ecke, wie sollst du da erblühen? Blühen Gummibäume überhaupt?», fragte sie plötzlich kritisch.

Sie musste seine Anwesenheit wahrgenommen haben, denn nun drehte sie sich zur Tür und schaute betreten drein.

«Egon sollte schon blühen können, schliesslich ist er eine Blütenpflanze, aber geschafft hat er es noch nie. Soweit ich feststellen konnte», erklärte Santoro entgegenkommend.

«Vielleicht sollten Sie ihm *es Gspänli* kaufen. So alleine vor sich hin zu blühen ist doch eine echte Überforderung. Ich finde das ganz schön schwierig, da verstaubt doch unweigerlich jeder vor sich hin.»

«Bewegung ist auch nicht schlecht gegen Verstaubung. Kommen Sie, Goldberg, wir holen uns jetzt unsere Stahlrösser, radeln den Rhein entlang und knöpfen uns mal die Ehefrau des ermordeten Professors vor. Wir rütteln ein bisschen an ihren Grundfesten, an ihren Aussagen, und vielleicht fallen uns ein paar saftige Äpfel in Form von Eingeständnissen bis Geständnissen in den Schoss.»

«Und Egon? Er ist erst halb entstaubt», wollte Zina besorgt wissen.

«Der hat heute schon genug Streicheleinheiten erhalten, das hässliche grüne Geschwür ist so viel Zuwendung gar nicht gewohnt. Am Schluss verweichlicht er an Überfürsorge», meinte Santoro leicht gereizt.

«Sie machen mir eine Szene wegen eines Gummibaumes, Herr Kommissar, und das auch noch so früh am Morgen», meinte Zina hinterlistig, Egon liebevoll tätschelnd.

«In die Gänge, Frau, hausfrauliche Tugenden sind hier nicht mehr gefragt, hier jagen wir Verbrecher, keine Staubschichten.»

«Aber gerne doch, Chef.» Sie kam auf ihn zu, hielt auf seiner Höhe an und zupfte ein nicht existierendes Staubkörnchen von seiner Schulter. «Nichts anstauben lassen, Chef.»

Rosa, die freundliche und in Deutsch nicht sehr bewanderte Hausangestellte der Odermatts, hatte ihnen die Tür geöffnet, war sehr entgegenkommend gewesen und hatte sie auf den Weg in den Keller weitergeschickt, wo die Dame des Hauses nach Rosas Aussage etwas am «Wokhauten» sei. Santoros Bemerkung, die Professorengattin sei wohl daran, weitere Leichen in ihrem Keller zu verstecken, hatte sie nicht verstanden. Sie merkte nur lächelnd an, dass die Chefin am Morgen immer sehr viel schwitzen und stöhnen müsse, die Arme. Kaum hatten sie die Kellertür geöffnet, als sie nur noch der dröhnenden Musik folgen konnten. Unten angekommen, machten sie die lauteste Tür auf, die den Blick auf eine Glaswand offenbarte. Im Glaskäfig befand sich die Quelle des eindringlichen Basses – ein kleines, gut ausgerüstetes Fitnessstudio.

«Na, sehr tot sieht der Kerl aber nicht gerade aus – und verstecken muss der sich auch nicht», bemerkte Zina heiter.

«Tun Sie mir nicht so, als ob Sie solchen muskelbepackten Hohlköpfen nachgeifern wollten, Goldberg, dafür haben Sie zu viel Humor.»

«Ich vielleicht nicht, aber die Witwe, die hat es ganz schön lustig mit dem Kerl.»

«Jetzt verstehe ich auch Rosas Bemerkung mit dem Stöhnen. Glauben Sie wirklich, dass sie dieses Work-out geniesst – denn das war doch wohl mit dem Wort Wokhauten gemeint.»

«Sie sieht doch richtig verschwitzt-verklärt aus, finden Sie nicht, Chef? Und die energische Anfeuerung ihres Trainers scheint sie ja richtig zu hechelnden Höhepunkten zu katapultieren. Sollen wir die Lustbarkeiten unterbrechen?»

«Nein, nein, wir lassen sie noch ein bisschen mit ihren Hanteln herumfuchteln und auf ihr Böckchen rauf- und runterhüpfen, bis sie vollends erschöpft ist, und erst dann pflücken wir sie uns wie eine überreife Frucht, die nur noch in unsere offenen Hände fallen will. Warum sieht sie uns eigentlich nicht?»

Zina hatte da so ihre Ahnung, hielt sich aber noch zurück. Frau Odermatt schaute immer wieder beglückt in die sichtbaren Spiegelwände, viel mehr als auf ihren knackigen Trainer, was der ganzen Schufterei einen einsamen narzisstischen Touch

verlieh. Das Muskelpaket mit Rossschwänzchen hingegen liess die straffe Professorengattin nicht aus den Augen – Augen, die nicht nur professionelles Interesse ausstrahlten. Laut einheizend schlenderte er wie ein Fuchs um die Katze, seinen Blick über den durchtrainierten Körper schweifen lassend.

«Glauben Sie, dass dieses Tanga-Dings, das sie da über ihrer Strumpfhose trägt, bequem ist?»

«Der Tangabody, den sie über ihren Leggins trägt, ist mit Bestimmtheit sehr unbequem und die Leggins selbst auch, das sind Extra-Dinger, um noch mehr schwitzen zu können. Die Frau ist süchtig nach Fitness, nach zu verlierenden Grammen, nach Schmerz und einem perfekten Body.»

«Also auf mich wirkt sie wie eine ausgemergelte, zähe Bergziege, die schon lange nicht mehr gemolken worden ist. Sehr sinnlich wirkt das Ganze nicht auf mich», erklärte Santoro und zog die Mundwinkel in beredter Weise runter.

«Es geht ihr auch nicht darum, Männern zu gefallen, sondern ein perfektes Bild zu entwickeln. Und ich frage mich, ob sie damit nicht in einen Konflikt mit ihrem schnuckeligen …»

Weiter kam Zina nicht, denn die Musik hörte abrupt auf, und Frau Odermatt fiel erschöpft in sich zusammen, setzte sich auf das Trainingsböckchen und liess den Kopf hängen. Wie eine Marionette, deren Fäden von niemandem mehr gezogen werden.

«Da hat aber einer eine Vorliebe für Bergziegen», meinte Zina lakonisch.

Tatsächlich hatte der Trainer seine Auftraggeberin hochgezogen und drückte sie muskelspielend an sich. Ohne Musik waren jetzt die Akteure aus dem Glaskasten zu hören, denn die beiden Voyeure stellten fest, dass sie jetzt auch noch Horcher geworden waren.

«Annette, mein heisses kleines Kätzchen, du brauchst jetzt ein erfrischendes Bad in deinem verlockenden Pool. Was meinst du dazu, wenn ich dich begleite?», schnurrte Muskelpäckchen mit einem leichten Akzent und machte sich daran, seiner Auftraggeberin die Träger ihres Bodys über die Schultern zu streifen, was Frau Odermatt mit einem aufreizenden Lächeln quittierte.

«Ich für meinen Teil habe genug gesehen», entschied Santoro, doch als er die Türklinke schon in der Hand hatte, entschied er sich anders. Die Szene hatte ihren Charakter schon wieder verändert, von einem Softporno mit möglichen akrobatischen Einlagen in Aussicht hatte sie sich zu einem Dialog à la Ingmar Bergman gewandelt. Der entscheidende Satz war vom Trainer ausgesprochen worden – kein störender Ehemann mehr, rein in den neuen Ehehafen – ein Satz, der die distanzierte Erotisierung der Dame schleunigst runtergefahren hatte. Zuerst distanzierte sie sich rein örtlich, indem sie sich mit einem sarkastischen Lächeln aus der Testosteron ausströmenden Umarmung befreite. Ihre Antwort auf die Zukunftsperspektive der Möchtegern-Nummer-Zwei liess den Erotikbarometer auf unter null sausen. «Du bist da, um mich in Form zu bringen, Branko, entweder durch raffiniertes Work-out oder durch hemmungsloses Vögeln. Je schneller du das begreifst, desto besser.»

«Die Schneekönigin hat gesprochen», flüsterte Zina und klammerte sich, ohne sich dessen bewusst zu werden, am Arm ihres Vorgesetzten fest, ihr fröstelte.

Dieser fasste automatisch nach ihrer Hand, führte sie zu seinem Mund und küsste ihre Handfläche.

«Herzenskälte ist nicht wirklich ansteckend, meine Liebe», flüsterte er, ihre Hand in seiner haltend.

Doch bald wurden sie beide von ihrer ungewöhnlichen körperlichen Nähe abgelenkt. Der Dialog im Spiegelschrank nahm ihren Fortgang.

«Annette, kleines Biest, reize mich nicht, sonst muss ich dir wieder mal zeigen, wer –»

«Idiot, auf deine geilen Spielchen hab ich jetzt gar keinen Bock. Zudem muss ich noch zum Notar, ich muss noch einige Formalitäten erledigen.» Mit diesen Worten drehte sich Frau Odermatt von ihrem multifunktionalen Angestellten ab und griff nach ihrem Handtuch.

«Das kannst du mir nicht antun, nach allem was ich für dich getan habe.»

Die Professorengattin drehte sich noch einmal um und sagte mit herablassendem Lächeln: «Nichts, was ich mir nicht auch

billiger kaufen könnte, Branko. Mach dich nicht wichtig, und mach dir keine falschen Hoffnungen.»

Und ganz für sich flüsterte sie auf die Tür zugehend vor sich hin: «Was stellt sich der Kerl eigentlich vor, was er ist?»

Bevor sie die Tür ganz erreichen konnte, drückte Santoro auf die Klinke und stand vor der verblüfften Frau, die ihn mit aufgerissenen Augen anstarrte.

«Frau Odermatt, guten Morgen. Ich glaube, Ihr Notar und seine Millionen werden noch ein bisschen Geduld haben müssen. Frau Goldberg und ich möchten uns noch ein bisschen mit Ihnen und Ihrem Partner unterhalten. Können wir uns vielleicht in die gute Stube begeben, dieser Keller verursacht mir klaustrophobische Anfälle. Zudem ist es hier ein bisschen stickig geworden, wenn Sie mir diese Bemerkung erlauben.»

Während Santoro die beiden aus dem Raum geleitete, sie laut schimpfend, er in sich zusammengefallen, schaute sich Zina nochmals im kleinen Raum um. Tatsächlich, sie hatte richtig geraten, alle vier Wände bestanden aus Spiegeln. Sie drehte sich einmal langsam um die eigene Achse und verfolgte ihr Spiegelbild. Na, einmal mochte das ja lustig sein, aber nach ein paar Minuten würde sie's dann gesehen haben. Zudem wurde ihr schon langsam schwindlig. Sie verliess den Raum und folgte dem Gezeter der Herrin des Hauses nach oben. Im Wohnzimmer angekommen, blieb Zina im Türrahmen stehen und betrachtete die Gruppe. Die beiden Männer hatten sich gesetzt, Santoro in einem Sessel, der offensichtlich niedergeschmetterte Trainer am äussersten Rand der luxuriösen Polstergruppe. Frau Professor stand immer noch und drohte, soweit Zina den Faden wieder aufnehmen konnte, ihrem Chef gerade mit unangenehmen Konsequenzen und Sanktionen, die dank einflussreichen Beziehungen auf ihn niederprasseln würden.

«Setzen», befahl Santoro in einem Ton, der die Frau zum Verstummen brachte. Zina ergriff diese Gelegenheit, um zu Frau Odermatt zu gehen und sie sanft aufs Sofa zu drücken. Das kann ja heiter werden, dachte sie.

«So, Frau Odermatt, wir möchten noch einige Punkte mit

Ihnen klären, … Nein, Sie wettern jetzt nicht wieder los. Sie stellen mir besser Ihren Liebhaber vor.»

Frau Odermatt nahm alle Würde zusammen, die sie in ihrem Outfit zusammenklauben konnte, und wandte sich in eisigem Ton an Santoro. «Wie können Sie es wagen, mich hier in meiner Trauer zu stören. Ihre schmutzigen Phantasien will ich mir nicht anhören müssen, Sie belästigen mich. Wenn Sie nicht sofort verschwinden –»

«Ich muss Sie leider unterrichten», unterbrach sie Zina in ruhigem, aber bestimmten Ton, «dass wir Ihr Gespräch mit angehört … und mit angesehen haben, muss ich hinzufügen, also empfehle ich Ihnen, einige unserer Fragen zu klären.»

Diese Offenbarung liess den Privattrainer noch mehr in sich zusammenfallen und Frau Odermatt noch steifer werden. Sie richtete ihre eindeutig hasserfüllten Augen auf den Kommissar und schien ihn mit ihren Blicken durchbohren zu wollen. Sie setzte schon zu einer geharnischten Tirade an, als sie von Santoro daran gehindert wurde. «Also, Frau Odermatt, stellen Sie uns bitte den Herrn hier vor.»

«Herr Stojanovic ist mein privater Coach, dazu da, mein persönliches Fitness- und Wellnessprogramm zu erstellen. Leider muss ich anfügen, dass er mich seit einiger Zeit mit seinen Avancen belästigt. Ich habe schon erwogen, ihn wegen sexueller Belästigung anzuzeigen. Leider war ich wohl in dieser Sache zu weichherzig. Ich möchte ja nicht, dass er meinetwegen ausgewiesen wird.»

Luder, dachte Zina.

«Mein Gott, was habe ich nur getan», jammerte Stojanovic.

Dieser Stossseufzer hatte die Wirkung, die Aufmerksamkeit der beiden Ermittler schlagartig auf den zu richten, der nun sein Gesicht hinter seinen Händen verbarg.

«Herr Stojanovic», begann Santoro, «falls Sie ein Geständnis ablegen möchten, muss ich Sie darauf hinweisen, dass alles, was Sie sagen, gegen Sie verw…»

Weiter kam Santoro nicht, denn Stojanovic fuchtelte schon mit den Armen, als ob er einen Schwarm Wespen abwehren wolle. Sichtlich um Worte ringend, brachte er hervor: «Nein!

Nein! Ich schwöre! Ich habe nichts getan, gar nichts. Ich schwöre auf meine Mutter!»

Santoro, anscheinend leicht entnervt über diese neuerliche Wende im Gespräch, schaute hilfesuchend um sich. Zina übernahm. «Was haben Sie jetzt getan? Rücken Sie mal mit der Sprache raus, Mann!»

«Dieser verdammte Idiot, konnte er denn nicht an seinem Platz bleiben?», grummelte Frau Odermatt vor sich hin, die Mundwinkel nach unten verziehend.

Diese Bemerkung war wohl eine zu viel, denn Stojanovic war schon aufgesprungen und stürzte sich auf Frau Odermatt mit den Worten: «Verdammte Schlampe, geiles Dreckstück …»

Die weiteren Worte waren nicht mehr verständlich, denn beide Ermittler hatten sich dazwischengestellt und versuchten mit vereinten Kräften, Stojanovic zu bändigen. Zina konnte noch aus dem Augenwinkel erkennen, wie sich Frau Odermatt, anscheinend das Spektakel geniessend, zurücklehnte. Mit einem amüsierten Lächeln, die Arme auf der Brust verschränkt, schaute sie dem Ausbruch der Gefühle zu. Stojanovic brüllte weiterhin, mehrheitlich in seiner Muttersprache.

«Sie gehen aus dem Raum, jetzt!», befahl Zina. «Ab in die Küche mit Ihnen!»

Frau Odermatt liess sich Zeit, dieser Aufforderung nachzukommen. Betont gemächlich stand sie auf, den Blick immer auf ihren Angreifer gerichtet. Im Türrahmen hielt sie noch mal inne, um mitzuteilen, dass sie in ihrem Schlafzimmer zu finden sei, da sie sich hinlegen wolle. Sie schloss ihre kleine Rede mit den Worten: «Gefühlsknatsch ist einfach so was von ermüdend.»

«Fuori!», schrie Santoro.

Stojanovic spie ihr noch einige verbale Brocken nach, die von Frau Odermatt jedoch unbeachtet blieben, dann, ganz plötzlich, sank er in sich zusammen, setzte sich wieder aufs Sofa und stützte die Stirn in seine Hände.

Zina Goldberg und Matteo Santoro schauten sich an, atmeten beide gleichzeitig tief ein und nahmen ihren Platz wieder ein. Nachdem der Kommissar einen nachdenklichen Blick auf den Verzweifelten geworfen hatte, machte er seiner Assisten-

tin ein Zeichen mit dem Kopf. Zina verstand, stand auf und folgte der Professorengattin in den ersten Stock. Das hiess wohl, dachte Zina mit einem Lächeln, ich will hier ein Männergespräch führen, kümmern Sie sich mal um die weibliche Seite dieser Seifenoper und versuchen Sie, der geilen Fitnessvettel ein bisschen auf den Zahn zu fühlen.

Santoro wandte sich Stojanovic zu, schlug sich mit beiden Händen auf die Knie und begann aufmunternd. «So, jetzt packen Sie mal aus. Was haben Sie angestellt?»

«Ich habe Schande über meine Familie gebracht.»

«Und wie haben Sie das geschafft?»

«Ich habe gedacht, das ist ein guter Plan. Die Frau langweilt sich, vögelt gerne mit mir, hat nie genug. Also wird sie mich heiraten, um mich immer bei der Hand zu haben.»

«Und *Ihr* Vorteil in dieser Abmachung?»

«Geld natürlich. Haben Sie eine Vorstellung, wie viel Geld die Frau hat? Mit ihrem Sackgeld könnte ich meine Grosseltern, meine Onkel und Tanten, sogar meine Cousins unterstützen. Mit dem Geld aus der Lebensversicherung könnten sie sogar ein Geschäft eröffnen in Kroatien, wohlverstanden. Ein Restaurant, ein Hotel zum Beispiel, oder es wäre möglich, einen Souvenirladen an der Küste zu kaufen. In den nächsten Jahren wird ganz Europa zu uns kommen, wir sind richtig in – klares Wasser, niedrige Preise, schöne Kirchen und Naturreservate. Nur, das Problem ist, ohne Anfangskapital läuft gar nichts, und die Möglichkeiten nutzen die andern, und wir hocken weiter auf unserem Bauernhof und züchten magere Hühner.»

Dann wohl doch besser ein mageres, aber sehr reiches Huhn vögeln und rupfen, sagte sich Santoro. Das war wohl der Plan gewesen. Die Frage war: Was war alles im Plan inbegriffen? Auch die Beseitigung des störenden Noch-Ehemannes, um besser an den Zaster zu kommen? Weichgekocht wie der Kerl jetzt dasass, würde er ihn schon zum Reden bringen, ermahnte sich Santoro. «Und da haben Sie beschlossen, den Ehemann aus dem Weg zu räumen?», fragte er verständnisvoll, als ob nichts natürlicher wäre als das Abmurksen fehlplatzierter Ehemänner.

Frau Odermatt lag hingefläzt auf dem riesigen Bett, einen seidenen Kimono mit riesigen Lotosblüten um sich drapiert. Hat wohl eine Weiterbildung in aufreizenden Posen belegt, dachte Zina, ihren Ärger mühevoll verbergend. Und zwar mit der Version für die Fortgeschrittenen – mit Accessoires. Als ob die Frau in Pose Gedanken lesen könne, griff sie nach einem Fächer und begann sich, sichtlich gelangweilt, Luft zu wedeln. «Also, was wollen Sie noch wissen. Nachdem Sie mich unerlaubterweise begafft haben, sollten Sie doch verstanden haben, wie der Hase läuft. Oder brauchen Sie noch eine Nachhilfestunde?»

«Ich frage mich, ob Sie den Mord alleine geplant haben oder ob Sie Ihren Geliebten haben mitwirken lassen.»

«Du meine Güte, sind Sie aber old fashioned! Mein Leben war auch so sehr gut durchgeplant, da war gar keine Neuorganisation notwendig», meinte Frau Odermatt schmunzelnd.

«Haben Sie Ihren Mann noch geliebt?»

Diesmal löste die Frage ein offenes und nicht sehr damenhaftes Lachen aus. Als sie sich beruhigt hatte, nach mehreren sehr gelungenen abschliessenden Glucksern, wie Zina fand, schloss sie den Fächer und richtete sich, scheinbar neugierig, an Zina. «So naiv wie Sie tun, können Sie doch gar nicht sein, oder doch? Ja, Sie könnten tatsächlich zu den dummen Frauen gehören, die ganz selbstständig sind und einen Mann nur aus Liebe heiraten. Nur dass Sie ja wohl keiner will, wenn ich richtig verstanden habe.»

Bei diesen Worten hatte sie ostentativ auf den fehlenden Ehering gestarrt. Seufzend fuhr sie fort: «Tja, in diesem Leben wird das wohl nichts mehr, nicht. Sie sind ja schon in die Jahre gekommen, Kleines. Noch nicht ganz vierzig, wie? Die Männer haben nun mal lieber frisches Fleisch, da muss man schon früh zu planen beginnen.»

«Und das haben Sie getan, wenn ich Sie richtig verstehe, Frau Professor?»

«Genau. Planen und auf den richtigen Gaul setzen, ihm das richtige Futter verabreichen und ihn in die richtige Bahn leiten.»

Mittlerweile wunderte sich Zina, warum sie dieser Frau

noch nicht an die Gurgel gesprungen war. Schliesslich legte sie es darauf an, sie auf die Palme zu bringen, sie dort zu treffen, wo es am meisten wehtat. Die Angriffe waren ja nicht ganz aus der Luft gegriffen, die Analyse entbehrte nicht einer brutalen Klarsichtigkeit. Erstaunlich, erstaunlich, dachte Zina. Statt verletzt zu sein, statt wütend zu werden, um sich wie eine Furie auf sie zu werfen, entdeckte sie in sich ein leises Glücksgefühl, das sie sich nicht erklären konnte. Und sie fand noch etwas, das sie schlicht erstaunte: Mitleid, nein, Mitgefühl – denn mitleiden wollte sie hier garantiert nicht – für diese allzu reiche, allzu verwöhnte und doch älter werdende Frau, die auf einen Mann gesetzt hatte, um sich nicht ihrem eigenen Leben stellen zu müssen. Ein Mann, der sie enttäuscht hatte, da war sich Zina sicher. Annette Odermatt hatte sich ihr Leben mit Bestimmtheit nicht so vorgestellt. Alleine in einem gestylten und kalten Kasten, mit einem bezahlten Fitnesstypen gegen die Langeweile.

Sie erkannte, dass sie schon seit einiger Zeit aus dem Fenster gestarrt hatte, mit einem verträumten Lächeln auf den Lippen. Es war höchste Zeit, sich wieder um die Nicht-wirklich-lustige-Witwe zu kümmern. Wo waren sie nur stehen geblieben? Frau Odermatt kam ihr zum Glück entgegen und lieferte das Stichwort. «Ich hatte ein sehr effizientes und preisgünstiges Arrangement organisiert. Also kommen Sie mir nicht auf die abstruse Idee, ich hätte meinen Ehemann ermordet.»

Stojanovic fuchtelte immer noch wild mit den Händen und beschwor zweisprachig seine Unschuld. Entweder ist der Kerl ein sehr guter Schauspieler, oder er ist tatsächlich so naiv und hilflos, wie er sich gibt, grübelte Santoro, abwartend, dass Stojanovic wieder ansprechbar werde. Um das Prozedere ein bisschen zu beschleunigen, hob er die Hände und winkte langsam in dessen Richtung. Du meine Güte, dachte Santoro, wie *il polacco* bei seinem *non abbiate paura*. Die Aktion hatte Erfolg. È chiaro, schmunzelte Santoro in sich hinein, ein Kroate, ein Katholik.

«Herr Stojanovic, was meinten Sie mit Ihrer Aussage: Was habe ich nur getan?»

«Auf das falsche Pferd gesetzt.»

«Sie haben Geld bei Pferderennen verloren?»

«Nein, Herr Kommissar, tun Sie doch nicht so. Ich meine, dass ich auf die falsche Frau gesetzt habe. An diesem Abend, als der Professor ermordet wurde, habe ich meine Verlobung gelöst. Und damit Schande über meine ganze Familie gebracht. Das ganze Dorf ist jetzt gegen uns.»

Konnte jemand wirklich so banal-blöd sein, einem Ermittler ein so enormes Motiv auf einem Tablett zu liefern? Der Ablauf schien ja direkt vorgegeben: am Abend die Verlobte verabschieden, in der Nacht den Rivalen ermorden und nach einigen Tagen die Witwe mit einem Heiratsantrag trösten – und ganz nebenbei die Finanzierung der Familieninvestitionen garantieren. Er musste herausfinden, wie der Kerl vis-à-vis wirklich tickte. «Und wie bitte gedachten Sie an die Moneten zu kommen? Was wollten Sie denn mit dem Ehemann anstellen?»

«Ich?», begehrte Stojanovic scheinbar empört auf. «Ich? Gar nichts. Haben Sie es denn nicht gesehen? Die Frau ist doch verrückt nach mir, die kann doch gar nicht genug bekommen. Dieses kleine, mickrige alte Männchen war doch noch nie auf der Höhe, zudem hat er doch nur noch gearbeitet. In der Schweiz lassen sich doch sowieso alle Frauen scheiden, weil die Männer nichts bringen – schlafen alle vor dem Fernseher ein.»

Mit einem wissenden Kopfnicken schloss Stojanovic sein Votum und schaute Santoro selbstbewusst in die Augen. Der ist doch tatsächlich so blöd, wie er tut, sagte sich Santoro und wusste einen Augenblick lang nicht weiter.

Mageres, einsames, kaltes Vögelchen, dachte Zina. Trotzdem. Sie war auch so berechnend, kaltblütig und intelligent genug, sich einen solchen Mord auszudenken.

«Ihr Ehemann war Ihnen doch auch im Weg, Frau Odermatt, das müssen Sie doch zugeben.»

«Quatsch, alles eine Frage der Organisation, des Timings.»

«So meine ich das nicht. Versuchen wir es mal von der andern Seite. Wofür brauchten Sie ihn eigentlich noch?»

«Na, für die Beziehungen, die Einladungen, die Vernissagen, die Theatervorstellungen, all das eben. Oder glauben Sie, dass eine geschiedene Frau in diesen Kreisen alleine eingeladen wird? Immerhin gehöre ich doch zur Basler Prominenz. Warum sollte ich darauf verzichten?»

«Und Ihr Mann, wusste er von der Multifunktionalität des Trainers?»

«Das hat ihn doch schon lange nicht mehr interessiert.»

«Und er, wollte er sich denn nie scheiden lassen?»

«Ein Professor mit Frau macht sich einfach besser als ein Professor ohne Frau. That's it.»

«Und er, hatte er auch eine Geliebte?»

«Nehmen Sie da ruhig die Mehrzahl. Wobei, was die letzten Jahre anbelangt, da bin ich mir gar nicht so sicher. Er brachte es nicht mehr, wenn Sie verstehen, was ich meine. Wohl zu viel gearbeitet. Den unwiderstehlichen Charmeur, den hat er natürlich immer noch mit Enthusiasmus gespielt. Aber eben, ich bin da gar nicht mehr auf dem Laufenden.»

«Sie haben nie mit Ihrem Mann über Ihre Probleme gesprochen?»

«Das hab ich sehr schnell aufgegeben. Haben Sie schon mal versucht, mit einem Psychologen über *seine* Probleme zu sprechen? Da prallen Sie ganz schön ab, das kann ich Ihnen versichern. Schwups! Und schon ist der Ball wieder bei Ihnen und Ihren Problemen. Und zu guter Letzt stellen Sie fest, dass der Schwarze Peter in *Ihren* Händen liegt. Die lernen das doch von der Pieke auf.»

Das Lächeln, das auf den Lippen von Frau Odermatt am Ersterben war, schien sarkastisch zu sein. Doch, dachte Zina, auch ein bisschen traurig, ja wehmütig. Sie hatte es anscheinend tatsächlich versucht. Wie mochte diese Frau vor zwanzig Jahren ausgesehen haben, als sie noch eine frischgebackene Ehefrau war? Wie hatte sie damals wohl noch gedacht, gefühlt? Welche Hoffnungen hatte sie wohl damals noch gehegt, die ihren Glanz verloren hatten und sich zum Schluss als Chimären entpuppt hatten? Der Verlust dieser Illusionen hatte aber nicht Platz für neue Hoffnungen gemacht. Nein, diese Frau hatte sich an ihnen

festgekrallt, hatte sich in ein Arrangement hineingezwängt, war in ihrem goldigen Käfig stecken geblieben – und war darin verkümmert. *Quel gâchis!*

Sie beschloss, eine andere Taktik einzuschlagen. «Kennen Sie Herrn Nötzli?»

«Wer soll denn das sein?», fragte Frau Odermatt desinteressiert.

«Ein Patient. Hat Ihr Mann Ihnen nicht erzählt, dass er ihn in einem seiner Seminare präsentiert hat?»

«Möglich. Ich habe nicht aufmerksam zugehört. Das habe ich Ihnen doch schon erzählt. Aber eigentlich glaube ich es nicht. Die interessierten ihn nicht wirklich. Nein, wenn ich mich nicht täusche, war er eher mit andern Dingen beschäftigt. Machtspielchen, würde ich sagen.»

«Können Sie das präzisieren?»

«Nein, war mehr so ein Gefühl. Er war irgendwie aufgekratzt in den letzten Tagen. Meinte, er habe noch nicht sein letztes Wort gesprochen. So was in der Art zumindest.»

Zina Goldberg, die hellhörig geworden war, versuchte Genaueres zu erfahren, doch Frau Odermatt konnte nicht weiterhelfen, und zudem schien sie gänzlich uninteressiert.

Zina hätte jetzt ihre Befragung beenden können, sie glaubte nicht an die Schuld dieser Frau. Dafür fehlte die Leidenschaft, der Hass schien verstaubt und leblos. Aus Verbitterung und einem angepassten Lebensstil war dieser Mord nicht entstanden. Und zudem glaubte sie dieser Frau, dass ihr an der Professorengattin-Masche was lag. Es lag ihr sogar sehr viel daran. Trotzdem wollte Zina noch etwas wissen. «Sie haben nie daran gedacht, ein neues Leben mit einem neuen Mann zu beginnen?»

«Ha, Sie gehören wohl zu den naiven Frauen, die noch daran glauben, dass *ein* Mann genügt, um all ihre Bedürfnisse zu stillen? Nein, eine Frau braucht mindestens vier Männer.»

«Für?»

«Ein Mann für das Haus, den Unterhalt und die Beziehungen, ein zweiter Mann für den Sex und das ganze Drumherum, ein dritter für die intellektuellen Ansprüche, also gescheite Gespräche, und einen vierten für den Seelenkrempel.»

Zina zählte nach. Odermatt für die erste Rolle, der Trainer für die zweite … da fehlten noch zwei.

«Und wer bitte, wenn ich fragen darf, erfüllt die letzten beiden Aufgaben?»

«Oh, da hab ich auch ein Multitasking organisiert. Habermaus ist nicht nur sehr gebildet, nein, er sieht in mir eine arme vernachlässigte Frau, die zu depressiven Mustern neigt. Er hört mir so gerne und so verständnisvoll zu. Mit Herrn Glaser konnte ich meine intellektuellen Fähigkeiten erproben. Er schaute zwar immer die Heizkörper oder den Lampenschirm an, ein gescheites Bürschchen ist er trotzdem.»

«Sie rechneten also mit einer Scheidung?», hakte Santoro nach.

«Sicher.»

«Heute Morgen haben Sie eine ganz schön kalte Dusche eingefangen. Anscheinend ist die Frau gar nicht an Ihnen interessiert.»

Nachdenklich nickend, schaute der verschmähte Ehemann in spe auf den Boden. Dann schien er sich aufzurappeln.

«Sie kann von mir nicht lassen, sie kann nie genug bekommen. Ich werde sie noch überzeugen, glauben Sie mir. Wir brauchen das Geld, bald. Die Preise steigen jetzt schon unkontrolliert.»

Der glaubt doch tatsächlich daran, sagte sich Santoro.

***

Das Badhüsli Breite war über den Mittag gut besucht. Viele Baslerinnen und Basler suchten in diesen Tagen irgendwo, irgendwie ein bisschen Frische, also waren viele an den Rhein gepilgert. Sie lagen auf ihren Tüchern, eng aneinandergereiht, auf den Holzstegen, die auf mächtigen Pfeilern, die in den Rhein reichten, gebaut worden waren. Oder sie sassen, wie jetzt Santoro und Zina, an einem der kleinen Tische der Buvette und assen eines der angebotenen Menus. Die beiden hatten sich für Melone und Salate entschieden, kalt und frisch musste es sein, die Hitze flimmerte über dem Fluss, ein grauer, überhitzter

Schleier hing über der Stadt. Die Ozonwerte waren einmal mehr weit über ihren Grenzwert galoppiert, alle ächzten nach Regen.

Zina wagte einen Blick nach unten. Zwischen den Balken konnte sie das Wasser erkennen, das unter ihnen gemächlich dahinfloss. Das Ding wird schon halten, sagte sie sich, es hat noch nie einen Unfall hier gegeben, noch nie ist ein Badhüsli in sich zusammengebrochen. In der Schweiz wird immer alles kontrolliert, ja überkontrolliert, also kann ich genauso gut in aller Ruhe hier sitzen und meine Mittagspause in dieser Ferienstimmung geniessen. Ich werde *nicht* unter Trümmern vergraben und von den Fluten mitgerissen werden, und ich werde nicht erbärmlich erdrückt und ertrinken. Anscheinend hatte sie vor lauter Beruhigungsstrategie etwas verpasst, denn Santoro mahnte sie vorwurfsvoll zur Ordnung. «Haben Sie überhaupt zugehört, Goldberg? Und hören Sie auf, wie die Katze auf die Badewanne zu starren, Sie werden heute nicht ins kalte Wasser geschmissen – zumindest nicht, bevor ich meinen Bericht beendet habe», schloss er mit einem Grinsen.

«Ich habe sehr wohl zugehört. Ich habe nämlich die Fähigkeit, mir sowohl vor lauter Angst in die Badehose zu machen, wie auch Ihren spannenden Ausführungen zu folgen. Sie sagten – nur so zum Beweis –, dass Sie den Multitask-Trainer nicht für den Mörder halten, da er mindestens so dumm sei, wie er aussehe. Ich pflichte Ihnen bei, diese Typen mit Schwänzchen sind einfach affig und kriegen sicher keinen subtilen Mord hin.» Und ganz nebenbei und anscheinend völlig aus dem Zusammenhang gerissen fügte sie hinzu: «Sie sollten dringend zum Coiffeur, Chef.» Wonach sie wieder zwischen den Spalten runterstarrte.

Automatisch langte Santoro zu seinem Nacken, wo er tatsächlich ziemlich viel Haar erfasste.

«Und ich hatte mir doch schon so schöne Haargummis *poschtet*», jammerte Santoro theatralisch. Er hatte tatsächlich ganz vergessen, zum Coiffeur zu gehen, was doch gar nicht zu ihm passte, stellte Santoro leicht beunruhigt fest. Was war nur mit ihm los? Aber genau das wollte er gar nicht wissen, beschloss er

gleich darauf und wandte sich wieder seiner Aufgabe zu. Nichts ist so geeignet wie ein Mordfall, um nicht über sich selbst und seine eigenen Probleme nachzudenken, dachte Santoro zufrieden.

«Also, Goldberg, der Geliebte war es nicht, und soviel ich aus Ihren Ausführungen verstanden habe, war es die Ehefrau auch nicht. Glauben Sie wirklich, dass die Frau so kaltschnäuzig berechnend ist, wie sie sich gibt? Glauben Sie nicht, dass sie ihn gehasst hat?»

«Oh, das schon. Aber diese Frau gehört zur Sorte, die nicht loslässt. Sie hält ihr Objekt des Hasses lieber weiter im Griff und lässt ihn bluten. Der Untreue soll bezahlen, nichts dafür erhalten, zusehen müssen, wie sie ihn hintergeht. Zudem scharwenzelt sie dauernd aufreizend, die Hüften schwenkend, vor seiner Nase herum – und lässt ihn nicht ran. Nein, die Frau hat ihn nicht umgebracht, sie wollte ihn noch lange leiden sehen. Glauben Sie mir, ich habe recht.»

«Das ist ja eh das grundlegende Axiom, Goldie.»

«Das ist die richtige Einstellung, machen Sie weiter.»

Doch genau das konnte er nicht, denn sein Natel spielte gerade *La donna è mobile*. Santoro wollte schon über die neuerlichen Faxen seines Sohnes herziehen, als er seine Meinung änderte. Die Arie aus Rigoletto passte doch hervorragend zu Lady Odermatt. *O wie so trügerisch sind Weiberherzen!* Er unterbrach das ewige Tem-te-tem … temtetem.

«Ah, Herr Stump, wie geht es den informatischen Abgründen? … keine Viren? … Zumindest nicht der sonst grassierende … Aha, vielleicht ein Wurm? … Sie *gussle* also weiter? … Sie brauchen Müller? Nein, ich weiss auch nicht, wo er zu erreichen ist. … Ja, Italien, das haben Sie mir gesagt … Nein, nur weil ich über italienische Wurzeln verfüge, weiss ich trotzdem nicht, wo sich jeder Tourist befindet … Ja, suchen Sie weiter, den Wurm und den Müller. Und sonst versuchen Sie, ihn weiter selbst zu knacken … Nein, nicht den Müller, den Wurm.»

Zina, die während des Telefonats ihres Chefs geistesabwesend auf den Rhein und seine gelangweilten Fischer geschaut hatte

und nur Wortfetzen mitbekommen hatte, blickte ihn fragend an. War das ein Gespräch unter Fischern gewesen? Ging es darum, die richtigen Würmer an die Angel zu bekommen?

«Also, damit Sie mich nicht weiter anschauen, als sei ich irgendetwas Glitschiges: Stump, der junge Informatiktyp, versucht immer noch ins Innere der Festplatte des Professors vorzudringen. Er dachte, er habe es mit einem gängigen und im Moment weitverbreiteten Virus zu tun. Dem ist aber nicht so. Vielmehr scheint der seltene Wurm den Computer gefressen zu haben, und er kommt nicht weiter, weshalb er gerne seinen Chef anrufen möchte. Der ist aber in den Ferien und unerreichbar. Und jetzt steht das arme Kerlchen ganz verloren und einsam da und weiss nicht, wie er unsere Informationen aus dem Blechdings herauskitzeln könnte.»

«Was hab ich Ihnen über Männer mit Schwänzchen gesagt?»

«Und ich dachte, Sie würden etwas Nettes über Chefs erzählen, deren Wert erst durch ihre Nichterreichbarkeit zur Geltung kommt.»

«Soll ich Ihnen ein Eis bestellen? Kühlt bekanntlich das Mütchen.»

Es war dann aber Santoro, der an die Theke ging und mit zwei Bechern Eis und zwei Espressi zurückkam. Beide löffelten gedankenverloren und genüsslich, bis Santoro, wieder sehr ernst, aufseufzte. «Mir hätte das gefallen, ich meine den Mord à la Macbeth. Die böse Ehefrau, die einen Deppen dazu bringt, die Drecksarbeit für sie zu erledigen.»

«Haben Sie eine Vorliebe für kaltblütige und berechnende Mörderinnen?»

«Frau Odermatt hätte ich mit dem grössten Vergnügen verhaftet. So ein kleiner Mord *en famille* hat etwas Schlichtes, Nachvollziehbares. Aber nein, die beiden entpuppen sich als zwei harmlose Idioten, die zwischen zwei Turnübungen auch noch herumvögeln. Ist Ihnen klar, Frau, was das für uns bedeutet?»

«Zurück in die Klapsmühle.»

«Und da will ich nicht mehr unvorbereitet hingehen. Sie, meine Assistentin, werden also den Nachmittag damit ver-

bringen, alle unsere Interviews durchzugehen, einzutippen, Widersprüche herauszufiltern, Merkwürdigkeiten mitzuberücksichtigen und Zwischenergebnisse festzuhalten.»

«Und Sie? Werden was?»

«Ich werde die Netze wieder einholen, die ich ausgeworfen habe. Das heisst, alle meine Delegationen wieder zentralisieren, kurzum telefonieren und Blabla. Aber zuerst werde ich zum Coiffeur gehen, denn Ihr Blick auf meinen Nacken ist mir Aufforderung, und Ihr Wunsch ist mir Befehl.»

Sie sollte lernen, den Mund zu halten, ermahnte sie sich einmal mehr.

***

Zina sass an ihrem Schreibtisch und las alle Protokolle noch mal durch. Sie hatte das Gefühl, schon seit Stunden über diesen Schriften zu brüten, doch die Erkenntnisse weigerten sich zu schlüpfen. Lauter unbeantwortete Fragen, Alibis, die kaum zu überprüfen waren, lauter unwahrscheinliche Motive, dachte sie missmutig. Niemand konnte ausgeschlossen werden, aber auch keiner ragte als möglicher Täter heraus. Die Laufburschen der uniformierten Polizei hatten alle Videoaufnahmen überprüft, die sie ausfindig gemacht hatten, ohne Erfolg. Die einzigen auch nur einigermassen überwachten Gebäude waren die geschlossenen Abteilungen, und dort hatte ab einundzwanzig Uhr tote Hose geherrscht. Das Institut selbst war, sollte sie den Aufnahmen trauen, ab neunzehn Uhr weder betreten noch verlassen worden. Die Kameras waren jedoch so sparsam und derart offensichtlich platziert, dass jeder Dummkopf sie umgehen konnte. Wäre auch Herr Nötzli, gefangen in seinem Wahn, bestimmten Engeln zu Diensten zu sein, fähig gewesen, die Überwachungsanlage zu überlisten? Konnten sie ihn wirklich von der Liste streichen, oder wollten sie das Offensichtliche einfach nicht akzeptieren? Die Idee eines komplizierten Mordes, die ein schlichtes Motiv verbarg, das war wirklich verlockend gewesen. Doch bei genauerem Hinschauen hatten die Kandidaten versagt.

Sie hatten einfach noch nicht das Wesen dieses Falles erfasst. Zudem waren die harten Fakten unbedeutend, nichtssagend, oder wie die Spuren im Zimmer des Professors einfach zu viele. Auch die eigentliche Persönlichkeit des Ermordeten hatten sie noch nicht wirklich erfasst, zu widersprüchlich waren die Aussagen der Befragten. War er ein Schürzenjäger gewesen, und hatte er wirklich zahlreiche Studentinnen aufs Kreuz gelegt, oder war alles nur organisierte Schaumschlägerei? Zudem konnte sie in dieser abgestandenen Luft, in dieser Gluthitze einfach keine kühlen Gedanken, geschweige denn kühne Hypothesen entwickeln. Ihr schwarzes Top klebte an ihrem Rücken fest, die schwarzen Jeans aus starrem Stoff sassen heute noch viel enger als sonst, ihre Kopfhaut prickelte, bald wäre jucken die richtige Bezeichnung. Ihre Augen brannten – Ozonwerte lassen grüssen.

Und überhaupt war sie am Austrocknen, am Verdursten. Sie brauchte jetzt dringend eine Abkühlung, beschloss sie und machte sich auf den Weg zum nächstgelegenen Automaten. Sie schaute auf die Uhr. Noch nicht mal vier Uhr.

Santoro musste warten. Nur ein ganz kleiner Augenblick, hatte ihm sein Coiffeur versichert. Anscheinend hatten heute noch andere beschlossen, alte Zöpfe zu opfern, alle Stühle waren besetzt. Er hätte jetzt über den Fall nachdenken können, doch er verwarf diesen Gedanken augenblicklich.

Lieber liess er seinen Blick schweifen, nach einer geeigneten Ablenkung. Männer, die einsamen Wölfe, las er auf dem Titelblatt einer Frauenzeitschrift. Was diese Frauen sich alles ausdenken, sagte er sich kopfschüttelnd und griff nach dem Thema.

Aha, von einem Mann geschrieben.

Verräter.

Er begann mittendrin und las mit nur einem halben Auge, denn er war sich gar nicht so sicher, ob er wirklich so viel zu diesem Thema erfahren wollte. Nur vierzehn Prozent der Männer haben wirklich einen echten Freund. Möglich, befand er lakonisch. Er gehörte eher zu den sechsundachtzig Prozent

ohne, gab er kleinlaut zu. Er hatte nicht mal gewusst, dass sein alter Kumpel, Müller, in den Ferien war, geschweige denn, wo und mit wem. Dafür ganz schön viel Verwandtschaft, darauf waren diese Deutschen natürlich nicht gekommen.

Keine Ahnung, was *la famiglia* bedeutet, der Schreiberling.

Zusammen essen, über jeden Entwicklungsschritt eines jeden Neffen Bescheid wissen, über Politik diskutieren, sich nie einig sein und doch wissen, dass sie zusammengehörten.

So, so, eine Männerfreundschaft bestand nur zu neunzehn Prozent aus Gesprächen über sich selbst. Klar doch, gut so, waren doch keine Heulsusen. Manche Männer streiten mit ihren Frauen, einsame Wölfe mit dem Fussballkommentator. Viel gescheiter, urteilte Santoro. Die Frauen müssen alle Sozialkontakte organisieren, die armen. Also, *er* hatte nie einen Auftrag erteilt. Doch da schnappte ein Wort nach seiner ganzen Aufmerksamkeit. So, so, so, einsame Wölfe kleiden sich gerne ganz in Schwarz. Das lässt sie leicht verschlossen und doch attraktiv, nicht wirklich abweisend, doch geheimnisvoll wirken. Jetzt wurde es aber interessant. Sie haben Angst vor Nähe und dädädä, banaler ging's wohl nicht. Also nichts mehr über die Farbe Schwarz. Schade. Ich meine, sprach er zu sich selbst, hier geht es zwar um Männer, aber nur weil sie pechschwarze Haare hat, denn die sind echt, braucht sie ja nicht immer und nur und von oben bis unten wie ein hübscher Rabe daherzukommen.

Zina Goldberg hielt sich die eiskalte Mineralwasserflasche an die Stirn. Eine ganze Wanne voller Eiswürfel wäre angemessener, dachte sie sehnsüchtig. Mit den Vernehmungsprotokollen war sie jetzt einigermassen durch. Auch beim allerbesten Willen konnte sie nichts Brauchbares erkennen. Keine Widersprüche, kein Motiv und vor allem kein Muster. Gut, es hatte immer eine latente Konkurrenz zwischen Klotz und Odermatt geherrscht, und der Ermordete hatte in den letzten Jahren immer mehr an Einfluss verloren, wie seine therapeutische Richtung auch. Seine Macht war noch mehr geschmolzen, als Klotz die deutsche Welle eingeläutet hatte, und beim Projekt

Prometheus hatte er gar nichts mehr zu berichten gehabt. Er war sogar dagegen gewesen, hatte Stellung dagegen bezogen. Das hatte ihm sicher nicht viel Liebe vonseiten seiner Kollegen eingebracht.

Natürlich waren mit Prometheus viel Geld, viel Einfluss, viel Prestige verbunden. Aber hätte die Stimme eines einzigen, alternden Professors genügt, um die Sache in Gefahr zu bringen? Unwahrscheinlich.

Wobei.

Zina setzte sich an den Computer und gab «Prometheus» ein. Zuerst erschienen seitenlange Werbeblocks für die Untersuchung. Anscheinend ging es um nichts weniger als um die Stärkung des psychischen Wohls des Landes. Die Finanzierung war auch auf Jahre hinaus gewährleistet. Sie klickte den Link «Medien» an. Mehrere Zeitungen hatten über die Studie berichtet. Es hatte Informationsveranstaltungen gegeben, die nicht ganz so herausgekommen waren, wie die Veranstalter sich das vorgestellt hatten. Das Publikum hatte anscheinend voll gegen Prometheus Stellung bezogen, wie sich der Journalist ausdrückte. Anscheinend hatte sich eine Gegnerschaft gegen die Studie formiert, die Kritikpunkte betrafen verschiedene Ebenen. Zinas Neugier war geweckt. Nach verschiedenen Stichworteingaben erreichte sie die Plattform der Gegner: Ein Auge auf Prometheus. Von ethischen Bedenken, genetischen Tests und deren Zugänglichkeit, vom Nutzen für die Probanden war die Rede. Eine ziemliche Bombe hatten da die Forscher gezündet, die offensichtlich grundlegende gesellschaftliche Grundwerte in die Luft jagen konnte – nach Meinung der Gegner. Zina überflog nur die Stellungnahmen und musste feststellen, dass sie nicht alles verstand. Vor allem konnte sie die Argumente nicht gewichten, nicht auf ihre Richtigkeit prüfen. Sie überflog gerade einen Artikel, in dem die Frage gestellt wurde, welche Gesellschaft eigentlich projektiert sei, als ihr ein Name ins Auge sprang: Lina Stern.

Sie hatte die alte Dame vor einigen Monaten im Laufe einer Ermittlung kennen- und schätzengelernt. Seither besuchte sie die ehemalige Psychotherapeutin mehr oder weniger regelmäs-

sig. Die Frau hatte einen klaren Blick und eine scharfe Zunge. Genau das, was sie jetzt brauchten, um weiterzukommen.

Sie griff zum Telefon.

***

Als Santoro sein Arbeitszimmer betrat, erblickte er seine Assistentin, die seinen Gummibaum nicht nur bearbeitete, sondern auch leise und aufmunternd mit ihm sprach. Er verstand nicht alles, nur Wortfetzen wie armer Egon, eingesperrt, so ein kleiner Topf, lässt dich halb verstaubt stehen, drangen zu ihm durch. Diese Frauen waren wirklich nicht zu verstehen. Und warum bitte musste sie in diesem verniedlichenden Ton sprechen?

Er beschloss, diesem Gezwitscher ein Ende zu bereiten. «Habe ich Ihnen zu wenig Akten aufgehalst?»

«Auch Ihnen einen schönen Abend, Herr Kommissar.» Und nach einem kritischen Blick auf seine neue Frisur fügte sie an: «Den Kopf hat Ihnen ja schon jemand gewaschen, und zurechtgestutzt wurden Sie ja auch. Delegieren ist alles.»

So viel zur Autoritätsgläubigkeit seiner Untergebenen, dachte Santoro. Und die blöde Pflanze entstaubte sie auch noch konzentriert und ungerührt weiter. Er suchte nach einer schneidigen Erwiderung, als sie ihm zuvorkam.

«Haben Sie sonst noch was angestellt, oder haben Sie Ihren Nachmittag der Schönheit gewidmet?»

«Ich habe noch herumtelefoniert und nur Nieten gezogen. Die Göttin ist immer noch verschwunden, niemand hat Susi Schranz und ihren Schützling gesehen, niemand hat den Toten vor seiner Ermordung erblickt, Stump hat den Wurm in der Mailbox immer noch nicht umzingelt, woher die kleinen weissen Federn kommen, weiss auch noch kein Mensch. Und ich blicke bei diesem Psychologenwirrwarr eh nicht mehr durch und werde diesen Fall nie lösen können. Ich werde jetzt alles hinschmeissen und meinen Kopf in irgendeinen Sand stecken.»

«Nein, Chef, das werden Sie nicht, denn Sie haben heute Abend ein Date mit einer alten Dame, die uns mit ihrer Laterne leuchten wird. Frau Stern hat darauf bestanden, dass ich Sie

mitschleppe. Sie werden sich also umziehen und ein neues Lächeln aufsetzen, denn ich möchte nicht, dass Sie heute Abend *e Schämmer risse.*»

«Wenigstens muss ich mich nicht mehr frisch machen. Die kalte Dusche hab ich ja schon mal erhalten.»

ELF

Als Zina Goldberg und Matteo Santoro an der Pauluskirche vorbeiradelten und in die Arnold-Böcklin-Strasse einbogen, hörten sie schon das Geschrei. Oder war es ein Gejaule? Beide schauten sich mit hochgezogenen Augenbrauen an und drückten heftiger in die Pedale. Mindestens einem Lebewesen ging es da schlecht, ganz schlecht. Doch als sie sich dem Unruheherd näherten, bremste Zina abrupt ab, stieg vom Velo und meinte gelangweilt: «Zerberus spielt wieder mal verrückt.»

«Sind wir am Eingang der Hölle?», fragte Santoro leicht beunruhigt und tat es ihr nach. Sie näherten sich betont langsam dem Konfliktherd.

«Nein, die Katze, Frau Sterns Katze. Ich meine, Zerberus ist die Katze, das graue, harmlos wirkende Wuschelding dort auf der Mauer. Sie hat wohl wieder was ausgeheckt. Sie ist ein Monster.»

«Zerberus? Sie?»

«Das ist nur eine nebensächliche Problematik, Chef. Machen Sie es uns nicht noch schwerer.»

Mittlerweile waren sie so nahe herangekommen, dass sie die Akteure des Dramas erkennen konnten. Vor dem jaulenden Pelzknäuel hatte sich eine matronenhafte Endfünfzigerin mit stahlharter Dauerwelle aufgestellt, die abwechslungsweise eine sehr schlanke, sehr grosse und sehr wütende Frau im Türrahmen anwetterte und die Katze – das arme, arme Büsi – ansäuselte. Etwa fünf Meter vor der Zielgruppe blieben die beiden Ermittler stehen und versuchten sich ein Bild der Auseinandersetzung zu machen. Diesmal jaulte die sichtlich erboste Matrone auf, was ihre Dauerwelle zum Erbeben brachte.

«Das ganze Quartier weiss schon Bescheid, schämen Sie sich nicht? Die arme, kleine, hilflose Kreatur so leiden zu lassen. Sehen Sie denn nicht, dass sie sich einsam fühlt, hören Sie denn nicht, dass sie am Verhungern ist?»

«Ich sehe nur eine Katze, die sich zum Affen macht», antwortete Frau Stern, die Frau im Türrahmen.

«Miah, Miaou, Miaaaooouuu!», nahm Zerberus sein Stichwort auf.

«Aaaarms Büsi, aaaaarms Büseli, jo, jo, jo, gäll», schnurrte die stämmige Dame mitfühlend, um sich gleich wieder anklagend Frau Stern zuzuwenden. «Jeden Tag muss ich mir dieses Elend anhören. Und heute habe ich nicht mal ein Büchsli dabei für unseren kleinen Freund. Vielleicht hab ich ja doch was Gutes für das Schätzeli.»

Und schon fing sie an, in ihrer Tasche zu wursteln, um am Ende den Zipfel einer Wurst zu ergattern. Zerberus beschloss darauf, ihre Erbärmlichkeitspose aufzugeben, stellte sich auf die Hinterbeine und schnappte sich den Büchsenersatz mit ihren Krallen.

Zina wagte einen Blick auf ihren Chef. Was mochte er wohl von ihrer Freundin denken? Doch ihre Bedenken waren überflüssig, er amüsierte sich anscheinend königlich. Seine Augen funkelten, und seine Mundwinkel zuckten, bis er nachgab und nur noch grinste wie ein ganzer Wald voller Affen.

«Gopfriedstutz!», wütete jetzt Frau Stern. «Habe ich Ihnen nicht schon hundertmal gesagt, Sie sollen meine Katze nicht füttern, sie hat schon Verdauungsbeschwerden, ihretwegen.»

«Das ganze Quartier nimmt Anteil, Frau Stern, bald werden wir ein Fütterungskomitee gründen müssen.»

«Miau», freute sich Zerberus, die gleich darauf wieder elendiglich zu ihrer Retterin hochschaute.

«Vergessen Sie nicht, zuerst ein Konzept zu erstellen», kam es schneidend von der Tür.

«Mia-a-aouhh», tönte es erbärmlich und kaum hörbar von der Mauer.

«Jeeee!», schrie die Tierliebende auf und legte die Hand auf ihr Herz. «Das halte ich einfach nicht mehr aus. Ich sage Ihnen was, Frau Stern, jetzt reicht's. Ich werde morgen den Tierschutzverein anrufen, jawoll.»

Frau Stern richtete sich noch gerader auf und setzte schon zu einer gesalzenen Erwiderung an, als zum Erstaunen von Zina Santoro seinen Ausweis zückte und dezidiert auf die erzürnte Ernährerin zuging.

«Morddezernat Basel-Stadt.»

«A-a-ber, der Mord ist ja noch gar nicht geschehen», stotterte die Frau und behielt den Mund offen.

«Ähm, ja werte Dame, das sehen Sie ganz recht.» Und nach einigen Sekunden fuhr er ungerührt weiter: «Wir sind ja auch vom Dezernat für Mordprävention. Sie verstehen, wir kommen vorher. Überlassen Sie nur alles uns.»

Worauf der Kommissar sein zukünftiges Mordopfer unter den Arm nahm und mit einem breiten Lächeln die Treppe hochstieg.

Eine gute Stunde später sassen die drei auf der Veranda, beendeten gerade ihr vorzügliches afrikanisches Essen und unterhielten sich weiterhin angeregt. Die skurrile Szene mit der Katze hatte das Eis zum Brechen gebracht, sodass sie von Anfang an viel zusammen gelacht hatten. Lina Stern hatte sich nicht nur als hervorragende Köchin, sondern auch als witzige Erzählerin entpuppt. Anscheinend war Zerberus vom Mimen verschiedenster Neurosen in den letzten Wochen dazu übergegangen, soziale Missstände in Szene zu setzen, und das mit Erfolg. Zu Stosszeiten liebte sie es, sich auf die Mauer zu setzen, um die Vorbeiziehenden anzubetteln. Die feste Dame mit der unbeirrbaren Dauerwelle war nicht ihre einzige Retterin. In den vergangenen Wochen waren immer mehr freiwillige Sozialhelfer auf den Plan getreten, die auf dem Weg nach Hause dem armen Büsi ein Häppchen mitbrachten.

Lina Stern schilderte, wie sie sich zuerst bemüht hatte, den Vorbeigehenden das Handeln ihrer Katze zu erklären. Schliesslich wollte sie ja keinen Krach mit den Nachbarn. Die operante Konditionierung, hatte sie didaktisch wohldosiert erklärt, sei das psychologische Phänomen, die dem aktuellen Katzentheater zugrunde liege: Je mehr sie das blöde Getue der Katze belohnten, desto schlimmer musste es sich entwickeln. Niemand wollte sie verstehen, alle hatten nur Verständnis für die Katze. Sie zeigte den beiden sich vor Lachen krümmenden Polizisten gesten- und tonreich die Steigerung im Rollenspiel der Katze, vom dezenten und zurückhaltenden Miauen mit

hilflosem Blick bis zur hysterischen Vorstellung von heute Abend.

«Ihr Huhn mit Erdnüssen ist ein Gedicht», meinte Santoro lächelnd. «Wo haben Sie nur dieses afrikanische Rezept her?»

Zina schaute erschrocken drein, denn sie wusste, dass Lina die unschweizerische Tugend hatte, Menschen unter ihrem Dach aufzunehmen – sie zu verstecken.

Als Zina die alte Dame im Frühjahr kennengelernt hatte, war ihr Gast eine Frau aus Mittelamerika, die mit ihren Töchtern hätte ausgeschafft werden müssen. Zina schaute fragend zum zweiten Stock und erntete ein winziges Nein mit dem Kopf von Lina.

«Schauen Sie nicht wie ein aufgescheuchtes Reh, Goldberg. Also, Frau Stern, aus welchem afrikanischen Krisenherd stammt Ihr kulinarisches Wunder?», wollte Santoro wissen.

Er hatte es also auch erfahren, schloss Zina. Erwähnt hatte er es ihr gegenüber aber nie.

«Nigeria, Herr Santoro. Aber die drei netten jungen Herren sind nicht mehr da. Reisende sollte man nicht aufhalten, nicht wahr. Sie haben in Norwegen um Asyl gebeten und es auch erhalten. Nicht alle europäischen Länder sind so idiotisch, hochkompetente Chemiker und Geologen weiterziehen zu lassen, die in der Erdölgewinnung Erfahrungen gesammelt haben. Sie waren so unterhaltsam mit ihren Geschichten, zudem hörten sie mir auch gerne zu. Diese Menschen können das Wissen der alten Frauen eben noch schätzen. Kulturell bedingt. Es geht ihnen gut, nur kalt haben sie manchmal. … Aber diesmal interessieren Sie sich ja nicht für meine Gäste, da könnte ich im Moment auch nicht nachhelfen. Im Moment bin ich ganz alleine in diesem riesigen Kasten. Hoffentlich kommt bald wieder eine Fluchtwelle. Ein paar burmesische Mönche wären mir sehr willkommen, so ein bisschen Zen-Buddhismus täte meinem Leben ganz gut.»

Mit einem schelmischen Lächeln schaute sie von einem Gast zum anderen. Zina staunte einmal mehr, wie diese alte Weise immer wieder sehr kindliche und verspielte Züge zeigen konnte. Sie liess sich aber nicht täuschen. Lina Stern war eine

hochintelligente, kritische und sehr scharfsichtige Beobachterin. Und diese Tatsache wollte Zina nutzen.

«Es geht um Prometheus. Ich habe gesehen, dass du ebenfalls Stellung dagegen bezogen hast, Lina. Auch Odermatt war anscheinend im Clinch mit seinen Kollegen wegen dieser Studie, also wäre es gut, wenn wir wüssten, um was es da eigentlich geht.»

«Prometheus, was für ein sinniger Name, nur werden die Initianten der Studie nicht von Qualen verfolgt wie der Namensgeber, der sich als Gott gebärden wollte. Deren Eingeweide werden anscheinend in keinster Weise von Raubvögeln gefressen, irgendwelche Gewissensbisse kennen *die* nicht.»

«Was ist daran so schlimm, die Entstehung von Störungen zu untersuchen?», fragte Santoro.

«Daran ist gar nichts auszusetzen. Wurde auch schon hundertmal gemacht. Eigentlich sind die Ursachen sattsam bekannt, nur will das niemand wissen. Aber das ist nicht der Hauptkritikpunkt. Die Befürchtungen sind vielschichtig und betreffen die besonderen Ansätze dieser Untersuchung.»

Frau Stern lehnte sich zurück und seufzte tief.

«Wo soll ich nur anfangen? … Also …» Sie schien sich aufzuraffen, hatte sichtlich ein Ende des Knäuels gefunden. «Erstens ist das Ganze ein megalomanes Projekt. Die Kerlchen, denn es sind Männer, die das Kind schaukeln wollen, haben nichts anderes vor, als das psychische Wohl des Landes zu stärken. Sie wollen die ganze Gesellschaft durch Verhaltenstraining und medikamentöse Behandlung heilen und festigen. Übrigens stammen zwei Drittel der Gelder für die Chose von der Pharmaindustrie. Ich muss Ihnen, Herr Kommissar, ja wohl nicht erklären, dass die nicht ganz selbstlos ihr Geld verschleudern, nicht?»

«Sie meinen, die Studie könnte dazu beitragen, dass noch mehr Menschen Medikamente gegen ihr seelisches Leiden einnehmen könnten?»

«Gute Frage. Die Antwort kann ich Ihnen nicht sicher liefern, aber sie könnte trotzdem auf der Hand liegen. Und ich habe sie Ihnen auch suggeriert. Also seien Sie vorsichtig, auch mit dem, was ich Ihnen mitteile.»

Alte Hexe, dachte Zina einmal mehr, sie weiss genau, dass ihre Warnung dazu beitragen wird, dass wir ihre Informationen sehr wohlwollend aufnehmen werden.

«Ein weiterer Kritikpunkt betrifft die Ursachen, die untersucht werden sollen. Die Familie wird der einzige soziale Faktor sein, der einbezogen wird. Grundlegendere Ursachen wie Armut, soziale Integration, kultureller Hintergrund, soziale Sicherheit, sozialer Status, Eigenständigkeit der Mutter, des Vaters und vor allem auch die heutigen Arbeitsbedingungen. All das spielt in dieser Studie keine Rolle und wird nicht näher erfasst und betrachtet. Das ist natürlich Quatsch. Einbezogen könnten die Zusammenhänge eine kleine soziale Bombe darstellen. Denn eigentlich weiss heute jeder psychologisch versierte Mensch, dass unsere Gesellschaft dazu beiträgt, uns krank zu machen. Nur sind Studien, die dieses Wissen untermauern könnten, selten und nicht beliebt.»

«Die würden vielleicht nicht so viele Gelder von der Chemie bekommen.»

«Zinchen, du hast es erfasst. Wer möchte schon hören, dass Armut psychische Krankheiten generiert? Aber noch viel interessanter ist meiner Ansicht nach die Tatsache, dass ungerechte Gesellschaften, also solche, in denen die Schere zwischen Reichen und Armen immer grösser wird, diese Tendenz in besonders hohem Masse verschlimmern. Je grösser die Ungerechtigkeit, desto höher die psychischen Störungen, so lautet das Fazit dieser Studien. Alles steigt übrigens unter diesen Bedingungen: die Fettleibigkeit, das Schulversagen, das Suchtverhalten, die Kriminalität … Nur eines sinkt: die Lebenserwartung. Zu diesen immer ungerechteren Gesellschaften gehört übrigens die Mehrheit der industriellen Staaten, die Schweiz auch. Die Chemie schneidet sich also nicht gerne ins eigene Fleisch. Untersuchungen, die dazu aufmuntern, die Störungen durch viel Chemie, gewürzt mit ein bisschen Therapie, zu beheben, sind natürlich viel beliebter. Und stell dir vor, da kämen irgendwelche Weltverbesserer und wollten mehr Gleichheit, Freiheit und Menschlichkeit herstellen?»

Santoro nahm sich vor, diese Erkenntnisse seinem Vater

weiterzugeben. Auch alte Kommunisten sollten ab und zu ihre Freude haben, befand er milde.

«Dann hab ich noch gelesen, dass die geplante Studie nicht den Probanden zugutekommen wird. Stimmt das?», wollte Zina wissen.

«Das ist tatsächlich ein weiterer Punkt. Er wurde auch von der Ethikkommission aufgenommen. Die Kinder sollen ja zwanzig Jahre lang beobachtet werden. Einerseits wird das natürlich einen Einfluss haben auf die Familien, andererseits werden die nächsten Generationen erst von den Erkenntnissen profitieren können. Das ist aber nicht so gravierend wie die Tatsache, dass die DNA der Kinder in die Untersuchung miteinbezogen werden könnte. Eine der Fragen, die beantwortet werden soll, ist ja der Einfluss der Vererbung gegenüber der Umwelt. Also inwieweit spielt die familiäre Situation, die Erziehung, eine Rolle – denn hier wird der Begriff Umwelt eben sehr eng umgrenzt –, und wie spielen die Gene mit.»

Alle drei schwiegen einen Moment und schienen in Gedanken versunken zu sein. Es war Santoro, der als Erster wieder aus seinen Überlegungen auftauchte. Er schenkte allen Wein nach und meinte nachdenklich: «Ich hab so das Gefühl, dass das nicht gut sein kann. Wenn jemand einen genetischen Defekt hat, was passiert dann eigentlich? Und könnten Eltern, die psychische Schwierigkeiten haben, nicht aufgemuntert werden, einen genetischen Test vor der Geburt durchzuführen?»

«Die wichtigste Frage ist doch, Herr Santoro, welche Gesellschaft hier projektiert wird. Eine Gesellschaft, in der Menschen mit psychischen Schwierigkeiten so schnell als möglich wieder auf dem Damm sind? Oder eine, in die sie schon gar nicht hineingeboren werden sollen? Wer wird Zugang zu diesen Daten haben, die irgendwo gespeichert werden?»

«Hör auf Lina, mir wird schlecht. Ich komme mir schon vor wie in einem Science-Fiction-Film. Und die hasse ich.»

«Das ist doch wie im Film Gattaca, oder?», fragte Santoro. Als er auf fragende Blicke stiess, fuhr er weiter: «Die Menschen dürfen nur noch Kinder aus genetisch ausgesuchtem Material zeugen, und nur diese so entstandenen Menschen dürfen ver-

antwortungsvolle Arbeit übernehmen. Die andern kommen in die Putzequipe ... Mein Sohn liebt solche Filme», fügte er entschuldigend hinzu.

«Welche Konsequenzen aus den erhaltenen Daten gezogen werden, hängt sehr von den politischen Bedingungen ab, und wir haben keine Garantie für die Zukunft», schloss Lina Stern mit ernster Miene.

«Letztlich», begann Santoro, «könnten die Ergebnisse auch dazu verwendet werden, Politiker davon zu überzeugen, mehr Gelder in die Psychotherapie fliessen zu lassen, oder?»

«Nur geschieht im Moment etwas ganz anderes», entgegnete die alte Dame heftig. «Der Rotstift geht um. Zwar sind heute vierzig Prozent der Menschen in den Industriestaaten so weit, dass sie irgendwann psychologischen Rat holen müssen, die Kosten sollen aber gesenkt werden. Zumindest sollen diese nicht mehr von der Krankenkasse übernommen werden. Vor allem wenn es sich um Langzeittherapien handelt.»

«So wie die Psychoanalyse», stellte Zina fest.

«Unter anderem. Dauert zu lange, kostet zu viel. Eine Kurztherapie oder die richtigen Pillen tun es auch. Das sind so etwa die Argumente.»

Wieder legte sich Schweigen über die Runde. Santoro liess seinen Blick über den Garten schweifen. Was er sah, gefiel ihm. Die Blumenrabatten an den Seiten, die Ulme, die Trauerweide vor dem kleinen Teich, die Mauern, die dem kleinen Paradies Schutz gewährten, all dies vermittelte ein Gefühl von kleinem, geschütztem Paradies. Die Hektik, die Funktionalität, die kalten Linien, all das hatte hier keinen Eintritt. Hier war ein Platz, der sich nicht eignete, um einen Restrukturierungsplan zu erstellen. Dieser Ort war eher was für ... und bevor er nachdenken konnte, hatte er es schon laut formuliert: «Gedichte schreiben.»

«Interessant, dass Sie das erwähnen», nahm Lina Stern den Faden auf. «Ich habe mich schon gefragt, wie viele Dichter nicht geboren worden wären, wenn eine Gesellschaft depressives Erbmaterial aussortieren wollte. Rilke, den hätten sie sicher aussortiert, so was von depressiv mit seinem eingesperrten Pan-

ther. Hölderlin hätten sie wohl auch nicht durchgehen lassen. So was von tiefgründig traurig.»

«Verlaine, mit seinen *sanglots longs des violons de l'automne*, hat auch nie zur Erheiterung beigetragen», ergänzte Zina mit einem Lächeln.

«Und dann erst Shakespeare mit seinem ewigen Schlussgemetzel, der wirkt auch nicht sehr aufmunternd», meinte Santoro und fröstelte offenherzig. «Erschwerend für sein Verschulden ist die Tatsache, dass er immer einen überleben lässt, damit die deprimierende Angelegenheit weitererzählt werden kann. Schlägt seitdem auf die Moral ganzer Generationen. Und vergessen wir nicht die dumme Julia, die Gift trinkt, obwohl der blöde Romeo doch nur schläft.»

«Da handelt es sich eindeutig um eine inadäquate Interpretation einer alltäglichen Situation. Dramatisierung, wo nicht nötig, typisch Depressive», urteilte die alte Dame mit einem breiten Lächeln.

«Picasso mit seiner Guernica schlägt auch auf die Moral, und Dalì ist schlicht verstörend», ereiferte sich Zina.

Die Lippen verloren bald ihr Lächeln, und alle drei blickten in den Garten, als ob sie dort unsichtbare Dichter unter der Trauerweide und Maler am Teich erkennen könnten. Mit einem tiefen Seufzer löste sich die alte Dame als Erste von ihren inneren Bildern. Mit ihrer tiefen, fast rauen Stimme hob sie an zu sprechen: «Wie viele Dichter, Maler, ja Philosophen werden gar nicht mehr geboren, wenn wir nur noch gesundes, munteres und handlungsorientiertes Erbgut wollen. Das möchte ich mir gar nicht vorstellen. Und diejenigen, die durch die pränatalen Maschen flitzen, werden dann ganz schnell in ein Verhaltenstraining geschickt oder erhalten Glückspillen, damit sie nicht solch tieftraurige Verse und Bilder entwickeln. Für jedes Wort, für jede Handlung in die gewünschte Richtung bekommen sie dann ein Schoggistängeli oder ein Smiley ins Kontrollheft. Die Welt ist psychisch clean, alle Rädchen sind richtig geölt, und die Gesellschaft funktioniert viel effizienter.»

«Sie scheinen keine Verfechterin der Verhaltenstherapie zu sein, Frau Stern?»

«Herr Kommissar, so eindimensional gedenke ich gar nicht urteilen zu wollen», begann die alte Dame leicht tadelnd. «Zu meiner Zeit, also in den fünfziger bis in die siebziger Jahre, war es üblich, sich verschiedene Ansichten und Sichtweisen anzueignen. Damals hatten die Psychotherapeuten noch nicht das Gefühl, über eine einzige Wahrheit zu verfügen. Deshalb begannen wir zwar meist mit einer Ausbildung in einer bestimmten Richtung, waren aber begierig, andere Ansätze kennenzulernen. Wer als Analytiker begann, besuchte bald Kurse in Gesprächspsychotherapie, schnupperte in Workshops über Verhaltenstherapie, tummelte sich in irgendeiner Gruppentherapie, schnupperte bei den Gestalttypen und liess auch die Bioenergetik nicht aus. Um die Systemiker wollte auch niemand einen Bogen machen. Nach einigen Jahren erweiterten sich so unsere Erfahrung und unsere Sichtweise. Wir konnten aus einem weiten und tiefen See der Erkenntnis schöpfen, um passende Hilfestellungen zu geben. Natürlich gab es schon damals bornierte Alleswisser, die nur auf ihre Richtung, als die alleinige heilsbringende Lehre, eingeschworen waren. Aber sie waren in der Minderheit, und sie waren nicht an der Macht. Heute hat der Fundamentalismus leider auch in der Psychologie an Terrain gewonnen, und die Einäugigen sind an den Hebelstellen.»

«Könntest du dir vorstellen, dass die Dogmatiker bis zu einem Mord gehen könnten, um ihre Überzeugung durchzusetzen?», wollte Zina wissen.

Die alte Dame schmunzelte, runzelte die Stirn, schaute von einem Zuhörer zum andern, um dann ihren Blick Richtung Himmel schweifen zu lassen. Zuletzt schüttelte sie den Kopf und kicherte wie ein junges Mädchen. «Verlockend ist diese Vorstellung natürlich schon, dass sich diese alten, verbohrten Herren gegenseitig umbringen, realistisch hingegen scheint mir dieses Szenario nicht. Zudem wäre es erst noch verkehrt. Wenn jetzt der Odermatt einen Verhaltensheini abgemurkst hätte, in Ordnung. Das hätten wir folgendermassen interpretieren können: Alter, verbitterter Verfechter einer untergehenden, nicht mehr relevanten Weisheit kämpft mit allen Mitteln ums

Überleben seiner Menschenkenntnis, ist zu allem bereit und erschlägt zuletzt, in ziemlicher Verwirrung, seinen Widersacher, der ihm und der ganzen Menschheit vor dem Licht steht. Okay, das ginge ja ganz knapp durch. Aber da habt ihr ja ein völlig anderes Problem. Wer da ermordet wurde, ist doch eh die Spezies, die am Aussterben ist. Verlorene Liebesmüh, wenn ihr mich fragt. Wofür einen Kerl ermorden, der eh schon zu einer bedrohten Spezies gehört. Nein, dafür braucht es keinen Mord, dafür müssen sie nur die Uhr weiterticken lassen, und das Problem löst sich von selbst.»

«Herr Odermatt vertrat zwar eine schützenswerte psychotherapeutische Richtung, Ihr Herz haben Sie trotzdem nicht an ihn verloren, wenn ich das richtig verstehe.»

«Du mein liebes bisschen, Herr Kommissar, erstens gibt es nicht wirklich die gute und die böse Richtung, zweitens ist ein Mensch nicht intelligent, hilfreich, unterstützend, also gut für seine Umwelt, nur weil er die richtigen Bücher gelesen hat und bei den besten Professoren studiert hat. Damals kamen wissbegierige Menschen mit neugierigen Köpfen und offenen Herzen nach Basel. Aus der ganzen Welt.»

«Wir haben verschiedene Hinweise erhalten, dass Odermatt sich gegen Prometheus gestellt hat. Weisst du etwas darüber?», wollte Zina wissen.

«Ja, er hat Kontakt mit uns aufgenommen. Er zog in Erwägung, öffentlich Stellung zu beziehen.»

Die beiden Ermittler schauten sich an und fielen sich gegenseitig ins Wort. «Wäre das nicht ein harter Schlag gegen Prometheus gewesen?», sagte Santoro.

«Das erklärt, warum er so aufgekratzt war», fuhr Zina dazwischen.

«Auf Ihre Frage, ja, Herr Kommissar, und er war tatsächlich aufgekratzt, als er bei uns aufgetaucht ist.»

«Wann?», stiessen beide hervor.

«Vor einer Woche etwa, erschien unangemeldet in unserer Versammlung. Er war aber nicht nur aufgeregt, wenn ich jetzt zurückdenke, sondern auch ziemlich gehässig, rachsüchtig, würde ich sogar sagen.»

«Wann wollte er denn losschlagen?», wollte Zina wissen.

«Er hatte sich noch gar nicht definitiv entschieden, ob er den Schritt wagen sollte. Aber er stellte sich schon mal vor, für die hiesige Presse Kolumnen zu schreiben, im Lokalfernsehen Interviews zu geben, für den Anfang.»

«Einen Text hast du aber noch nicht erhalten?»

«Nein, Zina, er hat uns nur mündlich mitgeteilt, was er vorhatte.»

«Wir haben nur einige handschriftliche Notizen gefunden», sagte Santoro vor sich hin.

«Entweder er hatte es sich doch anders überlegt, oder er hatte noch nichts ausformuliert», meinte Lina Stern nüchtern.

«Oder jemand hat den Text verschwinden lassen.»

«Ja, Chef, und der verdammte Computer ist abgestürzt.»

«Stump soll endlich diesen Wurm kriegen», ärgerte sich Santoro.

Lina Stern seufzte, blickte angestrengt auf die leeren Teller, als ob sie dort Überreste einer verlorenen Weisheit suchen wollte. Zina, die sich unbeobachtet wähnte, liess ihren Blick auf ihr ruhen und fühlte eine ungewohnte Wärme in sich aufsteigen. Die Sonne musste mit dem Horizont flirten, dachte sie, denn die Hitze liess endlich nach, und die Konturen der beiden anderen Menschen am Tisch wurden weich und anziehend undurchdringlich. Die Dunkelheit schlich sich langsam an. Aber nicht, wie Zina feststellte, als Bedrohung, sondern als ein Hort der Geborgenheit.

Ich verweichliche hier noch, dachte sie.

«Ich erzähle Ihnen jetzt eine Geschichte», sagte Lina Stern in die Stille hinein.

Sie wartete, bis sie sich der vollen Aufmerksamkeit ihrer Gäste sicher sein konnte, und begann. «Nach dem Krieg beschloss ich, eine Ausbildung als Analytikerin zu absolvieren. Dazu gehörte eine Analyse. Wer sich um die Seelentiefen anderer Leute kümmern will, muss in die eigenen Abgründe absteigen, blöd, nicht.» Hier hielt sie einen Moment inne und schaute in die Runde. «Das Blöde war ironisch gemeint, für diejenigen, die gar nichts begreifen wollen. Nicht, dass ich

euch beide dazuzähle. – Wo war ich? Ach ja, nach dem Krieg. Also erzählte ich meinem ersten Analytiker vom Krieg. Spüren Sie schon, wie da ein zweiter kommen wird? Auf jeden Fall erklärte mir dieser ewige Stubenhocker arschkalt, dass ich SS- und Gestapooffiziere nur deshalb erschossen hatte, weil ich damit meinem Vater, auf sublime Weise, den Garaus machen konnte. Ich hätte doch gleich meinen Liberator wieder aus der Mottenkiste holen können.»

Santoro, der beim Wort Liberator einen breitschultrigen und doch geschmeidigen Kämpfer vor seinem inneren Auge aufragen sah, der sich daraufhin, schon ziemlich verstaubt, in eine Kiste zur Ruhe legte, entschied,einige Fragen zur Klärung beizutragen. «Liberator?», war das einzige Wort, das er artikulieren konnte.

«1942 von General Motors für die OSS, spätere CIA, innerhalb von elf Wochen von dreihundert Leuten produziert – aus dreiundzwanzig Teilen – alle sechs Komma sechs Sekunden eine Neue, dies vierundzwanzig Stunden pro Tag und sieben Tage die Woche. Unglaublich, was motivierte Mitarbeiter alles hinkriegen. Aus Blech waren die Dinger, Kaliber .45, Stil Derringer, also was Seriöses, aber hässlich, diese Blechdinger, ehrlich gesagt. Wirkungsradius leider nur knappe drei Meter, danach fingen die Kugeln an zu flattern und flogen irgendwohin. Für meinen Gebrauch aber absolut geeignet. Mein Wirkungsradius überstieg nie fünf Zentimeter. Ach ja, zudem war es eine Einschusspistole, und die Ladezeit betrug zehn Sekunden, mindestens. Sie verstehen also meinen Wirkungsradius, eine zweite Chance hätte ich nie bekommen.»

Santoro dachte, dass er jetzt sicher wie ein Schaf angesichts eines Kaschmirpullovers aus der Wäsche schaute – ungläubig, leicht ängstlich und mit einem Schuss Neid. Das kam einfach von der Tatsache her, dass die Frau Unglaubliches erzählte, ohne den dazugehörigen Ton anzuschlagen. Jetzt hätte sie doch dramatisch, geheimnisvoll, ja gar tragisch tönen sollen. Aber nein. Sie erzählte doch glatt, dass sie deutsche Offiziere abgeknallt hatte, dies gespickt mit technischen Details zur Waffe, wie andere mitteilen, dass sie einen Armanimantel zum Schnäpp-

chenpreis ergattert hatten, nur mit weniger Verve. Während er noch versuchte, seine Welt wieder in Ordnung zu bringen, eine Welt, in der Grossmütter Schlüttchen für ihre Enkelkinder strickten und von ihrer Verlobungszeit unter dem Flieder erzählten, schien Zina Goldberg keinerlei Probleme mit der Eröffnung der alten Frau zu haben. Im Gegenteil. Sie stürzte sich auf die Einleitung wie ein Kind auf das «Es war einmal» eines berühmten Märchens.

«Hol sie doch wieder hervor, die Blechpistole, und lass sie von den schlechten alten Zeiten erzählen», sagte Zina.

«Ich wollte eigentlich nur klarmachen, dass zwei Analytiker aus der genau gleichen Geschichte zwei diametral unterschiedliche Analysen liefern können. Es heisst ja, dass wenn zwei Juden zusammentreffen, mindestens drei Meinungen ausgetauscht werden. Ein Kompliment, würde ich sagen. Bei manchen Analytikern ist es leider eher so, dass keiner zwei Anschauungen vertritt. Es gibt immer nur eine. Seine. Und das ist dann auch die einzig richtige.»

«Du meinst, auch Psychoanalytiker können eindimensional und dogmatisch sein und wissen alles besser als die Patientin?»

«Das auch. Vor allem machen Theorien und Methoden noch keine Menschen aus. Nicht nur Verhaltenstherapeuten können borniert sein und die Geschichte eines Menschen leugnen, indem sie nur die Störung und nicht den ganzen Menschen sehen, das wollte ich damit klarmachen, wobei mir dabei ein bisschen schwindlig geworden ist. Auf jeden Fall: Mein Erster gehörte eindeutig zu dieser Spezies, er hatte seine Schemen, und er wollte mich unbedingt dort hineinzwängen. Zum Glück habe ich noch einen Zweiten gefunden, der mich ernst genommen hat. Er war auch ein alter Mann, aber er war mutig. Er hat anerkannt, dass ich einer Geschichte entsprang, für die es bisher noch keine Regeln gegeben hatte, noch keine Struktur.»

Santoro, der sich wieder gefangen hatte und nicht zu den alten Männern mit bornierten Vorstellungen geworfen werden wollte, lehnte sich vor und lächelte aufmunternd.

«Ich möchte die Geschichte auch hören.»

«Na, wenn Sie so charmant fragen, will ich Ihnen gar nicht

widerstehen, zudem habe ich die Geschichte schon lange nicht an den Mann bekommen … anderes auch nicht», murmelte sie noch in ihre Serviette.

«Aber dafür brauchen wir ein bisschen Licht in diese kommende Düsternis und einen Kaffee auch, würde ich meinen. Herr Kommissar, darf ich Sie in die Küche schicken?»

Der Kommissar verschwand in die Küche mit genauen Anweisungen für das Auffinden der Kerzen und der Kapseln für die neumodische Maschine, ein Geschenk der drei Nigerianer. Kaum war er ausser Hörweite, da beugte sich Lina verschwörerisch vor und raunte Zina zu: «Den hübschen Kerl wirst du doch nicht an dir vorbeiziehen lassen, oder?»

«Er ist verheiratet», kam die lakonische Antwort.

«Verheiratet?», fragte die alte Dame verunsichert nach. Zina hörte aus der Dunkelheit noch ein zweifelndes Tz-Tz, bevor ihr eine feingliedrige und doch feste Hand auf das Knie tätschelte.

«Verheiratet, ja, gebunden, nein», sprach das Orakel.

«Was macht das für einen Unterschied?», fragte Zina mürrisch. Die Unterhaltung hatte eine Richtung eingeschlagen, die ihr gar nicht behagte.

«Wie innen und aussen. Aussen verheiratet, innen ungebunden und in diesem Fall auch noch auf der Suche. Hast du mitbekommen, wie er dich ansieht? Nein, zucke nicht resigniert mit den Achseln, das steht dir nicht. Du bist nicht abgebrüht und auch nicht uninteressiert. Also, worauf wartest du?»

Zina fand, sie warte gar nicht, sie entschied, dass sie sich ärgerte. Wie kam ihr diese ausrangierte Therapeutin? Spielte sich als Mamme auf, die sich als Kupplerin vermarkten wollte. Erstens hatte es sie in den letzten Tagen schon ununterbrochen gefuchst, dass ihr Chef immer frecher und lebendiger wurde. Er trieb es so auf die Spitze, dass sie, die sonst Vorwitzige und Provokative, gar nicht mehr wusste, welche Rolle sie noch übernehmen konnte. Das Resultat war verheerend, sie versanftete, sie verweichlichte, sie musste sich zurücknehmen, um sich nicht anzuschmiegen. Und nun das. Was ging sie das an, wie er sie anschaute, mit seinen grünen Augen? Was sollte sie mit diesem, diesem … gut angezogenen, immer frischen, stabil in-

teressierten, gut riechenden …? Irgendwie war sie schon wieder abgedriftet. Um sich nicht weiter mit der inneren Feindlichkeit abgeben zu müssen, beschloss sie ihr Gift auszuspucken. «Etwas Dümmeres kannst du mir wohl nicht vorschlagen, was? Der Kerl ist mein Chef, siehst du die Implikationen, die Komplikationen?», zischte sie ins Dunkle. «Zudem, und ganz grundlegend, der hält doch nur seine Mitarbeiterin bei Laune, der ist doch mit allen charmant und freundlich. Spaghettifresser sind so», schloss sie leicht atemlos ihre Tirade.

«Ach Kindchen, und ich sage dir: Denn wer da bittet, der empfängt; und wer da sucht, der findet; und wer da anklopft, dem wird aufgetan.

«Was ist denn das für ein Gelaber?»

«Das, Liebes, ist Kapitel sieben, Vers acht. Matthäus, übrigens, was ich in diesem Kontext direkt als Omen im Nomen bezeichnen möchte.»

«Findest du es angebracht, aus dem Neuen Testament zu zitieren, also ich finde es einfach nicht koscher.»

«Koscher ist ein Problem für Würstchen, mein Kind», sagte Lina. Doch bevor sie in ihrer propagandistischen Rede weiterfahren konnte, erschien Santoro mit dem Tablett, das er auf den Tisch stellte. Die Windlichter zündete er an und schaute erstaunt seine Assistentin an, deren grimmige Miene er sich nicht erklären konnte. Noch bevor er den Mund aufmachen konnte, dirigierte ihn die Gastgeberin wieder Richtung Küche.

«Schauen Sie doch noch schnell in den Tiefkühler, wenn mich mein Gedächtnis nicht wieder im Stich lässt, finden Sie dort noch einige Becher Eis, von der besten Konditorei der Stadt. Wählen Sie, was Sie wollen. Aber für unsere junge Frau da ja keine Zitrone, sauer ist sie schon. Passionsfrucht wäre, glaube ich, die richtige Option.»

Kaum war Santoro mit einem unwissenden Lächeln auf den Lippen wieder im Innern des Hauses verschwunden, lancierte Lina ihre nächste Offensive. «Also, was wirst du tun? Und sag mir nicht, du seiest nicht interessiert. Willst du in gediegener Zurückhaltung leise vor dich hin verzweifeln oder –»

«Und ich dachte immer, Psychoanalytiker blieben in de-

zenter Zurückhaltung auf ihrem Stühlchen sitzen, während ihre Patienten ungestraft irgendwelche Belanglosigkeiten vor sich hin brabbeln», meinte Zina, die ihrem Gleichgewicht und ihrem Humor hintennach hechelte.

«Hab auch ein paar Weiterbildungen in systemischer Therapie absolviert. Und da heisst es immer: Was willst du?»

Noch bevor Zina zu einer weiteren geharnischten Gegenoffensive starten konnte, erschien ihr Chef wieder auf der Bühne und stellte ihr einen Becher Eis vor die Nase.

«Schokolade kann wohl nicht falsch sein, stärkt das Herz.»

Ein leiser Verdacht beschlich Zina: Der hat doch nicht etwa alles mitbekommen, fragte sie sich ängstlich. Doch weiter kam sie in ihren Gedankengängen nicht, denn Santoro wandte sich schon an ihre Gastgeberin. «Frau Stern, ich sterbe vor Neugierde, erzählen Sie uns Ihre Geschichte.»

«Also die kleine Einschusspistole bekam ich von meinem Chef de Réseau, wie die Kampfeinheiten der Résistance hiessen. Ein hübscher Kerl übrigens, aber das interessiert unsere Kleine ja nicht», wandte sie sich schmunzelnd an Zina, die dafür nur ein müdes Lächeln aufbringen konnte. Lina Stern öffnete ihren Eisbecher, nahm einen ersten Löffel und schaute Richtung Himmel, aus dem mittlerweile einige Sterne zurückfunkelten.

«Ich muss ein bisschen früher beginnen, nämlich als die Deutschen den Süden Frankreichs ebenfalls besetzten, 1943. Das war der Zeitpunkt, als ich untertauchte, meine Eltern nicht. Sie wurden zuerst nach Drancy und einige Wochen später in einen Zug verfrachtet. Sie sind beide nicht zurückgekehrt. Ich hatte Bekannte, die wiederum Freunde hatten, und diese hatten Kontakt zum Widerstand. So konnte ich übernommen und versteckt werden. Ich hatte das Glück, richtige falsche Papiere zu erhalten, die besten, die sichersten.»

«Richtig falsch?», fragte Santoro nach.

«Papiere von Menschen, die gestorben sind, deren Tod aber von einer entgegenkommenden Amtsperson nicht richtig vermerkt wird. Diese Papiere können dann mit kleinen Verbesserungen neu benutzt werden und widerstehen jeder Nachfrage

der Besatzungsmacht. In meiner neuen Identität wurde ich die kleine entfernte Verwandte einer alten Dame, die zu einem Rettungsclub gehörte und über ein grosses Haus verfügte. Da ich damals jung, blond, blauäugig und recht hübsch war, hatte einer der Verantwortlichen bald eine Idee für mich. Ich sollte für den Trick mit der Panne eingesetzt werden. Wissen Sie, wie der funktioniert, Herr Kommissar?»

«Hilflose Frau steht neben Auto mit offener Kühlerhaube?»

«Ich sehe, dass Ihre kleinen grauen Zellen gut funktionieren, wie sich das für einen Detektiv ziemt. Zum Glück ziert Sie nicht der dazugehörige Eierkopf, wenn Sie mir die Bemerkung erlauben, junger Mann.»

Santoro, der schon sehr lange nicht mehr als junger Mann angesprochen worden war und es nicht gewohnt war, von älteren Damen Komplimente zu bekommen, fühlte, wie seine Ohren leicht warm wurden, und beeilte sich, die alte Frau wieder Richtung Vergangenheit zu lotsen. «Wie wussten Sie, wo Sie Ihr Zielpublikum abpassen konnten?»

«Unsere Widerstandsgruppe verfügte über ein weitverzweigtes Informationsnetz, das für diese Aktionen mehrheitlich aus Frauen bestand. Es gab nämlich nur wenige Gelegenheiten, in denen die hohen Offiziere ohne ihren Chauffeur und ohne bewaffnete Eskorte unterwegs waren.»

Hier unterbrach sich Lina Stern wieder und schaute fragend in die Runde. Während Santoro beschloss, sich lieber bedeckt zu halten, um weiteren Flirtversuchen zu entkommen, wollte Zina ihre alte Freundin nicht unnötig hinhalten. Zudem hatte sie einige Bücher über Frauen im faschistischen Widerstand gelesen. «Les petites französische Mademoiselles», meinte sie mit einem Akzent, der jedem Wehrmachtsoffizier in einem französischen Film Ehre erwiesen hätte.

«Ach, l'amour!», karikierte Frau Stern weiter. «Das war ihr Verhängnis. Denn wenn die hohen Tiere ihre kleinen Freundinnen besuchten oder in ein Bordell dislozierten, so taten sie das alleine, und ohne darüber zu referieren. Nur die Zielpersonen mussten zwangsläufig Bescheid wissen … und manche unter ihnen informierten wiederum uns. Also erwarteten wir

sie auf einem einsamen Strassenabschnitt, meist in der Nacht, ich neben der Haube und meine kleinen Kameraden in den Büschen. Sie können sich gar nicht vorstellen, wie einfach und schnell das Ganze ablief: Ich stehe hübsch verzweifelt da in meinem Deuxpièces, meinen Seidenstrümpfen und meinen hochhackigen Schuhen. Unweigerlich hält der Offizier an, bietet mir an, mich mitzunehmen, nach einigen schüchtern-koketten Widerständen willige ich ein. Kaum bin auf dem Beifahrersitz, lasse ich etwas fallen, Schlüssel, besticktes Nastuch, Schal, immer noch säuselnd und mich zierend, der gut erzogene, schneidige Offizier bückt sich, ich lege die kleine Pistole an die sich darbietende Schläfe ... und drücke ab. Kaum hören sie den Knall, sind die kleinen Helfer aus dem Wald schon auf der Bühne, die ersten nehmen mich mit und bringen mich nach Hause, die zweiten verbuddeln die Leiche im Wald, die dritten fahren den Wagen irgendwohin. Und es funktionierte immer.»

«Haben sie denn mit der Zeit nicht Lunte gerochen?», wollte Santoro wissen.

«Eben nicht. Und das ist ein interessantes psychologisches Phänomen, das über ganz Europa wehte.»

Lina Stern blickte ihre beiden Zuhörer an, die offensichtlich angestrengt nach einer Erkenntnis grübelten. Allzu lange will sie doch nicht warten, dachte Zina, die will doch ihren Coup lieber selbst landen. «Ich war eine junge Frau, blond, blauäugig und im Widerstand. In der Vorstellung der Nazis gab es mich schlicht und ergreifend nicht. Die Terroristen, wie sie uns nannten, waren Männer, dunkelhäutig, mit gekrümmten Nasen, kamen bevorzugt aus dem Osten. Sie waren Juden und sollten dem Stereotyp bitte entsprechen. In ganz Europa hat sich der antifaschistische Widerstand dieser Zwangsvorstellung bedient. In Polen waren es die blonden Frauen, welche die Nachrichten von einem Getto zum andern brachten. Es waren blonde Frauen, die als Dienstmädchen bei den hohen Offizieren eingeschleust wurden, Informationen weiterleiteten oder gar Bomben unters Ehebett anbrachten. Ich bin nie von einer Patrouille angehalten worden, ich bin nie kontrolliert

worden. Verstehen Sie, Herr Kommissar, mich gab es nicht in den Vorstellungen dieser Herren, also haben sie mich auch nicht als das wahrgenommen, was ich war.»

Lina Stern hielt inne, schien weit weg, weit zurück in ihre Vergangenheit zu schauen, ihr Blick war auf ihre Ulme im Garten gerichtet. Klar, dachte Zina, auch sie ist eine der wenigen Überlebenden einer verheerenden Epidemie. Sie schaute in das Gesicht der alten Dame, das sich jetzt vollkommen entspannt zeigte, und sie konnte noch die Spuren der ganz jungen Frau entdecken, die mit absoluter Selbstverständlichkeit ihre Rolle in einem Drama gespielt hatte, das sie nicht inszeniert hatte.

Stille hatte die Gruppe ergriffen, Stille lag über dem Garten, zum Greifen, doch da plötzlich wurde die wohltuende Ruhe von einem hysterischen Bellen durchbrochen. Im Nachbarsgarten war anscheinend ein Hund, dem Bellen nach ein sehr kleiner Hund, von Empörung, Wut und schierer Verzweiflung ergriffen. Alle drei richteten ihren Blick auf das akustische Drama. Zina erblickte auf der Mauer, die beide Gärten voneinander trennte, eine graue Silhouette und meinte lakonisch: *«La nuit, tous les chats sont gris.»*

«Dieses blöde Biest erkenne ich trotzdem», erklärte Lina Stern trocken.

«Ob sie wohl weiss, dass sie durch ihr Laufsteggehabe auf der Mauer den armen Hund in den Wahnsinn treibt?»

«Ob sie's weiss? Herr Kommissar, hier geht es nicht nur um volle Zurechnungsfähigkeit, sondern auch um Vorsatz.»

Während auf der Mauer Zerberus majestätisch hin und her stolzierte, steigerte sich das Bellen auf der andern Seite der Mauer zu einem sich überschlagenden Crescendo, und ein hektisches Getrippel näherte und entfernte sich in Korrelation zur Bewegung der Katze.

«Warum lässt sich der blöde Hund auch derartig provozieren? Er könnte sich ja auf die andere Seite des Gartens zurückziehen oder sich ins Körbchen legen und schlafen.» Santoro formte mit seinen Händen eine akustische Verstärkung und rief mit bestimmter Stimme: «Ab ins Körbchen … wie heisst das gequälte Dingsda?»

«Sushi.»

«Genau so hört er sich an», meinte Santoro lächelnd.

«Kleines Häppchen, zum Frass zurechtgeschnitten, einfach roh», erläuterte Zina.

Zerberus hatte sich mittlerweile auf die Mauer gesetzt und leckte sich betont gründlich das rechte Pfötchen. Ein Keuchen, unterbrochen von wildem Gebell auf der andern Seite, deutete darauf hin, dass Sushi mit wiederholten Sprüngen versuchte, höhere Sphären zu erreichen.

«So, das reicht für heute Abend», entschied Lina Stern. Sie stand auf und verschwand in die Küche, aus der bald ein leises Rascheln ertönte. Die beiden Ermittler drehten sich Richtung Geräusch. Die alte Dame schüttelte stoisch ein kleines Säckchen, in dem sich ganz offensichtlich eine Katzenleckerei versteckte, denn Zerberus raste schon mit erhobenem Schwanz an ihnen vorbei und verschwand in die Küche. Dort wurde ihr ein Knusperchen dargeboten, worauf Lina Stern sich wieder ins Freie begab und die Tür dezidiert hinter sich zuzog. Auf der andern Seite der Mauer ertönte noch ein leises, bedauerndes Fiepen, und die Stille setzte sich wieder durch.

«Die klassische Konditionierung nach Pawlow wirkt eben immer noch», stellte die alte Dame lakonisch fest, als sie sich setzte. «Zumindest bei Katzen. Bei intelligenten Menschen würde ich diesen Mist lieber nicht anwenden.»

Während die beiden Frauen über den Zusammenhang von Intelligenz und Wirkung leicht debiler Konzepte diskutierten, schweiften Santoros Gedanken zurück zum kleinen Hund, Sushi und der Katze auf der Mauer zurück. Irgendwas hatte er da gesehen, das zum Fall gehörte, aber er konnte es nicht benennen. Er konnte die grundlegende Struktur nicht erkennen. Oben, unten, selbstverständliche Position, Arroganz, verzweifeltes Hochspringen. All das kam ihm bekannt vor. Doch das Muster – obwohl vor seiner Nase – blieb hinter zu vielen Menschen und Eindrücken verborgen. Er erinnerte sich an die beiden Therapeuten der alten Frau, in einer Zeit, als sie noch eine hübsche junge Frau gewesen war. Was hatte den Unterschied gemacht? Ich sehe etwas, es ist vor meinen

Augen gewoben worden, sagte sich Santoro. Wir haben etwas übersehen, die Lösung stand ganz gross vor unseren Augen, und wir konnten sie nicht erkennen. Er hatte zu gut gegessen, zu viel Wein getrunken, zu viel Eis gegessen, zu schreckliche Geschichten gehört. Der Kern, der war aber dort drin versteckt. Das wusste er. Auf die Sichtweise kam es an.

«Erzählen Sie von Ihren beiden Therapeuten, Frau Stern», forderte er die alte Frau auf, die noch mitten in einem heftigen Disput mit Zina steckte.

«Der erste wollte unbedingt, dass ich immer wieder meinen Vater in diesen Gestapo-Offizieren ermordet hatte. Ich wollte bei der Realität bleiben. Das hat ihn ganz schön ins Schwitzen gebracht», begann die alte Dame.

«Was hast du dann getan?», wollte Zina wissen.

«Ich wurde untreu, bin einfach zum nächsten gerannt. Ich erzähl das hier so locker, so hat sich's aber nicht angefühlt. Einem Therapeuten zu widerstehen ist gar nicht so einfach. Schliesslich gehen wir ja alle davon aus, dass sie wissen, was sie tun, dass sie uns führen. Manchmal führen sie uns aber in die Sackgasse – ins Elend», seufzte Frau Stern. «Zudem wollte ich in dieser Zeit gar nicht in die Vergangenheit schauen, sondern nur nach vorne. Ich wollte leben. Meinen Mann hatte ich eben gerade kennengelernt, wir waren verliebt, wir planten unsere Zukunft. Das Grauen lag hinter uns, dachten wir. Zudem galten Widerstandskämpfer in Frankreich als Helden. Na gut, Heldinnen waren weniger Teil des Erinnerungsprozesses, vor allem wenn sie so wenig einen französischen Namen trugen wie ich. Trotzdem. Also, auf jeden Fall war der Zweite, obwohl auch Analytiker, aus ganz anderem Holz geschnitzt. Ich liebe ihn heute noch, posthum. Ich liebe ihn, weil er mir meine Realität, meine Geschichte gelassen hat. Wissen Sie, es war so unglaublich einfach, diese Männer zu erschiessen. Es lief alles wie am Schnürchen. Neben dem Auto stehen, harmlos und hilflos dreinschauen, freundlich lächeln, einsteigen, etwas fallen lassen, die kleine Damenpistole nehmen und abdrücken. Die machten nur ein kleines Loch. Hätten sie das Gehirn weggepustet, wie das heutige Waffen tun, ich weiss nicht, wie ich

reagiert hätte. Nicht so gut, würde ich mal wetten. Der Rest übernahm dann die kleine Gruppe von Helfern. Ich wurde sofort weggefahren, kam wieder zu meiner netten Madame und spielte Gesellschafterin. Ich zog meine Seidenstrümpfe und mein dezentes Kleid aus und lebte wieder mein Leben, ausserhalb der kleinen Parenthese mit dem Mord. Denn das war es eigentlich. Trotzdem. So absurd und widernatürlich es Ihnen heute erscheinen mag, die Tatsache, dass ich aktiv eingreifen konnte, Subjekt bleiben konnte, in einer Zeit, in der mir nur noch die Rolle des Opfers offenblieb, des erduldenden, leidenden, sich ergebenden Objektes, das in den Strömen der Geschichte weggespült wird. Ich hatte nie Schuldgefühle, weil ich diese Offiziere getötet hatte.»

Einleuchtend, sagte sich Santoro, leicht erschrocken über seine eigene offensichtliche Kaltblütigkeit. Doch seine Neugier war angestachelt.

In der Stille, die sich auf die kleine Runde senkte, war nur das leise Kratzen an der Küchentür zu hören und ein leises erbarmungswürdiges und zittriges Miauen Zerberus', die mit ihrer Lage ganz und gar nicht zufrieden schien.

«Kein Erbarmen», sagte Lina Stern. «Sie wird nur wieder ihre Überlegenheit ausspielen wollen, und wir haben einmal mehr den empörten Versuchen zu lauschen, die Gleichstellung der Hunde einzuführen. Der blöde Köter wird immer unten bleiben müssen und die höheren Sphären nie erreichen können. Mit unreflektierter Treue kommt man nicht hoch hinaus.»

Wieder hatte Santoro das unbestimmte Gefühl, einen Zusammenhang erfassen zu müssen, der ihm vor seinen Augen präsentiert wurde. Doch die Erkenntnis blieb ihm auch diesmal vorenthalten. Egal, dachte er. Der Abend war viel zu friedlich, die Gesellschaft viel zu anregend, um sich jetzt die Hirnwindungen auswringen zu wollen. Der Garten lag in völliger Dunkelheit da, die Bäume waren kaum noch als Schemen zu erkennen. Sie sollten jetzt gehen, sagte sich Santoro, doch ihm widerstrebte der Gedanke, aus diesem kleinen Garten wieder in seine eigene Welt zurückzugehen. Er wollte die Ruhe, das eigenartige Gefühl von Geborgenheit, das er hier empfand,

nicht verlassen. Santa Madonna, was denk ich mir für einen Blödsinn aus, sagte er sich ernüchtert, nach diesen grauenvollen Geschichten von Ruhe und Geborgenheit faseln.

Und doch.

Die beiden Frauen unterhielten sich leise. Anscheinend berichtete Zina von ihrem Fall. Den hatte er doch glatt vergessen, stellte der Kommissar schuldbewusst fest. Sie wollten doch nach psychologischen Hintergründen fragen. Wenigstens schien seine Assistentin ganz bei der Sache zu sein. Sie war dabei, die Verdachtsmomente gegen den Engelspezialisten zu erläutern, mit ihren Vorbehalten endend, fragte sie noch ängstlich nach, was die Expertin davon halte.

Na klar, sagte sich Santoro, den hat sie unter ihre Fittiche genommen. Die alte Dame schüttelte nachdenklich den Kopf.

«Ich würde sagen, den kannst du auslassen. Das Kissen mit den kleinen Federn, das passt einfach nicht ins Muster, weil es neu war. Siehst du, wenn sich während eines Kampfes Federn aus einem Kissen gelöst hätten, dann vielleicht. Der arme Kerl hätte sich dann, von Engeln umgeben, in einem heiligen Kampf um das Gute oder so was Ähnlichem wähnen können, also die Requisiten in seinen Wahn integrieren können. Ginge vielleicht ganz knapp. Aber die Vorstellung, dass jemand im Voraus ein Kissen kauft, um dessen Federn in einem vorstehenden schizophrenen Schub einbinden zu können. Unmöglich.»

Zina atmete erleichtert auf und erzählte gleich weiter.

Santoro lauschte nur noch mit einem Ohr und ziemlich unkonzentriert den weiteren Ausführungen und genoss ohne Gewissensbisse seinen leicht entrückten Zustand. Die erpresste Studentin mit den kleinen Kindern wurde nicht so schnell ad acta gelegt, für einen Mord zu wenig Biss zwar, mutmasste seine Assistentin. Das konnte auch plötzlich kippen, meinte die Therapeutin. Vollständige Unterwürfigkeit konnte sehr wohl in sein Gegenteil umschlagen, und aus dem zahnlosen Opferlamm konnte plötzlich ein Werwolf mit Mörderfratze werden.

Frauen, dachte Santoro und wusste nicht mehr recht, ob er die Wandlungsfähigkeit oder die ausufernde Phantasie meinte.

Im Zweifelsfalle beides, entschied er mit einem glückseligen Lächeln auf den Lippen.

Die Studentinnen und Studenten wurden erst gar nicht lange diskutiert, unbedeutende, einfallslose Pünktchenjäger.

Und so gelangten sie von einem Verdachtsmoment zur nächsten Spur, von einem möglichen Verdächtigen zur nächsten vielversprechenden Kandidatin für die Rolle der Mörderin. Bei der ungetreuen Gattin verweilten die beiden Frauen längere Zeit. Eigentlich eine vielversprechende Kandidatin, da waren sich beide einig. Aber nur theoretisch, denn das ganze Ambiente der Mordszene passte nicht, befand Lina Stern. Der Kommissar konnte der Argumentation zwar nicht mehr ganz folgen, denn eine genüssliche Schläfrigkeit nahm seine Glieder und seine Gedanken immer mehr in Beschlag. Die Verzierungen, die den Mord ausmachten, das bekam Santoro noch mit, spielten da eine wichtige Rolle, anscheinend passten sie nicht zu dieser so nüchternen und enttäuschten Frau. Er wollte schon einwenden, dass die kalte Denkerin ebendiese Schnörkel hätte beifügen können, um von sich ablenken zu wollen, doch er hielt sich gerade noch zurück. Die Vorstellung einer Diskussion über männliche versus weibliche Tendenzen zu unnötigen Garnierungen – die wollte er lieber auslassen. Zudem hörte er den beiden Frauen einfach gerne zu.

Die Schnörkel führten sie weiter zur Mordwaffe und den Statuetten, die überall im Arbeitszimmer des Professors verteilt waren.

«Da spielt ja einer Freud», meinte Lina Stern lächelnd, um dann gleich wieder ernst zu werden. «Der kleine Kerl steckte allem Anschein nach in einer tiefen Krise. Ziert sich der Knilch doch tatsächlich mit fremden Trophäen.»

Bald diskutierten sie über die Bedeutung der Göttin als Mordwaffe. Sollte sie als Symbol übermächtiger Weiblichkeit betrachtet werden, oder war das runde Ding einfach nur handlich und rund, lag also richtig in der Hand?

Die Frauen haben auch keine Ahnung, urteilte Santoro, lehnte sich zufrieden zurück und legte seine Hand aufs Herz. Verdammt, da war doch schon lange nichts mehr, seufzte er.

Da die Göttin nicht sehr ergiebig gewesen war, bot Zina der alten Dame die mutmasslichen Frauengeschichten des Professors zum Frasse an. Nach einem Stirnrunzeln befand diese, dass sie der Vergangenheit angehören mussten.

«Er kam mir alt vor», meinte sie gerade nachdenklich. «Ein altes Männchen, verbittert, verbiestert sogar. Sein bekannter Casanova-Charme war dahin», sagte sie. «Und das wirft natürlich die Frage auf, was er gegen diese narzisstische Krise unternehmen wollte.»

Santoro verpasste die nächsten Sätze, denn er liess sich von der Vorstellung ablenken, die vor seinem inneren Auge aufstieg – das Altersheim für alte Frauenhelden. Als ein Geruch, der ihn an Pommade erinnerte, seine Nase erreichte, wandte er sich wieder der Diskussion zu.

Die Frauen waren bei einer ganz besonderen Verzierung angelangt, die ihre ganze Konzentration mobilisierte. Wessen Phallus repräsentierte dieses kleine Schwert, dieses grosse Messer? Des Toten? Des Mörders? War er Ausdruck der Dominanz des Professors, hatte dieses Symbol die zerstörerischen Phantasmen des Mörders angestachelt? Musste man hier nicht auch eine Mörderin in Betracht ziehen, die den Professor als Aushängeschild des Patriarchats eliminiert hatte? Andererseits, wenn des Mörders Phallus hier dargestellt war, wollte wohl ein Mann zum Durchbruch kommen, der bisher …

«… den Schwanz eingezogen hat», schlossen beide Frauen ihre Analyse und kicherten wie die Erbsen. Worauf sie Wankelwitz dezidiert aus der Liste der Verdächtigen ausschlossen.

Ich bin wohl nicht der Einzige, der ein bisschen beschwipst ist, sinnierte Santoro gemütlich vor sich hin.

In der Zwischenzeit waren die beiden Frauen schon weitergeschweift.

«Ich glaube, alle erzählen uns nur Unwesentliches, das aber doch interessant tönt», beklagte sich gerade Zina.

«Du meine Güte, das Los jeder Therapeutin. Die Menschen lügen nun mal. Sie kommen zwar zu uns, um ihre Probleme loszuwerden. Sitzen sie uns dann gegenüber, weichen sie aus, fabulieren, spazieren um den Topf herum, verneinen das Offen-

sichtliche, werfen uns irgendwelche nebensächlichen Knochen vor, damit wir anbeissen, nur um eben nicht ans Eingemachte gehen zu müssen.»

Santoro rührte konzentriert in seiner leeren Kaffeetasse.

«Dann werfen sie uns ein Puzzleteil nach dem andern an den Kopf», wetterte die alte Dame weiter, «aber keines liegt am richtigen Ort, und wir haben die undankbare Aufgabe, ein Gesamtbild wiederherzustellen.»

Er hatte gerade den Faden verloren, als ihn eine Frage aufhorchen liess. «Wer führt Sie eigentlich von einer falschen Fährte zur andern?»

Lina Stern hatte sich zu ihm umgedreht und schaute ihn neugierig an.

Santoro war plötzlich hellwach. Auch Zina hatte sich aufgerichtet und glotzte verdutzt die alte Dame an, um sich dann ebenfalls zu ihm hinzuwenden. Sie schauten sich an. Beide erkannten im Blick des andern die gleichen Fragen, das angespannte Nachdenken. Beide verfolgten den gleichen Faden, der sie durch diesen vertrackten Fall geführt hatte. Sie nickten fast gleichzeitig, als sie auf den gleichen Namen stiessen. Ja, tatsächlich, stellte der Kommissar mit leichtem Erstaunen fest. Da hatte einer sie zielstrebig mit einer hingeworfenen Information, mit einem angedeuteten Namen, mit einem hingeworfenen Knochen von einer falschen Fährte zum nächsten möglichen Verdächtigen geführt. Und sie? Wie Esel hatten sie diesen verschiedenen Karotten nachgeeifert, die ihnen immer wieder unaufdringlich vor die Nase gelegt wurden.

«Der soll was erleben», stiess Zina Goldberg wütend hervor.

«Aber erst morgen früh, meine Liebe», winkte ihr Chef ab. «Zähmen Sie ihr Ungestüm noch ein wenig, denn ich bin heute für keine Nachtschicht mehr zu haben.»

Das letzte Wort hatte dann doch die Therapeutin: «Und suchen Sie, was nicht ist.»

ZWÖLF

Sie waren zu spät gekommen. Eindeutig.

Der Mann, der am Boden lag, würde ihnen die gewünschten Informationen nicht liefern. Ihr Hauptverdächtiger, der sie so unermüdlich von einem Fehltritt zum andern geführt hatte, der ihnen ein leckeres Häppchen an Möglichkeiten und Verdächtigungen nach dem anderen vor die Nase gehalten hatte, lag nun da, selbst zum Opfer geworden. Das war nur zu augenscheinlich. Dabei waren sie so früh aufgestanden, stöhnte Zina innerlich. Alles für die Katze, seufzte sie und dachte dabei unweigerlich an Zerberus. Für die blöde Katze, berichtigte sie ihre Schlussfolgerung.

«Agamemnon», konstatierte Santoro trübsinnig.

Die falsche Saga, dachte Zina, nicht weniger melancholisch. Obwohl. Die Maske passte schon, nur das Metall, die Form nicht. Erstens war dies eine Totenmaske, passte zwar zum Zustand des Mannes am Boden, denn da lag eindeutig eine Leiche. Darth Vader hingegen starb erst, als er sie abnahm. Und als solchen hatte sie ihn immer gesehen. Der Bösewicht aus Krieg der Sterne, der arme Kerl, der aus lauter Machtgier nicht mehr atmen konnte, der dieses Atmungsgerät vor der Schnauze tragen musste und erst noch einem höheren Dreckskerl zu dienen hatte. Nur, eben das Bild stimmte nicht ganz mit dem Ambiente der Sternenkriege überein. Die Maske gehörte eindeutig Agamemnon, und das war eine ganz andere Geschichte: Der unerwünschte Rückkehrer war nach zehn Jahren von seiner Frau ermordet worden. Sie hatte unterdessen ein neues Leben begonnen, mit einem neuen Mann. Und zu dieser Zeit verstand eben kein Mann, wenn ihm erklärt wurde, dass er nur ein Lebensabschnittspartner gewesen war. Ach, die guten alten Zeiten, nörgelte Zina in sich hinein. Viel Verständnis und Mitgefühl kam plötzlich in ihr auf für diesen armen Mann, der einfach abserviert worden war.

«In einer Badewanne, oder?», bemerkte Zina.

«Das ursprüngliche Modell, ja. Dieser hier ist auf einem Spannteppich gelandet. Prosaisch und repetitiv, finden Sie nicht auch?»

«Was für ein Irrer kommt denn auf die Idee, einem armen Kerl die Maske des Agamemnon auf das Gesicht zu drücken?»

«Für mich ist eher interessant, ob die Maske nach dem Tod oder für den Tod angebracht wurde. Und zu Ihrer Frage: irgendeiner oder eine Person, die uns glauben lassen will, dass hier ein Irrer am Werk war, die es aber gar nicht ist.»

«Ein Irrer, der nicht irr ist, Chef?»

«Es soll so aussehen, als ob der Mörder ein Irrer sei, der ist es aber eben nicht.»

«Der Irre ist nicht der Mörder?»

«Der Mörder ist nicht irr.»

«Sie drücken sich sehr klar aus. Warum verstehe ich dann nur Bahnhof?»

«Und Sie drücken sich vor der Realität, die in der Erkenntnis steckt, die hinter der Maskerade erscheinen werden, Goldberg.»

«Apropos Maske, wollen wir sie ihm nicht mal abnehmen, vielleicht ist er es doch nicht.»

«Der Mörder, nein, der ist er eben nicht, auch wenn wir so viel Hoffnung in ihn gelegt haben.»

«Nein, der Tote.»

«Sie meinen, er ist nicht tot?»

«Tot schon, aber nicht der Erwartete.»

«Also nicht unser neuer Lieblingsverdächtiger?»

Darauf schaute Santoro Zina verdutzt an, fuhr sich mit beiden Händen durch die Haare, seufzte laut, bückte sich und entfernte Agamemnons Antlitz.

«Er ist es», beschied der Kommissar, Zina Goldberg bedeutungsvoll zunickend.

«Also war er es nicht», schloss sie.

«Der Tote ist aber eindeutig Klotz. Oder umgekehrt, auf jeden Fall wie Sie wollen. Das hat ja auch schon Frau Bengül, unsere Leichenfinderin und Putzfrau im Nebenamt, gemeldet.

Sie hätte doch wissen müssen, dass sie nicht hinter die Maske schauen darf.»

«Wir haben Sie nicht auf eine Serie vorbereitet, und ich hätte ihn lieber als Mörder.»

«Dafür taugt er nicht.»

«Ich will die Hoffnung nicht aufgeben, Chef.»

«Das ist eine Leiche, meine Liebe.»

«Nicht für ihn, für uns. Er könnte doch trotzdem der Mörder sein.»

«Na toll!», rief Santoro der Welt im Allgemeinen zu. «Jetzt geht das wieder los. Lassen Sie's raus. Zudem müssen wir hier eh auf die Leute der Spurensicherung und der Kadaversichtung warten. Haben Sie wieder mal 'ne Hypothese entwickelt?»

«Eher eine Saga.»

«Allzu viel Zeit haben Sie aber nicht», warnte Santoro und bemühte sich, ein Schmunzeln zu unterdrücken.

«Also, …», begann Zina gedehnt.

«Sie haben ja nicht mal einen Anfang.»

«Dafür das Ende», sagte sie und deutete auf die Leiche. Nach einem tiefen Einatmen begann sie von Neuem: «Es geht hier nämlich um die Invasion deutscher Professoren. Wie Sie wissen, haben sich diese teutonischen Gelehrten schon einen beträchtlichen Anteil der akademischen Weihen einverleibt. Dieser Prozess ist an dieser Fakultät auch im Gange und soll in den nächsten Jahren noch verstärkt werden. Klotz war dafür. Erstens gefallen ihm die psychologischen Ausrichtungen der Eroberer, zweitens erhofft er sich erweiterte Kompetenzen, drittens sind sie billiger – für weniger mehr –, viertens gefallen ihm Disziplíniertheit und Anpassungsfleiss der Besatzungstruppe. Sie sehen, Chef, ich liefere Ihnen gleich vier Motive.»

«Der Mord fehlt noch.»

«Ah ja, richtig, hätte ich fast vergessen. Die erste Leiche finden wir ja in Person des kleinen putzigen Professors Odermatt, der wird nämlich ermordet, weil er gegen die Bestrebungen Klotz' agiert.»

«Und weshalb sollte er das tun?»

«Er sieht schwarze Schafe das psychologische Territorium

der Schweiz abgrasen. Und da er nicht genug Geld hat, um eine Plakatkampagne zu lancieren, streut er Gerüchte, hetzt herum, droht, auf Internetplattformen zu schreiben, der Presse Interviews zu geben. Zudem ergreift er gegen Klotz Partei, was er eh immer tut.»

«Und dafür wird er ermordet? Für ein Schwarze-Schafe-Plakat, das nicht gedruckt wurde?»

«Immerhin eines, für das sich die Schweiz nicht zu schämen hat.»

«Eben, also kein Grund zum Morden. Was stehen wir dann eigentlich hier noch rum?»

«Was Sie nicht begreifen, sind diese alten Männer, Chef.»

«Konzentriere mich lieber auf jüngere Frauen, schwierig genug.»

Zina tat so, als habe sie nichts gehört, lehnte sich an den Türrahmen und schaute zum Fenster hinaus. Die ersten Sonnenstrahlen fanden ihren Weg durch die Äste, deren Blätter sich kein bisschen bewegten, auch heute kein Hauch von einer Ahnung eines Windes, dachte Zina. Es wurde langsam warm und hell draussen. In ihrem Inneren war nur noch *e Wirlete*. Dabei lag doch irgendwo in ihrem Kopf ein roter Faden herum. Um angegraute Männer ging es doch. Na, damit kam sie wohl auch nicht auf einen grünen Zweig. Die beiden anscheinend auch nicht. Ja, darum ging es in ihren Überlegungen: Etwas sollte nicht möglich sein.

«Ich behaupte mal, dass Klotz, bevor er abtreten musste, noch seine Nachfolge einfädeln wollte, vor allem aber wollte er mit einem grossen Coup abtreten: die grossherrliche Studie. Und dieser miesepetrige kleine Odermatt drohte ihm, einen Strich durch die Rechnung zu machen.»

«Nicht als Einziger», wandte Santoro zweifelnd an.

«Aber als gewichtigster Gegner, als innerer Feind sozusagen. Und deshalb hat der eine Graurücken den andern ermordet. Klotz mordet Odermatt und führt uns dann von einer wohlriechenden Fährte zur andern. Das hat er doch getan, oder nicht?»

«Ich werde Ihnen nicht widersprechen, erstens ist es da-

für einfach viel zu früh am Morgen, zweitens habe ich mein Koffeindoping heute verpasst, und drittens gebe ich Ihnen ja so gerne recht, das lässt Sie so fidel aussehen wie die Königin angesichts des Kopfes auf der Servierplatte. Nein, stürzen Sie sich nicht auf mich, wir könnten sonst wertvolle Spuren zerstören. Beantworten Sie mir lieber die Frage nach dem Mörder ihres Mörders, denn, meine Liebe, Sie werden mich nicht davon überzeugen können, dass Klotz sich eine Agamemnon-Maske aufs Gesicht gelegt und sich dann zum Sterben hingelegt hat. Oder umgekehrt.»

«Nein, das nicht. Aber der erste Mord könnte doch einen zweiten Mörder hervorgebracht haben.»

«Durch Ansteckung?»

«Sozusagen. Sehen Sie, Chef, jemand könnte sich ja gedacht haben, dass es doch ganz gut ist, dass dieser alte Kerl seinen Platz geräumt hat, und auf die Idee gekommen sein, gleich grundsätzlich aufzuräumen. Nach dem Motto: Weg mit den alten Knackern.»

«Mord als Entstaubung?»

«Den Weg freischaufeln, offene Stellen schaffen», berichtigte Zina. Schliesslich wissen wir ja, dass eine akademische Karriere in der Schweiz allzu oft ins Nichts führt ... unter anderem auch, weil alternde Professoren zu lange auf ihren Lehrstühlen hocken bleiben.»

«Auf die Idee kommt kein Mensch.»

«Aber Makaken.»

Als Zina nur auf grosse Augen und Kopfschütteln von Santoro stiess, fuhr sie eilig fort. Sie war nicht bereit, ihre Theorie so schnell aufzugeben.

«Also, die Geschichte der Makaken ist wissenschaftlich fundiert, falls sie das tröstet, und erst noch publiziert worden, was sie noch glaubwürdiger macht.»

Santoro schaute Richtung Gang, und als er nichts nahen sah, setzte er sich in den Türrahmen. Zina tat es ihm nach und begann ihre Story. «In Afrika lebte einst eine Horde Makaken nach tausendjähriger Tradition nicht sehr glücklich vor sich hin. Das heisst, dass ein Obermakake mit Hilfe einer Clique altern-

der Männchen alle andern beherrschte, was zur Folge hatte, dass sich alle anfauchten, beneideten, sich das Essen aus dem Munde stahlen und Kinder dauernd ihren Müttern weggerissen wurden. Die Weibchen waren unzufrieden und zänkisch, denn nur der Obermakake war für die Fortpflanzung zuständig, und der war alt und hässlich und ein schlechter Liebhaber.»

«Das ist jetzt frei erfunden», warf der Kommissar ein.

«Genau. Aber sehr einleuchtend. Auf jeden Fall entdeckte die Horde eines Tages einen riesigen Haufen Neuigkeiten. Eigentlich handelte es sich um einen riesigen Abfallhaufen, aber Affen denken nicht in solchen Kategorien. Natürlich beschloss die herrschende Clique, dass sie und nur sie dort nach Essen suchen durfte. Das Resultat war drastisch. Alle Suchenden starben eines grausamen Todes. Giftdeponie.»

«Ich kann mir zwar gut vorstellen, dass Ihnen die Geschichte guttut. Aber sie hat rein gar nichts mit unseren Morden zu tun.»

«Dann hören Sie, wie die Geschichte endet. Die jungen Männchen und die Weibchen jeglichen Alters taten sich zusammen und beschlossen, ihr Leben zu ändern. Sie regierten ab nun an zusammen.»

«Makaken diskutieren nicht», krittelte der Kommissar.

«Umso lobenswerter, dass sie es trotzdem geschafft haben. Ab jetzt war die Macht verteilt, auch die Weibchen konnten wählen, vor allem ihre Liebhaber. Die Horde wurde dank des Todes der alten Männchen demokratischer geführt, und alle waren glücklich.»

«Und Sie glauben, dass ein Weibchen hier im Institut nachgeholfen hat, um demokratische Strukturen einzuführen?»

«Oder ein junger Makake. Odermatt wurde ermordet, weil er die Flut der deutschen und die dazugehörigen Neuerungen verhindern wollte – von Klotz. Dieser hat den zweiten Mörder auf eine gute Idee gebracht – weg mit der herrschenden Clique der Graurücken.»

Santoro fuhr sich mit einer Hand durchs Haar. Da war doch noch keines grau? Er seufzte tief auf, fand aus dem Stegreif keine Entgegnung und schüttelte zweifelnd den Kopf. Gegen

diesen Blödsinn musste es doch irgendwo Argumente geben. Aber nicht jetzt, denn durch den Gang sah er endlich die Spurensucher anmarschieren.

Zina drehte sich um und folgte dem Blick ihres Chefs. Tatsächlich, da schritten mehrere Gestalten direkt aus einem Science-Fiction-Film auf sie zu. Ganz in Weiss in übergrossen Strampelanzügen kamen sie forschen Schrittes auf sie zu. Der Grösste von ihnen stellte sich vor Santoro auf und verkündete stolz: «Ich habe den Wurm gefunden.»

«Das macht Sie nicht zum frühen Vogel, Schlumpf», sagte Santoro.

«Stump.»

«Lassen Sie», vermittelte Zina, «er ist noch nicht im Strumpf. Sie haben also Odermatts Computer entwurmt, gratuliere. Haben Sie das Innere schon genauer angeschaut?»

«Ihre Aufgabe. Sie können uns jetzt ruhig das Feld überlassen», schlug Stump vor, «dann könnten Sie uns auch gleich was zum Futtern bringen. *Wir* kommen nämlich direkt von der Nachtschicht.»

«Was ist denn heute Nacht vorgefallen?», fragte Zina neugierig. «Ich habe gar nichts mitbekommen.»

«Eine Verrückte hat die ehrenamtliche Präsidentin des Tierschutzes zu Hause aufgesucht, sie so lange belästigt, bis diese sie angeschrien hat, was wiederum ihre ganze Menagerie auf den Plan gerufen hat, die ihre Wohltäterin in Gefahr sah. Drei Katzen, zwei Papageien und ein übermütiger Yorkshireterrier haben sich auf die schon hysterische Klägerin gestürzt. Dies führte zu einigen Sachbeschädigungen, Kratzern und Schrammen. Da die Präsidentin andere Präsidenten kennt, wurde auch die Spurensicherung bemüht.»

«Worum ging es der armen Frau?»

«Sie sah eine arme Katze dem Hungertod nahe, durch die Hände einer alten Hexe. Zudem mutmasste sie die Gefahr einer Entführung zu schändlichen Zwecken, da sich zwei Individuen der Katze bemächtigt hatten, die eindeutig fremdländisch anmuteten, die Frau ganz in Schwarz, der Mann mit einer jüdischen, denn deutlich krummen Nase, also eindeutig

schwarze Schafe, wenn nicht gar finstere Gestalten. Der Mann habe zudem die Dreistigkeit besessen, sich als Kommissar des Morddezernates auszugeben, was die Tierschützerin vollends davon überzeugte, dass sie es unzweifelhaft mit Mitgliedern eines internationalen Verbrecherrings zu tun hatte. Sie hat uns stundenlang auf Trab gehalten.»

«Tz, tz», meinte Santoro. «Sogar untadelige Katzen können sich heute in der schönen Schweiz nicht mehr in Sicherheit wiegen. Wo führt uns das hin?»

«In die Kantine», stiess Zina schnell hervor. Das Funkeln in den Augenwinkeln ihres Chefs liess sie das Schlimmste befürchten.

In der Kantine, eigentlich ein Gartenpavillon am Eingang der psychiatrischen Einrichtung, genossen die beiden Ermittler in einträchtigem Schweigen ihre Koffeinzufuhr. Zina roch verzückt an ihrem Espresso, während ihr Vorgesetzter schon seinen zweiten Cappuccino zu sich nahm – den Blick Richtung Ausgang gerichtet. Er betrachtete interessiert die Ein- und Austretenden, anscheinend fand gerade ein Schichtwechsel statt. Die eintretenden Mitarbeiter strebten in ihrer Mehrheit an ihnen vorbei, ohne sie eines Blickes zu würdigen. Nur wenige gingen zielstrebig zur Selbstbedienung, um dann im Stehen etwas Heisses hinunterzustürzen. In umgekehrter Richtung hasteten sie entweder nach draussen, den Blick geradeaus fixiert, oder schlichen sich schlurfend weg, ihre Schuhspitzen betrachtend. Santoro meditierte gerade über die Tatsache, dass sich Menschen in Städten nicht mehr anschauten, nicht mehr wahrnahmen, vor allem wenn sie auf ihrem Arbeitsweg waren, als eine Frau mit wehenden blonden Haaren, mit schwingenden Hüften, die Nase im Wind und lockeren Schrittes, auf sie zugeschritten kam. Sie blieb vor ihm stehen, warf mit Eleganz ihre Haare nach hinten, stützte sich mit einer Hand auf den Tisch. «Commissario!», hob Susi Schranz an und schaute ihm bedeutungsvoll in die Augen.

Hatte er da gerade ein gezischtes «Tussi» gehört? Er schaute aus den Augenwinkeln nach links zu seiner Assistentin, sah

aber nur ein Lächeln auf einem sonst ausdruckslosen Gesicht. Leicht säuerliches Lächeln? Wenn er es sich überlegte, er würde jetzt doch nicht erklären, dass er diese Anrede hasste, obwohl die kleine diesbezügliche Rede, da immer wieder angewendet, ihm wie von selbst über die Lippen zu sprudeln pflegte. Er forderte die Krankenschwester im Gegenteil auf, sich zu setzen, auf Italienisch – hatte er da gerade von links her ein «Gockel» gehört? In die gespannte Stille, die sich niederlegte, fragte er abrupt: «Schon von Klotz gehört?»

«Wie kommen Sie denn auf Klotz? Der kümmert sich doch nicht um Krankenschwestern. Den interessieren doch nur Kollegen, die er manipulieren oder ausgrenzen kann, Assistenten, die er herumkommandieren kann, und Studenten, denen er seinen Mist ins Gehirn stopfen kann.»

«Studentinnen?», tönte es von links.

«Manche lässt er gerne immer wieder durchfallen. Das ist übrigens die Ausnahme von der Regel. Ansonsten hat er, glaube ich, noch nie realisiert, dass die Menschen aus Männern und Frauen zusammengesetzt sind. Ja, tatsächlich, durchfallen lässt er nur Frauen», sagte sie scheinbar ganz erstaunt über ihre Einsicht.

Wider Willen musste Zina lächeln. Sie erinnerte sich nur zu gut an das ernste «Meine Herren» des Professors. Was für eine fähige, hellsichtige Frau, die in wenigen Worten eine Situation zu umreissen wusste. Wofür brauchte diese intelligente Frau da dieses dauernde Ich-schmeiss-mich-an-jeden-ran-verdrehe-die-Augen-und-wackle-mit-dem-Arsch-Getue? Nein, ihre Kritik wandte sich nicht gegen diese Frau, weil sie sich an einen ganz bestimmten Mann heranschmiss. Nein, dagegen verwehrte sie sich ganz dezidiert. Es ging hier ums Prinzip.

Während Zina noch innere Krämpfe ausfocht, fragte Santoro Susi Schranz mit einem Honiglächeln weiter über ihre Beziehung zum Professor aus. Sie antwortete ihm sehr freimütig und hielt mit ihren scharfen Urteilen nicht hinter dem Berg, dabei drückte sie so nebenher ihr Kreuz durch, schwankte ganz leicht mit den Hüften, schürzte die Lippen und vergass nicht, ab und zu ihre Haarpracht wieder mit Schwung nach hinten zu befördern. Und da, dachte Santoro, gibt es doch tatsächlich

ungläubige Ewiggestrige, die nicht wahrhaben wollen, dass Frauen zwei Sachen auf einmal erledigen können. Das reinste Ein-Frau-Orchester, was ihm da geboten wurde.

Als Schranz ihren Becher voller farbenfroher Galle geleert hatte, gab Santoro Zina ein kleines Zeichen, ein kaum merkliches Heben der linken Augenbraue, eine millimeterkleine Bewegung mit der Hand. Zina verstand sofort. Was für ein Dreckskerl, sagte sie sich noch und wunderte sich nicht wirklich über das wohlige Gefühl, das sich in ihrem Bauch breitmachte. Sie stellte die verlangte Frage. «Wussten Sie, dass Professor Klotz heute Nacht ermordet worden ist? Wo haben Sie die Nacht verbracht, wenn ich fragen darf?»

Der Blick ist wirklich vernichtend, dachte Santoro, als er in die Augen der schönen Blonden blickte. Dieser süsse Becher würde wohl definitiv an ihm vorbeigehen, sagte er sich ohne Wehmut. Gewissensbisse bekam er erst, als er merkte, dass die Frau ziemlich unter Schock stand. Es ist eines, über jemanden herzufahren, den man bei bester Gesundheit wähnt. Etwas ganz anderes ist es, über einen Toten zu lästern.

«Ich war zu Hause, alleine. Wo ist es denn passiert? Wer kann nur so etwas Absurdes tun? Ist er auch voller Federn? Sie werden doch nicht wieder meine Patienten drangsalieren? Die erholen sich nämlich noch von Ihren ersten Befragungen. Das war ein ganz hartes Stück Arbeit, sie wieder runterzuholen, sage ich Ihnen. Ach, du meine Güte, das wird heute wieder mal ein anstrengender Tag. Sie glauben gar nicht, wie viele Gerüchte im Laufe des Tages die Runde machen werden, wie viele Phantasmen so ein Mord auslöst. Ich muss gehen und meine Leute schonend vorbereiten.»

Zina staunte einmal mehr, wie diese anscheinend flatterhafte Frau von einer Sekunde zur andern sich in eine kompetente, professionelle Frau verwandeln konnte. Ihre Gedanken hatten sich nach kurzen Wirren sehr schnell auf das Wesentliche konzentriert: Ihre Patienten und deren Wohlergehen. Leicht widerwillig stellte sie fest, dass sie Respekt für diese Frau empfand, die jetzt mit Schwung ihre Tasche über die Schulter warf und sich verabschiedete.

Die beiden Ermittler wollten gerade ihre Eindrücke austauschen, als sie von einem nächsten Besucher daran gehindert wurden, der sie vom Eingang her erblickt hatte und auf sie zugesteuert kam.

Der kleine, so anmutig hässliche Professor setzte sich nach einer knappen Begrüssung zu ihnen und blickte sie besorgt an.

«Was ist das nur für eine grauenvolle Geschichte?», hob er an. «Und ich habe so schlecht von ihm gesprochen.»

Noch einer mit einem Überschuss an schlechtem Gewissen aufgrund eines Sympathiedefizits für den Toten. Hatten sie bisher überhaupt ein einziges nettes Wort über den zweiten Ermordeten gehört, grübelte Zina nach. Doch auch dieser Gedankengang musste unterbrochen werden, denn Professor Grühner, der gleichzeitig Dekan der Fakultät war, wollte Antworten auf seine Fragen. Er wollte wissen wo, wann, woran, wie, von wem, weshalb die zwei Professoren gestorben waren, und ob wohl nicht ein Fluch auf dem Institut läge. Doch er wartete die Antwort nicht ab. Anscheinend hatte die Natur der Fragestellung ihn zurück zu seinen geliebten Studien geführt. «Natürlich freue ich mich weiterhin über meine Leichen aus dem 14. Jahrhundert, und ich bin auch sehr zuversichtlich, dass wir beweisen werden, dass sie alle an der Pest gestorben sind. Nur das macht sie eben auch sehr wertvoll und begehrenswert. Die Mediziner warten schon wie die Geier auf meine Schützlinge. Die streiten sich nämlich immer noch darüber, ob wir die Pest den Bakterien oder eher den Viren zu verdanken haben. Wie mein Computerspezialist, der heute Morgen endlich für mich und mein Ding Zeit hatte, der weiss nicht, ob er nach einem Virus oder nach einem Wurm suchen muss. Und ich will meine Leichen im Massengrab nicht so schnell freigeben. Im Computer gibt es nur Würmer ohne Leichen, alles virtuell, sage ich Ihnen, denn mich interessiert weniger ihr Tod als ihr Leben. Sie sehen also, dass ich an der archäologischen Front gefordert bin. Ich werde heute sogar eine Nachtschicht einlegen müssen und im Dekanat arbeiten, denn ich will wenigstens alles dokumentieren, bevor die Mediziner mir meine Lieblinge wegnehmen. Die Suche zwischen meinen Mails überlasse ich

lieber meinem Spezialisten. Ist es nicht erstaunlich, wie distanziert wir mit Leichen aus dem Mittelalter umgehen können, wie interessant, ja gar spannend wir sie finden, wie viel Freude ihr Fund uns bereitet? Auch wenn wir wissen, dass sie gelitten haben, dass sie alle in einem Massengrab liegen? Wie lange, glauben Sie, braucht der Mensch, um vom Schrecken zum Interesse zu wechseln? Fünfzig Jahre? Hundert, zweihundert, dreihundert Jahre, oder geht es gar nicht um die Zeit, sondern um das Konzept des anderen? Und wie steht es mit dem Auge des Betrachters?»

Während der Professor sich weiter wortgewandt in seinen Gedanken verlor, stiess Santoro ein Gebet Richtung Himmel: Dio buono! Lass nie einen Philosophieprofessor ermorden. Doch er war zuversichtlich, dass sein Gebet erhört werden konnte. Schliesslich waren Philosophen harmlos. Wobei! Weiter kam er nicht in seinem Gedankengang. Anscheinend hatte der Experte für das Mittelalter durch einen Gedankensprung wieder den Weg in die Gegenwart gefunden. Er war gerade dabei, eine Brücke zu schlagen. «Sie glauben doch nicht, dass sich da eine Epidemie anbahnt, Herr Kommissar? Frau Goldberg, sagen Sie mir nicht, dass wir es hier mit einer Serie zu tun haben.»

Das war doch gerade die Frage, die sie geflissentlich vermieden hatten, dachte Zina leicht nervös. Erstens hatten sie keine Erfahrung mit Serienkillern. Und dann? Wo sollten sie anfangen zu suchen? Bei den Männern zwischen fünfundzwanzig und fünfunddreissig? Denn in diesem Altersabschnitt waren sie alle zu finden. Zumindest der Theorie nach. Davon wimmelte es in den Universitäten – von Theorien und von Männern in diesem Alterssegment. Sie hätten in beiden Bereichen nicht die Spur einer Chance, zu einem Ziel zu gelangen, sagte sie sich. Zudem konnte der Kerl dann von irgendwoher kommen. Die Federn, die Göttin und die Maske konnten dann als eine dem Mörder eigene Idiosynkrasie betrachtet werden, womit das Motiv so verkorkst wie unauffindbar bleiben konnte.

«Zwei machen noch keine Serie, Professor», erklärte gerade Santoro dem beunruhigten Professor. Zina Goldberg hörte aus

dieser scheinbar ruhig geäusserten Devise auch den Wunsch heraus, sich selbst zu besänftigen. Auch ihr Chef hatte allem Anschein nach nicht die Sehnsucht nach einer hoffnungslosen Jagd.

«Unsere Ermittlungen lassen zwar noch alle Möglichkeiten offen, und wir fahnden in verschiedene Richtungen, berücksichtigen alle Eventualitäten. Auf jeden Fall können Sie darauf bauen, dass wir Sie auf dem Laufenden halten werden, Herr Grühner», schwafelte Santoro weiter.

Warum ist der Kerl nicht Politiker geworden, fragte sich Zina. Das Zeug dazu hat er, die tiefe, beruhigende Stimme auch. Auch der Professor schien schon besänftigt.

Zina nutzte die Gelegenheit, um eine Frage einzuwerfen. «Hat Professor Klotz in den letzten Tagen Kontakt mit Ihnen aufgenommen?»

«Ja, das hat er. Er hat sich über Sie beschwert und wollte unbedingt, dass ich bei höheren Stellen interveniere.»

«Sonst hat er Ihnen nichts mitgeteilt?»

«Lassen Sie mich mal überlegen. Sie müssen verstehen, dass ich vor allem damit beschäftigt war, gute Ausreden zu suchen, als er so auf mich einredete. Also, da war schon noch was. Er meinte, dass er dank fundierter Informationen über die Interna des Instituts sehr gut Bescheid wisse, dass er deshalb sehr wichtige Hinweise weiterleiten konnte, deren Wichtigkeit Sie aber nicht erkannt hätten. Sie seien eh viel zu lasch, zu gutmütig. In die Mangel hätten Sie die Verdächtigen nehmen müssen. So was in der Art auf jeden Fall.»

«Namen hat er nicht genannt?»

«Sie meinen seine Informationsquelle? Nein, das nicht, aber ich hatte das Gefühl, dass er von einem Kollegen sprach.»

«Männer also?», mischte sich auch Santoro in die Befragung.

«Ja. Wobei, so sicher bin ich auch wieder nicht. Da war was mit dem Professor, ich kann es nicht genau fassen.»

Zina erinnerte sich an die Aussage von Susi Schranz. Wie hatte sie sich ausgedrückt?

«Er hat den Unterschied noch nicht festgestellt», sagte sie laut vor sich hin.

«Zwischen Frauen und Männern? Jetzt wo Sie es sagen, das könnte es sein. Er gebrauchte eh immer nur die männliche Form.»

«Hat er irgendetwas Persönliches gesagt?», wollte Santoro wissen.

«Nein, nein, ganz und gar nicht. Wir standen uns nicht nahe. Zudem war es Herrn Klotz ein Dorn im Auge, sein Institut als Teil unserer Fakultät zu sehen. Er wäre gerne zu den echten Wissenschaftlern disloziert, wie er sich freizügig äusserte. Die Mathematiker, die Physiker, zur Not auch die Biologen, das waren für ihn die wahren Vertreter dieser Gattung», schloss der Dekan mit einem bedauernden Kopfschütteln.

Daraufhin verabschiedete er sich, um seinem hingeschiedenen Kollegen noch ein letztes *Au revoir* zu übermitteln, wie er sich ausdrückte.

Die beiden Ermittler fanden sich alleine vor leeren Tassen wieder. Sie sahen sich an und lächelten.

«Meister Yoda geht von dannen», seufzte Zina.

«Wie kommen Sie eigentlich dazu, diese Sternen-Seifenoper zu würdigen», wollte Santoro wissen. «Ich kenne diese Filme nur durch meinen Sohn. Der schwärmt dafür und kennt alle Hintergründe. Aber er ist siebzehn.»

«Es ist mir ja peinlich, was ich auch gar nicht gerne zugebe. Aber seit dem Beginn dieser Untersuchung sehe ich Parallelen. Manche Figuren fügen sich einfach wunderbar in die Geschichte ein, manche gehören jedoch in einen anderen Film. Herr Grühner zum Beispiel ist eindeutig Meister Yoda. Er scheint immer in Rätseln zu reden, nicht ganz bei der Sache zu sein, und trotzdem. Er äussert wichtige Dinge, die es zu entschlüsseln gilt, wie das eben weise alte Männer tun. Von seinem Äusseren ganz zu schweigen – wie von einem andern Stern.»

«Wer passt noch in die Sternensaga?»

«Wollen Sie das wirklich ernst nehmen?»

«Ich möchte mal versuchen, Sie ernst zu nehmen, Goldchen. Im Moment habe ich nichts Besseres zu tun. Bis unsere üblichen Verdächtigen alle aufkreuzen, wird es noch eine Weile

dauern. Also schiessen Sie los», ermunterte sie Santoro mit einem schiefen Lächeln.

«Na gut, ich fange lieber gleich an, bevor der Tag noch heisser wird, ich wusste nämlich, dass Ihre Frechheit direkt proportional zur Hitze ansteigt», erklärte Zina Goldberg, bot ihm eine Karikatur seines Lächelns an und legte gleich los. «Ich sag Ihnen mal, wer nicht reinpasst. Unsere Susi Schranz zum Beispiel bekommt sicher keine Rolle in unserem Sternenepos. Sie kommt mir eher vor wie ein Engel. Nein, grinsen Sie nicht. Haben Sie bemerkt, wie sie ihre Patienten unter ihre Fittiche nimmt? Ein Schutzengel eben. Oder eine Glucke? Egal. Ihre Schützlinge passen auch nicht in mein Bild. Der Möchtegern-Schizophrene, der fliegt eher über ein Kuckucksnest. Und die arme Frau mit ihren kleinen Kindern können wir auch nicht brauchen, passt in ein feministisches Buch aus dem letzten Jahrhundert über die Leiden der unterdrückten Frauen – von einem falschen Mann zum andern, von einem unterdrückenden Machtinhaber zum nächsten patriarchalen Sadisten, das Ganze mit viel Haushalt und Windeln gewürzt. Falsches Genre, dreissig Jahre hinter der Zeit. Unser sympathischer Wankelwitz, der gehört hingegen eindeutig ins Elfenreich – höhere Sphären, der Herr der Ringe.

«Und wer befindet sich im richtigen Film?»

«Zuerst mal die beiden Opfer, die ja auch in ‹Krieg der Sterne› zu den Bösewichten gehören, nur dass sie da nicht betrauert werden. Im Gegenteil, ihr Tod erfreut alle und stellt das Happy End dar. Also, Klotz ist eindeutig Darth Vader, der offensichtliche Bösewicht, der Macht verfallen, der sich das Universum Rübis und Stübis unterwerfen will. Der kleine Odermatt, mit Krokodilchen im Banner, ist der versteckte Bösewicht, nach aussen bei den Guten, in Wirklichkeit der Drahtzieher der dunklen Mächte.»

«Und warum bitte, meine Liebe, freuen wir uns nicht einfach über ihre Vernichtung, sondern suchen ihre Mörder?»

«Weil wir nicht in einem Film, sondern in der Realität sind. Und da werden die Bösen nicht einfach umgebracht – ausser in Ländern mit der Todesstrafe und auch da nicht ohne Prozess.

Nein, ich glaube, der Mörder oder die Mörderin, von mir aus, ist in eine Art inneren Film gesunken, in dem die beiden Professoren zu Monstern in einem Science-Fiction-Film mutiert sind – und dass die Umstände ihn dabei unterstützt haben.»

«Ich verstehe Sie nicht ganz.»

«Das ist nicht so schlimm, ich weiss gerne alles besser. Schlimmer finde ich, dass ich mich auch noch nicht ganz verstehe.»

«Dann versuchen Sie es mal weiter mit den andern.»

«Die Klone finde ich sehr gut getroffen. Diese Studenten und Studentinnen nehmen alles für bare Münze, lernen fleissig, ohne je etwas zu hinterfragen, eine Freude für jeden Pauker. Von welchen Genmanipulatoren sind die eigentlich erschaffen worden? Dann haben wir einen sehr behaarten und sehr sympathischen Vertreter einer andern Galaxie, der sich durch nichts beirren lässt, unser Freund aus dem Osten, Hotze. Nicht zu vergessen die gesichtslosen Ungeheuer, die weder gut noch böse sind, keine Meinung haben, nur ihre Arbeit machen, Roboter oder ihre Kommandanten eben. Der neue Deutsche, ohne Namen und ohne Gesicht, den meine ich. Im Film sind sie meistens die Soldaten einer Armee. Dann die gute Frau Duchemin, also die Frau, die immer ihren eigenen Weg geht, die Person, die in kein System passt, im Film dargestellt durch Han Solo, gespielt von Harrison Ford. Sie hat zwar das falsche Geschlecht, aber heute sind wir nicht mehr so kleinlich. Immer voller Energie und Tatendrang, sich nie unterkriegen lassend, immer Lösungen mit unmöglichen Mitteln findend, kämpft sie selbstlos für die Guten. Sie ist der Typus der sympathischen Rebellin, die zwar einige Schläge abbekommt, jedoch nicht unterzukriegen ist. Aber eigentlich habe ich nur angefangen, die Leute so zu betrachten, weil Meister Yoda uns in die Geschichte eingeführt hat. Der kleine hässliche Kerl mit seinen geliebten Leichen, der uns gerade verlassen hat. In meinem Film geht alles schön auf, nur fehlen uns in der Realität noch einige wichtige Figuren. Aber welche?»

«Ist das nicht diese blöde Geschichte mit den Laserschwertern?»

«Die Jediritter, genau. Sie hüten das Universum, kämpfen

gegen die Bösewichter, setzen sich für die Entrechteten ein. In unserer Geschichte fehlen die Helden, Chef.»

«Passt zum Zeitgeist», warf Santoro ein.

«Aber mir fehlt immer noch eine wichtige Figur. Ich weiss nur nicht welche.»

«Ich werde mal meinen Sohn zu Rate ziehen, er hat ganze Theorien mitverfolgt, die zum Film entwickelt wurden. Zu meiner Schande muss ich eingestehen, dass ich nicht allzu aufmerksam war.»

Wieder kitzelte Zinas Nase. Die Lösung war da, ganz nah, vor ihrer Nase, die ihr unbedingt etwas mitteilen wollte. Aber sie konnte nichts erkennen. Stattdessen zupfte sie an einer ihrer überlangen Strähnen und legte sie über ihre Nase.

«Ich glaube nicht, dass die Lösung durch Schielen zu erkennen ist, mein Herz, aber machen Sie nur weiter, wenn Sie das entspannt. In der Zwischenzeit werde ich schon mal unseren Botengang erledigen. Stump hat einen Kaffee bestellt. Was, glauben Sie, passt am besten zu unserem Spurensucher?»

«Latte.»

«Morgen?»

«Milchbubi.»

Ihr Chef hatte sich breit grinsend erhoben und federte gerade Richtung Theke. Sie lächelte hinter seinem geschmeidigen Rücken, blickte unauffällig seinem schwungvollen Gang nach. Und einmal mehr stellte Zina fest, wie einfach es doch war, einen Mann glücklich zu machen.

DREIZEHN

Im Gang, vor dem Zimmer des ermordeten Professors, hatte sich eine Menschenansammlung gebildet. Besorgtes bis ängstliches Gemurmel breitete sich aus und verstummte, als die beiden Ermittler durch die Schwingtür kamen. Aus der Menge wurden gleichzeitig mehrere Stimmen deutlich erkennbar: fragend die einen, beunruhigt bis gar vorwurfsvoll die andern. Ein leicht und unterdrückt hysterischer Wind schien durch den Gang zu wehen, als Santoro und Zina auf die Gruppe zuschritten. Einige Gestalten lösten sich aus dem Pulk der Herumstehenden und steuerten aufgeregt auf sie zu. Da war die überaus hübsche Studentenvertreterin, die so viel Verständnis für die armen überlasteten Professoren hatte, umgeben von einem Grüppchen ängstlich dreinschauender Studentinnen und Studenten. Zwei Professoren versuchten sie noch zu überholen, um zuerst an Informationen zu gelangen. Waren das nicht die beiden, die sich um die Verkehrssicherheit kümmerten, fragte sich Zina Goldberg, die angesichts dieses Ansturmes den Impuls verspürte, sich hinter ihrem Chef zu verstecken. Jetzt mach dich nicht lächerlich, ermahnte sie sich streng. Sie richtete sich auf und beschleunigte ihre Schritte, bereit, sich dem Ansturm zu stellen.

Zur gleichen Zeit erblickte Santoro den Spurensucher Stump, der gerade aus dem Zimmer trat und sich seiner Astronautenmontur entledigte. Den Latte hochhaltend, steuerte er auf ihn zu. Bis er bei ihm war, hatte sich der junge Mann aus seiner wissenschaftlichen Strampelhose herausgeschält und entblösste seine muskulösen Oberarme. Santoro bestaunte einmal mehr die kunstvollen Verzierungen, die bis zu den Ellbogen reichten. Sieht nach Symbolen der Maori aus, dachte Santoro, bevor er sich einmal mehr fragte, was junge Männer dazu trieb, sich an Orten zu suchen, wo sie noch nie gewesen waren. Weiter kam er in seinen existenziellen Überlegungen nicht, denn Stump zog ihn und den Latte ins nächste Zimmer.

Die beiden Männer verschwanden hinter der Tür.

Typisch, sagte sich Zina, die Männer ziehen sich diskret aus dem emotionalen Rummel zurück, und ich darf die Wogen glätten. Ich hasse Hausarbeit, bekräftigte sie noch ihren Ärger nicht ganz zusammenhängend, bevor sie sich daranmachte, ein Gefühl der Ruhe und Sicherheit zu verströmen, während sie gleichzeitig versuchte, diejenigen herauszupicken, die wirklich etwas wissen konnten. Sie liess ihren Blick über die Versammlung schweifen. In einer Ecke sitzend, erblickte sie den wohlbeleibten Statistiker, der heute ein gestreiftes Hemd angezogen hatte und seinen Arm beschützend um die Schultern der kleinen Putzfrau gelegt hatte. Sie dachte noch, dass er heute anscheinend die Gefängniskluft für bunte Vögel aus dem Schrank gefischt hatte, als sie sich entschied, zuerst mal ein Dreiergrüppchen herauszuholen.

Anscheinend waren sie im Zimmer einiger Assistenten gelandet, sagte sich Santoro angesichts der drei Schreibtische. Er forderte mit einer beiläufigen Geste den Spurensicherer auf, sich auf einen Stuhl zu setzen, und platzierte sich selbst auf den Schreibtisch. So konnte er knapp von oben herab auf den baumlangen, von Muskeln strotzenden, noch sehr jungen Mann runterblicken, was ihm guttat. Ich fühle mich trotzdem alt und schrumpelig, stellte er bedauernd fest. Der Kerl war doch der Inbegriff eines Surfers, nur dass er gerade kein Brett dabeihatte. Kein sichtbares, ergänzte er sarkastisch. Er dachte kurz an seine Tochter, und ihm schauderte beim Gedanken, dass sie genau solchen Typen zu Dutzenden begegnen würde auf ihrem Asientrip. Santa Madonna, mach, dass sie nicht auf solche Kerle fliegt, die nur ein bisschen Fun suchen, sei es auf dem Brett, sei es im Bett. Er musste sich zusammenreissen. Schliesslich hatte er zwei Mordfälle zu lösen, und dieser Schönling konnte ihm dabei helfen. Er durfte ihn nicht als Feind behandeln.

«Können Sie mir schon erste Anhaltspunkte liefern?», fragte er so kollegial wie nur möglich.

«Schade, dass Sie den Doktor verpasst haben», begann Stump, nahm einen Schluck aus dem Becher und schloss vor Wonne die Augen. «So ein Latte am Morgen, es gibt nichts Besseres.»

Santoro fuhr sich mit beiden Händen über das Gesicht, als ob er die Müdigkeit wegwischen wolle. Sein wahres Ziel erreichte er nicht, denn in den Augen seines Betrachters erkannte er Staunen, als er mit ungenügend verwischtem Grinsen weiterfragte: «Ist die Todeszeit schon bestimmt? Der Kerl war schon ziemlich steif. Ich meine, noch steifer als zu Lebzeiten.»

«Darüber möchte sich der Doktor mit Ihnen unterhalten, denn, soweit ich das verstanden habe, wurde Herr Klotz zuerst mit einem stumpfen Gegenstand erschlagen. Der Hinterkopf weist eine Delle auf. Das war aber gar nicht die eigentliche Todesursache. Der Mann ist erstickt – durch die Maske. Und das erschwert die ganze Sache, denn es ist nicht ganz klar, wie lange der arme Mann brauchte, um endgültig keine Luft mehr zu bekommen. Es könnte Stunden gedauert haben, meint der Pathologe. Die Frage ist, wie eng die Maske auf dem Gesicht angebracht war, wie viel Luft da noch durchkommen konnte. Zudem hat ja die mitfühlende Putzfrau dem Kerl die Maske entfernt, sodass wir nicht wissen, wie eng sie auf dem Gesicht lag. Eine schaurige Vorstellung auf jeden Fall, finden Sie nicht? Wie Sie vielleicht bemerkt haben, waren die Ränder nach unten gebogen. Die ursprüngliche Maske ist ja viel grösser als ein Gesicht, zudem ganz flach, horizontal eben, habe ich mir erklären lassen. Es scheint so, als ob der Täter ihm die Totenmaske auf das Gesicht gelegt habe, um sie dann eng an seinen Kopf zu passen, er hat die Ränder runtergedrückt und somit die Luftzufuhr fast gänzlich unterbunden.»

«Ganz schön bösartig, finden Sie nicht auch? Den ersten Professor lässt er langsam verbluten, den zweiten ersticken, als ob Sie einen langsamen Tod verdient hätten. Oder deutet das auf eine Sie hin? Und die beiden sind gar nicht als Professoren, sondern als Männer gestorben?»

Eine solche Frage seiner Assistentin zu stellen, das hätte er nicht gewagt. Stump hatte eben doch sein Gutes, er war ein Mann.

Zina Goldberg hatte die zwei Assistentinnen und den Assistenzprofessor Habermaus aus dem Pulk der aufgeregten

Psychologen und Studenten herausgeeist, um sich in einem abgeschlossenen Raum ruhig mit ihnen unterhalten zu können. Das Problem war nur, dass sie nicht richtig wusste, was sie überhaupt fragen sollte.

Das Zimmer schien das Sekretariat zu sein, denn sie fanden sich alle vier vor einer Art Schalter wieder. Wo war denn die Sekretärin geblieben, fragte sich Zina. Hatten sie vielleicht eine wichtige Verdächtige schlicht vergessen? Die Luft hier drin war zum Schneiden. Anscheinend war dieser Raum schon seit Tagen nicht mehr benutzt worden, und die Hitze hatte sich ungehindert stauen können. Sie öffnete das Fenster, um frische Luft einströmen zu lassen. Doch was da von aussen kam, glich schon eher einem Wüstenwind. Sirocco, musste Zina feststellen. Sie fragte nach der fehlenden Sekretärin. War sie die ernst zu nehmende Verdächtige, die auf ihrer Liste fehlte? Doch ihre drei Ansprechpartner zerschlugen ihre Hoffnungen. Die ältere Dame, die schon seit Jahren zuverlässig und zufrieden hier alles organisierte, war seit gut zwei Wochen in den Ferien auf Mallorca und hatte Grusskarten geschickt. Na, wenigstens eine, die sie von der Liste streichen konnten.

Da Zina immer noch nicht wusste, wonach sie fragen sollte, begann sie unverfänglich mit einer Routinefrage. «Wann haben Sie den Professor zuletzt gesehen?

Liselotte Burger, die kleine Assistentin des ersten Opfers, und Antoinette Löliger, die Vertreterin der Studierenden, hatten ihn noch kurz vor achtzehn Uhr gesprochen. Sie wollten mit ihm über eine gebührliche Ehrung des Verstorbenen sprechen, also des ersten, wie die beiden zu präzisieren wünschten. Nein, ihnen war nichts Besonderes aufgefallen. Er war zwar kurz angebunden gewesen, hatte sich über ihre Vorschläge nicht besonders interessiert gezeigt, aber das war ganz in seinem Stil, befanden die beiden einhellig. Besorgt, nervös oder gar ängstlich schien er auch nicht zu sein.

Noch einer, der das Gewitter, das einige Stunden später über ihn zusammenbrechen sollte, nicht hat kommen sehen, dachte Zina düster.

«Hat der Professor Ihnen gegenüber erwähnt, was er an

diesem Abend noch vorhatte? Wollte er noch länger im Institut bleiben? Erwartete er noch jemanden?», fragte sie.

Die beiden jungen Frauen schauten sie zuerst ungläubig an, um ihr dann zu erklären, dass an diesem Institut die Professoren sich den Studierenden und Assistenten gegenüber nicht über ihre Pläne für die Zukunft zu äussern pflegten.

Zina gab auf und wandte sich an den Assistenzprofessor.

«Ja, Spuren haben wir hier jede Menge gefunden, Herr Kommissar. Die Putzfrau ist ja zu spät gekommen mit ihrem Staubsauger. Aber das kann ich Ihnen schon mal sagen, Fingerabdrücke haben wir nirgends gefunden, weder auf der Maske noch auf seinen Kleidern, denn da sind sie nicht zu identifizieren», meinte Stump locker.

«Und der stumpfe Gegenstand ist auch verschwunden. Aber ich kann Ihnen mit an Sicherheit grenzender Wahrscheinlichkeit sagen, dass es der gleiche war wie beim ersten Mal. Die kleinen Einbuchtungen sind auch bei diesem Professor klar zu erkennen», fügte Stump zufrieden an.

«Schon wieder hat die Göttin zugeschlagen», sagte Santoro.

«Sie meinen, es war eine Frau?»

«Nicht jede Frau ist eine Göttin, junger Mann», belehrte Santoro seinen jungen Kollegen, um dann konkreter zu werden. «Die Göttin ist nicht die Frau, ich meine, sie ist nicht die Täterin, denn vielleicht ist es ein Täter. Die Göttin ist das Instrument, das zum Tode geführt hat oder eben doch nicht ganz, denn dieser ist ja erstickt worden. Die Venus von Willendorf, die war's. Und die Frau war sicher keine Göttin, wenn sie's war. Das nehme ich zumindest an. Sonst steht es schlecht um uns. Ich meine, wenn jetzt die Göttinnen zuschlagen. Verstehen Sie, mein Junge?»

«Nicht wirklich, Herr Kommissar», meinte Stump kleinlaut.

«Macht nichts. Ich verstehe auch nur noch Bahnhof in diesem Fall.»

Was für ein Gelaber, dachte Zina und wartete auf den geeigneten Augenblick, um den Assistenzprofessor zu unterbrechen.

Nachdem dieser ein Loblied auf den zweiten Verstorbenen intoniert hatte, der zwar in keiner Weise nur Ansichten vertreten hatte, die denen Habermaus' entsprochen hatten, war er dazu übergegangen, den verheerenden Verlust der beiden Väter des Instituts zu kommentieren, die zwar in Zwietracht regiert hatten, sich jedoch prägend für die sich steigernde Bedeutung des Instituts starkgemacht hatten. Als Habermaus darüber lamentierte, dass der Professor ihn noch am Nachmittag zu Hilfe geholt hatte, wollte Zina nicht weiter passiv bleiben.

Sich ein Aufatmen des Redners zunutze machend, griff Zina resolut ins Geschehen ein. «Fanden Sie es nicht erstaunlich, dass Herr Klotz gerade Sie zu Hilfe holte? Gehörten Sie für ihn nicht zum feindlichen Lager?»

«Ich weiss nicht, ob Sie das verstehen können, Frau Goldberg, aber ich versuche immer so vernünftig wie möglich zu sein. Ich wollte gerade durch das diskursive Gegeneinander das bejahende Gemeinsame eruieren, was Professor Klotz nur begrüssen konnte.»

Zina, die davon überzeugt war, dass Klotz statt eines bejahendes Gemeinsames wohl eher einen billigen Computerfachmann gesucht hatte, fuhr sich mit der Hand über den Mund – um sicher zu sein – und beschloss, konkret zu werden. «Wann haben Sie Professor Klotz zuletzt gesehen, Herr Habermaus?»

Etwas Originelleres war ihr bei diesen angehäuften Banalitäten einfach nicht in den Sinn gekommen.

Leicht aus dem Konzept gebracht, zerrte der Angesprochene zuerst seine Jeanshosen hoch. Über seine wabbeligen Wülste schaffte sie es trotz energischem Reissen nicht.

«Also, da muss ich zuerst nachdenken», sagte Habermaus, um nach mehrmaligem bedeutungsschwangeren Nicken fortzufahren: «Wenn ich mich richtig erinnere, war das gestern Nachmittag, nach sechzehn Uhr. Professor Klotz bat mich zu sich, weil er hoffte, dass ich ihm behilflich sein könnte. Ich musste ihn leider enttäuschen.»

Zina wartete auf die Fortsetzung, denn sehr erleuchtend erschien ihr diese Eröffnung nicht. Da sich das Schweigen ausdehnte, sie jedoch nicht den ganzen Morgen damit verplem-

pern wollte, auf unwichtige Informationen zu warten – denn als das würden sich diese mit Bestimmtheit herausstellen –, entschloss sie sich, weiterzubohren. «Und wobei bitte mussten Sie den Professor enttäuschen, Herr Habermaus?»

«Der Professor hatte ein Problem mit seinem Computer. Anscheinend hatte er ein Phishing-Mail geöffnet und auch noch darauf geantwortet, sodass Viren sein System infiziert hatten», erklärte Habermaus mit einem süffisanten Lächeln, worauf er sich wieder in Schweigen hüllte.

Dem Kerl werde ich wohl jeden Wurm einzeln aus der Nase ziehen müssen, beschied Zina schon ziemlich entnervt, als sie plötzlich in ihren Überlegungen innehielt. In ihren Ohren klingelte eine Glocke, eigentlich war ein ganzes Alarmsystem ausgelöst worden. Sie konnte noch nicht eruieren, was der ganze Lärm zu bedeuten hatte, aber sie wusste, welches Wort den Radau ausgelöst hatte.

Es ging um Würmer.

«Ich muss jetzt weiter, Herr Kommissar», verabschiedete sich Stump und öffnete die Tür. «Den Computer des ersten Toten habe ich Ihnen in seinem Zimmer deponiert. Aber wie ich Ihnen schon gesagt habe, freuen Sie sich nicht zu früh, da ist einiges unwiederbringlich verloren gegangen.»

«Wenn Sie schon da sind, können Sie sich auch gleich mal diesen hier genauer anschauen», forderte ihn Santoro auf.

Während Stump sich vor dem Schreibtisch hinstellte, sah Santoro den Statistiker, die kleine Putzfrau im Schlepptau, auf ihn zukommen. Nachdem er ihm die Hand geschüttelt hatte, meinte dieser jovial: «Frau Bengül, unsere Putzkraft, möchte sich gerne verabschieden, Herr Kommissar. Die Tatsache, dass sie schon über die zweite Leiche gestolpert ist, hat ihr sehr zugesetzt. Ich glaube, es wäre gut, wenn sie sich ein bisschen ausruhen könnte. Sie leidet schon an der Vorstellung, dass es zur Gewohnheit werden könnte», erklärte er mit einem Augenzwinkern.

Santoro verabschiedete gerade die kleine Frau so schonungsvoll wie möglich, als ein Ausruf Stumps die beiden Männer mit

wenigen grossen Schritten an den Schreibtisch lotste, während sich die kleine Putzfrau diskret, wie es ihrer Funktion entsprach, aus dem Staub machte.

Der Kommissar und der Statistiker starrten derweil einhellig wie gebannt auf den Bildschirm, auf dem sich der Abschiedsbrief des Computers abzeichnete, während Stump auf alle möglichen Tasten hämmerte.

«Stellen Sie das Ding ab!», befahl Hotze.

«Reagiert nicht mehr», antwortete Stump panisch.

Darauf sprang Hotze behände zur nächsten Steckdose und riss den Stecker raus.

Der Bildschirm verdüsterte sich.

Ganz schön wendig, der Ostdeutsche, dachte Santoro und löste sich endlich aus seiner Erstarrung.

Den Wurm noch im Ohr, beschloss Zina Goldberg, ihre Befragung weiterzuführen. Es hatte keinen Sinn, weiter nach ihm zu grübeln.

«Um wie viel Uhr haben Sie den Professor verlassen, Herr Habermaus? Und welchen Eindruck machte er auf Sie?»

«Er war besorgt, verärgert sogar», antwortete Habermaus, um gleich wieder zu schweigen.

Der Kerl hütet seine mickrigen Informationen, als wären es Staatsgeheimnisse, ärgerte sich Zina. «Worüber denn?»

«Ich musste ihm erklären, dass er seine E-Mail-Adresse würde wechseln müssen, da diese von irgendwelchen Hackern übernommen worden war. Er hatte schon vor ein paar Tagen, einen Informatiker der Universität kommen lassen, der ein Virus identifizierte. Er konnte zwar einige Dateien wiederherstellen, da der Professor jedoch sein Missgeschick mit dem Phishing-Mail verschwiegen hatte, wütete die eigentliche Ursache weiter. Das Ganze war mir aber viel zu hoch.»

Na, geht doch, freute sich Zina über die ungewohnt lange Erklärung. Bevor sie die endlich sprudelnde Quelle weiter anzapfen konnte, ging jedoch die Tür mit grossem Schwung auf. Alle vier Anwesenden drehten den Kopf Richtung Lärmemission. Da stand breitbeinig, die Arme resolut unter dem grossen

Busen verschränkt, die energische Lehrerin, Frau Duchemin. Zina und die drei andern nacheinander streng begutachtend, meinte sie vorwurfsvoll: «Das kann doch nicht wahr sein? Das ist doch jetzt einfach nicht wahr, was die mir da draussen zu verklickern versuchen. Wem bitte soll ich jetzt mit meinem Anliegen in den Ohren liegen? Sind Sie jetzt zuständig, Habermaus?»

«N-Nein, nein, dazu fehlt mir die Kompetenz, da bin ich nicht die richtige Ansprechperson», beeilte sich Habermaus zu sagen.

«Hatten Sie heute einen Termin mit Professor Klotz, Frau Duchemin?»

«Ja, genau jetzt. Und das ist schon der zweite. Er hatte mich gestern schon bestellt, hat mich dann in drei Minuten abserviert und auf heute vertröstet. Hatte ein Problem mit seinen E-Mails. Schon wieder. Wartete ungeduldig auf einen Helfer.»

Da war es wieder, dieses Klingeln im Ohr, registrierte Zina. Was hatte Habermaus schon wieder zu dieser Phishing-Attacke erzählt? Auf ihre Frage antwortete Habermaus wie jemand, der sich bemüht, auch mit unterbegabten Mitmenschen geduldig zu bleiben: «Also, ich werde versuchen, es Ihnen so verständlich wie möglich zu erklären.» Bedeutungsvolle Pause. «Seit einigen Tagen sind an der Universität Basel Phishing-Mails im Umgang. Das heisst, dass alle Universitätsmitglieder aufgefordert wurden, unter ganz unterschiedlichen Vorwänden, Username und Passwort für den Uni-Zugang an eine universitäre Stelle zu schicken. In Wahrheit handelte es sich aber um Angreifer. Obwohl in den Medien regelmässig gewarnt wurde, haben doch zahlreiche Mitarbeiter brav darauf geantwortet. Mit verheerenden Folgen, denn die Accounts wurden gekapert.»

«Und das heisst konkret?»

«Das Passwort wurde verändert, Daten geraubt und missbraucht. Unter anderem werden mit diesen gestohlenen Adressen jetzt neue Ziele rund um die Welt angegriffen. Mit der darin gefundenen Korrespondenz übrigens auch.»

«Und das ist auch dem Professor passiert?», fragte Zina in die Stille hinein.

«Richtig. Wie ich Ihnen schon zu erläutern versuchte, musste ich Herrn Klotz klarmachen, dass er seine eigene Adresse nicht mehr benutzen konnte, denn diese wird jetzt von den meisten Spamfiltern auf die schwarze Liste gesetzt und gesperrt. Sie ist gebrannt, wie es so schön heisst. Der Professor musste sich also eine ganz neue E-Mail-Identität aufbauen. Leider konnte ich ihm dabei nicht helfen. Das war mir einfach zu hoch», schloss Habermaus.

Während die Lehrerin die Stirn runzelte und anscheinend leicht irritiert aus dem Fenster schaute, bohrte sich in Zinas Kopf eine Frage ihren Weg.

Wie lautete sie nur?

«Genau wie beim Krokofetischist», seufzte Santoro und raufte sich die Haare. «Und sagen Sie mal, Stump, wie sind Sie überhaupt auf seinen Code gekommen?»

Zur Antwort zeigte Stump auf mehrere Zettelchen, die an der Seite des Computers klebten. Neben mehreren Telefonnummern las Santoro das mysteriöse Wort raduBan.

«Bandura», berichtigte Hotze, der sich auch über die Zettelchen beugte. «Ein Kerl, der an die zweihundertfünfzig Seiten über die Tatsache geschrieben hat, dass Menschen auch an einem Modell lernen können. Ein bisschen langfädig, wenn Sie mich fragen», erklärte Hotze grinsend.

«Na, in Sachen Umgang mit Computer und Geheimhaltung hat sich unser Professor aber ein schlechtes Modell ausgesucht», nörgelte Santoro.

«Junger Mann, Sie werden mir auch diesen hier mit- und auseinandernehmen müssen», fuhr er fort.

«Ich hatte aber schon beim ersten keinen grossen Erfolg, da habe ich etliche Dateien verloren», jammerte Stump. «Wenn nur Müller aus den Ferien kommen könnte.»

«Was macht der Kerl eigentlich so lange in Italien, wenn man ihn schon mal braucht?»

Er verzieh ihm nicht, dass er nicht über dessen Ferienpläne informiert worden war. Zudem beschlich ihn immer mehr das ungute Gefühl, dass diese informatischen Abstürze für ihren Fall

von Bedeutung waren. Und da war noch etwas, ein Abgrund ganz in der Nähe … Doch dafür hatte er jetzt mit Sicherheit keine Zeit.

«Was fällt den blöden Kerlen eigentlich ein, Phishing-Mails für Deppen zu öffnen und jeglichen Viren Tür und Tor zu öffnen?», rief er mit den Armen rudernd in den Raum hinein.

«Wurm!», verkündeten Stump und Hotze unisono.

Das war es doch, was ihm dauernd im Hinterkopf herumgeschwirrt war. Es ging hier nicht um Viren, wie sie alle Öffner von Phishing-Mails gratis als Zugabe zu ihrer Naivität erhalten hatten. Es ging hier um dicke fette Würmer. Und das war eine ganz andere Geschichte.

«Elender, ich!», rief er dramatisch seinen Zuhörern entgegen.

«Quidquid id est, timeo danaos et dona ferentes!», verkündete Frau Duchemin den Bäumen vor dem Fenster bedeutungsvoll.

Zina, die noch immer die unausgesprochene Frage in ihrem Kopf suchte, schreckte aus ihrer Trance auf. Dass sie etwas Lateinisches zu hören bekommen hatte, das konnte sie ja noch knapp erkennen, doch die Bedeutung konnte sie nicht entziffern.

«Sollte ich erfahren, was sie da Gewichtiges geäussert haben?»

«Wie dem auch sei, ich fürchte die Griechen, auch wenn sie Geschenke bringen. Ist mir nur so eingefallen bei diesen Phishing-Geschichten. Diese Mails sind doch wie das Trojanische Pferd, drinnen hocken die griechischen Krieger, warten, bis alles schläft, um dann mit dem Massakrieren der Trojaner zu beginnen.»

«Nur brauchen die informatischen Trojaner keine Viren, sondern einen Wurm. An den hängen sie sich dann sozusagen, um die Programme zu kontrollieren. Wie das genau funktioniert, weiss ich natürlich nicht», verkündete Liselotte Burger, die kleine Assistentin, vermeintlich bescheiden, doch sichtbar stolz auf ihre Kenntnisse.

«Und zudem waren in der Geschichte die Trojaner die Opfer der Griechen und nicht umgekehrt. Bringen Sie mir nicht alles durcheinander», sagte Frau Duchemin.

Doch Zina hörte nur noch mit einem Ohr zu, denn im

andern dröhnten die Alarmglocken. Die Erkenntnisse stürmten auf sie ein wie Griechen aus einem Pferd und schrien: Ihr Hornochsen, wir waren da, gross und fett, und ihr habt uns nie gesehen! Tatsächlich, Sie hatten die Würmer nicht erkannt. Und die veränderten die ganze Geschichte.

Zina stürmte aus dem Zimmer.

«Das habe ich Ihnen doch vor ein paar Tagen mitgeteilt, dass wir einen Wurm gefunden haben», verteidigte sich Stump. «Die haben mit der Phishing-Attacke überhaupt nichts zu tun. Die benutzen nur die Codes und geben ein paar Viren dazu, um die Sache zu würzen, sozusagen.»

Santoro, der noch nicht ganz begriff, wollte gerade gereizt – denn er schätzte es nicht, als Banause erkannt zu werden – dem baumlangen Kerl weitere Fragen stellen, als er Zina im Stechschritt nahen sah. Kaum hatte sie den Raum betreten, verkündete sie aufgeregt: «Der Wurm hat die Festung eingenommen, die Viren sind unschuldig, und wir sind die Hornochsen. Wie die Trojaner.»

Während Santoro sie noch mit aufgerissenen Augen anstarrte, ertönte neben ihm die tiefe Stimme von Hotze. «Die Trojaner haben in dieser Geschichte den Wurm geritten, wenn ich Sie ergänzen darf, Frau Goldberg.»

«Ich habe doch den Wurm gemeldet!»

«Was hat der Wurm gefressen?»

«Wie reitet man einen Wurm, bitte?»

Da alle weiter durcheinanderfragten und -riefen, ohne dass jemand antworten konnte, die Stimmen immer lauter wurden und mittlerweile eine Traube von Zuhörern im Türrahmen stand, hob Santoro die Arme und schrie: «Halbzeit! Alle setzen!»

Es dauerte seine Zeit, bis die vier Anwesenden einen Stuhl fanden und sich um einen Schreibtisch versammelt hatten und die Zuschauer hinter eine Tür verbannt werden konnten.

«Jetzt mal ganz langsam und ganz von vorne», begann Santoro betont ruhig. «Stump, wiederholen Sie Ihre Erkenntnisse.»

«Ich habe neben den Viren auch den Wurm entdeckt und auch ge…»

«… meldet, ja das haben wir jetzt alle begriffen, Stump. Aber Sie haben uns die Bedeutung dessen nicht mitgeteilt. Und das werden Sie jetzt tun», verlangte Santoro überfreundlich.

«Aber ich dachte …», begann Stump sich verteidigend. Eine wegwerfende Geste seines Vorgesetzten und die Augen dessen Assistentin, die zur Decke wanderten, liessen ihn jedoch innehalten. Seufzend hob er von Neuem an.

«Wie wohl die meisten Leute heute wissen, haben Würmer mit der neuesten Phishing-Attacke nichts zu tun. Hier wurden nur Viren mitgeschickt, um Verwirrung zu stiften. Viren springen von einer Datei zur andern und legen so viele Funktionen wie nur möglich lahm, oder sie verlangsamen sie zumindest. Das vertuscht dann die Plünderung des Accounts und ist vielleicht auch schlichte Bösartigkeit.»

«Und diese Würmer?», wollte Santoro wissen.

«Der Wurm. Einer genügt. Ist ganz einfach herzustellen. Ein Wurm belegt einfach Speicherkapazität. Und genau so einen haben wir auf dem Computer des kleinen Professors gefunden. Die werden aber vor allem benutzt, um …»

«Trojaner einzuschleusen», beendete Hotze den Satz grinsend.

«Und jetzt erklärt mir bitte noch einer, was ein Trojaner so tut», fragte Santoro betont freundlich.

Auf ein Zeichen Stumps übernahm Hotze. «Trojaner sind Programme, die im Hintergrund arbeiten, damit können Sie, wenn Sie wissen, wie es geht, einen fremden Computer fernsteuern. Sie können Dateien verschwinden lassen, persönliche Daten ausspionieren, wie Ihnen beliebt eben. Und genau so einen hatte der Professor Klotz in seinem kleinen Liebling da. Nur hätte er heute nicht mehr abstürzen dürfen. Er war nämlich gesäubert worden.»

Während Santoro noch der Mund vor Staunen offen stand, hatte Zina schon das Ruder übernommen und fragte: «Und wie wollen Sie das wissen?»

«Ich habe ja schliesslich gestern Abend zwei Stunden damit verbracht, dem Ding da die Würmer aus der Seele zu zerren.»

«Und das sagen Sie uns jetzt?»

«Genau. Denn vorher wurde ich ja nicht gefragt. Sage nie, wonach du nicht gefragt wirst! Oder haben Sie vergessen, woher ich komme, Herr Kommissar?»

Doch nicht so wendig, der Ossi, dachte Santoro. Doch er wollte jetzt keine interne Diskussion über die Integration von Ostdeutschen in der Nordwestschweiz vom Zaune brechen. Am Schluss wäre er noch über seine eigenen Widersprüche gestolpert. Und dafür fehlte definitiv die Zeit. Schliesslich hatten sie einen Wurm zu jagen, oder war dieser nur der unwissende Komparse? Und Hotze, welche Rolle spielte der in dieser Geschichte?

«Na, erzählen Sie uns, was Sie gestern Abend genau getan haben? Wie kommt Professor Klotz überhaupt auf die Idee, Sie zu rufen?»

«Na, ich konnte ihm schon mehrfach helfen, wenn er kleine Probleme mit seinem Kasten hatte. Statistikprogramm installieren oder aktualisieren, aber auch entrümpeln oder kleine Pannen beheben.»

«Und gestern?», fragte jetzt auch Zina, ungeduldig geworden, nach.

«Da hat er mich abgefangen, als ich gerade nach Hause gehen wollte. Er war ganz verzweifelt, denn er hatte schon den Informatiker der Universität und Habermaus um Hilfe gebeten, ohne Resultat. Ich habe mich dann seiner erbarmt und habe es selbst versucht. Zu guter Letzt habe ich meine Tochter angerufen. Sie studiert im letzten Jahr Informatik in Lausanne, daneben hilft sie noch in einer Umweltorganisation. Macht den Informatikkram», schloss Hotze.

Während Zina sich noch fragte, welcher Art die Hilfe bei der Umweltschutzorganisation wirklich war, liess Santoro den Knochen nicht los. Verbissen wollte er wissen, was Hotze erreicht hatte.

«Wie bei den Phishing-Mails war das Elend eben über dieses Hintertürchen eingebrochen und betraf vor allem diesen Bereich. Dank meiner Tochter konnte ich einen Teil der Nachrichten wiederherstellen, nicht alle. Ich habe Professor Klotz aber klargemacht, dass er ganze Dateien, ja Programme,

werde ersetzen müssen, wenn er weiteren Schaden verhindern wollte. Als ich ihn verliess, sass er vor dem Computer und las seine lange vermissten Mails.»

«Sie haben nicht per Zufall gesehen, worum es in diesen Mails ging, von wem sie stammten?»

«Ganz per Zufall lese ich nie fremde Korrespondenz, auch keine digitale», verkündete Hotze würdevoll.

Santoro meditierte noch über die Unangebrachtheit mancher Tugenden in den richtigen Situationen, als Zina eine letzte Frage stellte. «Um wie viel Uhr haben Sie den Professor verlassen?»

«Nach neun Uhr.»

Also nicht lange vor seinem Tod, sagten sich beide und schauten sich wissend an.

Nur, was wussten Sie jetzt eigentlich, fragten sie sich ebenso einstimmig.

***

«Wir können nur noch warten», verkündete Santoro trübsinnig seinem Gummibaum.

«Egon nicht. Ich hole ihm mal Wasser», antwortete Zina, die dies eben nicht gerne tat – warten.

Während Santoro Zina beim Giessen zuschaute, rekapitulierte er seine Beschlüsse. Hatten sie auch nichts vergessen? Eine Ad-hoc-Kommission zur Entwurmung der informatischen Teile der beiden toten Professoren war gebildet worden. Stump sollte die Leitung haben, aber auch nur, weil er zur Polizei gehörte, Hotze, der Statistiker, sollte ihm assistieren. Dieser hatte darauf bestanden, seine Tochter beizuziehen. Sie sollte demnächst im Institut aufkreuzen und die eigentliche Macherin in diesem Säuberungsprozess werden.

Einmal mehr ärgerte sich Matteo Santoro über die unangebrachte Abwesenheit seines Freundes Müller. Wenn er nicht vollkommen unverantwortlich seine Ferien in Italien verbringen würde – was machte er nur dort? –, wären sie nicht gezwungen worden, eine solch unübliche und vollkom-

men ablaufwidrige Extratruppe zusammenzustellen, wetterte Santoro in sich hinein. Diese sollte so schnell sie konnte so viele Mails wie möglich wiederherstellen. Zudem sollten sie versuchen herauszufinden, woher der Schaden kam. Die beiden anwesenden Experten hatten sich skeptisch gezeigt. Würmer waren schliesslich da, um die Wiederherstellung von verseuchten Texten zu verhindern, sie besetzten das Terrain. Er wäre schon mit Bruchstücken zufriedengestellt, befand Santoro bescheiden. Den Urheber des Ganzen zu eruieren, war noch unwahrscheinlicher, hatte Stump düster prophezeit. In dem blöden Blechkasten, hinter einem Wurm versteckt, lauerte womöglich die Lösung ihres Falls, und er konnte nur hilflos vor sich hin warten. Zudem waren ihre Helfer ausgeschwärmt, um die vielen Alibis zu kontrollieren. Auch sollten einmal mehr alle Überwachungskameras durchgesehen werden. Nach der Göttin wurde jetzt mit noch mehr Nachdruck gefahndet.

Santoro machte sich keine grossen Hoffnungen. Kleine auch nicht.

«Wir werden jetzt aber nicht einfach wie die Kohlköpfe darauf warten, dass wir gepflückt werden», sagte Zina, als habe sie die Gedanken ihres Vorgesetzten erraten.

«Hören Sie mal auf, Egon zu streicheln, der ist so was nicht gewohnt. Erstens. Und zweitens bin ich bereit, auf jede Ihrer verrückten Ideen einzugehen, wenn dies bedeutet, dass ich nicht mehr untätig auf unwahrscheinliche Resultate einer zusammengewürfelten Informatik-Taskforce warten muss. Also spucken Sie's aus, was auch immer Sie in Ihren Bäckchen horten. Ich will es hören.»

«Was hat unsere Frau Stern gesagt?», begann Zina, bedeutungsschwanger ihrem Chef in die Augen schauend. Als sie statt einer Antwort nur Stirnrunzeln erntete, fuhr sie schulmeisterlich, den rechten Zeigefinger vor der Nase ihrer spärlichen Zuhörerschaft erhebend, fort: «Puzzleteile.»

«Hui! Jetzt geht's endlich vorwärts», verkündete Santoro sarkastisch, verschränkte seine Arme vor der Brust und lehnte sich zurück. «Hat sie nicht auch behauptet, dass alle lügen?»

«Und dass sie sich dabei entlarven. Genau. Vergessen wir das nicht.»

«Na, dann zeigen Sie mir doch Ihre Teilchen.»

«Zuerst nehmen wir die Zeitteilchen, die von gestern Abend.»

«Die sind aber ganz schön mickrig», meckerte Santoro. «Der Statistiker hat Klotz um einundzwanzig Uhr verlassen. Gestorben ist der Professor zwischen Mitternacht und drei Uhr morgens. Dazwischen ist er langsam erstickt, wie langsam, ist eben nicht zu eruieren. Der Pathologe gibt ihm aber nicht mehr als zwei Stunden fürs Ersticken, einige Minuten hätten womöglich auch schon gereicht, weiter will er sich nicht aus dem Fenster lehnen. Der Mord selbst wurde also frühestens zweiundzwanzig Uhr und spätestens kurz vor drei begangen. In dieser schon viel zu langen Zeitspanne ist niemand in der Nähe des Instituts gesehen worden, und natürlich will niemand in dieser Nacht dort gewesen sein …»

«Immerhin ist jetzt Hotze aus dem Schneider. Er hat ein Alibi», warf Zina ein.

«Ja, ist um halb zehn zu Hause von Frau und Tochter empfangen worden.»

«Es freut mich, dass er entlastet werden konnte, netter Kerl.»

«Im Gegensatz zu unserem Mörder, ganz schön biestig, jemanden so Atemzug für Atemzug sterben zu lassen», schloss der Kommissar seinen Monolog.

«Genau wie beim ersten Toten, nur dass Odermatt langsam und tröpfchenweise verblutet ist.»

«Eben. Da war ganz schön viel Hass im Spiel», bekräftigte Santoro seine Argumente.

«Oder Intelligenz.»

«Sie finden das intelligent? Einen armen Mann –»

«Arm waren die beiden nicht. Zweitens, hören Sie mir doch einfach zu. Hat die Art und Weise, wie die beiden ermordet wurden, irgendwelche Auswirkungen auf unsere Ermittlung? Hä? Hä?»

«Dass wir besonderes Mitgef…»

«Jetzt werden Sie nicht sentimental, Chef. Sie sind wohl schon lange nicht mehr richtig abgestaubt worden.»

«Bin ja auch nicht Egon, der bekommt ja –»

«Es geht hier nicht um Egon und schon gar nicht um Egozentrik», wies Zina ihren Chef scharf zurück, um milder fortzufahren: «Und ich bin nicht mal sicher, ob es wirklich um Hass geht. Immerhin hat der Mörder durch seine Art die mögliche Zeitspanne verlängert ...»

«... und uns die Arbeit erschwert», sagte Santoro und fuhr sich mit beiden Händen durch die Haare. «Das wurmt mich», fügte er noch müde hinzu.

«Jawohl, der Wurm. Ein weiteres Puzzleteilchen.» Je mehr sich ihr Chef gehen liess, desto mehr Adrenalin entwickelte sie ihrerseits.

«Er stand ganz dick vor unserer Nase, und wir haben ihn nicht gesehen.»

«Dafür erzählt er uns jetzt umso mehr. Gehen Sie mit mir einig, dass eben nicht die Phishing-Mails die Schuld an den zerstörten Zugängen und Dateien tragen, sondern der Wurm mit seinem Trojaner auf dem Rücken die Verantwortung dafür übernehmen muss? Und sagt uns das nicht, dass jemand absichtlich diese zerstörerischen Biester eingeschleust hat, um Daten, genauer gesagt mindestens ein Mail, zu vernichten? Präziser ausgedrückt: Eine Nachricht, die von Herrn Odermatt an Herrn Klotz geschickt wurde, durfte nie ankommen, nie gelesen werden. Diese Attacke, die verhindert, dass Mails geöffnet werden können, das ist doch kein Zufall, oder?»

Als Zina feststellen musste, dass ihr Chef, statt zu reagieren, weiterhin vor sich hin starrte, atmete sie tief ein, erhob den rechten Zeigefinger und artikulierte betont deutlich: «Welche Fragen müssen wir also stellen?»

«Wo ist Müller? Was macht er dort?», stiess Santoro ohne nachzudenken hervor.

«Quatsch! Lassen Sie Müller, wo er ist, lassen Sie ihn tun, was er will, und mit wem er will.» Was war denn los mit dem Kerl, fragte sie sich langsam aber sicher besorgt. Heute Morgen war er noch munter und frech gewesen. Und jetzt? So peppig wie

ein zwei Tage altes Birchermüesli. Aber sie hatte keine Zeit für die Bobochen eines Vorgesetzten. Zudem beschlich sie immer deutlicher ein Gefühl, dass Eile verlangt war. Hastig fuhr sie in ihren Überlegungen fort. «Die erste Frage lautet: Wer kennt sich in Informatik so gut aus, um Computer zu verseuchen und effizient zu manipulieren? Welche Nachricht musste definitiv zum Verschwinden gebracht werden, das ist die zweite und für mich die interessantere Frage.»

Santoro, der gerade entgegnen wollte, dass sie die Antwort auf die zweite Frage eh vergessen konnten, und vor seinem inneren Auge das Bild zahlloser angefressener Blätter und fetter, fleissig mampfender Würmer aufsteigen sah, traf per Zufall den durchdringenden Blick seiner Assistentin, gab sich einen Ruck und setzte sich aufrecht. Hatte er in diesem Blick auch eine Bitte gelesen? Träum weiter, rief er sich zur Ordnung und antwortete endlich nüchtern: «Wir werden Hotze fragen, was Ihre erste Frage anbelangt. Er wird wohl einschätzen können, wer in diesem Institut mit diesen Dingern am besten umgehen kann. Eine Antwort auf Ihre zweite Frage? Schwieriger. Wir können wohl nur auf Stump und seine Akolythen hoffen. Was machen die eigentlich so lange?»

Das Schrillen des Telefons antwortete ihm. Santoro nahm ab und bellte seinen Namen. Zina hörte das aufgeregte Haspeln des Spurensicheres, obwohl sie auf ihrem Stuhl sitzen geblieben war und sich zurücklehnte, um ihre Anspannung zu überspielen. Sie übergab ihrem Chef einen Zettel und einen Stift, als dieser begann, wild herumzufuchteln.

«Wiederholen Sie das langsam, junger Mann. … und was soll das heissen? Mehr haben Sie nicht zu …? Und hat er das jetzt abgeschickt oder erhalten? Erhalten? Von wem? Aha, das wissen Sie noch nicht? Aber Sie machen weiter? Sie kommen vorwärts? Fräulein Hotze ist …? Informatikmässig? Ja, so hatte ich es natürlich auch verstanden. Sie melden sich … neue Spuren …? Gut, machen Sie das, Stump.»

Santoro legte den Hörer mit einem wissenden Lächeln auf und informierte. «Fräulein Hotze ist eine Wucht.»

«Informatikmässig?»

«Findet Stump, der anscheinend seine Meisterin gefunden hat.»

«Und was hat sie bisher dem Wurm aus der Nase gezogen?»

«Lesen Sie selbst.»

... will ich weder verstehen noch akzeptieren. Angesichts Ihrer anhaltenden Weigerung, sich auf einer sachlichen Ebene mit mir auseinanderzusetzen, Ihre Argumentation auf einer Basis der ..., las Zina leise, um es dann nochmals laut vorzulesen.

«Beginnt irgendwo und endet nirgends», schloss sie ihre Lesung.

«Sagt Ihnen das etwas? Ich sehe nur, dass jemand nicht mit Klotz einverstanden war, sauer auf ihn war.»

«Was ja nichts Neues ist. Vielleicht eine der Studentinnen, die er hat durchfallen lassen? Eine Arbeit, die er nicht angenommen hat? Was mich erstaunt, ist der Vorwurf der Unsachlichkeit, das passt nicht zu Klotz.»

«Wollen Sie wissen, was mich ärgert?»

Nachdem Zina ihm pflichtschuldig zugenickt hatte, er sich mit beiden Händen durch die Haare gefahren und Egon eine wegwerfende Handbewegung zugedacht hatte, setzte er sich auf den Schreibtisch und erklärte: «Dieser Wisch da könnte von zentraler Bedeutung sein, könnte aber auch vollkommen unwichtig sein und rein gar nichts mit unseren Morden zu schaffen haben. Und die Antwort auf all unsere Fragen steckt in so einem saublöden Blechkasten, und vielleicht spuckt das Ding sein Geheimnis aus, und vielleicht verrostet alles bis in alle Ewigkeit vor sich hin – und wir können rein nichts tun.»

«Wir werden die Informationen, alle Textfragmente, die sie uns liefern, sammeln. Wir werden sie analysieren, und wir werden sie herumzeigen. Irgendwas wird irgendwann irgendwem etwas sagen.»

«Hört sich nicht wirklich sehr aufmunternd an, diese vielen irgend...», begann Santoro, bevor er sich innerlich aufrichtete und betont munter fortfuhr: «Doch die blöde Attacke hat auch ihre gute Seite. Sie beweist uns nämlich, dass der Mord eine interne Sache ist. Nur jemand aus dem Institut konnte an die persönlichen Computer der beiden Professoren gelangen, mit

Hilfe der Passwörter dort eindringen. Und ganz offensichtlich geht es um eine Information, eine Nachricht, die nicht vom ersten Toten zum zweiten gelangen durfte.»

«Das heisst, dass wir private Motive ausschliessen können. Also Exit für Frau Odermatt und ihren multifunktionalen Liebhaber.»

«Und Exit für unseren Serienmörder, der von irgendwo kommt und auf Professoren spezialisiert ist», ergänzte Santoro.

«Ein wichtiges Puzzleteilchen, finden Sie nicht? Das heisst doch, dass die Professoren für etwas sterben mussten, was ihnen gemeinsam war. Im Tode vereint, die beiden, die doch im Leben immer verfeindet bleiben wollten.»

«Ich hab noch ein Puzzleteilchen für Sie», warf Santoro ein, der sich doch noch für das Spiel zu ereifern schien. «Es geht um unseren Professor Klotz. Susi Schranz hat heute Morgen etwas sehr Interessantes über ihn geäussert. Nämlich, dass er sich nicht für andere Menschen interessiere, ausser er könne sie belehren. Und das passt doch einfach nicht zu der Tatsache, dass Klotz so viel über all die Verdächtigen wusste, die er uns präsentiert hat. Ich kann mir nicht vorstellen, dass auch nur ein Mensch in diesem Institut ihn als Beichtvater oder Vertrauten auserwählt haben könnte.»

«Das passt dafür umso besser zur Information, die wir vom kleinen Leichenliebhaber bekommen haben. Wie heisst er nur wieder, mein Yoda?

«Meinen Sie vielleicht Professor Grühner?

«Genau, den meine ich. Er hatte doch mit Klotz telefoniert, der ihm von einer Informationsquelle erzählte. Es sieht doch ganz danach aus, dass diese Person unseren ahnungslosen Klotz …»

«Menschenkenntnis war bei Weitem nicht die grösste Stärke dieses Psychologieprofessors …»

«… manipuliert hat. Er – oder sie, okay – hat den Professor mit interessanten Informationen gefüttert, die als absolut exklusiv galten, und Klotz hat sie mit Begeisterung weitergegeben. An uns.»

«Was hat ihn eigentlich dazu bewegt?»

«Er kam sich unglaublich informiert, leitend, dominierend vor. Fällt jeder Mann drauf rein, wenn ihm ein solcher Häuptlingsfederschmuck angeboten wird.»

«Zum Glück wissen Sie so gut Bescheid. Wir Idioten wissen ja nie die Bohne, was wir tun», applaudierte Santoro sarkastisch.

«Können wir mit Sicherheit davon ausgehen, dass der manipulative Informator auch unser Mörder ist?», warf Zina ein, um eine unnötige Wer-weiss-es-denn-jetzt-besser-Diskussion zu umschiffen. Eine solche war zwar verlockend, denn sie gewann immer wieder mal gerne. Doch jetzt hatten sie Wichtigeres zu tun. Schliesslich wartete da draussen irgendwo ein Mörder darauf, gefasst zu werden.

Wartete der Kerl tatsächlich untätig auf seine Entdeckung? Nochmals durchfuhr Zina ein Gefühl der Eile, wie ein kühler Ostwind durch ein Tal weht – nichts Gutes verheissend.

Santoro stellte seinen Wunsch, Zina Goldberg wenigstens einmal pro Tag den Mund zu stopfen, auf die Warteliste seiner wichtigsten Lebensziele und konzentrierte sich auf die Frage. Nicht unwichtig, diese Frage. Schliesslich hatten sie die letzten Tage damit verbracht, einer Karotte, die ihnen vor ihre Nase gehalten wurde, zu folgen. Nach diesem Fiasko wollte er es unbedingt vermeiden, auf das nächste Karussell aufzusteigen, das sie doch nur im Kreis herumführen würde.

«Es gibt keine andere Erklärung dafür», schloss er seinen inneren Dialog ab.

«Das sagt uns doch schon einiges über unseren Mörder aus, nicht? Er plant, er manipuliert, er setzt andere Menschen wie Bauern in einem Schachspiel ein. Andererseits weiss er viel über andere, anscheinend vertrauen ihm viele Menschen ihre Sorgen an.»

«Was ja eher nach einer Frau tönt», sagte Santoro.

«Aber er inszeniert auch gerne, denken Sie doch nur an die Bilder, die durch die Mordszenen evoziert wurden.»

«Wenn die nicht nur Verzierung sind, die uns auf falsche Fährten führen sollen.»

«Das ist ja das Verwirrende … genau, wir rennen dauernd von einer Ebene zur andern und wissen nie, worauf wir uns

stützen sollen. Einerseits weckt er mit seiner Vorgehensweise unglaublich viele Phantasien, erweckt komplizierte, vielschichtige, traumartige, psychologische Erklärungsmuster, die aus den Tiefen der menschlichen Abgründe zu kommen scheinen.»

«Andererseits ist er sehr pragmatisch und sehr organisiert», schloss Santoro und fügte an: «Was wir herausfinden müssen, ist das Motiv. Wofür müssen zwei Professoren ermordet werden?»

Auf diesen Schienen fuhren sie weiter. Welche Phantasien hatte der Mord hervorgeholt, welche konkreten Schritte hatte der Mörder unternommen? Was konnte einen Studenten, eine Assistentin oder einen Professor dazu treiben, einen Mord zu begehen, der dann auch noch zu einem zweiten Mord führte? Wie gross war der Personenkreis, den sie untersuchen mussten? Hätte auch Susi Schranz Zugang zu den Computern haben können? Ja, entschieden beide einhellig. Kamen weitere Pfleger, gar Psychiater in Frage? Die Antwort auf diesen strittigen Punkt liessen sie offen. Unterbrochen wurden diese Überlegungen durch Satzbrocken, die in unregelmässigen Abständen von der Informatikfront geliefert wurden, jedoch keinen Durchbruch bewirkten.

Anscheinend beklagten sich Studenten bei den beiden Professoren über ungerechtfertigte Benotungen und Anforderungen, baten um Fristverlängerungen, versuchten sich Schlupflöcher zu ergattern. Sind doch nicht alle so zufrieden und beziehungslos, unsere Creditpoints sammelnden Studentenklone, stellte Zina zufrieden fest. Andere Textfragmente stammten eindeutig aus gehässigen Austauschen zwischen den beiden Professoren, die sich gegenseitig spitzfindig bis plump ihre Kompetenzen absprachen, ihre Umgangsformen bemängelten, ihre psychologischen Lieblinge in den Dreck zogen.

Alles Informationen, die den letzten Lack wegfegten, was die Schwächen der beiden alten Männer nur deutlicher zum Vorschein kommen liess.

Sie versuchten Phantasie und Realität, die harten Fakten mit den Vorstellungen und Bildern zu verbinden, die im Laufe der Ermittlungen entstanden waren. Ein Puzzle auf zwei Ebenen sollte entstehen, wie sich Zina ausdrückte, immer noch besser

als Sudokus ausfüllen, wie Santoro antwortete. Die Übung gipfelte in der Vorstellung der beiden ermordeten Professoren, die sich wie die Würmer im informatischen System im psychologischen Institut breitgemacht, den Platz besetzt hatten und weggefegt worden waren, um frischen Dateien mit wertvollerem Inhalt Platz zu machen. An diesem Punkt angelangt, gaben sie im gegenseitigen Einverständnis auf.

Der Lösung waren sie keinen Schritt näher gekommen, kein Mörder hatte sich aus dem Pulk der Verdächtigen herausgeschält, keine zündende Idee hatte sich formiert, kein Heureka hatte Egons Blätter zum Erzittern gebracht.

Um sechs Uhr gaben sie auf. Santoro hatte seinem Sohn ein Pizzaessen versprochen, Zina Goldberg wollte einfach nur noch eins, an nichts denken. In zwei Stunden wollten sie sich wieder treffen.

Als sie aus dem Gebäude traten, hielt Zina Santoro dann doch zurück.

«Vergessen Sie nicht, nach dem fehlenden Puzzleteilchen aus Star Wars zu fragen. Ihr Sohn ist doch Experte.»

Würde er wenigstens nicht so viel reden müssen, tröstete sich Santoro.

VIERZEHN

Die Pizza hatten sie dann doch ausgelassen. Der Teig hatte keine Zeit zum Aufgehen gehabt, da Santoro zu spät nach Hause gekommen war, wie Marco es ausdrückte. Weil Marco keine Eigeninitiative entwickelt hatte, wie Santoro berichtigte. Während Santoro einer Tranche Parmaschinken ein Stück Zuckermelone folgen liess, weihte Marco, glücklich und stolz, eine aufgespiesste Krevette im Takt führend, seinen Vater in die Welt der Sternenkriege ein.

Santoro gab sich Mühe zu verstehen, seine Erinnerungen an Filmszenen mit dem Gehörten zu verbinden und Vermischungen mit andern intergalaktischen Schinken zu verhindern. Meister Yoda erkannte er sofort, stellte einmal mehr bedauernd fest, dass die Jediritter in der Realität und in ihrem Fall im Besonderen durch ihr Fehlen glänzten. All die Fabelwesen mit Rüsseln und mehr oder weniger langen Ohren konnte er sich nicht wirklich vorstellen, die technischen Details über Rennautos, die keinen Boden, also auch keine Reifen brauchten, spülte er mit eiskaltem Soave runter. Darth Vader wiederum, der Bösewicht mit der Atemmaske, erkannte er problemlos, hörte bei der Entstehung seiner Bösartigkeit, die aus Grössenwahn, Geltungssucht und Kontrollzwang entstanden war, sehr genau zu. Seine unendliche Machtgier hatte ihn nur dazu verleitet, einem verkappten, mickrigen Kerlchen zu dienen, der das ganze Universum beherrschen wollte.

Die Gesichter der beiden Professoren tauchten vor seinem inneren Auge auf, Klotz, der offizielle Leiter mit seinem plumpen und doch recht hilflos wirkenden Machtgehabe, Odermatt, der allem Anschein nach aus dem Hintergrund agierte, intrigierte, manipulierte, mal den wohlwollenden paternalistischen, mal den launischen unberechenbaren Herrscher gemimt hatte. Kurz zeichneten sich vor ihm auch die Züge der Herren ab, welche die nationale Fluggesellschaft in den Ruin geschickt hatten, gefolgt von denjenigen, die eine der bedeutendsten

Banken des Landes an den Rand des Ruins und mitten ins Fettnäpfchen der globalen Öffentlichkeit geführt hatten. Alle aus der gleichen Form gegossen. Als auch noch die dreiste Fratze des Kerls Konturen annahm, der eine der traditionsreichsten Unternehmen der Metallindustrie übernommen hatte, wie Piraten in früheren Zeiten stolze Gallionen unter königlicher Flagge kaperten, da entschied sich Santoro, diesen Film anzuhalten. Erstens musste er sich auf seinen Fall konzentrieren, zweitens sah er die Gefahr sich am Horizont abzeichnen, in die Fussstapfen seines Vaters zu treten und nur noch Rot zu sehen.

Den Faden seines Sohnes wieder aufnehmend, der beim tragischen und doch unvermeidlichen Ende des Bösewichts angekommen war, spitzte er, plötzlich hellwach, die Ohren. Den Tanz der letzten Krevette auf der Gabel von Marco verfolgend, wartete er deren unvermeidliches Ende ab. Als sie nach der letzten Pirouette im weit aufgesperrten Mund verschwand, um dort zermalmt zu werden, nutzte er die entstandene Pause im Erzählstrom aus, um seine Frage zu stellen. «Und wer hat jetzt den Kerl mit der Atemmaske getötet?»

«Sein Sohn. Also eigentlich besiegt er ihn nur, und dann will der Vater unbedingt ein letztes Mal die Maske abnehmen, obwohl er weiss, dass er dann in wenigen Minuten sterben muss. Also hübsch sieht der Kerl wirklich nicht aus. Bleich, aufgedunsen, teigig. Aber der Sohn ist trotzdem sehr gerührt. Der Vater stirbt natürlich trotzdem. Und das Universum ist wieder einmal gerettet.»

«Und seine Schwester hilft ihm nicht?»

«Nein, die hat irgendwelche Beziehungsprobleme zu lösen und muss sich deshalb um diesen Typen kümmern, der schon dachte, dass sie ... aber eigentlich ... wollte der auch schon lange ...»

Santoro hatte den Beziehungsfaden schon lange verloren und schnappte nur noch nicht zusammenhängende Bruchstücke der Saga auf.

Es fehlte zwar noch das entscheidende Puzzleteilchen, er wusste zwar noch nicht, wer der Mörder war, das konkrete

Motiv musste noch gefunden werden. Aber das grundlegende Muster dieser Morde zeichnete sich deutlich vor dem Hintergrund der verschiedenen Erzählstränge ab. Was sein Sohn ihm da erzählt hatte, war nicht nur ein alter Schinken, das war auch eine uralte Geschichte, auch er mit seinen dürftigen psychologischen Kenntnissen spürte es einfach im Wasser.

Zina hatte es nicht bis nach Hause geschafft, denn ein SMS ihrer Freundin, Violetta Bloch, hatte sie noch rechtzeitig die Richtung wechseln lassen. Der geplagten Mutter verlangte es nach einem Aperitif mit Zina, am Rhein und mit Sicherheit ohne Kinder.

Mit beängstigender Fallgeschwindigkeit leerte die Mutter dreier Kinder im Teenager-Alter ihren eiskalten Gin Tonic, was Zina bewog, ihren abzusetzen und die Hand ihrer Freundin zu ergreifen. Bevor sie die richtigen tröstenden und aufmunternden Worte finden konnte, sprudelte Violetta los: «Das Schlimmste an allem ist, dass sie dauernd Dinge tun, auf die du nicht gefasst bist. Sie werden immer so, wie du es dir überhaupt nicht vorgestellt hast, und mit dem Alter werden sie immer noch schlimmer, noch unvorhersehbarer. Nimm mal meine Tochter. Jetzt hat die sich doch tatsächlich einen Kaktus gekauft, den sie Jacko nennt und heiss liebt, ostentativ natürlich.»

Zina, die sich noch gut an den Sermon Santoros über die Freuden der unschuldigen Liebe erinnerte, versuchte Violetta davon zu überzeugen, dass sie es jetzt doch noch geniessen könne, da später alles realer und schwieriger werden sollte. Doch weit kam sie nicht, denn schon nach wenigen Sätzen wurde sie heftig unterbrochen. «Siehst du, genau das meine ich. Wenn meine Tochter mit gleichaltrigen Jungs herumschmusen würde, wäre mir das lieber, ist wenigstens altersgemäss, bodenständig, echt. Aber nein. Sie liebt Kakteen und sonstiges Gestrüpp mit morbidem Hintergrund. Das macht mich verrückt.»

«Und das weiss sie sehr genau», ergänzte Zina.

Wir sind jetzt seit gestern in Bali, aber wir ziehen schon bald weiter. Hier in Kuta gefällt es uns nicht. Der Strand ist voller Surfer, die

ihre Muckis zeigen, es offensichtlich nur dort haben, sich dabei aber grossartig vorkommen. Morgen gehen wir nach Ubud, im Landesinnern, wo wir das echte Bali …

Santoros Augen wurden angesichts dieser guten Nachrichten feucht, seine Brust schwellte sich vor Stolz über ihren sicheren Geschmack, er stiess einen Seufzer der Erleichterung aus und dankte dem Himmel, der ihm diese intelligente Tochter beschert hatte. Wie hatte er je daran zweifeln können, dass sie nicht gut herauskommen könnte.

Als er zum Posteingang zurückklickte, sah er, dass in der Zwischenzeit eine neue Nachricht eingegangen war. Nach kurzem Zögern entschied er sich, sie aufzumachen.

«Was mir aber wirklich den Rest gegeben hat, ist die Versicherung meines Ältesten, dass er nach den Ferien nicht zurück ans Gymi gehen wird. Er will ein Jahr lang auf eine Alp gehen und dann weiterschauen. Eine Auszeit nennt er das. Stell dir vor, Zina, mein Sohn ist achtzehn und nimmt eine Auszeit. Was habe ich nur falsch gemacht?»

«Nichts.»

«Das hilft mir auch nicht weiter. Wenn ich was vermurkst hätte, könnte ich wenigstens die Schusslinie korrigieren. Wenn nicht, bin ich vollkommen aufgeschmissen, hilflos und kann nur noch zusehen, wie mein Sohn seine Fähigkeiten vor die Säue wirft und dabei vor die Hunde geht.»

«Werden jetzt auch Schweine auf die Alp geführt?», fragte Zina, die sich einfach nicht zurückhalten konnte.

«Dann geht er halt vor die Rinder, das Rindvieh, assistiert von irgendeinem blöden Wadenbeisser. Der Idiot meint, er müsse sich finden. Ich werde ihn auf jeden Fall nicht besuchen.»

«Was meint eigentlich sein Vater zu dieser Geschichte?»

«Der? Ist nicht zu gebrauchen. Erzählt mir von vorne bis hinten, welchen Blödsinn er im Alter seines Sohnes angestellt hat, schwafelt von Charakterbildung, von freiem Willen, von Vertrauen in die positiven Kräfte, die wir unserem Sohne haben zukommen lassen.»

«Scheint die falschen Gene geerbt zu haben», meinte Zina, die

keine tröstenden Worte finden konnte. Sie entschied sich für ein Ablenkungsmanöver. «Wie geht es denn deinem zweiten Sohn?»

«Der spielt das brave, unproblematische Kind. Ich frage mich, was er verbirgt hinter seiner Fassade. Oder er brütet irgendetwas aus», sagte Violetta.

Während Zina tröstend die Hand ihrer Freundin tätschelte und ein Lächeln unterdrücken musste, schweiften ihre Gedanken Richtung psychologisches Institut.

Da war keine Rede von Entwicklungsmühen, von Auseinandersetzungen, weder von inneren noch von äusseren. Und dabei dachte sie nicht nur an die Studierenden, die brav und unkritisch Kreditpunkte sammelten, als wären sie in einem Supermarkt mit Sparpotenzial. Auch die Assistenten, die Professoren von morgen, brachten keinen frischen Wind in die alte Lehrstätte. Sie stellten nichts in Frage, sie strebten keine Umwälzungen an, sie stellten keine neuen bahnbrechenden Theorien auf. Keine Neuerungen, keine neuen Sichtweisen waren von ihnen zu erwarten. Sie beteten nur fleissig die alten gefilterten Erkenntnisse ihrer ältlichen Professoren nach und liessen sich in ihre psychologischen Hahnenkämpfe einbinden. Langsam zeichnete sich ein Grundmuster ihres Falles vor ihrem inneren Auge ab. Das musste sie dringend ihrem Chef weitermelden. Doch vorher musste sie noch ihre Freundin trösten. «Siehst du, meine Liebe, das ist der Unterschied zwischen Menschen und narzisstischen Erweiterungen. Wenn sie mühsam und anstrengend werden, handelt es sich um Menschen.»

«Und wenn sie unausstehlich werden?»

«Dann handelt es sich um die eigenen Kinder», urteilte Zina unbarmherzig und griff nach ihrem Handy.

Er wusste nun, wo sein alter Freund Müller war, und er wusste jetzt auch, was er dort tat. Und mit wem.

Während er noch gefasst feststellte, dass er am eigenen Leibe erlebte, was der Begriff «zu Stein erstarren» zu bedeuten hatte, trat Marco ins Zimmer. Mit vor Schreck aufgerissenen Augen fragte er mit einer kleinen zittrigen Stimme kaum hörbar: «Mamma kommt nicht zurück?»

Unfähig sich zu rühren, unfähig etwas zu fühlen, dachte Santoro nur, dass anscheinend auch Marco seine Mails geöffnet hatte. Er hätte ihm gerne etwas Beruhigendes gesagt, doch sein Mund wollte sich nicht öffnen, seine Kehle blieb zugeschnürt.

Auch als sein Handy die zweite Symphonie von Beethoven intonierte, war er nicht imstande, danach zu greifen. Stattdessen nahm er verschwommen wahr, dass Marco wie ein Schlafwandler durch den Raum auf ihn zukam und das Telefonino unsicher in die Hand nahm.

Statt dem üblichen und klaren *pronto* hörte Zina nur ein dünnes Stimmchen, das ihr unvermittelt und stockend erklärte, dass die Mamma nicht zurückkommen werde, dass der Vater sich nicht mehr bewege und ganz weiss, nein, jetzt grün sei, die Schuld dem Freund der Familie, Müller, gebühre und er nicht mehr wisse, was er tun solle. Da ihr das alles auf Italienisch und mit Schluchzern in der Stimme übermittelt wurde, was die Tragik der Situation für sie nur vergrösserte – muss an diesen blöden Opern liegen –, wollte sie nicht lange herumfackeln. Sie suchte in ihren dürftigen italienischen Kenntnissen nach den wenigen Worten, die sie kannte, und in der Hoffnung, einigermassen verständlich zu sein, meinte sie dezidiert. *«Io venire subito!»*, was sie auf Deutsch mit den Worten bekräftigte: «Ich komme sofort. Sofort!»

Nachdem sie die Situation Violetta dargelegt hatte, die ihr aufmerksam zuhörte, meinte diese nur bestimmt und unwiderruflich: «Ich komme mit.»

Violetta legte eine Zwanzigernote auf den Tisch, schnappte sich ihre Jacke und zog Zina am Ellbogen zu ihrem Auto.

Sie sahen Marco schon von Weitem, wie er vor der Tür der Maisonette-Wohnung der Überbauung sass, dem sprichwörtlichen Häufchen Elend alle Ehre machend. Als die beiden Frauen, einer Einheit der Kavallerie ähnlich, auf ihn zustürmten, stand er auf, rannte ihnen entgegen und stürzte sich in die offenen Arme von Violetta. Und da heisst es, die heutigen jungen Männer hätten keine gesunden Instinkte mehr. Marco wies, die

Nase schon auf der Schulter, mit dem Finger nach oben. Dabei hat er Violetta doch noch nie gesehen, sinnierte Zina, während sie ins Innere marschierte und die Treppe hochgaloppierte. Ein Blick auf Santoro genügte, um sich klarzumachen, dass sie Verstärkung anfordern musste. Sie drehte sich, ohne ein Wort zu äussern, wieder um und stürzte ins Wohnzimmer, wo Violetta und ihr Schützling schon auf dem Sofa Platz genommen hatten.

«Whisky», bellte sie in den Raum hinein.

Marco zeigte, ohne den Kopf vom Busen seiner Trösterin zu heben, auf eine Glasvitrine, um gleich darauf wieder in Schluchzern auszubrechen. Zina war froh, dass ihr wenigstens diese Gefühlsausbrüche entgehen würden. Sie straffte die Schultern, festigte ihren Griff um die Flasche und die beiden Gläser und nahm die Treppe betont ruhig in Angriff. Am Eingang des Arbeitszimmers hielt sie nochmals kurz inne, atmete tief ein, bevor sie festen Schrittes auf Santoro zuging.

Sie setzte die beiden Gläser auf den Schreibtisch, registrierte ganz nebenbei, dass Santoro anscheinend seit ihrem letzten Blick ins Arbeitszimmer keinen Wank gemacht hatte – er stierte immer noch auf einen imaginären Punkt auf dem Teppich –, goss die bernsteinfarbene Flüssigkeit in die Gläser, halb voll für ihn, zwei Finger für sich, und wandte sich an Santoro. «Trinken Sie das.»

Da er keine Notiz von ihr nahm, sein leerer Blick immer noch auf den Teppich fixiert war und seine Gesichtsfarbe diese Bezeichnung nicht mehr verdiente, fasste sie nach seiner rechten Hand, schloss diese um das Glas und führte sie zum Mund. Dieser öffnete sich automatisch, als das Glas die Lippen berührte. Nach dem ersten zögerlichen Schluck verschwand der Rest in einem Zug.

Zina bemerkte, wie Farbe das Gesicht wiederbelebte, atmete erleichtert auf und griff nach ihrem eigenen Glas, nur um sich beim Geruch, der ihr in die Nase stieg, zu erinnern, dass sie dieses Gesöff nicht ausstehen konnte.

Dabei war sie sich so sicher gewesen, das einzig Richtige zu tun. Klar, sagte sie sich. Verpassten nicht die alten Damen des Verbrechens ihren schockierten Protagonisten bei jeder

Gelegenheit einen Whisky? Was bei Morden wirkte, sollte doch auch bei Betrug und bösartigem Verlassen gut sein.

Das tiefe Einatmen und die leichte Bewegung des Kopfes neben ihrem immer noch gehobenen Ellbogen bewiesen, wie recht die englischen Damen immer noch hatten. Sie hielt die Luft an und stürzte den Drink runter. Auch sie brauchte jetzt eine Stärkung.

Noch hustend holte sie einen Stuhl, stellte ihn im rechten Winkel zum andern und wartete.

Santoro hob nur kurz den Blick, um ihn gleich wieder geradeaus zu richten. Und dann begann er zu reden.

Seine Frau war in Italien in den Ferien, wie geplant, nicht alleine, was nicht geplant war, sondern mit Jürg Müller, wie die beiden es geplant hatten, seit Wochen. Sie wollten dort bleiben, vorläufig. Müller hatte eine Arbeit in Aussicht, alles seit Monaten organisiert, in der Zwischenzeit konnten sie von seinen Ersparnissen leben. *Er* hatte welche. Als Informatiker alles kein Problem. Die Arbeit, das Geld. Das hatte Antonella alles knapp und nüchtern in einem Mail erklärt. Die Kinder sollten bei ihm bleiben. Lucia wolle eh bald ausziehen, ein Sohn brauche seinen Vater. Er habe ja sicher gemerkt, dass ihre Ehe schon lange nicht mehr funktioniere, und sicherlich auch geahnt, dass sie einen andern liebe. Nein, er hatte nichts geahnt.

«Ich habe nichts geahnt», wiederholte er, Zina zum ersten Mal anschauend.

Zina hielt sich zurück. Es war nicht der Moment, ihm unter die Nase zu reiben, dass er keine Ausnahme darstellte. Der Ehemann war immer der Letzte, der es erfuhr.

«Das wurmt mich am meisten. Alle diese Spuren, die vielen Indizien, die sie hinterlassen hat. Nichts. Ich habe sie nicht gesehen, geschweige denn richtig gedeutet. Ich Idiot, ich habe immer nur Kopfschmerzen bekommen.»

Produziert, korrigierte Zina ihren Chef still für sich. Etwas nicht wahrhaben zu wollen, ist auch anstrengend. Was sie alles nicht äussern sollte, das war klar, aber was konnte sie ihm denn dazu sagen? Er war wieder in sich zusammengefallen, die Hände

auf den Knien, den Blick auf den Teppich gerichtet. Doch anscheinend wurde nichts Derartiges von ihr erwartet, denn, mehr zu sich selbst denn an sie gewandt, fuhr Santoro mit seiner Erzählung fort: «Sie war immer die perfekte Hausfrau und Mutter, eine wunderbare Köchin, hat von mir nie irgendetwas erwartet, hat sich nie beschwert, hat nie an mir rumgemeckert. Schien immer ausgeglichen, zufrieden. Dann kommt ein Kerl daher, der aussieht wie ein gerupfter Geier und ...»

Das war natürlich hart, denn die Beschreibung stimmte. Zina sah vor sich das Bild des Casanovas, der die Ehefrau entführt hatte. Schmächtig, eingefallene Schultern, nicht mehr viel Haar auf dem Kopf. Da war Trost eine seltene Ware. Und sie konnte sich gerade noch zurückhalten, ihre Hand durch sein festes Haar schweifen zu lassen.

Sie verschränkte die Arme und drückte sie unter ihren Busen. Sicher ist sicher. Von unten hörten sie die Stimmen von Marco und Violetta, die sich ruhiger anhörten. Anscheinend wusste ihre Freundin genau, was zu tun war.

«Ich bin wirklich zu nichts zu gebrauchen, nicht mal meinen Sohn konnte ich trösten», stöhnte Santoro, als wolle er auf ihre Gedanken antworten.

Tschaikowskys sechste Symphonie – war das nicht die Pathetische? – enthob sie der Pflicht, eine Antwort auf diese harte Selbsteinschätzung zu geben. Santoro reichte ihr wortlos sein Natel, begleitet von einer wegwerfenden Handbewegung.

Am anderen Ende hörte Zina die donnernde Stimme eines aufgekratzten Herrn Hotze, der mit hörbarem Stolz verkündete, dass seine Tochter weitere und weit bedeutendere Textfragmente aus den Untiefen der beiden Computer herausgekitzelt hatte. Ob er das ganze Material rüberschicken solle?

Zina Goldberg betrachtete ihren Chef, der wieder stumpfsinnig vor sich hin brütete, liess ihren Blick über das beengte Zimmer schweifen und informierte Hotze, dass sie selbst rüberkommen wollten. Eine Luftveränderung konnte nur positive Auswirkungen zeitigen, befand sie, sich von ihrem Stuhl erhebend.

«Sie werden eben doch noch gebraucht, Chef. Zudem be-

schleicht mich schon wieder dieses Gefühl, dass wir uns beeilen sollten. Und das liegt nicht nur am berühmten Sprichwort ›Aller guten Dinge sind drei‹.»

***

... lässt darauf schliessen, dass die ersten Anfragen so dilettantisch vorgenommen wurden. Nach meinem Ermessen bedeutet dieses stümperhafte Vorgehen, dass nur wenige Gebärende bereit sein werden, an dieser Studie teilzunehmen. Für die Studie ist dies wohl schon das ...

So endete das erste Fragment, das Santoro und Zina gemeinsam lasen. Ein zweites Teilstückchen war noch weitaus aufschlussreicher:

Ich sehe mich veranlasst, die Öffentlichkeit davon in Kenntnis zu setzen, ... zu verhindern, dass der gute Ruf unseres Institutes durch ein unprofessionelles Vorgehen ...

Zina und Santoro schauten sich an, nickten einhellig, gratulierten den fleissigen informatischen Jägern und Sammlern, bevor sie sich hinsetzten, um die Bedeutung des Gelesenen zu analysieren.

Auf dem Weg ins Institut, den sie in Violettas Wagen absolviert hatten, fanden die beiden Ermittler die Zeit, ihre individuellen Erkenntnisse auszutauschen. Santoro erklärte seine Überzeugung, dass sie es mit einem Vatermord zu tun hatten. Zina konnte ihre These untermauern, dass sie es mit Verdächtigen zu tun hatten, die zu brav waren, keine eigene Persönlichkeit besassen, also auch keine eigenen Anschauungen und Standpunkte hatten entwickeln können, was sie vollkommen von ihren Professoren abhängig machte. Letztlich konnten diese unausgegorenen Wesen aus ihrer minderwertigen Position heraus nie wirklich erwachsen werden, die vorgegebenen Strukturen nie tatsächlich transzendieren. Dies führte unausweichlich dazu, dass sie nur die Wahl hatten, ihre Abhängigkeit zu akzeptieren oder zu hoffen, den höheren Posten mal zu erben.

Santoro hatte dazu gesagt, dass er vor allem Bahnhof verstanden habe, worauf ihm Zina erklärt hatte, dass Menschen, die diesen Weg gehen, nur zu dem werden können, was sie nie

werden wollen. Sie treten in die Fussstapfen ihrer Professoren, übernehmen so zwar die Herrschaft, aber werden genauso wie ihre verhassten Herrscher. Als sie merkte, dass er noch nicht wirklich verstanden hatte, meinte sie lakonisch: «Sie erschaffen nichts Neues, sie übernehmen eine immer gleiche Rolle in einem immer gleich alten Film. Sie sind gefangen.»

Santoro hatte, an seinen Vater denkend, gefragt, ob sie sich nicht auflehnen könnten, worauf ihm Zina erklärt hatte, dass es zu wenige waren, die ein Interesse daran hatten, und zudem auch nicht organisiert seien. Die einzigen aufmüpfigen im ganzen Club waren doch eine alte Studentin, die vor allem Lehrerin war, und auf ihre merkwürdige Art auch Susi Schranz, die etwa so viel Gewicht auf die Waage brachte, wie ein kleiner Blumenladen angesichts des Abholzens ganzer Regenwälder.

Santoro hatte sich laut gefragt, ob nicht die Flucht in diesem Fall das beste Stratagem sei. Worauf Zina geantwortet hatte, dass die Chinesen behaupteten, dass es zwar sechsunddreissig Stratageme gebe, die Flucht aber immer noch das Beste sei, ihr Täter diese Wahl aber trotzdem nicht getroffen habe. Sie müssten also nach einer Person suchen, die nicht fliehen konnte oder nicht wollte.

Vor dem Institut angekommen, erwartete sie schon der korpulente und ganz aufgekratzte Statistiker, der sie zu den neuesten Fundstücken führte, die seine Tochter aus den Innereien der beiden Computer herausgekitzelt hatte.

Zina konzentrierte sich wieder auf die Textausschnitte. *Le ridicule tue*, kam ihr das französische Sprichwort in den Sinn, und sie fragte sich, ob die Lächerlichkeit wohl auch eine Studie umbringen könne. Sie warf die Frage in die Runde. Stump hob kurz seinen Blick vom Bildschirm und betrachtete sie mit stumpfem Blick, um seine Aufmerksamkeit gleich wieder seiner Aufgabe zu widmen, Hotze und Tochter hingegen eilten ihr beide hilfsbereit entgegen.

«Der Erfolg einer Studie basiert nicht nur auf statistischen Werten», begann Hotze.

«Um gute Daten zu erhalten, müssen auch die richtigen Fragen gestellt werden, damit die Testpersonen sich angesprochen,

ja ernst genommen fühlen. Das braucht viel Menschenkenntnis, Einfühlungsvermögen, kommunikative Kompetenzen, wie das heute heisst», fuhr die Tochter fort.

«Ich befürchte, dass diese Fähigkeiten an diesem Institut vernachlässigt, nicht vermittelt werden, von wem denn auch?», ergänzte Hotze.

Vater und Tochter grinsten sich an. Zina stellte fest, dass die beiden nicht nur den Schalk im Nacken gemeinsam hatten. Die leicht asiatisch anmutenden dunklen Augen, vor allem aber der klare direkte Blick, in dem immer wieder der Witz blitzte, zeugten von gemeinsamen Wurzeln. Zum Glück, überlegte Zina, hatte Tochter Freya, wie sie ihnen stolz vorgestellt worden war, nicht die Statur ihres Vaters geerbt. Er war massig und wuchtig, sie zeigte sich kraftvoll und elastisch.

«Die Frage ist doch, ob das Aus einer Studie zu einem Mord führen kann?», meldete sich Santoro.

«Was uns gleich zur zweiten Frage führt: Wen könnte das Ende einer Studie zum Morden zwingen?», setzte Zina Goldberg nach.

«Die Studenten können Sie vergessen», sagte Freya Hotze, «sie haben zu wenig zu verlieren, wenn Sie mich fragen. Selbst jene, die an einer Masterarbeit schreiben und ein Teilgebiet der Studie bearbeiten müssen, könnten im schlimmsten Fall ein Jahr verlieren, wenn sie ein anderes Thema wählen müssten. Und ich bin nicht mal sicher, ob das geschehen würde. Die meisten könnten ihr Thema leicht abändern und trotzdem weiterarbeiten.»

«Es müsste schon jemand sein, dessen Karriere davon abhängt», sagte Hotze. «Obwohl, auch das scheint mir doch ein bisschen verrückt.»

«Trotzdem. Wessen Karriere hängt von Prometheus ab?»

Zina Goldberg hatte die Frage gestellt, obwohl sie die Antwort eigentlich schon gefunden hatte. Nur einer war speziell für die Durchführung dieser Studie hergeholt worden, nur einer sollte in den nächsten Monaten zu diesem Thema seine Habilitationsrede halten. Bevor sie jedoch den Namen laut aussprechen konnte, kam ihr Santoro zuvor. «Ihr Lieblingsverdächtiger, der

unnahbare, ausdrucksschwache, unkritische, nicht ganz menschlich erscheinende Lieblingsassistent Professor Klotz', der Mann aus dem grossen Kanton, was ihn in Ihren Augen nur noch verdächtiger erscheinen lässt, der Professor in spe, Herr …»

«Glaser», beendete Zina brav die Vorstellung ihres Vorgesetzten, der ihr mit einer ausladenden Handbewegung das letzte Wort erteilt hatte.

Sie freute sich, ihren Chef wieder ganz bei der Sache zu haben. Sie konnte es sich jetzt wirklich nicht leisten, ihn, wie eine Kanonenkugel am Bein, hinter sich herzuschleppen. Eigentlich hätte sie sich freuen müssen. Denn der scheinbar so gefühlsunfähige Glaser stand schon lang weit oben auf ihrer Verdächtigenliste. Warum nur hatte sie trotzdem das Gefühl, an der Lösung des Falles vorbeizuschrammen?

«Wir sollten uns mit dem Herrn unterhalten», schlug Santoro vor.

Anscheinend verspürte auch ihr Chef nicht die geringste Erregung, ein Zustand, der doch üblicherweise die letzten Meter vor dem Ziel kennzeichnete. Noch ganz in Gedanken versunken, nahm sie nur undeutlich wahr, wie Santoro sein Natel einschaltete und Glaser in die Zentrale bestellte. Nach einem kurzen Wortwechsel schloss er mit einem: «Aha, na dann kommen wir wohl lieber schnell rüber.»

Er schaltete das Ding ab und sagte: «Er ist hier, in seinem Arbeitszimmer. Sein Computer ist abgestürzt, und er ist ziemlich verzweifelt.»

Sich an Vater und Tochter Hotze wendend, meinte er: «Sie suchen wohl besser noch weiter.»

Sie fanden Glaser hinter seinem Schreibtisch brütend. Er hob kaum den Blick, als sie eintraten, richtete ihn kurz durch die beiden Besucher hindurch, um ihn gleich wieder auf den Bildschirm zu heften. Erst als Santoro das Wort an ihn richtete und ihm den Textauszug entgegenhielt, fuhr er sich mit beiden Händen über das müde wirkende Gesicht. Er nahm das Blatt entgegen, legte es vor sich auf die Tastatur und fragte sichtlich erschüttert: «Wer hat das geschrieben?»

Der Kerl ist entweder ein sehr guter Schauspieler, dachte Zina, oder er hat diesen Schmähbrief tatsächlich noch nie gesehen. Der Hauptverdächtige war nahe daran, seine Favoritenrolle zu verlieren.

Die Antwort auf seine Frage erst gar nicht abwartend, meinte er niedergeschlagen, seine Füsse betrachtend:

«Spielt eh keine Rolle mehr. Jetzt wo Professor Klotz gestorben ist, wird die Studie nicht mehr durchzuführen sein. Die Gegner werden diese Chance ausnützen. Er hätte vielleicht noch genug Beziehungen mobilisieren können, wusste, wie er seinen Einfluss wirken lassen konnte. Aber jetzt ...»

«Was werden Sie jetzt tun?», fragte Santoro nach.

«Ich weiss nicht recht. Ich könnte natürlich auf Professor Klotz' Stelle spekulieren, aber dafür bin ich noch zu jung, habe zu wenig publiziert. In ein paar Jahren, wenn die ersten Resultate der Studie veröffentlicht worden wären, ich mir damit einen Namen gemacht hätte, warum nicht. Ich denke, da hätte ich gute Chancen gehabt. Er ist ein paar Jahre zu früh ermordet worden», schloss Glaser, scheinbar die Neonröhre über seinem Kopf beschuldigend.

«Das heisst also, dass Ihre universitäre Karriere auf dem Spiel steht», bohrte Santoro weiter.

«Ich habe seit Monaten ein Angebot eines hier führenden Pharmaunternehmens. Ich soll einige Studien leiten über den Zusammenhang von Farbe und Form von Tabletten und der Bereitschaft, diese regelmässig einzunehmen. Bessere Bezahlung, Boni», schloss Glaser, seine Ordner im Bücherschrank betrachtend.

«Haben Sie eine Ahnung, wer die beiden Professoren umgebracht hat, Herr Glaser?», fragte Zina.

«Diese Frage habe ich mir gar nicht gestellt», antwortete Glaser leicht erstaunt, seinen Blick zwischen den beiden Besuchern hindurch auf den Gang gerichtet.

«Der Kerl ist zwar nicht ganz dicht», begann Santoro, «aber er ist auch kein Mörder. Dafür ist er einfach nicht menschlich genug.»

Als er den fragenden Blick von Zina traf, nahm er seinen

Faden wieder auf und fuhr mit seiner Analyse fort: «Sie haben noch gar nicht auf meine Idee vom Vatermord reagiert, Goldberg.»

«Doch natürlich habe ich das. Als ich Ihnen zu erklären versuchte, dass diese jungen Leute viel zu brav sind, keinen eigenen Standpunkt, keine eigenständigen Ziele …»

«Schon gut, Frau, ich werde auch diesmal nichts verstehen. Und zudem …»

«… untermauert meine These nur Ihre Idee, Sie sollten dankbar sein.»

«Dafür finde ich vielleicht später Zeit. Jetzt hören Sie mir mal gut zu. Damit Glaser einen Vatermord begehen könnte, müsste er doch einen der Professoren als solchen betrachten können, und genau dazu ist der Typ doch gar nicht fähig. Er schaut ja seine Mitmenschen nicht mal an, nimmt sie doch gar nicht wahr. Ich meine, für ihn sind doch alle um ihn herum Schachfiguren, und er fragt sich nicht mal, wer sie schlägt. Mal sind sie da, mal sind sie tot, woher das kommt, wer dafür verantwortlich ist, das ist ihm nicht ein einziger Gedanke wert.»

«Zudem hat er einen Fluchtweg, eine Alternative. Wenn es hier nicht funktioniert mit seiner Karriere, dann springt er eben in die Privatwirtschaft ab. Seine Studien interessieren ihn nicht die Bohne. Ob er die Entstehung der Depressionen untersucht oder die Farbe von Pillen, was soll's. Der Kerl hat nicht mal genug Gefühl im Bauch, um auch nur die klitzekleinste narzisstische Störung zu entwickeln», klagte Zina bitter.

«Warten Sie mal. Das mit der Alternative scheint mir viel wichtiger. Mein Sohn hat das so betont. Also der Sohn, der andere, nicht meiner, zum Glück, ermordet den Vater, nicht nur, weil der ein Bösewicht geworden ist, sondern weil er das ganze Universum unterjochen will.»

Nach kurzem Stirnrunzeln nickte seine Assistentin, wie Santoro zufrieden feststellte. Wenigstens würde sie seine Theorie verstehen, wenn schon nicht umgekehrt. Worauf er sich gleich fragte, ob sie nicht beide auf dem besten Wege waren, vollkommen plemplem zu werden. Einen Mordfall auf der Grundlage einer intergalaktischen Schmierenkomödie lösen zu wollen,

konnte doch nur auf galoppierenden Wahnsinn zurückzuführen sein. Doch weiter kam er in seinen Selbstzweifeln nicht, denn Zina sagte: «Wir suchen also jemanden, für den das Institut sein ganzes Universum bedeutet.»

«Der mindestens einen der Professoren in der Vaterrolle sah.»

«Wohl eher Odermatt als Klotz.»

«Ja, Odermatt ist das eigentliche Ziel, Klotz ist ein Kollateralschaden.»

«Der informiert wurde.»

«Und zwar über etwas Drastisches, das unseren Mörder aus seinem Universum vertreiben könnte.»

«Also jemand, der hier Karriere machen wollte.»

«Wir streichen die Studenten.»

«Haben wir schon mehrmals getan.»

«Warum gebrauchen wir immer die männliche Form?»

«Für Frauen ist die Karriere meist zweitrangig. Frauen setzen die Priorität auf ihre Beziehungen, meistens hängen sie in einem Beziehungsknatsch fest, den sie zu lösen haben, das lenkt ab. Keine Zeit zum professionellen Morden.»

«Tja, manche lösen sie auch, die Probleme», seufzte Santoro und legte eine Hand auf seine Stirn.

Oje, dachte Zina, Selbstmitleid und Kopfschmerzen, das kann ich jetzt nicht gebrauchen. Sie überlegte gerade, wie sie ihren Chef aus dieser schiefen Bahn schmeissen konnte, als Freya Hotze auf dem Gang erschien, einen weiteren Zettel über ihrem Kopf schwenkend. «Wir haben Ihnen einen weiteren Brocken hervorgezaubert», verkündete sie fröhlich.

Santoro schnappte sich den Wisch, hielt ihn zwischen ihnen beiden und las laut vor:

«… wie Sie verstehen werden, sehr schmerzlich. Doch meine Pflicht als Professor gebietet es mir, Ihnen diesen Sachverhalt darzulegen. Es handelt sich hier, wie Sie unschwer werden feststellen können, um eine schwere Verletzung unserer Gesetze, denen wir alle verpflichtet sind. Wir können keine Fälschungen in unserem Institut dulden. Meine zufällige Entdeckung dieses Artefakts …»

Während sich Freya mit einem zufriedenen Lächeln verabschiedete, blieben die beiden Ermittler verdutzt und schwei-

gend stehen, bis Santoro plötzlich begann, mit dem Blatt in der Hand wild um sich her zu fuchteln, worauf er bis zum Ende des Ganges stürmte, um genauso aufgebracht zurückzustampfen. Die Fäuste in die Seite gestemmt, stellte er sich vor Zina, begann den Zettel vor ihrer Nase heftig herumzuwedeln, bis er sichtlich erbost zu fluchen begann: «Cristo santissimo! Was soll jetzt dieser verdammte, scheissblöde, hirnrissige Blödsinn schon wieder? Wir basteln die verrücktesten, psychoschwangeren Hirngespinste zusammen, um diese Morde hier aufzuklären. Das war ja noch ganz passend, als wir, blöd wie wir waren, davon ausgingen, dass die beiden älteren Herren in ihrer Funktion als Psychologieprofessoren ermordet worden waren. Aber jetzt ... aber jetzt ...», wetterte Santoro ganz ausser Atem, um gleich wieder loszudonnern: «Jetzt soll sich der ganze Irrsinn um gefälschte Artefakte handeln, und wir machen uns hier zum Affen? Und um welche Kunstgegenstände soll es sich bitte hier handeln? Um die kleinen hässlichen Dinger des Herrn Odermatt? Weiss ja jeder, dass das alles Kopien sind. Zudem hat er ja dieses Mail geschrieben. Handelt es sich also um die exotischen Waffen des Herrn Klotz, des andern Wichtigtuers? Ist doch seine Sache, finden Sie nicht? Oder geht es um diese alten Geschwüre, die überall an den Wänden hängen? Hat die einer verscherbelt und dafür Reproduktionen aufgehängt? Diese Scheusslichkeiten will doch sicher keiner haben. Ich jedenfalls ...»

Zina schwieg und hörte seit einiger Zeit nur noch mit einem Ohr zu. Sie hielt ihre Hand hin, in die Santoro aufschnaubend den ominösen Wisch schmiss. Während er fluchend seine hektische Wanderung von einem Ende des Ganges zum andern wieder aufnahm, blickte seine Assistentin ihm lächelnd nach. Erstens freute sie sich darüber, dass er ein bisschen Dampf ablassen konnte – irgendwo muss der Kerl doch seine Scheisswut horten –, zweitens stieg in ihr langsam aber sicher eine Erinnerung hoch an etwas, das sie einmal gelernt hatte. Sie hätte die richtige Definition zwar nicht mehr zutreffend formulieren können, doch sie wusste genau, wer sie bei ihrer Suche zum Ziel führen konnte. Den Zettel in der Hand, öffnete Zina

Klotz' Zimmer und winkte Herrn Hotze zu sich. Der las den ihm dargebotenen Text durch, schaute zu Santoro hoch, der mittlerweile dazu übergegangen war, die Gemälde an der Wand zu beschimpfen, richtete seinen Blick nochmals kurz auf das Blatt und brach in ein monumentales Gelächter aus.

«Artefakt, nicht wahr? Und Sie dachten schon ...», begann Hotze, sich an Santoro wendend, der vom dröhnenden Lachanfall angelockt worden war. Darauf musste Hotze gleich wieder losprusten.

Zina Goldberg machte eine beschwichtigende Geste in Richtung Santoros, der sichtlich nahe daran war, in einen ganz anders gearteten Gefühlsausbruch auszubrechen.

«Ich erkläre es Ihnen gleich, mein Freund», hob Herr Hotze von Neuem an. «Also, Artefakte finden Sie nicht nur an Wänden hängend und auf Regalen hockend, sondern auch in empirischen Studien. Auch da sind es Kunstprodukte, das heisst künstlich hervorgerufene Veränderungen und Einflüsse.»

«Das ist dann so was wie ein Kunstfehler? Wie können die denn hervorgerufen werden?», fragte Zina.

«Durch nicht repräsentative Stichproben, durch falsche Methoden oder durch die falsche Anwendung von Methoden.»

«Das müssen Sie uns schon genauer erklären, denn bis jetzt sehe ich nicht ein, warum wir uns mit diesen Kunstgegenständen befassen sollten», meinte Santoro düster.

«Kunstprodukte. Sie erhalten dadurch Resultate, die schlicht und ergreifend falsch sind. Sie werden eben künstlich hervorgerufen.»

«Porca miseria!», fluchte der Kommissar inbrünstig.

Zina, die der Meinung war, dass die Zeit für Wutanfälle abgelaufen sein sollte, fragte: «Was entsteht, ist dann eigentlich eine Fälschung?»

«Ich mache Ihnen mal ein Beispiel. Ich könnte Ihnen eine wunderbar hohe Korrelation zwischen der Schuhgrösse und dem Intelligenzquotient basteln, rechnerisch gesehen nicht anfechtbar. Je kleiner der Fuss, desto kleiner die Intelligenz. Grösse sechsundzwanzig wird wohl bei jedem Test durchfallen,

da gehen Sie doch mit mir einig. Nur habe ich dann den eigentlichen Faktor in dieser Geschichte ausser Acht gelassen, nicht wahr. Und das ist …», schloss Herr Hotze auffordernd die Stimme hebend.

«… das Alter», beendete Zina den Satz brav.

«Falsch angewandte Methode also. Noch ein schönes Beispiel für die Stichprobe. Sie wollen ein Medikament testen, das munter machen will.»

«Will ich nicht», warf Santoro finster ein.

«Sie wollen das natürlich nur hypothetisch, mein Freund, kann aber auch ein dämpfendes Mittel sein.»

«Brauch ich nicht.»

Zina, die auch die Zeit für Selbstmitleid für zerronnen erachtete, verdrehte theatralisch die Augen und machte Hotze ein aufmunterndes Zeichen, doch weiterzufahren. Dieser liess sich nicht zweimal bitten, denn er schien definitiv in Fahrt zu kommen.

«Dafür wollen Sie zwanzig Ratten in zwei Gruppen teilen. Sie greifen in den Käfig und holen sich die ersten zehn Tierchen. Erste Gruppe. Dann nehmen sie die letzten zehn. Zweite Gruppe. Sie können dann einer Gruppe das Mittel geben, die andern als Kontrollgruppe benützen. Egal wie Sie es machen, das Resultat ist verfälscht, weil …», endete Hotze fröhlich.

«… sie in der ersten Gruppe die Blinden und die Lahmen haben.»

«Oder die Masochisten oder die Selbstmordgefährdeten», ergänzte Santoro, der sichtbar Freude an der Übung entwickelte.

«So drastisch muss es nicht werden, aber grundsätzlich haben Sie es erfasst», lobte der ehemalige Professor seine unfreiwilligen Studenten.

Nach einer kurzen Pause, in der Zina Goldberg und Matteo Santoro beide die Stirn runzelten, sich immer wieder anschauten, um wieder beide für sich vor sich hin zu brüten, schien Herr Hotze auf weitere Geistesblitze seiner Lehrlinge zu warten, denn seine Augenbrauen blieben weiterhin oben, und sein Blick ging unaufhaltsam vom einen zur andern.

«Sagen Sie mal, Herr Professor», sagte Santoro, «welche Konsequenzen können solche Fehler haben?»

«Och, das kommt natürlich ganz darauf an, auf welcher Stufe der Hierarchie sie sich befinden. Eine kleine Studentin riskiert höchstens, dass ihre Arbeit nicht angenommen wird. Weiter oben machen Sie sich aber bestenfalls lächerlich. Wenn die Studie publiziert worden ist, dann vor der gesamten wissenschaftlichen Fachwelt. Ob Sie je wieder ernst genommen werden, ist sehr fraglich.»

«Schlimmstenfalls?»

«Frau Goldberg, das ist eine schwierige Frage. Aber wenn klar wird, dass Sie die Studie mit Absicht manipuliert haben, tja, dann sind Sie weg vom Fenster. Ich weiss nicht auswendig, welche offiziellen Sanktionen in der Schweiz vorgesehen sind. Ihre Karriere können Sie dann mit Bestimmtheit vergessen, das ist mal sicher.»

Zwei Stunden später, die Nacht hatte sich während ihrer Arbeit unaufhaltsam über den Park gesenkt, sassen die drei auf der sonst verlassenen Terrasse der Cafeteria der Anstalt. Vor ihnen stapelten sich mehrere Berge von Studien, die sie nach ihrer Entdeckung aussortiert hatten.

Die Studenten hatten sie vergessen, einmal mehr, zu klein war der Einsatz, um einen Mord zu rechtfertigen. Dafür hatten sie die Frauen wieder aufs Spielfeld gelassen. Zina Goldberg hatte sich an den schonungslos intelligenten Blick Priska Brauns und an das Kinn Liselotte Burgers erinnert, das von allzu viel Willensstärke zeugte. Gegen ihre Empfehlung hatten die beiden Männer darauf bestanden, auch die energische Altstudentin unter die Lupe zu nehmen. Frauen, die als Lehrerinnen arbeiteten, Kinder erzogen und nebenbei auch noch ein Studium absolvierten, waren zu allem fähig, untermauerte Santoro seinen Entschluss. Alles andere als ihre Mitberücksichtigung bei der Suche nach dem Mörder könne nur als Sexismus taxiert werden, bekräftigte Hotze seine Position. Ostdeutscher, dachte Zina und wehrte sich gegen das Gefühl, links überholt worden zu sein.

Von den wenigen zur Verfügung stehenden Männern blieben die beiden Assistenzprofessoren, Glaser und Habermaus, übrig, wobei der Erstere wieder die Poleposition im Rennen eingenommen hatte. Er war wohl vorher froh bis schadenfroh gewesen, als er feststellte, dass die Polizei den falschen Haken an seiner Versuchsreihe gefunden hatte, und Habermaus war Odermatts Schützling gewesen. Und überhaupt schien doch der Wurm in dieser breit angelegten Depressionsstudie zu lauern, schliesslich wurde sie von allen Seiten angegriffen. Auch die beiden Verkehrsprofessoren waren zurück auf die Liste der Verdächtigen gewandert. Sie hatten zwar ein gemeinsames Alibi für den ersten Mord. Hotze fragte, ob sie das nicht besonders verdächtig erscheinen liesse. Die beiden Ermittler hoben einhellig die Schultern. Wo waren sie denn? Sicher nicht in einem billigen Kriminalroman. Ihr Wiedererscheinen auf der Liste verdankten sie der Tatsache, dass sie im Auftrag der ortsansässigen Pharmaindustrie arbeiteten, was doch dazu verleiten konnte, die Ergebnisse sanft, aber sicher in deren Sinn zu lenken. Darin waren sich alle drei einig.

In einer ersten Phase hatte Hotze die Methoden und deren Anwendung geprüft. Am Anfang hatten Santoro und Zina den Erklärungen des Fachmanns gebannt zugehört. Als sie jedoch feststellen mussten, dass sie letzten Endes gar nichts verstanden, hatten sie den Schwamm geworfen. Sie hatten die Zeit genutzt, um alle Verdächtigen nochmals durchzugehen und sich zu überlegen, welcher unter ihnen am ehesten zu einem derartigen Betrug fähig sein könnte, ohne Erfolg.

Nun waren sie bei der zweiten Phase der Übung angelangt, für die sie Herr Hotze, nach fachmännischer Einführung, eingespannt hatte. Sie sollten die Stichproben unter die Lupe nehmen und auf alles achten, was sie erstaunte, stutzig machte, ihnen merkwürdig erschien. Er selbst hatte sich die Langzeitstudie unter den Nagel gerissen, die am ehesten Erfolg versprach und am schwierigsten zu beurteilen war. Santoro brütete über einer Masterarbeit über den Zusammenhang zwischen Bildschirmkonsum und Schulerfolg, von der er sich einiges erhoffte. Zina mühte sich mit einer Studie ab, die ver-

schiedene Behandlungsmethoden bei mittleren bis schweren Depressionen miteinander verglich.

Bisher hatten sie nichts Nennenswertes gefunden.

Unterdessen hatte sich auch Violetta telefonisch gemeldet, um ihnen mitzuteilen, dass es Marco gut ginge. Ihre drei Kinder hatten sich um ihn gekümmert. Sie hatten bald einhellig beschlossen, eine Trickfilmnacht zu organisieren. Als Erstes wollten sie sich einen Film anschauen, in dem ein überängstlicher Vater seinen Sohn sucht, durch den Pazifischen Ozean. Violetta hatte mit Genugtuung hinzugefügt, dass ihr ältester Sohn Marco damit in den Ohren lag, jetzt ja nicht seine Schulkarriere den Bach runtergehen zu lassen.

Zina Goldberg sah von ihrer Studie auf. Fröhliches Plaudern, unterbrochen von Gelächter, hatte sie abgelenkt. Eine Gruppe von sechs Personen steuerte auf die Cafeteria zu. Sie erkannte ihren ersten Verdächtigen, der aufrecht und energisch voranschritt, einem Bauarbeiter ähnlicher denn je, Frau Magnin, die an seiner Seite trippelte, plapperte angeregt auf ihn ein. Auch die andern Mitglieder kamen ihr bekannt vor.

Als sie in der Mitte der Gruppe die blonde Mähne erblickte, wusste sie auch woher. Auf sie zu schwebte Susi Schranz, begleitet von ihren Schützlingen. Pavillon 5 machte anscheinend einen Ausflug.

Die blonde Pflegerin winkte ihnen im Vorbeigehen, beschwichtigte Frau Magnin, die plötzlich ängstlich zu ihr geeilt war, und lotste ihre kleine Schar zu einem grossen Tisch. Sie zog gleich darauf ein Päckchen aus ihrer Bluse und begann angeregt, immer wieder neue Spielkarten auf den Tisch legend, zu erklären. Zina konnte zwar nicht verstehen, was die Pflegerin sagte, doch sie wusste, dass sie ihre Sache gut machte. Ihre Zuschauer hatte sie auf jeden Fall in ihren Bann gezogen.

Sie konzentrierte sich wieder auf die Stichproben. Anscheinend war damit alles in Ordnung. Frauen und Männer, ältere und jüngere, mehr oder weniger schwer erkrankte Patienten waren auf die drei Gruppen verteilt worden.

Lautes Gelächter lenkte sie ab. Susi Schranz und ihre Schützlinge hatten es anscheinend sehr lustig. Die Gruppe wirkte

nicht wie eine Ansammlung psychisch kranker Menschen, die von einer Pflegerin betreut wurde. Zudem fragte sich Zina, ob eine solche nächtliche Exkursion überhaupt erlaubt war. Susi Schranz schien sich nicht an Regeln zu halten, machte die verrücktesten Sachen. Mit Erfolg.

Sie versuchte sich wieder der Studie zuzuwenden, doch es gelang ihr nicht. Nachdenklich schaute sie zur fröhlichen Runde rüber. Allem Anschein nach lehrte Susi Schranz eine Vierergruppe jassen, und zwar einen Schieber. Herr Nötzli und sie fungierten dabei ganz offensichtlich als Coaches. Susi Schranz und ihre ganze Mischpoke, dachte Zina vor sich hin lächelnd, Pavillon 5.

Sie wiederholte das letzte Wort mehrmals still vor sich hin und stutzte. Genau das war es doch, was in der Auflistung der Versuchspersonen fehlte. War es nur ein Zufall, wurde es überhaupt verlangt, oder war dieses gar von entscheidender Bedeutung? Sie kontrollierte das Gelesene nochmals akribisch. Sie fühlte dabei, wie sich die Aufregung perlend in ihrem Körper verbreitete. Da hatte sie tatsächlich etwas Ungereimtes, etwas Merkwürdiges entdeckt. Sich die Studie unter den Arm klemmend, erklärte sie Santoro: «Ich gehe mal schnell zu Susi Schranz rüber. Ich glaube, dass sie uns weiterhelfen kann.»

«Und ich dachte, Sie hielten sie für ein verrücktes Huhn», entgegnete Santoro grinsend.

«Auch ein verrücktes Huhn kann mal ein Körnchen Wahrheit finden.»

Santoro folgte ihr mit den Augen, sah, wie sie die blonde Pflegerin ansprach, worauf diese sich von der Gruppe absetzte und sich bald in die Studie vertiefte. Schon nach wenigen Sekunden sah sie wieder auf, worauf die beiden Frauen sich angeregt unterhielten. Er versuchte, sich wieder auf seinen Text zu konzentrieren, doch es gelang ihm nicht. Der Statistiker hatte sein Laptop angeschaltet und offensichtlich ein Statistikprogramm geöffnet, er hämmerte auf der Tastatur herum. Was ist das nur für eine Morduntersuchung, ärgerte er sich.

Doch er durfte seine Aufmerksamkeit nicht von seiner Arbeit lösen. So verrückt ihm diese Situation auch erschien, sie war

immer noch viel besser als alles, was nachher kommen konnte. Er kam sich vor, als stünde er auf einem Glasboden. Er durfte ja nicht nach unten schauen, denn dort erwartete ihn nur ein Abgrund, in dem die Ungeheuer auf ihn lauerten, Angst und Wut und Hilflosigkeit. Da waren ihm sogar diese blöden Studien lieber. Er wollte sich gerade wieder den Kindern zuwenden, die durch zu viel Fernsehkonsum dumm, dick und traurig geworden waren, als er die beiden Frauen auf sich zukommen sah. Zina stellte sich vor ihn hin und sagte, ihre Aufregung nur mit Mühe zurückhaltend: «Sie sollten sich anhören, was uns Frau Schranz zu sagen hat.»

Susi Schranz, sichtlich erfreut über ihre Wichtigkeit, setzte sich, warf ihre Haare zurück, lächelte beide Männer aufreizend an. Als sie sicher sein konnte, dass sie im Zentrum der allgemeinen Aufmerksamkeit stand, legte sie los. «Die Liste, die mir Frau Goldberg gezeigt hat, kannte ich schon. Vor etwa zehn Tagen hat sie mir schon Professor Odermatt vorgelegt. Er wollte wissen, welche Teilnehmer ich kannte. Anscheinend war er mit dem Ergebnis sehr zufrieden. Meine Auskünfte schienen seine Erwartungen gar zu übersteigen.»

Susi Schranz machte eine Kunstpause, schaute in die Runde und freute sich offenbar über die ungeteilte Aufmerksamkeit, die ihr beschieden war.

«Soweit ich das verstanden habe, waren meine Leute vor allem in einer der drei Gruppen zu finden, in der Siegergruppe nämlich. Fast alle hatten die Behandlung Verhaltenstherapie zugesprochen bekommen, und die haben ja am besten abgeschlossen. Zweite wurden die Medikamentenpatienten, dritte und letzte wurden die Patienten, die eine Psychoanalyse verpasst bekommen hatten. Das hatte den Professor schon ziemlich geärgert, als die Studie publiziert wurde. Meine Patienten haben wohl alle Glück gehabt.»

«Glück würde ich das nicht nennen», mischte sich Herr Hotze ins Gespräch ein. «Normalerweise spielt das keine grosse Rolle, in welcher Abteilung die Leute wohnen, man kann schliesslich davon ausgehen, dass sie überall in etwa die gleiche Betreuung erhalten. Hier kann jedoch nicht von einem Zufall

ausgegangen werden. Alle im Institut wissen, dass Frau Schranz in besonderem Masse für ihre Patienten einsteht, sie behandelt sie irgendwie anders. Sogar ich weiss das. Manche ärgern sich darüber, andere, zum Beispiel Psychotherapeuten, setzen sich ein, damit ihre Patienten in Pavillon 5 eingeteilt werden. Ihre Heilungschancen sind dann erwiesenermassen besser.»

«Sie meinen, der Studienleiter hat die Einteilung in die drei Gruppen beeinflusst, um so die Resultate der Studie zu manipulieren?», fragte Santoro nun auch erregt.

«Die Vermutung liegt zumindest nahe», antwortete Hotze, sehr ernst geworden.

«Was ich nicht verstehe, ist das Resultat. Warum hat er nicht die Psychoanalyse gewinnen lassen. Er verteidigte doch diese Gruppierung? Therapie?», warf Zina ein.

«Der hat doch schon längst die Seiten gewechselt, sich nach der Decke gestreckt, und die ist nicht auf der Seite der Psychoanalyse. Zumindest nicht am psychologischen Institut. Er wollte sich wohl damit bei Klotz und Konsorten einschmeicheln, einen wichtigen Platz in dieser Prometheusstudie ergattern. Den sah man doch dauernd um Klotz herumschwänzeln in den letzten Monaten», sagte Susi Schranz, um gleich darauf zu ergänzen, «viel hat es ihm wohl nicht eingebracht.»

«Aber Odermatt hat das trotzdem gar nicht gefallen. Den Kerl hat er wohl als Verräter taxiert, wollte sich rächen, hat das Haar in der Suppe gesucht und den Fehler in der Studie gefunden», spann Santoro das Garn weiter.

«Artefakt», korrigierte ihn Hotze.

«Und seine Entdeckung hat er sofort Klotz weitergeleitet», schloss Zina Goldberg die gemeinsamen Überlegungen ab. So dachte sie zumindest, denn Susi Schranz fügte noch an: «Und der hat es dem Dekan weitergeleitet.»

Als sie merkte, dass sie von allen Seiten angestarrt wurde, fügte sie noch wie entschuldigend an: «Na ja, Professor Grühner ist doch die nächsthöhere Instanz. So funktioniert das doch hier.»

Zina wurde siedend heiss bewusst, woher ihre innere Unruhe kam. Sie hatte doch gewusst, dass es eilte. Sie hatte noch nicht

fertig überlegt, als sie ihren Chef schon an seinem Telefonino hängen sah und seine Erleichterung erkannte, als Professor Grühner abnahm. Als er sich nach dem kurzen Gespräch ihnen wieder zuwandte, sah er dann doch wieder besorgt aus. «Der Kerl war noch wirrer als sonst. Hat zwar beteuert, es gehe ihm blendend, dass er zwar eine lange Nacht vor sich habe, sich deshalb immer noch im Dekanat aufhalte, aber mit einer merkwürdig gepressten Stimme. Und dann hat er ziemlich betont, dass seine Leichen unbekannt bleiben würden, und er doch so viel lieber einen bekannten Toten finden wollte. Wie Bernardus Silvestris. Den Namen hat er zweimal wiederholt.»

Hotze hämmerte schon auf seinen Tasten herum, bevor der Kommissar geendet hatte. Nach wenigen Sekunden präsentierte er seinen drei gebannten Mitlesern eine Seite über diesen Silvestris. Die ersten Informationen waren enttäuschend. Ein mittelalterlicher Denker war er gewesen, über dessen Leben kaum etwas bekannt war. Das beginnt ja gut, dachte der Kommissar sarkastisch. Doch unter der Rubrik Werk erhaschte er ein Wort, das ihn elektrisierte. Er las. Silvestris Hauptwerk behandelte anscheinend die Problematik eines astrologischen Fatalismus und Determinismus. Den Eltern des Helden wurde vor seiner Geburt vorausgesagt, dass das Kind einst seinen Vater ermorden werde. Der Sohn erhielt darauf den Namen Patricidas. Das war das Wort, das ihm ins Auge gestochen war: Vatermörder. Hektisch las Santoro weiter. Zu guter Letzt setzte der Sohn lieber seinem eigenen Leben ein Ende, als seinen Vater zu töten.

«Ödipus», stellte Zina Goldberg fest.

«Ein Hilferuf», meinte Susi Schranz mitfühlend.

«Eine codierte Mitteilung. Silvestris und dann die lange Nacht – Tod», korrigierte Hotze.

«Oder das Geplapper eines alten Mannes», schloss der Kommissar kritisch, um gleich anzufügen, «aber darauf können wir nicht zählen. Wir werden wohl eh zu spät kommen.»

«Er wird versuchen, ihn vollzuquasseln», entgegnete Zina.

«Goldberg, wir fahren ins Kollegiengebäude.»

«Da kommen Sie nicht rein, ausser durch einen Seiteneingang, hinten bei der … und dann können Sie durchs Sekretariat

und … ich habe den Schlüssel, zeige Ihnen wohl besser den Weg», sagte Herr Hotze.

«Sie werden vielleicht eine Krankenschwester brauchen. Ich sage nur schnell meiner Assistentin Bescheid.»

Als Susi Schranz den erstaunten Blicken der drei andern begegnete, meinte sie noch mit einem schelmischen Lächeln: «Das ist die junge Frau dort neben Herrn Nötzli, die aussieht, als leide sie unter Angstzuständen … bin aber nicht die Ursache.»

Sie schlichen alle vier hintereinander auf Zehenspitzen den dunklen Gang entlang. Hotze, der vorausging, wies auf eine Tür und flüsterte: «Sekretariat.»

Im Gebäude war kein Ton zu hören, und Santoro war froh, noch keine Verstärkung gerufen zu haben. In wenigen Sekunden würden sie sich alle vier im Arbeitszimmer des Dekans wiederfinden, um ihn dort friedlich vor Aktenbergen sitzend anzutreffen. Für eine solch unnötige Heldentat gab es schon zu viele Zeugen, befand er, während die Tür zum Sekretariat sich langsam öffnete. Sobald sie eintraten, wusste er, dass seine Zweifel unangebracht gewesen waren. Durch die Verbindungstür zum Dekanat war die hysterisch anmutende Stimme des Assistenzprofessors zu hören.

«… und dann hat mir diese fiese Ratte auch noch das Mail gezeigt, das er schon abgeschickt hatte. Ich stand hinter ihm, er hatte überhaupt keine Angst vor mir, nein, der doch nicht, er war ausser sich vor Freude, mich erwischt zu haben, sprach von vorsätzlicher Fälschung. Was war schon dabei, niemand wäre darauf gekommen, wenn er nicht herumgeschnüffelt hätte.»

«Mein lieber Junge. Das dürfen Sie doch nicht so …», war die leise Stimme des Dekans zu hören.

«Ja, genau das sollte ich doch immer sein, ein lieber Junge! Aber damit ist Schluss. Ich habe zu dem ersten Gegenstand gegriffen, den ich auf dem Bücherschrank erwischen konnte, ganz automatisch. Es war eine dieser scheusslichen Frauen. Und schon ist der Scheisskerl zusammengesackt. Endlich hat er sein blödes Maul gehalten.»

«Mein armer Junge. Das ist eine Göttin, aber das spielt jetzt

keine Rolle. Wenn Sie doch die Polizei angerufen hätten, Sie wären doch mit Todschlag davongekommen. Anscheinend haben Sie doch im Affekt gehandelt, waren sich Ihrer Tat gar nicht richtig bewusst.»

Er versucht ihn tatsächlich vollzuquasseln, dachte Santoro, Goldberg hatte recht gehabt. Schon wieder. Aber in einem hatten sie sich beide geirrt. Die Tat war nicht von langer Hand geplant worden.

Er ging auf die Knie und linste durch das Schlüsselloch. Die Sicht war frei. Er erkannte die plumpe Silhouette von Habermaus, der ihm den Blick auf den Grühner versperrte. Auf dem Tisch lag die Venus von Willendorf, die in seine Richtung schaute. Ausser, dass sie nichts sieht, dachte Santoro, hat ja keine Augen. Wie war die Tatwaffe da gelandet? Anscheinend hatte Habermaus sein drittes Opfer nicht überraschen können.

Er machte seinen Begleitern ein Zeichen mit der Hand, sich nicht zu bewegen. Von drinnen drang die Stimme Habermaus', die sich nun zu überschlagen drohte.

«Oh nein, da hatte ich schon eine viel bessere Idee. Mir ist dieser Irre in den Sinn gekommen, der immer von rächenden Engeln schwafelt.»

Santoro stellte befriedigt fest, dass Habermaus seine sonst so politisch korrekte Ausdrucksweise abhandengekommen war. Der Lack ist ab, der wahre Kern zeigt sich, konstatierte er mit einem schiefen Grinsen. Er säuselte nun auch nicht mehr, er prahlte: «Und ich hatte in meiner Mappe die Kissen, die ich am Nachmittag für mein neues Sofa gekauft hatte. War seitdem nicht mal dazu gekommen, nach Hause zu gehen. Ich holte bei Klotz eines dieser Messer, beim Teich die Entenfedern, schlitzte ein Kissen auf und verteilte die kleinen weissen Federn im Raum … war das nicht eine schöne Inszenierung? Klotz hat den Köder mit diesem Nötzli sofort geschluckt und ist damit zur Polizei gerannt.»

«Sie hätten doch mildernde Umstände gelten lassen können. Der arme Professor hatte Sie doch arg provoziert. Das hätten wir doch alle bezeugen können, lieber Kollega.»

«Provoziert? Seit Jahren hat er mich ausgenutzt, drangsaliert,

wie ein Dienstbote herumgeschickt. Ich musste seine Vorlesungen vorbereiten, habe die meisten Seminare geleitet, war sein Sekretär. Der war doch vollkommen unfähig, irgendetwas zu organisieren. Und immer hat er mir vorgesäuselt, ich werde sein Nachfolger sein, er wolle sich doch schon bald zurückziehen. Und ich dachte, noch ein paar Jahre, und es ist vorbei. Ich habe sogar seine Frau ausgehalten, die sich dauernd an meiner Schulter ausgeheult hat. Ich konnte sie doch nicht verärgern. Hat sich dauernd an mir gerieben, aber rangelassen hat sie mich natürlich nicht. Schlampe!»

Da haben wir auch die Frau. Gehört doch in einer Ödipusgeschichte dazu, stellte Santoro lakonisch fest. Doch er hatte keine Zeit für weitere Überlegungen, denn Habermaus war in Fahrt gekommen. Anscheinend hatte er das Bedürfnis, sich die ganze Sache vom Leibe zu reden. Oder wie lautete schon wieder dieser Ausdruck?

«Aber an diesem Abend hat er mir genüsslich unter die Nase gerieben, dass er bis siebzig weitermachen wolle, dass er einen neuen Ziehsohn formen müsse, denn ich hätte ihn verraten, sei zum Feind übergelaufen, stecke mit Klotz unter einer Decke.»

«Sie hatten es nicht einfach, mein armer Freund. Zwischen diesen beiden Professoren mussten Sie sich ja wie zwischen Pest und Cholera eingeklemmt fühlen. Wussten Sie, dass im Mittelalter die Menschen davon überzeugt waren, diese Seuchen seien Gottes Strafe für –»

«Halten Sie den Mund! Ich *musste* die Seiten wechseln. Die Psychoanalyse ist definitiv vorbei. Wenn ich Karriere machen wollte, musste ich zu Klotz wechseln. Der hat mir auch versprochen, meine Kandidatur zu unterstützen, wenn ich bereit wäre, mit der Zeit zu gehen. Aber dann hat er Glaser geholt. Und all die andern Deutschen.»

«Ja, die Deutschen, sie holen sich einen, und es folgen Dutzende. Das war natürlich nicht fair. Haben Sie ihn deshalb umgebracht?», fragte Herr Grühner mit gepresster Stimme.

In diesem Moment bewegte sich Habermaus leicht nach rechts, und Santoro konnte erkennen, warum Grühners Stimme so merkwürdig klang. Er hatte das Messer am Hals. Fieberhaft

dachte Santoro nach, wie sie einschreiten sollten. Sicher war nur, dass der richtige Moment noch nicht gekommen war. Immerhin schien Habermaus seine Galle noch nicht ausgeschüttet zu haben. Solange er noch etwas zu klagen und zu erläutern hatte, würde er seinen aufmerksamen Zuhörer nicht umbringen. Zudem schien dieser Mord für Habermaus sehr viel schwieriger zu vollenden sein, schliesslich war der kleine Professor ein netter Kerl.

Trotzdem. Santoro war sich im Klaren, dass er dringend Vorbereitungen für ihr Eingreifen treffen musste. Habermaus war in einer verzweifelten Lage und konnte keinen Mitwisser am Leben lassen.

Er drehte sich um und gab seiner Assistentin ein Zeichen, sich vor die Tür zum Dekanat zu stellen, die sich im Gang befand. Nach kurzem Zögern wies er Herrn Hotze mit sparsamen Gesten an, sich in die Tür zum Gang zu stellen. Weitere Handzeichen sollten ihm klarmachen, dass er seine stummen Anweisungen zu gegebener Zeit an Goldberg weiterleiten sollte. Er hoffte, dass Hotze verstanden hatte. Er hatte anscheinend die Antwort ihres zweifachen Mörders verpasst, denn nun war wieder Meister Yoda am Zug. «Können Sie mir auch erklären, wie Sie darauf kommen, mich umbringen zu wollen? Ich habe Ihnen doch gar nichts angetan, mein armer Freund.»

«Sie haben mich für morgen herbestellt, um eine wichtige Angelegenheit zu besprechen. Sie haben doch das Mail von Odermatt jetzt auch erhalten.»

«Oh je, das ist aber ein dummes Missverständnis. Ich kann seit Tagen meine Mails nicht mehr lesen. Auch der Experte, der heute da war, konnte nicht weiterhelfen. Deshalb habe ich doch auch meine Sekretärin damit beauftragt, Sie anzurufen.»

«Es ging nicht um meine Studie, um meine Habilitation?», fragte Habermaus perplex.

«Aber nein, ganz sicher nicht, mein werter Freund. Davon hatte ich doch gar keine Ahnung. Ich wollte Sie um Rat fragen. Schliesslich ist das Institut vollkommen führungslos, und auf die beiden Professoren in Ihrem Keller kann ich mich doch nicht verlassen. Das werden Sie doch verstehen, mein Guter.

Sie hingegen sind seit Jahren mitten im Geschehen, kennen alle, vermitteln zwischen den verschiedenen Tendenzen.»

Durch das Schlüsselloch hindurch sah Santoro, wie Habermaus aus Verzweiflung die Hände verwarf und fluchend durch das Zimmer stampfte. Das war endlich der richtige Augenblick für den Angriff. Er gab Hotze ein Zeichen.

Und alles ging ganz schnell.

Santoro stürmte in den Raum, spürte einen heftigen Schlag mitten in der Brust und fand sich auf dem Hosenboden wieder. Zwischen seinen Füssen lag die runde Statuette. Die Göttin hat wieder zugeschlagen, dachte er, legte eine Hand auf seinen Solarplexus und betrachtete benommen die mickrigen Ärmchen auf den grossen Brüsten. Verschwommen nahm er gleichzeitig wahr, wie Habermaus zum Fenster rannte, Susi Schranz an ihm vorbeistürmte und zu Grühner hastete, sich die Tür zum Gang öffnete und Zina, gefolgt von Hotze, endlich das Zimmer betrat.

«War abgeschlossen», keuchte sie.

Da hatte er sich schon aufgerappelt und rannte zum Fenster, durch das Habermaus gerade verschwunden war.

Zina Goldberg entschied, dass es höchste Zeit war, Verstärkung zu rufen, griff nach ihrem Handy, vergewisserte sich mit einem Blick, dass dem kleinen Professor nichts fehlte. Er war zwar noch reichlich grün um die Nase, doch in den Armen von Susi Schranz würde ihm bald warm ums Herz werden – oder anderswo. Aus dem Fenster kletternd, bellte sie Anweisungen in den Apparat.

Santoro raste gerade um die Ecke, als sie auf dem Boden landete. Fünfzig Meter Vorsprung. Als sie den Petersgraben erreichte, sah sie weit vorne die rundliche Silhouette Richtung Lys strampeln. Der rennt genau dorthin, wo im Mittelalter der Galgen stand, dachte Zina. Blöder Kerl!

Als habe Habermaus sie gehört, bog dieser scharf nach links und verschwand in der Rosshofgasse, das wirtschaftswissenschaftliche Zentrum der Universität Basel links liegen lassend. Als sie bei der Abzweigung ankam, konnte sie gerade noch Santoro links abbiegen sehen. Die beiden rannten also den Nadelberg Richtung Peterskirche rauf.

Sie schrie, schon ausser Atem, die neue Route in ihr Handy.

Wenn der Kerl geradeaus lief, konnten die Kollegen ihn aufhalten. Schliesslich rannte er geradewegs zum Polizeihauptquartier. Die Strassen der Altstadt waren menschenleer. Kein Wunder, mittlerweile musste es schon auf Mitternacht zugehen.

Von weit her hörte sie schon die Sirenen der Polizeiwagen.

Doch plötzlich schien Habermaus, bald gefolgt von Santoro, von der Häuserzeile rechts verschluckt worden zu sein. An der Stelle des Verschwindens angelangt, erkannte Zina die Täuschung. Die beiden hetzten die Treppen des Imbergässleins runter.

«Hosesaggmuseum», las Zina die Inschrift auf der Tür eines der alten Häuser, welche die kaum zwei Meter breite Gasse einrahmten. Durch diese Gasse werden sie nicht kommen, dachte sie nicht ganz passend und gab neue Anweisungen durch.

Unten angekommen, schien Habermaus kurz zu zögern, entschied sich dann für die linke Seite. Schade, dachte Zina, rechts wäre er in einer Sackgasse gelandet. Und sie hätten ihn gestellt.

Auf dem Andreasplatz angekommen, erblickte sie den Affen auf dem Brunnen. Die Makaken-Theorie, dachte Zina. So abstrus sie sich auch in ihren eigenen Ohren angehört hatte, so nahe an der Wahrheit war sie damit gewesen. Schliesslich waren die beiden professoralen Graurücken auch umgebracht worden, weil sie ihre Position oben auf dem Felsen nicht hatten aufgeben wollen, ihre Macht selbstherrlich und willkürlich ausgeübt hatten.

Weiter kam sie in ihren Überlegungen nicht, denn sie musste schon die neueste Routenänderung mitteilen. Vor ihr erkannte sie nur noch, wie Santoro von der Schneidergasse ins Totengässlein abbog. Sie fragte sich gleichzeitig, warum Santoro nicht mehr Boden wettmachen konnte und wohin ihr Mörder raste. Er wusste es wohl selbst nicht.

Mittlerweile hatten sie den Marktplatz hinter sich gelassen und rannten die Eisengasse entlang. Die Stadt war fast leer, nur wenige Passanten drückten sich gegen die Hausmauern, um die drei laut keuchenden Gestalten an sich vorbeirasen zu lassen.

An der Brücke angekommen, hörte Zina die Sirenen von links hinten nahen. Der Wagen musste schon auf der Schifflände sein. Da erblickte sie vor sich, vom Claraplatz herkommend, ein Blaulicht. Sie würden ihn auf der Mittleren Brücke festnageln können, dachte sie hoffnungsvoll.

Genau in diesem Augenblick verschwand ihr Mörder im Dunkeln.

In die Tiefe, korrigierte sich Zina. Der Kerl musste von der Brücke in den Rhein gesprungen sein, denn Santoro blickte über die Brüstung und … Der Idiot wird ihm doch nicht nachspringen, dachte Zina aufgebracht, als sie ihren Chef seine Schuhe ausziehen sah.

Doch.

Es ist einem Polizeibeamten strengstens untersagt, einem Verrückten oder sonstigen Selbstmörder in den Rhein zu folgen, erinnerte sich Zina sinngemäss an die Anweisung.

Und stellte fest, dass sie keinen Boden mehr unter den Füssen hatte. Anscheinend war auch sie über die Brüstung gesprungen, Santoro nach. Sie hörte noch die Sirenen genau über ihrem Kopf aufheulen, bevor sie mit lautem Platschen ins Wasser eintauchte.

Dunkelgrün ist der Rhein in der Nacht, konstatierte sie nüchtern, bevor sie sich zur Besinnung rief und nach oben ruderte.

Sie sah Santoro weit vor sich, den Kopf über Wasser haltend, wie besessen kraulen. Sie tat es ihm nach, verbot sich, an die trüben, undurchsichtigen Abgründe zu denken, verdammte die Unsäglichkeiten, die diese Fluten mit sich führen mochten, weit zurück in ihre eigenen Abgründe.

Stattdessen versuchte sie, durch heftige Arm- und Beinbewegungen ihren Kopf so weit wie nur möglich aus dem Wasser zu heben. Ganz weit vorne, schon fast bei der Johanniterbrücke angelangt, erblickte sie Habermaus. Er schien mit den Armen wild um sich zu rudern.

Der Mann konnte anscheinend nicht richtig schwimmen.

Vor sich sah sie, wie Santoro seine Anstrengungen verdoppelte, er bewegte seine Arme wie ein wild gewordenes Windkraftwerk.

Santoro kämpfe gegen Windmühlen, befand Zina, wissend, dass sie vollkommen unlogisch dachte. Stimmt trotzdem.

Sie stemmte sich nochmals gegen die Fluten, erhob den Kopf, konnte den Flüchtling aber nicht mehr sehen. Das Wasser vor ihrem Chef war glatt, leer, ruhig. Als ob dort nie jemand verzweifelt gegen das Ertrinken gekämpft hätte. Der Rhein hatte jede Spur ihres Mörders verschluckt.

Santoro hingegen ruderte weiter wie von Sinnen auf die Stelle zu, wo der dickliche Assistenzprofessor verschwunden war. Zina rief ihm zu, ans Ufer zu schwimmen, doch er schien sie nicht zu hören.

Sie gab Gas, kam aber kaum vom Fleck. Ihre Kleider wurden immer schwerer, sie bereute, ihre Sandalen nicht ausgezogen zu haben.

Was machte denn ihr Chef da vorne? Noch vor Kurzem hatte sie ihn wie ein Verrückter im Kreis schwimmen sehen, jetzt tauchte er unter. Aufhören, er musste sofort aufhören. Sie rief es ihm zu, erhielt keine Antwort.

Sie kam nur langsam näher, schien sich durch eine zähe Masse kämpfen zu müssen. Sie sah ihn noch mehrmals abtauchen, dann sah sie gar nichts mehr.

Verzweifelt stemmte sie sich noch einmal aus dem Wasser, reckte den Kopf, suchte mit vor Angst geweiteten Augen den Fluss ab. Sah ihn endlich. Was sollte denn das schon wieder bedeuten? Jetzt lag doch der Kerl flach auf dem Rücken und liess sich Kopf voran den Rhein runtertreiben.

Sie schwamm den Kopf weit aus dem Wasser haltend, um ihn ja nicht aus den Augen zu verlieren. Er kam näher. Sie konnte erkennen, dass er die Arme seitlich ausgestreckt hatte. Spinner!

Sie fühlte eine riesige Wut sich in ihrem Bauch zusammenbrauen, die sich auf ihre Arme und Beine ausweitete, ihre Müdigkeit wegblies. Stattdessen spürte sie, wie Kraft ihren ganzen Körper durchfuhr. In wenigen Zügen hatte sie ihn eingeholt.

Sie erwischte seinen Fuss, riss ihn zurück und erreichte bald seinen Kopf und schrie aus Leibeskräften: «Was treiben Sie da?»

«Ich lasse mich treiben, lassen Sie mich einfach verschwinden.»

«Sie drehen sich sofort um und schwimmen mit mir ans Ufer. Jetzt!», befahl Zina keuchend.

«Ich habe ihn gesehen, er sah aus wie ein riesiges Baby. Ich konnte ihn nicht erwischen, und plötzlich war er weg», klagte Santoro.

«Er ja. Sie nicht! Sie wachen jetzt auf und schwimmen mit mir zurück, Chef!»

Doch sie wartete seine Antwort gar nicht ab, da half alles Befehlen und Schreien nichts mehr. Anscheinend hatte er für heute einen Schock zu viel erlebt.

Sie packte ihn fest am Nacken, drehte sich auf den Rücken und fing mit einem Arm an zu schwimmen. Seine Klagen ignorierend, ihn doch einfach wegschwemmen zu lassen, unterdrückte sie alle Flüche, die ihr in den Sinn kamen, und konzentrierte ihre Kräfte auf ihre Aufgabe. Hinter sich sah sie schon die Dreirosenbrücke aufragen, als sie ihn endlich ans Ufer schaffen konnte. Sie spürte den Kieselstrand unter sich, setzte sich auf den Hintern und zog ihn rückwärts robbend an Land.

Als sie die Mauer an ihrem Rücken wahrnahm, lehnte sie sich zurück, fasste unter seine Arme und riss ihn mit letzter Kraft an sich heran, bis sein Kopf zwischen ihren Brüsten lag. Sie umschlang ihn mit ihren Armen und Beinen. Er fühlte sich zwar an wie ein kalter Fisch, aber sie wollte ihn nicht zurück in sein Element springen lassen.

Keuchend blieben sie so liegen. Sie nahm verschwommen wahr, wie das Polizeiboot von links heranbrauste, wie die Sirenen auf beiden Seiten des Rheins näher kamen. Aus dem Restaurant neben der Brücke eilten anscheinend Menschen heran.

«Wo wollten Sie denn hintreiben?», fragte Zina.

«Alle Flüsse fliessen ins Meer. Ich wollte zurück zum Meer», seufzte Santoro.

«Sie wären im Rechen der Schleuse hängen geblieben, in Kembs», eröffnete ihm Zina bündig.

Wie der ewige Assistenzprofessor Habermaus, dachten beide im Stillen und sprachen es nicht aus. Er hatte gemordet, um

doch noch Professor zu werden. Sein Ziel würde er nie erreichen.

Sie nahm eine leichte Bewegung auf ihrer Brust wahr. Santoro hatte den Kopf leicht zu ihr gedreht, hob seine linke Augenbraue und umschlang ihre Arme.

«Sie haben recht. Einmal mehr, Goldchen. Ich bleibe lieber, wo ich bin.»

Sie fragte sich, ob sie diesen Fisch nicht doch zurück in die Fluten werfen sollte.

Sie verstärkte ihren Griff.

Glossar

dubedänzig (Dialekt) – von Dube: Taube und dänzig: Tänzerisch. Wirr im Kopf/aus der inneren Ruhe gebracht, aufgeregt, «ungeduldig wie die Tauben, wenn sie die Füsschen heben und nicht von der Stelle kommen». Ebenso ein wissenschaftliches Experiment aus dem Gebiet der operanten Konditionierung: Das unaufhörliche Sich-um-die-eigene-Achse-Drehen wird erreicht, indem der Taube, sobald sie sich in eine Richtung dreht, eine Belohnung zugeführt wird. Kann auch bei Menschen angewandt werden. Dieses sich ständige Herumdrehen nach einer möglichen Belohnung kann Schwindelgefühle hervorrufen.

un billet doux (frz.) – eine kleine, zärtliche Nachricht, normalerweise in schriftlicher Form gehalten

Sie het vil Holz vor dr Hütte. (Dialekt) – Sie hat einen sehr grossen Busen.

Hörlifilzer (Dialekt) – Haarklauer /Coiffeur

«Les amoureux qui s'bécotent sur les bancs publics, bancs publics, en s'disant des je t'aime pathéthiques, ont des p'tit's gueules bien sympathiques.» – Aus einem Lied von Georges Brassens: «Die Verliebten, die auf den öffentlichen Bänkchen herumschnäbeln und sich pathetische ‹ich liebe dich› zuflüstern, was haben sie doch für sympathische Gesichtchen.»

e Tonne (Dialekt) – tausend Schweizer Franken; zwanzig Tonnen = 20.000 Franken

Asanas – Yogaübungen

Mir gön dr Bach ab. (Dialekt) – Wir schwimmen den Rhein hinunter.

Buebegschichte (Dialekt) – Bubengeschichten, im Sinn von Kinderkram, der Knaben, kleinen und grossen, vorbehalten ist

bambele z'loh (Dialekt) – hängen zu lassen

schutte (Dialekt) – Fussball spielen

e fremde Fötzel (Dialekt) – fremdes Gesindel

Lueg das aa. (Dialekt) – Schau dir das an.

Violette, Ciboulette (frz.) – Veilchen, Schnittlauch; nicht wörtlich, sondern lautmalerischer Reim

sich uf e Grind gä (Dialekt) – dem andern auf den Kopf schlagen

Chinois – trichterförmiges Sieb

Grün 80 – Heute eine grosse Parkanlage am Rande der Stadt Basel, aus der immer wieder Enten auf mysteriöse Weise verschwinden. 1980 fand dort die zweite schweizerische Ausstellung für Garten- und Landschaftsbau mit dem Namen «Grün 80» statt.

Basler Daig (Dialekt) – wörtlich: Teig. Einheimische Bezeichnung des Basler Bürgertums und der Notabeln, die aus den alteingesessenen Familien stammen.

Me het vil, aber me git nyt! (Dialekt) – Man hat viel, aber man gibt nichts!

Gschäch nüt dümmers. (Dialekt) – Geschehe nichts Dümmeres.

Gseht gfürchig us, gälle Si? (Dialekt) – Sieht zum Fürchten aus, sind Sie nicht auch meiner Meinung?

Les trois cloches. C'est pour accueillir une âme, une fleur qui s'ouvre au jour, à peine, à peine une flamme encore faible qui réclame protection, tendresse, amour. Vous trouverez sous son aile … (frz.) – Die drei Glocken. Aus der ersten Strophe: Er (der Glockenschlag) ist, um eine Seele zu empfangen, eine Blume, die sich dem Tag öffnet, kaum eine Flamme, die nach Schutz, Zärtlichkeit und Liebe verlangt. Ihr werdet unter seinen Fittichen … finden.

Schuggerei (Dialekt) – Polizei

Les feuilles mortes se ramassent à la pelle. (frz.) – «Die verwelkten Blätter werden schaufelweise aufgelesen.» Aus einem berühmten Lied von Jacques Prévert.

ronger ses freins (frz.) – an seinen Bremsen nagen, also ungeduldig sein

Läng mers Handy. (Dialekt) – Reich mir das Handy. In Anlehnung an «Läng mers Gwehr», was so viel heisst wie: «Den könnt ich abknallen.»

Wiese – hier: Fluss aus dem Schwarzwald, der in Basel in den Rhein mündet

e Hüffeli Eländ (Dialekt) – ein Häufchen Elend; eine Person, die mutlos in ihrem Elend hockt und auch genauso aussieht

Gscheit em rächt! (Dialekt) – Recht so, das hat er verdient.

à la gueule du client (frz.) – je nach Gesicht des Klienten

Hoger – Hügel

Rübis und Stübis (Dialekt) – Redewendung: mit Stumpf und Stiel

Dans le cochon, tout est bon. (frz.) – Alles vom Schwein ist gut.

nuusche (Dialekt) – ineffizientes Suchen

es Gspänli – ein Kollege, ein Freund

Fuori! (ital.) – Raus!

Non abbiate paura! (ital.) – Habt keine Angst!

il polacco (ital.) – der Pole, wie der letzte Papst in Italien – von bösen Zungen – genannt wurde

Quel gâchis! (frz.) – Was für ein Murks, was für eine Verschwendung!

poschte (Dialekt) – etwas kaufen

gussle – im Trüben herumstochern

e Schämmer risse (Dialekt) – sich danebenbenehmen und sich dann beschämt fühlen

La nuit, tous les chats sont gris. (frz.) – Redewendung: In der Nacht sind alle Katzen grau. In der Nacht gleicht sich alles.

e Wirlete – ein Wollknäuel nach der Bekanntschaft mit einer spielfreudigen Katze

Le ridicule tue. (frz.) – Das Lächerliche tötet.